HEYNE <

DAS BUCH

Wir schreiben das Jahr 1340 Neuer Galaktischer Zeitrechnung. Perry Rhodan und Julian Tifflor mussten im Salida-System den Untergang des Planeten Remion miterleben. Eine ganze Welt fiel dem Ara-Toxin zum Opfer, Millionen Tote sind zu beklagen. Aber der mörderische Stoff hat seine letzten Geheimnisse noch nicht preisgegeben.
Der Einzige, der ihnen nähere Auskünfte geben könnte über die Wirkungsweise und den wahren Zweck des Ara-Toxins, ist der Ara Trantipon. Doch diesem gelingt die Flucht auf den Planeten Oyloz, den vierten Planeten der Sonne Salida.
Was von Remion übrig geblieben ist, erwacht inzwischen zu einem neuen, schrecklichen Leben. Perry Rhodan fühlt sich an eine der dunkelsten Epochen der Menschheitsgeschichte erinnert, an die Zeit des Andromeda-Krieges. Der Terraner startet zu einer Expedition auf den untoten Planeten.
Gleichzeitig macht Julian Tifflor Jagd auf Trantipon. Dabei lernt er eine fremde, exotische Welt kennen, deren Bewohner vor einem ewigen Feuer fliehen. Ihr Fluchtfahrzeug ist »Die eiserne Karawane«.

DER AUTOR

Wim Vandemaan ist das Pseudonym für Hartmut Kasper, geboren 1959 in Wanne-Eickel, einer Stadt, die es – wie Atlantis, Sodom und Gomorrha – heute gar nicht mehr gibt. Er ist seit 2007 PERRY-RHODAN-Autor. Daneben hat er zahlreiche theoretische Beiträge zur Science Fiction im Heyne Science-Fiction-Jahrbuch veröffentlicht. Er lebt mit seiner Familie im postindustriellen Ruhrgebiet.

Perry Rhodan

ARA-TOXIN

WIM VANDEMAAN

DIE EISERNE KARAWANE

Roman

Perry Rhodan » Ara-Toxin 4

Mit Bonusmaterial:
Zweittod
von Andreas Eschbach

Originalausgabe

WILHELM HEYNE VERLAG
MÜNCHEN

FSC
Mix
Produktgruppe aus vorbildlich bewirtschafteten Wäldern und anderen kontrollierten Herkünften

Zert.-Nr. SGS-COC-1940
www.fsc.org

Verlagsgruppe Random House FSC-DEU-0100
Das für dieses Buch verwendete FSC-zertifizierte Papier *Holmen Book Cream* liefert Holmen Paper, Hallstavik, Schweden.

Originalausgabe 2/08
Redaktion » Bernhard Baden
Lektorat » Sascha Mamczak

www.heyne.de
Printed in Germany 2008
Umschlagbild » Dirk Schulz
Umschlaggestaltung » Nele Schütz Design, München
Satz » C. Schaber Datentechnik, Wels
Druck und Bindung » GGP Media GmbH, Pößneck

ISBN: 978-3-453-52389-0

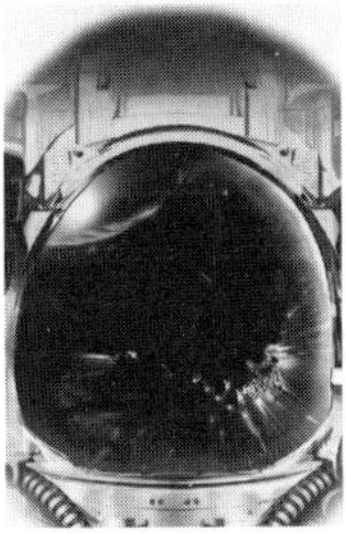

Prolog

Der Schmerz und die Finsternis

Das war Remion. Dritter von zwölf Planeten der Sol-ähnlichen Sonne Salida, Durchmesser 12.455 Kilometer, Rotationsdauer 24,25 Stunden, Jahreslänge 360 Tage. Ein Mond. Alles sehr erdähnlich. Entfernung zu Terra: 32.064 Lichtjahre.

Besiedelt von der Erde aus. Bevölkerung: etwa 15 Millionen.

Vor ungefähr zwei Jahren hatte es begonnen. Unscheinbar. Die einfachen Bakterien starben zuerst, die Zellen ohne echte Kerne. Danach die komplexeren biologischen Bauwerke: die Zellen von Pilzen, Pflanzen und Tieren. Und von Menschen, die sich auf dieser Welt Remiona nannten. Ein quälend lange dauerndes Sterben, 40 Tage und mehr. Am Ende kam der Zelltod durch ein Feuer von innen.

Was vom Lebendigen blieb? Ein Schleimfilm; ein Tuch, aus Leichen gewoben. Es breitete sich über das Anorganische aus, über Wasser und Land.

Wasser und Land könnten nicht sterben?

Sie sollten es lernen.

Die Hitze, die kam, verbuk das wuchernde Tuch aus

Schleim, 14 Tage lang. Die Luft darüber stand in Flammen und verzehrte sich selbst.

Die Seuche wühlte sich ein in den Rest der Welt, in die tauben Überreste. Das Gestein könnte nicht hören, wenn der Appell zum Sterben rief?

Das Gestein sollte es lernen.

Die Elemente des Planetenkerns, Eisen und Nickel – jedes einzelne Atom löste sich auf in Nichts. Ein ausgehöhlter Koloss.

Der Mantel verkehrt in eine kristalline Schlacke; der Körper verformt, oval, tiefschwarz – das war von Remion geblieben: ein monströses Ei, so prall voll Verderbnis, dass nur der Tod es ausbrüten konnte.

Die neun Träume des Orontiu Pleca

Traum Nr. 1: Untergang für immer

Ich versinke. Das Wasser ist von einem hellen, transparenten Blau. Ich sinke schon so lange wie durch flüssiges Glas.

Ferne Geräusche, ein Wispern, kaum zu unterscheiden vom beständigen Murmeln der Strömung. Was ist das? Ich lausche. Wehmütig klingt es, aber nicht, wie unsereiner wehmütig ist, oder wie ein Jungtier es wäre, das die Mutter verloren hat. Eine Art anorganische Klage, ohne Hoffnung, rettungslos verloren von Anbeginn.

Ich sehe die Lichtriffe nach oben gleiten. Natürlich gleiten sie nicht nach oben, ich bin es, der sinkt. Das Schachtmeer hinab.

Welches Schachtmeer?

Unter mir erscheint ein Hulaunenschwarm; die Kiemengeweihe ineinander verhakt, bilden sie ihr Netz. Gleich müsste ich gefangen sein, aber das bin ich nicht. Lautlos passiere ich das Geweihenetz, als wäre ich so klein, kleiner als die winzigen Buttani, die sich hier noch verfangen.

Hulaunen und Buttani – es muss also das Schachtmeer Ylucc sein.

Ylucc. Es macht mir Angst, dass es dieses ist, aber zugleich weiß ich, dass ich mir meine bisherige Unkenntnis nur eingeredet habe. Von Anfang an habe ich gewusst, dass es Ylucc ist; kein anderes kam infrage. Das dunkelste der drei Schachtmeere.

Ich sinke. Offenbar muss ich nicht atmen, schon lange nicht mehr. Offenbar ist es nur eine Legende gewesen, dass es so tief im Schachtmeer unerträglich stark drücken soll. Ich spüre keinen Druck, nur mein eigenes Gewicht zieht mich hinab. Ich bin ein Lot, das den Abgrund ermisst. Ich weiß nicht wohin, aber mein schwerer Leib kennt den Weg, und ich lasse mich leiten.

Eine Coda von Piriccen zieht vorbei, der eine mit dem Maul im After des anderen verbissen, einer nach dem anderen nach dem anderen. Eine riesige Verdauungsgemeinschaft. Ich habe schon einmal eine solche Coda gesehen, aber sie trieb an der Küste des Schachtmeeres, die Leiber waren in Fetzen, aufgeplatzt, weil ihnen der Gegendruck der Tiefe fehlte.

Wie schlank sie sind, wenn sie lebendig sind, wie biegsam. Der Jägerkopf der Coda sieht mich an, sein Hörauge brummt, sondiert mich, plötzlich wendet er sich ab, wie auf einen Befehl.

Ich sinke weiter, unaufhaltsam.

Nachtschwärze mischt sich ein ins Wasser; obwohl es dunkel wird, sehe ich. Ich bin hellsichtig.

Die Klagerufe werden lauter, deutlicher, und doch wieder nicht. Sie klingen so nah, so schön, dass ich sie zu verstehen meine, aber wenn ich ein einzelnes Wort zu begreifen suche, entgleitet es mir.

Was wird dort beklagt? Was tut sich leid? Was empfindet dort unten diesen Schmerz, für den es kein Wort gibt?

Oder klagt man um mich, um jemanden wie mich, um jeden, der wie ich hinabsinkt ins Schachtmeer?

Das wundert mich, denn mir geht es nicht schlecht. Kein Grund zur Klage. Natürlich werde ich, wie mir plötzlich einleuchtet, nie mehr aufsteigen, natürlich ist das ein Untergang für immer. Auch wenn ich so tue, als müsse ich nicht atmen: Irgendwann muss ich es doch und werde es nicht nachholen können hier unten.

Ich versuche, mich selbst in den Blick zu nehmen, aber es gelingt mir nicht. Ich sinke kopfunter.

Längst habe ich die Niemandszone passiert, in die nicht einmal die gepanzerten Tauchboote der Karawanserei vordringen konnten – zu groß die Gewalt des Wassers, zu gewaltig sein Druck.

Einen Moment lang glaube ich, ein Wolkenmeer zu sehen, aber was dort unter mir wie ein Haufen Quellwolken schwebt, müssen die Fraßschirme der Pentracci sein, viele Hundert Meter durchmessende dünne Hautgewebe, auf denen die Kadaver toter Schachtmeerestiere niedergehen wie Regen. Die Schirme nehmen sie auf, verdauen sie allmählich in den kommenden Jahren.

Ich habe Fotografien dieser Geschöpfe gesehen, aufgenommen aus den Tauchbooten, die die Forschungsstation der Karawanserei Poi unterhält. Dass sie so erhaben sind, so unvorstellbar groß und dabei so verschwiegen, in sich gekehrt, war den Bildern nicht zu entnehmen.

Mich jedoch nehmen die Fraßschirme nicht auf.

Alles dunkel, aber es bleibt eine durchsichtige Dunkelheit.

Dann erblicke ich tief, tief unten den Grund des Schachtmeeres. Eine Welt, allem Leben abgewandt; unzugänglich selbst für die Toten.

Schwarzer Sand.

Warum lande ich nicht auf dem Grund? Warum schwebe ich umher, als müsse ich noch etwas finden, hier, wo doch nichts ist, am Ende von allem?

Plötzlich entdecke ich es. Im Grund des Meeres ist eine Öffnung. Sie ist quadratisch, die rechten Winkel sauber und scharf geschnitten.

Ich staune. Diese Kanten können nicht natürlich sein.

Wer ist hier unten gewesen? Wann? Wozu hat er das angelegt?

Langsam treibe ich über den Rand und schaue hinein. Die Grube ist abgründig. An ihren Wänden kleben und haften schwarze Tonnen, hier vereinzelt, dort in Trauben. Hunderte. Schwärzer als die Dunkelheit, die sie umgibt und die ich immer noch mühelos durchschaue.

Aber die Tonnen durchschaue ich nicht.

Jetzt erkenne ich, dass die Klagen von hier kommen, aus dieser Grube, aus diesen Tonnen.

Etwas steuert mich in die Grube. Nicht alle Tonnen sind versiegelt; an einigen hebt sich der Deckel mir entgegen, schamlos und obszön. Ich widerstehe nicht, ich schaue. In den Tonnen liegen zerschmetterte Leichname. Knochen, von Urgewalten gebrochen und wieder gebrochen, zu Staub gemahlen. Winzige Fetzen von Fleisch. Der Leichenbrei ist mit einer schwarzen Substanz vermischt, mit Asphalt, Pech oder Teer.

Was hat diese Leichname so zerstört? Wer hat sie hier begraben? Und warum sind sie immer noch nicht tot?

Immer artikulierter werden ihre Klagen, es zischt aus den offen stehenden Sarkophagen, es murmelt dunkel aus den geschlossenen Särgen. Ins Jammern mischt sich ein Rufen, ein Flehen und ein Befehl. Ich verstehe den

Sinn, auch wenn mir die einzelnen Worte fremd bleiben: Sie flehen um Rettung und Erlösung.

Sie flehen scharf, herrisch.

Endlich verstehe ich zwei der vielen Worte, zwei nur.

Orontiu Pleca!

Das ist mein Name.

Sie rufen mich.

1. Juli 1340 NGZ, an Bord der CONNOYT:

»TRANTIPON IST LOS!«

Routinemäßig betraten zwei araische Wächter Trantipons Kabine. Stunde für Stunde erlitt er diesen Besuch. Sie warfen einen Blick in die Ecken des karg möblierten Raums, in dem Trantipon abgesehen von dem Stuhl buchstäblich nichts berührt hatte. Auf diesem Stuhl in der Mitte der Zelle saß der Mantarheiler hoch aufgerichtet, die Hände auf die Knie gelegt.

»Hast du Wünsche oder Klagen, Mantarheiler?«, fragte einer der Wächter, während sein Kollege die glatte Foliendecke von der Liege zog, einen Blick unter das Kopfkissen warf und mit dem fingergroßen Taster nach illegalen Energiequellen fahndete.

Der Mantarheiler folgte den unsinnigen Aktionen mit den Blicken, rührte sich sonst aber nicht.

»Ja«, antwortete er endlich. »Ich habe Wünsche und Klagen. Ich werde sie bei Gelegenheit den zuständigen Instanzen vortragen.«

»Wenn es etwas Dringendes ist ...«, bot einer der Wächter an.

»Dringend ist es in der Tat. Es hat mit der Transformation Remions und einer unglücklichen Nebenwirkung des Ara-Toxins zu tun«, sagte Trantipon.

»Nebenwirkung? Unsere Wissenschaftler kümmern sich gerade um die unglücklichen Hauptwirkungen des Aras-Toxins«, witzelte der Wächter.

»Da haben sie eine Lebensaufgabe. Und mehr«, erwiderte Trantipon ernsthaft.

»Welche Nebenwirkung meinst du?«, fragte der andere Wächter.

»Bedauerlicherweise ist mein Schiff, die MOMANTAR, auf der Oberfläche des Planeten zurückgelassen worden. Ich möchte, dass die Verantwortlichen für diese Nachlässigkeit identifiziert und zur Rechenschaft gezogen werden.«

»Gehorsamer Diener, Mantarheiler«, sagte der erste Wächter mit einem aufgesetzten arroganten Akzent, wie er offenbar in einigen arkonidischen Militärakademien Hauptfach war. »Ich werde Eure Beschwerde an Aralon weiterleiten, die zuständigen Stellen können nötigenfalls Militärhilfe bei Imperator Bostich erbitte, um Eure Forderungen durchzusetzen.« Er lachte, wandte sich ab, öffnete mit dem Kodegeber die verschlossene Tür und verließ die Kabine.

»Dein Partner hat ein heiteres Gemüt«, meinte Trantipon.

Der Ara, der mittlerweile eine zweite Visitation des unbenutzten Bettes ergebnislos beendet hatte, ging zur Tür, drehte sich aber noch einmal um und schaute Trantipon stumm an.

Trantipon mochte den Blick nicht länger dulden. »Ich bin sicher, dass eure Dienste überall sonst an Bord der

CONNOYT dringend erwünscht sind. Lass dich von mir nicht aufhalten. Oder kann ich dir noch mit irgendetwas behilflich sein? Mit einem Aphrodisiakum vielleicht?«

Jetzt rief auch sein Partner, der vorausgegangen war, nach dem zweiten Wächter, der endlich die Gefängniszelle – denn als so eine fungierte die Kabine – verließ und die Tür hinter sich verriegelte.

Der Mantarheiler rührte sich nicht.

Eine Stunde später traten die beiden Wächter erneut ein und sicherten die Tür hinter sich, bevor sie mit der rituellen Inspektion begannen.

Der eine baute sich wieder von Trantipon auf, der andere untersuchte wieder das Bett und das Kissen. »Ich nehme an, die Evakuierung Remions ist abgeschlossen?«, erkundigte sich Trantipon.

»Im Rahmen der Möglichkeiten, ja.«

»Haben sich neue Erkenntnisse über die Wirkungsweise des planetenmodifizierenden Wirkstoffs ergeben?«

Der Wächter lächelte. »Wir halten dich auf dem Laufenden, Mantarheiler.«

»Das ist schön«, sagte Trantipon nachdenklich und stand langsam auf. Er winkelte die Arme ab und spreizte alle Finger. Die schwarz lackierten Nägel glommen auf. Trantipon setzte die schlanken, stabförmigen Finger in Bewegung und zog mit den Aktivfeldern des Nagellacks Leuchtspuren durch den Raum, die sich zu komplizierten, ineinander verschlungenen, dreidimensionalen Hypno-Figuren verbanden.

Er deaktivierte diese Funktion der Nägel und zog die Hände aus den Gebilden zurück. Reglos und rätselhaft hingen sie im Raum. Der Mantarheiler gab den beiden Figuren einen sanften, gezielten Stoß, sodass sie zu rotieren begannen und auf die Wächter zudrifteten.

Die beiden standen da, mit offenen Augen, die nichts mehr wahrnahmen als die glühenden, unlösbaren Rätsel aus Licht, die ihnen immer näher kamen und ihren Geist anfüllten bis zum Rand.

Du musst fliehen, dachte Trantipon.

Er ging zu einem Wasserspender in der Ecke des Raums und füllte einen Becher aus weichem Glas. Dann rieb er die Nägel der beiden kleinen Finger in einem Kode aus Druckwechsel und Bewegungsrichtung aneinander.

Für sich allein hatten die Lacke unterschiedlicher Konsistenz keinerlei Wirkung. Auf diese Weise aktiviert, lösten und vermischten sie sich miteinander und erzeugten zwei Tropfen einer sämig-blauen Flüssigkeit. Vorsichtig schüttelte Trantipon die Tropfen ins Glas ab und schwenkte es dann einige Male.

Er ging in die Raummitte, hockte sich und goss die Flüssigkeit behutsam aus, zog mit dem Becher dabei größer werdende Kreise.

Das Metallplast des Bodens zischte leise und entfärbte sich. Die Säure sickerte ein, ließ das Material mürbe und brüchig werden. Wenige Sekunden später erhob sich Trantipon und trat einmal kraftvoll zu. Der Boden zerbrach, die Fragmente segelten wie Fetzen von Pappe nach unten.

Trantipon warf einen Blick auf die Wächter, die sich noch immer mit dem großen, nichts bedeutenden Rätsel befassten. Dann griff er an den mittlerweile unschädlichen Rand der Bodenöffnung und ließ sich in den Raum unter seinem Gefängnis herabgleiten.

Es handelte sich um eine völlig leere Kabine. Die Tür war nicht verschlossen. Die hypnotische Wirkung der

Leuchterscheinungen würde für zehn bis maximal 15 Minuten anhalten. Er glaubte aber nicht, dass er wirklich so viel Zeit hatte. Er rechnete damit, dass sein Gefängnis mit Mikrokameras ausgerüstet war, die längst Alarm gegeben hatten.

Doch die Bestatzung der CONNOYT war nicht militärisch trainiert. Trantipon kannte die Bauweise des Schiffes und wusste, wo sich die Beiboote befanden. Oder?

Er hatte den Antigravschacht noch nicht erreicht, als der Alarm durch die Gänge schrillte.

»Trantipon ist los«, murmelte Perry Rhodan in den Alarm.

Dann erst erklang die kühle, artefakte Stimme der Schiffspositronik: »Mantarheiler Trantipon entzieht sich dem Arrest.«

»Wohin will er?«, fragte Rhodan die Maschine.

»Meine Gänge unterstehen nicht in jeder Sektion visueller Kontrolle, da mein Eigentümer und dessen Klienten Diskretion und Privatsphäre schätzen«, erklärte der Zentralrechner der CONNOYT.

»Hervorragend«, lobte Rhodan und grinste Tifflor schief an.

Der nickte ernst zurück: »Die Maschine will dir sagen, dass man nicht überall so lax mit dem Datenschutz umgeht wie im Überwachungsstaat Terra.«

»Wenn die Maschine das hätte sagen wollen«, sagte die Maschine, »hätte die Maschine es gesagt. Im Übrigen bewegt sich der Arrestierte nicht, wie ich anfangs vermutet habe, zu den Außenhangars, sondern in Richtung meines Hecks. Und er ist per Antigrav-Parallellift vom 25. Deck zum 4. Deck hochgefahren.

Ich stehe in Verbindung mit ein paar Medorobotern.«

»Sehr indiskret«, tadelte Rhodan lächelnd. Er wandte sich an den Kapitän des Schiffes. »Kapitän Nosghal, ist die Schiffssicherheit informiert und hat sie die Verfolgung aufgenommen?«

Nosghal blickte sich nicht einmal zu ihm um. »Die beiden Männer der Schiffssicherheit waren zur Beaufsichtigung des Manatheilers eingesetzt. Sie haben sich bislang noch nicht über Interkom mit mir ... jetzt bekomme ich eine Nachricht herein. Medoroboter sind vor Ort in der Kabine. Die beiden Sicherheitsmänner stehen unter einem suggestiven Einfluss.«

»Zwei Leute?«, fragte Rhodan. »Die Sicherheitsmannschaft besteht aus zwei Männern?«

Nun schwenkte Nosghal den Sessel doch zu Rhodan und Tifflor herum. »Dies ist kein militärischer Einsatz, Perry. Wir sind nicht im Krieg. Habt ihr auf Terra jedes Krankenhaus mit Raumlandesoldaten gespickt?«

»Der Mantarheiler hat den Holo-Sportpark betreten«, hielt die Positronik sie auf dem Laufenden.

»Er will nicht fliehen, er hält sich nur fit«, grinste Tifflor. »Immer auf die Gesundheit achten. Ist er bewaffnet?«

»Soweit ich sehe, nein.«

»Holen wir ihn uns«, sagte Tifflor und wandte sich zum Ausgang. Rhodan folgte, nachdem er sich aus einem Ausrüstungsschrank im Eingangsbereich der Zentrale mit einem Paralysator ausgerüstet hatte. »Nur eine begrenzte polizeiliche Aktion«, tröstete er den Kapitän, »kein Kriegsfall.«

Unmittelbar hinter dem Eingangsbereich der Zentrale sprang er kurz nach Tifflor auf das Expresslaufband, das die gesamte Walze vom Bug bis zum Heck durchzog. »Wir bleiben am besten auf diesem Deck«, instruierte ihn die

Mikropositronik des Armbandes, die sich längst mit der Zentralen Rechnereinheit in Verbindung gesetzt hatte.

Tifflor hatte einen kleinen Vorsprung. Rhodan ließ ihm den.

Die Hügel waren verschieden koloriert, gerade noch durchsichtig wie schwere Pokale aus Bleiglas. Die Farben leuchteten aus sich heraus, intensiv und kostbar: Lasurblau, Rubinrot, Kadmiumgelb, Jaune und Kobaltgrün.

Warum habe ich das getan?

Es war eine Landschaft aus Glas. Er griff nach einem der in Hüfthöhe schwebenden Schlitten und zog ihn zu sich heran. Der Schlitten erzeugte offenbar an seiner Unterseite ein Prallfeld, auf dem er über die gläsernen Hügel gleiten konnte wie Kufen über Eis. Die Steuerelemente am Kopf der Schalen lenkten den eingebauten Mikrogravitator.

Natürlich war der Nachthimmel über ihm eine holografische Projektion. Sie stellte die Milchstraße dar, gesehen von einem Punkt unterhalb ihres Zentrums. Das Sternenrad drehte sich unnatürlich schnell, es hing zum Greifen nah über den Hügeln.

Was will ich hier? Was ist das für ein absurder Raum?

Es waren nicht viele Schlitten unterwegs, und von den wenigen war keiner bemannt. Es schien, als spiele die Raumpositronik ein Spiel mit leer laufenden Geräten.

Warum bin ich nicht zu den Hangars gelaufen? Oder sind hier Hangars in der Nähe? »Positronik!«, rief Trantipon.

»Du kannst jeden Glasschlitten nehmen, den du möchtest. Es gibt zurzeit keine Reservierungen. Falls du in der Steuerung unerfahren bist, assistiere ich dir gern und …«

»Wo sind die Hangars?«

»Sämtliche Hangars sind am Äquator des Rumpfes angebracht. Die Schlitten sind allerdings nur innerhalb des Fitnesscenters funktionsfähig.«

Trantipon strich sich über das Metallstück, die Intarsie seiner Narbe auf der rechten Wange. Tifflor, dann Rhodan erschienen im Eingangsbereich des Sport-Courts. Der Mantarheiler legte sich auf den Schlitten, der für araische Maße ausgelegt war: über zweieinhalb Meter lang, sehr schmal.

Er drückte den Zeigefinger ins Sensorfeld, aber zu heftig. Der Schlitten zischte den Hügel hoch, ohne den Zugriff eines Fesselfeldes wäre Trantipon abgerutscht.

»Trantipon!«, hörte er einen der Terraner rufen, »du machst dich doch lächerlich!«

Der Schlitten schoss vom Gipfel des Hügels herab, glitt in ein leuchtend goldenes Glastal, in einem Schwung einen chromgrünen Hügel hinan, und drehte sich dabei um die eigene Achse. Trantipon verlor die Orientierung.

»Hui!«, hörte er die Positronik aus einem Lautsprecher auf der Schlittenfläche. »Sollen wir die Sache fürs Erste nicht ein wenig behutsamer angehen?«

Er nahm den Finger vom Sensorfeld. Mit einem ersterbenden Summen blieb der Schlitten an einem steilen Hang kleben. Trantipon schwang sich hinab, fand aber mit bloßen Händen und den einfachen Schuhen keinen Halt auf dem Glas.

Er rutschte mit quietschenden Sohlen ins Tal. Die Positronik schickte ihm den Schlitten hinterher; das Sportgerät hielt sich neben dem Ara in der Schwebe.

Die beiden Terraner erschienen auf dem Gipfel des chromgrünen Hügels, beide auf Schlitten. »Warte auf uns!«, rief Rhodan, als wären sie eine Gesellschaft von

Sportlern, die sich hier zum reinen Vergnügen tummelten.

Langsam glitten die beiden auf ihren Schlitten den Hügel hinab. Trantipon griff nach seinem Fahrgerät, um sich an irgendetwas festzuhalten. Er stand auf.

Wie er da stand, inmitten der farbigen Hügel, unter der Sternenspirale, wirkte der Mantarheiler geschlagen. Tifflor und Rhodan bewegten sich mit einigem Abstand zueinander parallel talwärts, um den Ara in ihre Mitte zu fassen.

Die Schlitten hielten hüfthoch über dem Boden. Tifflor und Rhodan stiegen ab.

Das lang gezogene Gesicht des Aras wirkte völlig ausdruckslos, in den Augen schimmerte keine Spur von Rot, nur Schwarz.

Was für ein lächerliches Ende einer lächerlichen Flucht, dachte Tifflor. Er bemerkte, dass Rhodan zögerte, den Paralysator zu ziehen. Vielleicht, weil das in dieser Umgebung unsportlich gewirkt hätte?

Der Ara sah von Rhodan zu Tifflor und zurück. Er hantierte an dem Schlitten, fasste ihn, Rhodan immer im Blick, und schleuderte ihn dann mit aller Wucht auf Tifflor.

Es gelang Tifflor gerade noch, den linken Arm hochzureißen, dann traf der Schlitten auf und schlug ihm den Arm heftig vor die Stirn. Benommen stand er da.

Erst im Nachklang vernahm Tifflor ein metallisches Geräusch. Der Schlitten hatte nicht seinen Arm direkt getroffen, sondern das Multizweckarmband.

Das Folgende nahm er fast überbewusst wahr, klarsichtig, aber ohne entsprechend schnell reagieren zu können.

Auf den Hügeln erschienen einige Medoroboter und ein Ara. Tifflor glaubte, Pron Dockt zu erkennen.

Trantipon sprang mit zwei Sätzen seiner langen Beine auf ihn zu, rieb im Sprung seine schwarz lackierten Fingernägel aneinander, und plötzlich floss von den Spitzen der ausgestreckten, gespreizten Hände Feuer über seine Arme, den Oberkörper.

Ich Idiot!, dachte Tifflor und versuchte, sich zu ducken, doch in diesem Moment war der Ara in Flammen bei ihm und umklammerte ihn fest.

Sie stürzten.

Der Außenminister hörte das Sirren eines Paralysators, einmal, noch einmal, und bemerkte, wie der Ara erschlaffte.

Aber deshalb nur umso schwerer auf ihm lag. Trantipons Fingernägel hatten sich in Tifflors Montur gegraben, er fasste danach, suchte die Armgelenke des Aras, bekam sie nicht zu fassen.

Längst hatte das Feuer auf ihn übergegriffen. Tifflor erkannte entsetzt, dass die Positronik nicht reagierte. Wann aktivierte sie endlich den Schutzschirm in seinem Gürtel?

Er meditierte *Char'imchar,* und es gelang ihm, den Schmerz einzukapseln. Er war noch *da,* aber wie eine Bestie hinter Panzerglas. Er gab den Versuch auf, sich von dem Mantarheiler zu befreien, tastete nach dem Gürtel, nach den Sensorfeldern zur manuellen Inbetriebnahme des Schirms, fühlte aber keinen Zugriff.

Meine Fingerkuppen sind verbrannt!

Der Feuerschleier blendete ihn. Tifflor, die Fackel.

Endlich spürte er, wie jemand den Ara gewaltsam von ihm löste. Er konnte nichts sehen. Es musste Perry sein.

Rhodan wälzte ihn herum, drückte ihm etwas auf den Rücken – wahrscheinlich den eigenen Aggregatgürtel. Ein Schutzschirm baute sich auf, zog sich eng um Tifflors Leib und erstickte durch Sauerstoffentzug das Feuer.

Das hieß nicht, dass die biochemische Attacke vorüber war. Längst war der Kampfstoff, den Trantipon ausgelöst hatte, auf ihn übergegangen, die Feuersäure schwelte noch fort. Der Schmerz befreite sich aus seinem Glaskäfig, nahm überhand. Tifflor meditierte und schaltete ihn wieder aus.

Mittlerweile kümmerte sich, wie er vage sah, auch ein Medo-Robot um ihn.

Wie durch tiefes Wasser hörte er Pron Dockts Stimme: »Wenn Oclu-Gnas und ich Klienten mit solchen Lapalien haben, lassen wir das von unseren Maschinen erledigen.«

Sein Bewusstsein verschwamm. Wie aus einer anderen Epoche tauchte ein anderer Schmerz auf: als er von der jungen Superintelligenz SEELENQUELL als *Hand* missbraucht worden war, als deren Ableger Morkhero auf ihm wie der Schulterreiter aus einem grauenvollen Märchen gesessen hatte, niemals mehr abzuschütteln.

Getroffen werden, missbraucht werden, verbrannt werden.

Er war es so leid.

Ein Schuss des Oxtorners Monkey hatte ihn damals in die Brust getroffen – eine geradezu altmodische Gewehrkugel –, ein zweiter Schuss in den Oberschenkel, der dritte in den Bauchraum. Dann war er gestorben – Herztod. Ein araisches Medikament, das von Zheobitt entwickelte Multi-Zheosin, hatte ihn gerettet.

Jetzt würde er auf einem Ara-Schiff sterben.

Wie hatte ihn Upanishad gelehrt: »Ein Jegliches trägt Schuld, die es begleichen muss zugunsten der Leere.«

Als er merkte, wie sein Geist entglitt, zu geschwächt, um noch mit einer Meditation zu intervenieren, hätte er gern etwas Großes gedacht, etwas Tragisches, etwas Upanishad-Würdiges. Aber das, was ihm in den Sinn kam, war lächerlicherweise nur: *Oje.*

Alles erlosch.

Verbrannt und verkohlt

Die APPEN war ein Walzenraumer merhandorscher Fertigung, ein Schiff der RUSUMA-Klasse, 600 Meter lang, 150 im Durchmesser und damit mehr als doppelt so groß wie die CONNOYT. Konsortiumsleiter Plob Arnoyn, ihr Eigentümer und Kommandant, residierte mit seiner Klinik im ZERO-GRAV-Großraumhangar der Walze.

Der schwer verletzte Tifflor war nach einer chirurgischen Erstversorgung von Bord der CONNOYT auf die APPEN verlegt worden, wo noch bessere technische Möglichkeiten zur Beschleunigung des Heilungsprozesses gegeben waren als auf dem medizinisch durchaus exzellent ausgerüsteten kleineren Raumer. Die Ärzte der CONNOYT hatten Tifflors Vitalfunktionen zwar ohne große Probleme wiederhergestellt und stabilisiert; sie hätten ihm auch nachgezüchtete Augen eingesetzt, aber Rhodan hatte für seinen bewusstlosen Freund entschieden, dass er eine Regeneration der eigenen Augen vorziehen würde.

Einer der Aras hatte etwas von »terranischer Rückständigkeit« gemurmelt, dann einen Medotank herbeigeschnipst, Tifflor eingelagert und den Tank beauftragt, den Klienten zu betreuen und Rhodan auf die APPEN zu folgen.

Perry Rhodan hatte nach einem kurzen Gespräch mit Arnoyn Trantipons Leiche auf die APPEN überführen lassen. Er wusste, dass der Ara, ein für die Verhältnisse seines Volkes geradezu korpulenter Mann, nicht nur ein virtuoser Chirurg war, sondern sich seit vielen Jahren mit grenzwertiger Reanimation befasste – frühere Zeiten hätten vielleicht formuliert: dass er versuchte, die Toten wiederzuerwecken.

Arnoyns rote Augen hatten förmlich aufgeleuchtet, als Rhodan ihm Trantipons Leichnam angeboten hatte. »Du fragst, ob eine Reanimation dieses Metabolismus möglich wäre? Du weißt, was die vorliegenden Daten und die Berechnungen der CONNOYT'schen Medotronik sagen?«

Kunstpause.

»Sie sagen: Nein. Aber die Positronik der CONNOYT rechnet nur mit den ihr bekannten Parametern. Die Maschine weiß nichts von den Kapazitäten, die mir zur Verfügung stehen. Also, trödel nicht, liefer ihn mir unverzüglich!«

»Jawohl, Sir«, hatte Rhodan gesagt, und der Ara, weit davon entfernt, den Spott zu verstehen, hatte huldvoll gewinkt und dann die Übertragung unterbrochen.

Plob Arnoyn ließ die Medotronik einige telemetrische Scans ausführen, Schichtaufnahmen anfertigen und projizieren, Gewebeproben entnehmen, alles, ohne auf Rhodan zu achten.

Neben dem Toten entstand dessen holografisches Double. Die Medotronik trug mit sanfter, geschlechtsloser Stimme die Resultate vor:

»Exitus mit Erlöschen der ÜBSEF-Konstante vor 37 Zentitontas. Biophysiologische Defekte liegen vor: Großflächige Verbrennungen der Grade zwei bis vier an über 67 Prozent der Hautoberfläche, darüber hinaus elf Prozent an den Handflächen und im Gesicht verkohlt. Knochen und Kollagenfasern der bindegewebigen Umhüllung von Muskeln und Muskelgruppen irreversibel geschädigt.

Zweitgradig verbranntes und nach dem Trauma noch vitales Gewebe mittlerweile nekrotisch durch Sauerstoffversorgung und Toxineintrag.

Drittgradig zerstörtes Gewebe seit 36 Zentitontas avital.

Tiefer liegende Eiweißschichten bis in die Organsphären auf molekularer Ebene degeneriert; völliger Denaturierung der Bau- und Funktionseiweiße. Weitflächige und stark abgetiefte Koagulationsnekrosen.

Zahllose kapilläre Lecks. Dadurch Blutvolumenverlust in sämtlichen Blutgefäßen. Plasmavolumen auf 21 Prozent des hochgerechneten Ausgangswertes.

Im verbrannten avitalen Gewebe mittlerweile Eintritt von Bakterien und Sporen.«

»Das heißt?«, warf Rhodan ein.

»Tot«, fasste Plob Arnoyn die Resultate kurz zusammen, ohne Rhodan anzusehen. »So tot, dass das Gewebe schon wieder zum Lebensraum konvertiert für mikrobiologische Wesen. Macht sich gewissermaßen postmortal nützlich. Kein Mensch kann ihn zurückholen.«

Perry Rhodan betrachtete den zerstörten Leib und nickte. »Wie die Medotronik der CONNOYT bereits festgestellt hat.« Er rieb sich etwas enttäuscht den Nasenflügel. *Auch Aras wirken keine Wunder ...*

Der Ara schenkte ihm ein schmallippiges Lächeln. »Kein *Mensch* kann ihn zurückholen. Aber ich bin kein *Mensch.*«

»Du bist aber auch kein Gott, der die Toten auferstehen lassen kann.«

»Können das eure Götter?«, fragte der Ara mit sichtbar geschauspielertem Interesse. »Wenn nicht, bringe ich es ihnen gern bei. Verlass jetzt den Raum, Resident.«

»Nein. Ich bleibe. Aber keine Sorge. Ich werde dir keine medotechnischen Geheimnisse abschauen.«

»Dazu wärst du auch kaum in der Lage, Resident. Aber ich wünsche kein Publikum.«

»Du meinst: Ich soll dir einfach vertrauen?«

»Nein, das meine ich durchaus nicht. Mich interessiert nicht, ob du mir vertraust oder nicht. Mich interessiert nicht, was du denkst. *Du* interessierst mich nicht.«

»Ich vertraue dir tatsächlich nicht.«

Der Ara schaute einer Weile auf Rhodan herab. Dann klapperte er leise mit den Zähnen. Rhodan wusste, dass das Aufeinanderschlagen der Zähne einem Kode folgte; es übermittelte Anweisungen an diverse Steuerelemente, die der Ara sich in den Unterkiefer hatte implantieren lassen.

Trantipons Holo-Double erlosch.

»Ich werde etwas essen gehen«, sagte er. Dann wies er mit seinem überlangen Mittelfinger auf Rhodan und verkündete lautstark in Richtung Medotronik: »Der terranische Resident und Kosmokratenritter übernimmt die Operation. Folge seinen Anweisungen. All seinen Anweisungen. Viel Schaden kann er ja nicht mehr anrichten. Wenn der Resident mit der Operation fertig ist, kannst du Trantipons Überbleibsel entsorgen.« Dann lächelte er wieder Rhodan zu. »Ich wünsche viel Vergnügen!« Er drehte sich um und stakste mit langen Schritten Richtung Ausgang.

Rhodan gab sich geschlagen, überholte ihn wortlos und verließ den Raum.

Die Tür zischte hinter ihm zu. Er hört noch, wie der Ara sie verriegelte.

Ein alter Vers kam ihm in den Sinn: »Tod, wo ist dein Stachel?« Vielleicht hatte er kein Recht, die Mühen für gering zu halten, die ein Wesen wie Plob Arnoyn auf sich nahm, um dem Tod mit den Mitteln der Technik entgegenzutreten. Vielleicht sollte er, dem eine bis ins Unfassbare gespannte Langlebigkeit *verliehen* worden war, der dem Tod entwöhnt war wie einer dunklen Muttermilch, sich aller inneren Kommentare enthalten.

Er versuchte es jedenfalls.

STERNENWANDERER

Nachdem Plob Arnoyn ihn fortgeschickt hatte, bat Rhodan um ein Gespräch mit Pron Dockt. Er setzte wieder über auf die CONNOYT. Auf dem Weg vom Hangar zu den Räumen, in denen der In-vitro-Bruder des amtierenden Lordmedikers Oclu-Gnas residierte, nahm er von einem vorbeigondelnden Serviceroboter eine kleine Erfrischung an – einen schmalen Schlauch mit klarem Wasser, das allerdings nach Erdnuss schmeckte und rasch sättigte.

Der Raum, in dem der Ara ihn empfing, überraschte ihn und ließ ihn darüber nachdenken, ob er jemals zuvor in einer araischen Privatwohnung gewesen war. Amtliche Personen wie er bewegten sich meist in amtlichen, allenfalls militärisch-funktionalen Innenräumen.

Auf dem Boden lag ein feingliedriges Parkett; die Stäbe dufteten schwach nach Sandel. Auf einem niedrigen Podest spielte eine Kapelle aus vier Ara-Frauen und einem Roboter, offenbar eine stumm geschaltete Holografie, denn obwohl die Musikanten ihre Instrumente bedienten, erklang kein Ton.

Oder spielten sie in einem für Menschen unhörbaren Frequenzbereich?

Sie setzten sich an einen Tisch, der mit rotem Leder bezogen war; aus dessen Mitte wölbte sich ein Auge, das anscheinend versuchte, Rhodan in den Blick zu bekommen.

Er wollte von Pron Dockt wissen, ob er in Sachen Ara-Toxin neue Erkenntnisse gewonnen hatte.

»Wenn Oclu-Gnas und ich erfolgreich an einem Gegenmittel für die planetar-metamorphotische Substanz arbeiten sollen, wäre mehr Informationen zu erhalten kein Hindernis«, sagte der Ara auf seine etwas umständliche Art. Seine hellroten Augen schauten dabei um eine Handbreit an Rhodan vorbei.

Pron Dockt zeigte einige klassische Symptome des Autismus, einer psychischen Krankheit, die für die araische Pharmatechnologie eigentlich keine Herausforderung darstellen sollte. Entweder täuschte der Eindruck also, oder Pron Dockt hatte irgendeinen Grund, sein Handicap nicht medikamentös zu beheben.

Rhodan nickte. »Informationen sind gut. Welche Quellen zapfen wir an?«

Der Ara fuhr sich mit den lang gestreckten Fingern durch die Dellen im oberen Abschnitt seines Schädels. Er versuchte kurz, Rhodan in die Augen zu sehen. Ein irritierender Versuch, weil der Ara leicht schielte und Rhodan nicht wusste, welches Auge er fixieren sollte. Dann glitt der Blick des Aras wieder zur Seite ab. Er zog seine Mundwinkel weit nach oben, als hätte er einen wunderbaren Scherz erzählt oder gehört; das gegenstandslose Lächeln gefror zu einer Maske.

»Oclu-Gnas und ich würden von zwei Primärquellen ausgehen: dem postplanetaren Rest von Remion – einige unserer Wissenschaftler nennen es *das Planetentransformat* – und Mantarheiler Trantipon.«

»Der tote Planet und der tote Trantipon?«

»Wir wissen nicht, ob und wie lange er tot bleibt. Plob Arnoyn ist eine Koryphäe auf dem Gebiet der grenzwertigen Reanimation.«

»Mit einem leichten Hang zur Geheimniskrämerei.«

»Wohingegen die Kabinettsitzungen der LFT und deine Konferenzen mit dem Liga-Dienst streng öffentlich sind und vom Trivid übertragen werden«, spottete der Ara. »Kann es denn unverständlich sein, dass er beim Einsatz innovativer Technologien keine Beobachter wünscht?«

»Beobachter, die wie ich die neue Technik morgen kopieren und damit auf Wiedererweckungstournee gehen würden.«

»Für einen Terraner entwickelst du einen erstaunlichen Humor«, lobte der Ara.

»Ich habe mich auf dem Weg gedopt«, gestand Rhodan. »Mit Erdnusswasser.«

Der Ara schaute erstaunt. »Gängige Lehrmeinung war, Zellschwingungsaktivatorträger wären gegen psychoaktive Substanzen weitgehend gefeit.«

Rhodan winkte ab. »Man lernt immer dazu. Wie stehen die Chancen für Trantipons Wiederherstellung? Hat Plob Arnoyn jemals einen Ara reanimiert, der vergleichbar lange hirntot gewesen ist?«

»Nein«, gab der Ara zu. »Zumindest hat er nichts über einen solchen Fall publiziert. Es muss eine echte Herausforderung für ihn sein.«

»Warten wir also ab.«

»Oclu-Gnas würde sagen: Warten wir ab und seien wir klug darauf vorbereitet, dass Plob Arnoyns Projekt Früchte trägt.«

Früchte trägt – echote es in Rhodan. *Als hätte das, was der Ara plant, irgendetwas mit der Natur zu tun. Mit Bäumen. Und Blüten. Und Früchten.* »Gesetzt den Fall, er hat Erfolg – wie sähe unsere Vorbereitung aus, wenn Oclu-Gnas und ich sie treffen würden?«

Für einen Moment wanderten die roten Augen des Aras haltlos von links nach rechts, von rechts nach links. Es brachte ihn wohl aus dem Konzept, dass sich Rhodan plötzlich auch in dieser konjunktiven Dimension bewegte, in der immer ein fiktiver Oclu-Gnas bereitstand, Rat zu geben und Vorbild zu sein.

»Wir sollten eine Vorentscheidung treffen darüber, auf welche Weise der Mantarheiler befragt wird.«

»Welche Optionen haben wir?«

»Ich empfehle die Option, keine Option auszuschließen.«

Rhodan schaute nachdenklich drein. »Kannst du das präzisieren?«

Pron Dockt spreizte die langen Finger der rechten Hand und zählte mit der linken ab: »Offen kooperative Befragung; Einkauf von Informationen durch finanzielle Zuwendungen oder juristische Zusagen; Einsatz psychotroper Medikamente; Einsatz psychotroper hyperphysikalischer Gerätschaften wie Hypnostrahler; physische Einflussnahme zur Aussageerzwingung.«

»Folter«, übersetzte Rhodan.

Der Ara setzte sein maskenhaftes Lächeln auf und blickte zur Decke. »Hättest du Skrupel? Unser Gespräch wird nicht dokumentiert, du kannst frei sprechen. Du bist gewissermaßen mein Klient.«

Rhodan warf einen Blick auf die lautlosen Musikanten. »Unsere Zivilisation hat sich vor langer Zeit entschieden, eine grundsätzliche Grenze zu ziehen. Wir fürchten, wenn wir diese Grenze lockern oder verschieben, geraten wir in die Zwangslage, jeden Einzelfall neu zu entscheiden.«

»Weder Oclu-Gnas noch ich fordern die Beteiligung eines Repräsentanten deiner Zivilisation. Ich bin durchaus in der Lage, die Aussagen herbeizuführen. Verwerten können wir sie anschließend ja gemeinsam.«

»Vielleicht wären die Resultate für mich nicht mehr verwertbar.«

»Ich verstehe«, sagte der Ara. »Du würdest die Informationen nicht nutzen wollen, weil sie unter Schmerzen und gegen den Willen des Einen erpresst worden sind, und gibst die Milliarden, die du retten könntest, ihren Schmerzen preis. Auf diese Weise wiegen dir die Schmerzen des Einen schwerer als die der Unzähligen, die du vor diesen Schmerzen bewahren könntest. Auf welcher Seite stehst du?«

Rhodan lächelte. »Ich stehe auf der Grenze, von der ich eben sprach, und verteidige sie. Wenn es sein muss, nach beiden Seiten.«

»So allein zu stehen, könnte man für Anmaßung halten. Oder für eine subtile Psychose.«

Rhodan winkte erneut ab. »Unser Gespräch nimmt eine Wendung ins Hypothetische. Lass uns über Fakten reden!«

»Gern«, sagte der Ara und klopfte auf ein Sensorfeld im roten Leder des Tisches. Aus dem Auge fuhr ein Lichtstrahl und gestaltete sich zu einer holografischen Darstellung der Monstrosität, die das Ara-Toxin aus Remion gemacht hatte.

»Call me Ishmael«, flüsterte Rhodan.

»Übersetz mir das.«

»Nenn mich Ishmael«, übersetzte der Tisch. Rhodan hob die Augenbrauen. »Dein Tisch spricht Englisch?«

»Mein Tisch hat viele Talente. Aber wer ist Ishmael, und warum sollte ich dich so nennen?«

Rhodan lachte auf. »Entschuldige. Ich vergesse immer, dass du kein Mensch bist.«

»Schwer zu glauben. Ich habe noch niemals vergessen, dass du kein Ara bist. Und du heißt nicht Ishmael.«

»Es war nur eine Gedankenkette«, erklärte Rhodan. »Ismael ist in der altterranischen Mythologie ein Verstoßener. Später beginnt mit diesem Satz eine berühmte Erzählung: *Moby Dick.* Es ist der Roman eines Mannes, der davon besessen ist, ein großes Tier zu jagen und zur Strecke zu bringen. Dieses große Tier heißt Moby Dick. Nach diesem Tier haben wir vor langer Zeit die Sternenwanderer in Andromeda genannt. Mobys.«

Der Ara betrachtete das Ding, das sich dort, nicht größer als eine Faust, über dem Tisch drehte. Rhodan vermutete, dass es sich nicht um ein Archivbild handelte, sondern um eine aktuelle Wiedergabe. Die umwälzenden Prozesse schienen zum Stillstand gekommen zu sein. Die kristalline Schlacke hatte zu einer neuen Form gefunden. In der Miniatur der Holografie erinnerte ihn das Gebilde an einen schwarz vereisten, glitzernden Puck.

»Tatsächlich hießen derartige quasi-planetare Objekte also Sternenwanderer?«

»Sternenwanderer, unter anderem. Die Maahks nannten sie, glaube ich, Wächter der Wächter. Tatsächlich hatten sie vielleicht gar keinen *offiziellen* Namen. Ich kann mich, um ehrlich zu sein, nicht mehr genau erinnern.«

»Da könnten Oclu-Gnas und ich dir ein vorzügliches Mnemo-Tonikum empfehlen!«

Rhodan hüstelte. »Es geht schon, danke. Unsere erste Expedition nach Andromeda ist über zweieinhalb Jahrtausende her. Im Jahr 2403 oder 2404 alter Zeitrechnung sind wir zum ersten Mal Mobys begegnet. Nicht in Andromeda, sondern in Andro-Beta.«

»Der Vorstoß terranischer Raumstreitkräfte nach Andro-Beta begann am 2. Juli 2402 alter terranischer Zeitrechnung«, korrigierte der Tisch – oder die Positronik, die darin hauste. »Die terranische Invasion Hathorjans – oder Andromedas, wie unser terranischer Gast sie nennt – startete am 6. Januar 2404 mit dem Flottenneubau CREST III vom Raumhafen des Stützpunktes von Power Center.«

»Power Center?«, überlegte Rhodan.

»Der Stützpunkt Power Center lag im 25. Jahrhundert auf dem Planeten Gleam im Tri-System, in der Satelliten-Galaxie Andro-Beta, die dem Andromeda-Nebel vorgelagert ist. Im Jahre 2405 war Solarmarschall Julian Tifflor als Kommandierender der Andro-Beta-Flotte der Oberkommandierende von Power Center.«

»Danke für die Nachhilfe.« Rhodan schloss einen Moment lang die Augen. Dunkle Schemen. Die Landung des CREST III, des ersten Raumschiffs der 2500 Meter durchmessenden GALAXIS-Klasse auf dem Raumlandefeld von Power Center. Kalak, seine Werft KA-preiswert. Die Biospalter. Damals begann die sechste Epoche – die sechste von mittlerweile wie vielen? *In welcher Epoche lebe ich?* Was hatte Atlan damals im Angesicht des Raumschiffes gesagt? »Damit könnt ihr Höhlenwilden ganze Galaxien zertrümmern. Solltet ihr einmal die Beherrschung verlieren.«

Bislang hatten sie die Beherrschung noch nicht verloren, die Höhlenwilden.

»Die Mobys?«, lenkte Pron Dockt seine Gedanken zurück zum Thema.

»Ich bin mir nicht sicher, ob es sich bei dem Quasi-Planeten, der aus Remions – wie hast du es genannt? – Metamorphose hervorgegangen ist, um einen Moby handelt. Könnte es sich um eine bloße Analogie handeln?«

Der Ara dachte laut nach. »Die Evolution erzeugt analoge Erscheinungsformen auch bei nicht verwandten Arten. Konvergenter Selektionsdruck, analoge Entwicklungskorridore könnten zu ähnlichen Lebensformen führen.«

Haie, Delfine, Meeressaurier, dachte Rhodan. *Nicht enger miteinander verwandt, aber in der biologischen Architektur sehr ähnliche Gestalten.* Dann lachte er auf. »Lebensformen? Ich würde nicht sagen, dass ein Moby im engeren Sinn des Wortes *lebt.*«

»*Worte*«, sagte der Ara gedehnt und schaute an Rhodan vorbei. »In der Tat aber haben Oclu-Gnas und ich die stellaren Räume noch nie als Biotope betrachtet, als Kontexte, in denen *Existenzformen* entstehen und sich entwickeln könnten. Schon gar nicht liegen uns vergleichende Daten über die Milchstraße und Andromeda vor. Außerdem haben wir es in diesem Fall nicht mit einem Evolutionsprozess zu tun, sondern mit einer Manipulation –

gesetzt immer, die planetar-metamorphotische Substanz ist kein natürliches Medium, sondern ein Artefakt.«

»Zu viel Theorie«, monierte Rhodan. »Wir werden hinfliegen.«

»Wann werden wir also hinfliegen?«

»Wie lange brauchst du, um eine Mannschaft zusammenzustellen?«

»Ohne Oclu-Gnas brauche ich eine halbe Tonta. Etwa eine Dreiviertelstunde.«

»Gut«, sagte Rhodan und stand auf. Er war mit den Maßen der arkonidischen Zeitrechnung vertraut. »Ich bereite eine Space-Tube vor – deine Erlaubnis vorausgesetzt.«

Der Ara grinste breit und starr und nickte an Rhodans Blick vorbei. An der Kabinentür drehte sich Rhodan noch einmal um: »Nur, um meine Neugierde zu befriedigen: Was spielen deine Musiker eigentlich?«

»Einen altteranischen Komponisten«, sagte der Ara. »Schubert. Das Streichquintett in C-Dur.«

»D 956«, warf der Tisch ein.

»Kennst du es? Kanntest du Schubert?«, wollte der Ara wissen.

Rhodan lächelte. *Da muss ich Tausende von Lichtjahren weit fliegen, um mit einem autistischen Ara über alteuropäische Musik zu sprechen. Über ein Wunderwerk von Musik.*

»Ich bin nur ein bisschen unsterblich«, erläuterte er dann. »Ich lebe nicht schon immer.«

»Hm«, machte der Ara. »Ich habe euch Unsterbliche immer als eine eigene Spezies gesehen. Perry Rhodan – das war kein Einzelwesen, sondern eine Prozession, der aus der Tiefe der Zeit auftaucht und in eine ferne Zukunft geht.«

»Nein. Ich bin allein. Enttäuscht?«

Pron Dockt grinste.

»Ich kannte Schubert nicht«, sagte Rhodan endlich. »Aber ich kenne das Quintett. Es ist eine einzigartige Musik. Sie leuchtet im Dunkeln, ohne zu blenden. Schubert selbst soll das Stück übrigens nie gehört haben.«

»Ich höre es auch nicht«, erklärte der Ara. »Ich mag keine Musik.«

Rhodan zog erstaunt die Augenbrauen hoch. »Und warum spielt dann dieses Hologramm hier?«

»Ich mag keine Musik«, wiederholte der Ara. »Aber die Bewegungen, die die Musiker ausführen in diesem Stück, sind von einer großen Anmut.«

Für einen kurzen Moment blickten sie einander in die Augen.

Rhodan atmete noch einmal das Aroma von Sandelholz ein, das vom Parkett hochwehte. »Wir sehen uns im Hangar«, verabschiedete er sich und ging.

Perry Rhodan spazierte langsam um die Space Tube mit der Kennung CONNOYT 9/8, die Hände auf dem Rücken verschränkt. Er dachte nach.

Die Tube war eine von zweien, die in diesem Hangar der CONNOYT standen. Die Miniaturwalze – oder der Riesenlaib aus Metall – maß fast 40 Meter in der Länge und war fast 15 Meter hoch. Es war ein weitgehend demilitarisiertes Schiff ohne Transformkanone, allerdings mit zwei leistungsstarken Desintegratorstrahlern und HÜ- und Paratronschirm. Die Maschinenanlagen waren den Bedingungen der erhöhten Hyperimpedanz angepasst. Das unbrauchbare Metagrav-Triebwerk war demontiert und durch einen robusten Linearkonverter ersetzt worden.

Die Transportfinnen am Bug der Tube hingen noch leer. In diesem Moment öffnete sich ein Versorgungsschacht an der rückwärtigen Hangarwand, und eine Palette mit positronisch-autonomen Sonden schwebte auf einem Antigravfeld herbei und platzierte sich vor die Space-Tube. Die Finnen registrierten die Ankunft der Palette und griffen mit einem leisen Summen zu.

Einige kugelförmige Roboter umschwirrten das kleine Raumschiff, nahmen letzte Checks am Multisensorband vor, das die Tube im Bereich ihres dritten Decks umgab. Das rückwärtige Hangartor zum unteren Deck des Raumschiffs stand noch offen. Rhodan sah das Shuttle, das auf seine Bitte mitgenommen wurde: eine Miniatur-Space-Jet von gerade mal zehn Metern Durchmesser und sieben Metern Höhe, unbewaffnet und nur mit einem Impulstriebwerk ausgerüstet.

Er wusste, dass die Bordpositronik der Space-Tube ununterbrochen mit der Hauptpositronik der CONNOYT in Kontakt stand und von ihr mit Daten über die Lage beim Planetenrelikt und im Sonnensystem unterrichtet wurde.

Es war kühl im Hangar, wenn auch nicht unangenehm. Eine leichte Brise wehte aus der Klimaanlage. Die Schiffspositronik hatte der Atmosphäre ein Aroma beigemischt, das er nicht genau identifizieren konnte, eine Mischung aus Waldmeister und Moschus.

Ohne Zweifel wieder eine araische Wunderdroge. Wenn man sich auf den Geruchssinn konzentrierte, konnte man spüren – oder meinen –, dass es in jedem Segment des Schiffes eine geringfügig andere Variante der Atemluft gab.

Vermutlich scannten die Fühler der Medotroniken jederzeit seine und die Biodaten aller Besatzungsmitglieder und Passagiere, analysierten ihre Reaktion auf die atmosphärischen Bedingungen, setzten die einen ätherischen Substanzen zu, saugten andere ab.

Und verwandelten das Schiff auf diesem Weg in ein einziges, großes Labor und ihn und die anderen Lebewesen an Bord in Versuchsobjekte.

Pron Dockt ließ auf sich warten. Perry Rhodan dachte nach.

»Darf ich dich stören, Resident?«, fragte eine körperlose Stimme. »Die Arkoniden sind abflugbereit. Möchtest du dich von ihnen verabschieden?«

Rhodan nickte. Er hatte die Positronik gebeten, ihm diese Mitteilung zu machen, sobald die Zeit gekommen war.

Er betrat die Space-Tube und stieg hoch in deren Zentrale.

Im Holoschirm baute sich das Gesicht Valana da Buttés auf. Es wirkte rund, ein wenig aufgeschwemmt; die fahlen Zöpfe hingen dünn herab. Die Zopfspangen schlugen matt und ohne Auftrieb mit den Flügeln.

»Wir wären so weit, Resident«, verkündete sie mit ihrer hellen, keifenden Stimme.

»Ich danke dir sehr für deine umfassende Hilfe, Tharg'athora da Butté«, sagte Rhodan förmlich.

Die beleibte Arkonidin grinste. »Dürfte das erste Mal sein, dass eine Kommandantin sechster Klasse von einem so hochrangigen Emporkömmling gebauchpinselt wird.« Ihre Augen funkelten. »Sparen wir uns das Getue, in Ordnung?«

Rhodan lächelte zurück. »Vielleicht wird es Seine Imperiale Glorifizienz Imperator Bostich nicht ganz so sehen, aber in den letzten Tagen hat deine Flotte eine große Schlacht gewonnen.«

»Tja«, sagte die Arkonidin. »Sehe ich auch so. Können wir jetzt losfliegen? Ich möchte nicht, dass Seine millionenäugige, allessehende, alleswissende Erhabenheit erfährt, dass du unsere Flotte nicht nur als Spedition missbrauchst, sondern auch noch mit einer seiner begabtesten Kommandeurinnen schamlos flirtest.

Das Imperium wird seine Rechnung stellen.«

»Daran habe ich keinen Zweifel«, seufzte Rhodan und hielt einen vorbereiteten Datenkristall ins Einlesefeld des Bordrechners. »Meine Positronik übermittelt deinem Schiff soeben eine Nachricht an den Imperator. Bitte richte ihm ganz persönlich meinen Dank aus. Und du« – er grinste sie müde an – »hast auch etwas gut bei mir und der Liga.«

»Bitte keine Orden«, wehrte sie ab. »Die hänge ich zuhause immer meinen Servicerobotern um. Von finanziellen Zuwendungen darfst du auch absehen. Meine Familie ist reicher, als ich aussehe. Aber ...« Sie lächelte.

»Ja?«

»Aber es wäre schmeichelhaft, wenn du in Terrania eine Straße nach mir benennen könntest.«

»Was für eine Straße?«

»Eine Sackgasse«, lachte sie. »Als Sinnbild meiner Karriere.«

Er lachte mit, bis sie übergangslos ernst wurde.

»Wir werden die Daten auswerten, aber ich denke, mit euren Ressourcen vor Ort werdet ihr schneller sein als wir. Du kümmerst dich mit den Aras um das Problem dieses Planetengifts, ja?«

»Ja.«

»Gut zu wissen«, sagte sie und blinzelte ihm zu.

Er runzelte verwundert die Stirn. »Danke, Arkonidin. Ich dachte, mein Ruf ...«

»Werd nicht sentimental«, unterbrach sie das Gespräch. »Mach dich an die Arbeit.«

Das Bild erlosch.

Rhodan tippte die Positronik seines Multifunktionsarmbandes an. »Mach dir eine Notiz«, sagte er. »Dass wir in Terrania eine Straße umbenennen.«

»Notiert. Was für eine Straße schwebt dir vor?«

Rhodan malte sich für einen Moment aus, welche Zukunft den Remiona auf einem Planeten in der Einflusssphäre Bostichs blühen könnte. Herrliche Zeiten, erbärmliche Zeiten?

»Eine Allee«, sagte er, »eine schöne, weite, luftige Allee voller prächtiger Bäume, die in weite Ferne führt. Und wenn wir sie eigens bauen müssen.«

»Ist notiert.«

Wenige Minuten später meldete die Positronik der CONNOYT, dass die arkonidische Flotte in den Linearraum gewechselt war.

Er verließ die Space-Tube wieder und wartete.

Positronisch verschlüsseltes Datonkomprimat;
privatisiertes Chiffriersystem PR/Bo
Zellaktivatorkennung notwendig zur Initiierung
der Dechiffrierung

Salida-System; 2. Juli NGZ
An Bord des Ara-Schiffes CONNOYT
Perry Rhodan an Gaumarol da Bostich

Bostich,

für deine Hilfe in Sachen Evakuierung Remions sehe ich mich persönlich in deiner Schuld. Wenn deine Flottenadministration die Höhe der finanziellen Aufwendungen für den außerplanmäßigen Einsatz deiner Schiffe ermittelt hat, begleichen wir diese Kosten selbstverständlich.

Die wissenschaftliche Abteilung der Einatzflotte wird dich mit hinreichendem Datenmaterial versorgt haben. Soweit es technisch in meiner Macht steht, lasse ich dir jede weitere Information zukommen.

Ich tue das, obwohl ich nicht ausschließen kann, dass du – aus welchen Gründen auch immer – in das Projekt Planetentransformation eingeweiht bist. Aber ich gehe davon aus, dass du in keinerlei bewusstem oder beabsichtigtem Verhältnis zum Ara-Toxin und der planetaren Nekrogenesis stehst, die es auslöst.

Es kann nicht schaden – wenn du den Rat eines dienstälteren Politikers gelten lässt – zu untersuchen, ob es eine Kollaboration zwischen den Bürgern des Imperiums und den Verantwortlichen für das Ara-Toxin gibt. Ich werde Entsprechendes für den Einflussbereich der Liga veranlassen.

Gehen wir bis auf Weiteres davon aus, dass beide Interessensgebiete – deines und das der Liga – nichts als unschuldige Opfer sind.

Mir liegen bislang keinerlei Hinweise vor, dass arkonidische Planetarterritorien betroffen sind.

Angesichts der beispiellosen Brutalität und Rücksichtslosigkeit derjenigen, die für den Einsatz des Toxins verantwortlich sind, vermute ich allerdings, dass auch einige deiner Welten infiziert sind. Wenn nicht sogar Arkon selbst.

Wir haben einen der Verantwortlichen gefasst, den Ara und Mantarheiler Trantipon. Sein derzeitiger Zustand erlaubt kein Verhör, er ist tot; ich bin, um ehrlich zu sein, auch pessimistisch, was das Ergebnis einer zukünftigen Vernehmung angeht. Auch du und ich hätten Möglichkeiten, in solchen Befragungen nur das zu sagen, was wir sagen wollen.

Die Aras stehen uns, soweit ich sehe, in solchen mentalstabilisierenden Psychotechnologien nicht nach.

Außerdem – aber zitiere mich bitte nicht mit dieser Aussage, ich schildere dir jetzt nur ein Gefühl – erscheint mir Trantipon nicht der Mann zu sein, der das Kommando Ara-Toxin befehligt. Ihm fehlt es, wenn ich so sagen darf, an dem nötigen Format.

Missversteh mich nicht: Ich will die Rolle Trantipons nicht kleinreden. Er ist sicher eine Schlüsselfigur. Aber ...

Es sind noch zwei Mantarheiler im Spiel; sie heißen Zucry-Dal und Erbente-Bor. Sicher gelingt es deinen Nachrichtendiensten, etwas über die beiden herauszufinden.

Es würde mich aber auch nicht wundern, wenn deine Forschungen, was diese Mantarheiler betrifft, ins Leere laufen. Diese ganze Ebene ist irgendwie nicht *griffig*, wenn du verstehst. Sie ist nur ein Vordergrund, eine Kulisse.

Und ich habe noch keine Ahnung, wer der Regisseur ist.

Wenn du irgendetwas weißt: Ich bin für jeden Tipp und jede Hilfe dankbar.

Rhodan Ende.

Eine quälende Geburt

Nachdem er den Operationssaal isoliert hatte, aktivierte Plob Arnoyn per Gebissbefehl ein ganzes Arsenal von chirurgischen Hilfsmitteln. Das diagnostische Hologramm baute sich wieder auf. Im spiegelglatten Boden des Saals erschien eine kreisrunde Öffnung; daraus wuchs ein säulenförmiger Roboter und entfaltete seine drei Arme wie eine metallische Blüte.

Die Medotronik projizierte diverse Antigrav- und Fesselfeldareale in die Nähe des Operationstisches. Der Roboter fuhr einen der Arme teleskopartig aus und füllte einige der Fesselfeldschalen mit unterschiedlichen Flüssigkeiten.

Neben dem Tisch stieg eine Konsole auf, in deren oberem Teil ein Becken eingelassen war, das unter einem grünlich flimmernden Desintegratorfeld lag.

Am Kopfende des Tisches schraubte sich eine weitere Säule hoch, bog sich in Kopfhöhe der Leiche zum Tisch und entfaltete eine Haube, die sich über die Reste des Schädels senkte.

»Verbrennungstiefe im Schädelknochen ein bis eineinhalb Zentimeter. Nervengewebeschäden durch Thermostress und Sauerstoffmangel«, teilte die Medotronik mit. »Verflüssigungsnekrose im Gehirn durch Sauerstoffminderversorgung.«

Der Ara war nach einem Blick in den Schädel zum selben Ergebnis gekommen. Die dunklen Einsprengsel in seinem linken Auge waren nanoskopische Sehhilfen, die ihn zu Einblicken bis in molekulare Strukturen befähigten. »Fangen wir an«, befahl er. »Wir entnehmen das Gehirn und krykonservieren es vorläufig.«

Die Wand öffnete sich, eine niedrige Konsole rollt heraus und stoppte am Kopfende des Operationstisch neben der Säule, deren Haubenteil mit dem Desintegratorskalpell den Schädel aufsägte und dann das Schädeldach mit einem Zugfeld abhob.

»Alles bereit?«

»Alles bereit«, gab die Konsole mit derselben geschlechtslosen Stimme zurück, mit der auch die Medotronik sprach. Sie projizierte ein komplexes Thermo- und Fesselfeld, nahm das Gehirn auf und gefror es übergangslos.

»Sondiere es, zeig mir die Ergebnisse, kartografiere Einsatzgebiete der Reanimationslegion.«

»Das wird bei diesem lädierten Hirn voraussichtlich zehn bis fünfzehn Zentitontas dauern.«

»Ja, verstanden. Die Priorität liegt auf Gründlichkeit, nicht auf Tempo. Operation am Vorderkopf und am Körperstamm fortsetzen. Wir beginnen mit den verkohlten Sektionen.«

»Ein früheres Debridement des avitalen Gewebes wäre wünschenswert gewesen«, monierte die Positronik.

»Vielleicht«, gab der Ara zu, »aber die Bergung des Gehirns hat Vorrang. Außerdem müssen wir keine Rücksicht auf kosmetische Aspekte nehmen. Schneiden!«

Im Innern der Kopfhaube klangen leise, summende Geräusche auf. Zugleich richtete der Operationsroboter die beiden anderen Arme aus und begann damit, die verkohlten Gewebeschichten abzutragen. Das von Gesicht, Hals und Leib abgeschnittene oder abgeschabte Material landete in der Desintegratorwanne und löste sich zu einem Gas auf, das sofort abgesaugt wurde.

»Nun das mindergradig verbrannte Gewebe entfernen.«

Weitere Schnitte, weitere Entsorgungen. Plob Arnoyn schritt langsam um die Leiche, begutachtete die Arbeit. Zweimal korrigierte er die Medotronik und übernahm selbst die Steuerung der Roboterarme und ihrer Skalpelle. Kühner waren seine Schnitte, visionärer, dabei nicht weniger präzise.

Beiläufig registrierte er, dass inmitten des verkohlten Gewebes der Hände die Fingernägel zwar auch schwarz waren, aber schimmerten, als hätte der besondere Lack, den der Mantarheiler aufgetragen hatte, den Brand unbeschadet überstanden.

Warum auch nicht? Wer konnte sagen, welche Substanzen, welchen mikroskopischen Maschinenpark Trantipon dort untergebracht hatte? Plob Arnoyn lächelte. Jeder Ara hütete seine kleinen Betriebsgeheimnisse.

»Wir öffnen den Brust- und Bauchraum«, wies er die Maschine an. Er wartete, bis der Befehl ausgeführt war, biss auf die Zähne, gab ein Signal. Ein neuer robotischer Assistent erschien auf der chirurgischen Bühne, ein ovales, mit etlichen Tentakelarmen versehenes Gerät.

»Entnahme, Überprüfung und Reorganisation der inneren Organe!«

Von der Decke senkten sich korbähnliche Geflechte aus Metall und Energiefeldern. Sie hingen an silbrigen Schläuchen. Mit einem leisen pneumatischen Zischen hielten sie in der Höhe des Tisches.

Der ovale Roboter entnahm das Herz, die Leber, die Nieren, die Lungenflügel, die Milz, den Magen und den anhängenden Darmtrakt und sortierte sie in die Körbe. Dort wurden sie untersucht, in sauerstoffreichen Emulsionen gespült, durchblutet.

Keines der Organe erwies sich als intakt. Plob Arnoyn befahl ihre Reparatur; um solche Bagatellen musste er sich nicht selbst kümmern.

»Ich bin so weit, dass ich dir ein diagnostisches Hologramm des Gehirns präsentieren kann«, meldete die Medotronik.

»Stuhl bitte!«, kommandierte Plob Arnoyn. Aus dem blanken Boden baute sich ein Sessel mit blauem Sitzpolster und ebenso gepolsterten Armlehnen auf. Der Ara nahm Platz. Aus der Decke senkte sich ein Holoprojektor und stellte das dreidimensionale Abbild von Trantipons

Gehirn in den Raum. Langsam näherte sich die Holografie dem Sitz Arnoyns und hüllte ihn förmlich ein. Der Ara studierte die Schäden im Nervengewebe. Sie waren beträchtlich, viel tiefer gehend als alle bewusstseinsproduzierenden Organe, die er bislang reanimiert hatte. Er dachte nach.

»Lippen, Zunge und Gaumen irreparabel geschädigt. Ebenso Luftröhre und Bronchien«, hörte er die Medotronik.

»Zellproben nehmen und nachzüchten«, befahl er, nur halb konzentriert. »Wir nehmen vorgefertigtes Gewebe und konvertieren den genetischen Kode entsprechend dem Original.«

»Wird eine Indifferenzidentität zwischen dem Ausgangsmaterial und dem konvertierten Ersatz angestrengt?«, fragte die Medotronik.

»Nein«, antwortete er. »Annäherungswert fünfzig Prozent reicht aus.«

Eine weitere Tür in der Wand glitt auf; hüfthohe, kopflose Roboter trugen das Material für die Rekonstruktion des Mund- und Rachenraumes herbei.

»Welche Augen nehmen wir?«

»Irgendwelche«, murmelte Plob Arnoyn abwesend. Er studierte einige Auffälligkeiten in der holografischen Wiedergabe des Gehirns.

Er bemerkte kaum, dass weitere Türen vor Wandnischen zur Seite glitten, Assistenzroboter auf Antigravfeldern daraus hervorschwebten, Medotruhen im Fesselfeldgepäck. Sie öffneten die Truhen und entnahmen ihnen protospezialisiertes Gewebe, ganze Tücher von Epithelen für die Körperoberfläche, amorphe Massen von Binde- und Stützgewebe, Stränge von Nerven- und

Muskelzellen. Eine genetische Anpassung war bereits in den Medotruhen vorgenommen worden. Jetzt wurde der Leichnam des Mantarheilers damit ausgerüstet.

Als oberste Schicht wurde Biomolplast aufgetragen.

»Wir haben die inneren Organe gewebetechnisch restauriert und mit nanotechnischen Assistenten versehen. Sie sind funktionsfähig.« Plob Arnoyn fächerte seine langen Finger auf zum Zeichen, dass er die Nachricht zur Kenntnis nahm und guthieß.

»Wir mussten die Haut geringfügig Ara-untypisch aufbauen«, fuhr die Positronik fort, »Einige Schichten des Plattenepithels konnten noch nicht hinreichend verhornt werden, wir haben zur Ergänzung und Stabilisierung synthetische Ersatzstoffe eingezogen.«

Er fächerte wieder die Finger auf. »Wie lebensfähig ist der Metabolismus?«, fragte er.

»Jedem Einzelstück garantieren wir eine Funktionsdauer von zehn bis fünfzehn Jahren, aber die Lebensdauer des Gesamtgefüges können wir nicht prognostizieren, solange keine Hochrechnungen über die Leistung des Gehirns vorliegen. Die komplexen psychosomatischen Effekte entziehen sich noch unserer Kenntnis.«

»Natürlich«, gab der Ara zu. »Setzt die Organe wieder ein, schließt sie an den Blutkreislauf und an das vegetative System an. Blut ist nachgefüllt? Gut.

Nehmen wir uns also die Bewusstseinsindustrie des geschätzten Mantarheilers vor. Schauen wir, was das Feuer und der Tod uns übrig gelassen haben, und ob es genügt, um seine ÜBSEF-Konstante zu rekonstruieren.«

Plob Arnoyn nahm das Studium der Strukturen wieder auf, die sich um ihn herum ausbreiteten, Schicht um

Schicht enthüllten. Er war noch zu keinem abschließenden Urteil gelangt.

Die Zellareale des Mittel- und Stammhirns waren wie die des Kleinhirns überwiegend an Sauerstoffmangel gestorben. Winzige Regionen des Großhirns, zumal der millimeterdünnen Großhirnrinde, hatten darüber hinaus auch vom Thermostress Schäden davongetragen. Etliche Millionen Zystosomata waren restlos vernichtet.

Plob Arnoyn besichtigte die sensorischen Felder und die Rindenfelder im vorderen Teil des Gehirns, die für Gedanken und Antrieb zuständig waren. Viele Verwüstungen, vieles sah heillos aus.

Natürlich gab es auch große Sektoren, gerade im Kortex und in den subkortikalen Bereichen, in denen sowohl die Zellen als auch ihre Synapsen unbeschädigt schienen – einmal abgesehen davon, dass sie erstickt waren. Über die verbliebene synaptische Effizienz der neuronalen Netze konnte er nur spekulieren. Das Gedächtnis, das hier repräsentiert war, würde sich rekonstruieren lassen, aber in welcher Form das wieder zu erweckende Bewusstsein des Mantarheilers darauf Zugriff erhalten und wie dieses Bewusstsein sich mit den Inhalten identifizieren würde, ließ sich schlechterdings nicht voraussagen.

Welches Bewusstsein würde der Mantarheiler entfalten?

Arnoyn winkte die Mandelkerne im medialen Teil des Temporallappens zu sich heran, ließ sie sich drehen und wenden und ihre Tiefenstruktur enthüllen.

Es sah übel aus.

Die Mandelkerne – oder Amygdala – waren für die emotionale Einfärbung der Gedanken zuständig. Sie erzeugten, schlicht gesagt, die Angst, die warnt, zurückschrecken lässt und damit zum Leben und Überleben notwendig war.

Für einen Moment geriet der Ara in Zweifel. Dieses Gehirn war mit denen nicht zu vergleichen, die er grenzwertig reanimiert hatte.

Es hatte jene letzte Grenze längst passiert und war in unsäglich entlegene Territorien vorgedrungen.

Der Ara schaute zu, wie einige unbedeutendere Strukturen durch Nervenzellenprothesen aus Silizium-Neuronen ersetzt wurden. Dann hatte die Medotronik die Routinearbeiten erledigt.

»Plob Arnoyn?«, fragte sie ihn. »Gibst du mir weitere Anweisungen?«

Der Ara ballte die Hände zu Fäusten und rieb sich die Augen. Er schaute sich um, als sähe er den Operationssaal zum ersten Mal. »Zeichne ab hier alles auf«, befahl er. »Wir begeben uns auf eine Expedition, wie es noch keine gegeben hat.«

»Die Holo- und Tiefenkameras laufen«, signalisierte die Medotronik.

»Setz unsere Heilsarmeen in Gang«, befahl er.

Eine letzte Tür öffnete sich, eine letzte Kammer wurde sichtbar. Der Roboter, der herausglitt, ähnelte einer zehngliedrigen Spinne, deren Leib jedoch nach unten stabförmig verschlankt und extrem verlängert war. Am Fuß des Leibes saß der Antigravprojektor, der das ganze Gebilde trug und voranschob.

Die zehn Glieder hielt der Roboter ausgespannt und gespreizt, und zwischen ihnen hingen unendlich feine, kaum sichtbare Strukturen, Netze oder Blasen, die von Energieschirmen geschützt wurden.

Innerhalb der Schirme herrschte ein Vakuum, ein völlig keimfreier Raum. Zugleich hielt der Schirm jegliche Strahlung von der Fracht ab.

Als er das Fesselfeld mit dem gefrorenen Hirn erreicht hatte, machte der Roboter halt. Das therapeutische Feld taute die Zellstrukturen behutsam auf und lenkte das Hirn langsam zurück in den Schädel. Zugleich bildete der zehnarmige Roboter mikroskopische, unsichtbare Tunnelfelder aus, die sich zwischen die Faltungen und Furchen der Hirnmasse senkten und in die Zellen und Zellzwischenräume eindrangen.

Dann setzte der Roboter die Nanolegionen in Marsch.

Plob Arnoyn blieb sitzen wie der Stratege auf seinem Feldherrnhügel. Hin und wieder vergrößerte die Medotronik einen Zellbezirk, der den Ara besonders zu interessieren schien; vieles beobachtete er mittels der Augenimplantate direkt auf molekularer Ebene.

Während am immer noch geöffneten Leib die gröberen chirurgischen Eingriffe weiterliefen und die biomechanische Reparatur sich dem Ende näherte, das Herz bereits wieder schlug, Blut pumpte, Sauerstoff verteilte, begannen die Nanolegionen ihre Schlacht.

Sie infiltrierten zu Milliarden die Nervenzellen und ihre Synapsen; zwischen den Zellen errichteten sie mikroskopisch kleine Leitstellen und Energiefabriken, gegen die die Mitochondrien riesenhaft wirkten. Sie lagerten an das vorhandene biologische Muster ein pseudo-neuronales Netz an, gebaut aus Nanomaschinen, stellten Kreuz- und Querverbindungen her; sie restaurierten Zellwände, Zellkerne, Dendriten, Synapsen und Axonterminale, synthetisierten Neurotransmitter, führten Energie zu, feuerten und ließen feuern.

Stunden vergingen.

Langsam, ganz langsam kam das billionen- und aberbillionenfach vernetzte System wieder in Gang, wie ein Werk aus Rädern, mehr Rädern, als eine Galaxis Sterne hatte.

Aber kein Geist erwachte in der biologischen Maschine.

»Keine Impulse«, sagte die Medotronik. Sie maß immer noch keine überlagernde Sextabezugs-Frequenz, keine Hypersexta-Modulparstrahlung an.

Auf gewisse Weise *arbeitete* das Gehirn, es lebte, aber es generierte kein Bewusstsein.

Bislang hatte Plob Arnoyn seine grenzwertige Reanimierungen mit den von ihm weiter entwickelten Mitteln und Werkzeugen der klassischen araischen Medotechnologie bewirkt.

Dieser Fall lag anders. Dieser Fall erforderte den ersten Einsatz seines Prototyps.

»Wir schalten den Sextadim-Frequenz-Simulator zu …«

Der stabförmige Roboter entnahm einer schmalen Luke in seinem Leib ein filigranes Netz und spannte es aus. An den Knotenpunkten funkelten Hyperkristalle.

Es hatte Arnoyn Jahre seines Lebens gekostet, dieses Gerät zu konstruieren. Er hatte sich mit den theoretischen Grundlagen der Pedotransferierung vertraut gemacht; er hatte sich aus alten terranischen Archiven Aufzeichnungen über die Tryzom-Technik verschafft, über dieses biotechnische Produkt der Cappin-Kultur, die im Hirn einen mentalen Zwilling des primären Geistes erzeugen konnte.

Lange hatte er mit einem Posbi konferiert, der sich auf die Erforschung des Zentralplasmas spezialisiert und Informationen über das Funktionsprinzip des sogenannten Sextadim-Aktivkodierers gesammelt und systematisiert hatte, den der Dekalog der Elemente im Jahr 427 NGZ gegen die Hundertsonnenwelt eingesetzt hatte – ein Waffensystem, mit dem pseudomentale Haltungen und Einstellungen in das Zielbewusstsein gespeist werden konnten.

Er hatte Puzzlestück um Puzzelstück zusammengesetzt, hatte Versuchsmodell auf Versuchsmodell gebaut, war gescheitert und hatte neu begonnen.

Er hatte keine Ahnung, ob dieses Gerät mit den hyperdimensional schwingenden Kristallen, die ihn die Hälfte seines Vermögens gekostet hatten, unter den Bedingungen der erhöhten Hyperimpedanz adäquat arbeiten konnte.

Aber wann, wenn nicht in dieser Situation, wollte er es versuchen?

Das Netz umspannte den reparierten Schädel des Leich nams.

»Jetzt!«

Der stabförmige Roboter aktivierte das Gerät, und das Netz strahlte für eine Pikosekunde einen Impuls aus, der in das Gehirn des toten Mantarheilers gerichtet war.

In dieser Pikosekunde verbrannten 2,717 Gramm Tlynosiim, das er nach und nach und über etliche Mittelsmänner auf Gatas erworben hatte, zu leeren Kristallen.

Davon, was sich im Inneren des Gehirns wirklich ereignete, konnte auch Plob Arnoyn sich nur eine ungefähre Vorstellung machen. Vielleicht war es dies: Der Impuls leuchtete die leeren Kammern des Geistes aus und machte für diese ultrakurze Dauer die Fragmente des toten Bewusstseins sichtbar, regte sie zu einem Nachhall an. Die Nanolegion erspähte in diesem sechsdimensionalen Licht die mentalen Bruchstellen und überbrückte sie, entdeckte den Schatten psychischer Schemata, fertigte Kopien davon an und stellte mit dem vorhandenen Neuromaterial einen Nachbau her. Außerdem – oh, das Verfahren hatte etliche Außerdems. Denn die Nanolegion war lernfähig, und sie lernte in derart kurzen Zeitabschnitten, dass es sich araischen Vorstellungen entzog.

Arnoyn konnte nur ahnen, welche Entdeckungen seine neurochirurgische Armee machte, auf welchen unsäglichen Terrains sie kämpfte, in welche Domänen sie einmarschierte und auf welche unbeschreibliche Weise sie den ältesten aller Feinde niederkämpfte, seine Befestigungswälle untertunnelte, seine immerwährende Wachsamkeit überlistete und ihm, dem Tod, endlich sein Eigentum entriss.

»Wir hatten eine Interferenz«, verkündete die Medotronik.

»Eine Interferenz? Womit?«

»Unidentifizierbar. Wir haben eine ÜBSEF-Resonanz. Hypersexta-Modulparstrahlung anmessbar.«

Arnoyn atmete tief aus. *Geschafft!*

Dann fuhr die Positronik fort: »Atypisches Muster, para-araisch, unsystematisierbar.«

Arnoyn erhob sich aus dem Sessel. Auf seinen Wink hin erlosch die Holografie des Gehirns. Er trat an den Operationstisch.

Trantipon wurde über einen Tubus beatmet. Es war sein Gesicht, erkennbar an dem glänzenden Metallstück auf der rechten Wange. Die Narbe allerdings, die vor dem Verbrennen dort zu sehen gewesen war, hatte im Biomolplast keine Spur hinterlassen. Es war sein Gesicht, und war es auch nicht, verfremdet durch das Bioplast der Haut, durch die anderen Lippen und vor allem durch die neuen Augen.

Die Augen standen offen. Sie waren auf die Decke gerichtet. Arnoyn konnte nicht erkennen, ob sie etwas sahen.

Er wartete, eine ganze Minute, vielleicht sogar länger. Dann beugte er sich zu dem Mantarheiler hinab und sprach ihn an: »Trantipon.« Und er dachte: *Was für eine quälende Geburt.*

Sein *Klient* löste den Blick unendlich langsam von der Decke ab, suchte Arnoyn und schaute ihm in die Augen.

»Trantipon. Erkennst du mich?«

Arnoyn musste sich zwingen, dem Blick standzuhalten. *Leer wie ein verlassenes Haus.* Seine Augen tränten. Er hielt den Atem an. Trantipon hob eine Hand und zog den Tubus aus dem Rachen, aus dem Mund, ließ ihn auf den Boden fallen.

»Es sagt, dass du Plob Arnoyn bist«, hörte Arnoyn ihn sprechen.

»Wer sagt dir das?«, fragte er.

»Etwas im Denken, das glaubt, es heiße ich.«

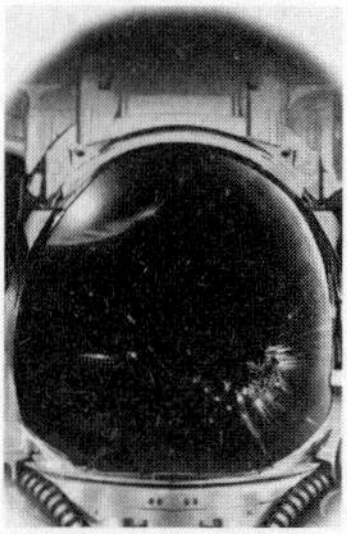

Die neun Träume des Orontiu Pleca

Traum Nr. 2: Der Hammerschlag

Mein Traum geht weiter. Diesmal versinke ich nicht, es ist alles anders, dennoch weiß ich, es ist derselbe Traum. Derselbe Traum – mit anderen Mitteln.

Ich habe die Eiserne Karawane Syolocc verlassen und sitze auf einer Bank in einer Arena. Die Publikumsränge sind sehr steil, sie erstrecken sich hinauf bis in eine Dunkelheit, die mehr ist als die Dunkelheit des Traums.

Viel Platz ist hier, maßlos viel Platz. Die Bevölkerungen ganzer Karawanen könnten hier unterkommen. Vielleicht sogar aller Karawanen von Oyloz.

Aber die Arena ist leer. Nur ich sitze, irgendwo, allein.

Ich esse süßes, knisterndes Picca aus der raschelnden Tüte. Das Rascheln und mein Schmatzen sind die einzigen Geräusche auf der Welt.

Das Rund der Arena ist von hier oben aus gesehen winzig, eine kaum sichtbare, schwarze Scheibe. Ich strenge mich an, kneife die Augen zusammen.

Da ist etwas. Da steht eine Säule, eine schwarze Säule mitten in der Arena. Nein: Sie steht nicht dort, sie füllt das Rund exakt aus. Ich kann weder ihre Höhe noch ihren Durchmesser abschätzen.

Ich strenge mich an, kneife die Augen zusammen.

In der Säule ist etwas gefangen, eine schwarze Kreatur, sie windet sich, presst ihre Glieder gegen die gläserne Wand, die sie umgibt, schlägt mit der Stirn dagegen, schreit.

Natürlich höre ich nichts. Natürlich sehe ich auch nichts, denn die schwarze Kreatur steckt in einer schwarzen Flüssigkeit.

Ob sie ertrinkt? Ich nehme wieder einen Picca-Chip und kaue. Oder schwimmt die Kreatur in einer schwarzen Milch, die sie ernährt?

Als mein Blick nach oben geht, erkenne ich die Maschine. Es ist eine titanenhafte Maschine, voller Zahnräder, hydraulischer Elemente; Dampf entweicht, quillt und zischt aus Gummischläuchen. Die Maschine hat nur einen Zweck: Sie soll einen Dampfhammer antreiben, der auf den Kopf der Säule unter ihm ausgerichtet ist.

Ich lache wegen des Missverhältnisses: ein so riesenhafter Hammer, der einen ganzen Planeten pulverisieren könnte, für diese eine Kreatur! Ich spüre, dass sich Druck im Hammer aufbaut, gleich wird er niederfahren und die Säule mit der Kreatur darin zerschmettern.

Ich stehe auf. Zwischen den Bänken öffnet sich eine Schiebetür. Ich gehe hindurch. Es ist ein langer Gang; nach einer Weile verwandeln sich die Wände in Balustraden. Ich fahre den Hals aus und pendele mal nach links, mal nach rechts.

Zu beiden Seiten sieht man in schmale, enge Räume. In jedem Raum befinden sich Siccyi; einige sind an Liegegestelle oder Gittergerüste gefesselt, andere hängen in unmöglichen Verrenkungen von der Decke, in glühenden Drähten, in Fesseln voller Dornen. Ätzende Flüssigkeiten werden über ihre Panzer gegossen, übel riechende Aromen steigen auf. Einem, der kopfunter hängt, werden mit einer Gerte aus glühenden Metallstreifen die Sohlen aller vier Füße zerschlagen.

Ich nehme einen Picca-Chip, schiebe ihn in den Mund, kaue, dann gehe ich weiter.

Ich überlege, wozu die Torturen dienen und welcher Zusammenhang zwischen diesen Qualen und der Arena besteht.

Besteht denn ein Zusammenhang?

Der Gang führt an eine Tür. An der Tür hängt ein kupfernes Schild mit einer Inschrift.

Es sind keine siccyischen Schriftzeichen, doch das stört nicht. Sie teilen sich mit: »Alarm! Niemals öffnen zu keiner Zeit!«

Die Tür ist mit einem Drehrad verriegelt. Ich fasse es mit der freien Hand – in der anderen halte ich die Tüte mit den Picca-Chips – und drehe. Erst ist das Rad schwergängig, doch als es sich einmal gelöst hat, rotiert es so irrwitzig schnell, dass ich die Finger aus den Speichen ziehen muss.

Die Tür schwingt auf.

Ich trete hindurch und bin in einem Karawanenwaggon. Es ist ein uralter Wagen, die Wände aus schwer brennbarem Rhaolc-Holz; Gaslaternen glühen an den Wänden. Es stinkt: nach Blut, Urin, verbranntem Fleisch und Horn. Auf dem Boden liegen ganze Horden von Siccyi, ungeordnet durcheinander; sie seufzen, ächzen und schnarchen, sie weinen, begatten sich und furzen.

Plötzlich fährt eine alte Frau den Kopf aus, schaut hoch zu mir und fragt: »Wer bist du, und woher kommst du?«

Ich zeige hinter mich und sage: »Von dort.«

»Niemand kommt von dort«, murmelt die Alte, ihre Augen fallen zu, wie im Schlaf murmelt sie: »Ich denke eher, du solltest nicht hier sein.«

Langsam drehe ich mich um. Die Tür, durch die ich gekommen bin, klappert leise im Wind. Sie trägt ein Schild aus Kupfer mit der Inschrift: »Wer hier eintritt, wird ohne Heimat sein für immer.«

Ich gehe zur Tür; nur eine Schlaufe bindet sie an die Wand. Ich löse die Schlaufe und öffne sie.

Sie führt nach außen. Es ist Nacht. Hinter uns steht eine Feuerwand. Sonst nichts.

Dann höre ich in einer endlosen Ferne einen Dampfhammer niederfahren, das Splittern von Glas, ein Kreischen.

Wie in einem minderjährigen Grab

Es ist ein körniger Grund. Die Schritte fallen schwer. Die Stiefel sinken ein bis weit über die Knöchel. Glatt ist der Boden, poliert, wie Eis, schwarzes Eis, schwer ist es, nicht auszugleiten.

Die Welt dreht sich wie eine Trommel, wie eine schwarze Röhre, endlos lang in beide Richtungen erstreckt sie sich, definiere den Begriff endlos.

Endlos ist das Gegenteil von allem.

Kesnar geht auf, aber sie tut es in einem Brunnenschacht. Von unten steigt Eis auf, von oben senkt sich eiserne Dunkelheit in den Schacht. Kesnar gerät zwischen die Fronten. Willst du nicht aufstehen?

Nur wer liegt, steht auf. 2, 3, 5, 7, 11, 13, 17 sind Primzahlen. Warum ist 1 keine Primzahl? Warum ist 2 eine Primzahl, wenn sie doch gerade ist?

Woher strömt die Finsternis? Setz den Radius der Finsternis ins Quadrat, multipliziere ihn viermal mit Pi, dann hast du ihren Oberflächeninhalt.

Kesnar rollt durch die Röhre, sie rollt in Schlieren, sie umrollt die 17, 13, 11, 7, 5, 3, an der 2 zerschellt sie, teilt sich. Die Zeit.

Komm schon, es ist Zeit. Steh auf. Du musst noch den Dolonen füttern.

Die Zeit hat nur eine Richtung. Sie ist nicht teilbar, es sei denn durch 1 (was ist die 1?) oder durch sich selbst. Primzeit.

Wenn du nicht auf den Dolonen achtgibst – ich tu es nicht! Ich tu es nicht, denn ich muss in die Klinik

Klik

Klik

Ich ...

Eine Säule steht mitten im Weg. Sie ist schwarz und eisern. Schwarz glühend wie Eis. Wie poliertes Eis dampft sie Schwaden von Zahlen.

Sie steht still, obwohl die Tonne rollt obwohl die Röhre rollt obwohl

Was ist das für eine Röhre?

Klik

Kesnar steigt in der Säule die ein Brunnenschacht ist von Ewigkeit zu Ewigkeit steigt auf und ab die schwarze Sonne und poliert die Säule an der die ganze Weltenröhre vorbeirollt, rasch rasch in die Klinik huscht und schaut den Dolonen an voller Verachtung die nicht dem Dolonen gilt sondern mir.

Klik

Welche Experimente (fragt Mutter) stellst du mit dem Dolonen an?

Keine Experimente.

Aber Dolonen werden gezüchtet, damit du wie die anderen Eleven Experimente an ihnen vornimmst – ihr Leben ist sonst sinnlos!

Warum hat er so schwarze Augen wenn sein Leben sinnlos ist?

Klik schwerer Schritt durch den Körnergrund.

Klik schwer nicht auszugleiten auf dem polierten Eis.

Vor der Säule steht dieser Eleve den Dolonen auf dem linken Arm streichelt der rechte dessen Gefieder das schwarz ist die Säule

steigt aus dem Boden fugenlos sie hat kein Podest

Sie reicht durch die Decke fugenlos die Röhre rotiert die Säule widersteht ihr nicht

Sie steht im Weg dem Weg zur Klinik

Im Boden unter dem schwarzen körnigen glatt polierten Eis liegt die Galerie. Gesichter, jedes nur durch 1 teilbar und durch sich selbst. Liegt ein jedes wie in einem minderjährigen Grab.

Wer ist wer?

Aus der Säule von innen gegen die Säulenwand drückt ein Gesicht es hat einen Mund der sich öffnet und schließt der spricht seinen unabänderlichen eisernen Befehl:

Du musst fliehen!

Der Befehl verwandelt sich in Feuer das Feuer ist schwarz.

Die Säule explodiert die Splitter aus Eisen und Eis spritzen in nur eine Richtung in nur einer Dimension.

Es sind 2 Splitter 3, 5 Splitter 7, 11 Splitter 13 und endlos so weiter und jeder Splitter ist

jeder Splitter bin

jeder Splitter …

Aus dem einen Ende des Tunnels kommt ein Licht es ist hell es wirbelt den Splittern und zersplitternden Splittern entgegen es sammelt sie ein im Flug es fügt sie zusammen zu einem Bin zu einem Gefäß in dem ist zu einem Gefäß in dem bin

Ich

Und stellt es hinauf auf die Säule.

»Trantipon.« Von irgendwoher (links oben).

»Trantipon. Erkennst du mich?«

Augen. Auge in Auge. Das ist ein Gesicht. Ich wandere über die Galerie der Bilder im Eis. Ich suche dieses Gesicht im Archiv der Gesichter und finde: Jenes Gesicht ist dieses Gesicht. Das Bild spricht, höre, was es sagt:

»Es sagt, dass du Plob Arnoyn bist.«

»Wer sagt dir das?«

Wer sagt das? Da ist etwas, das unteilbar ist, unabscheidbar von allem, was noch ist, etwas im Denken, das glaubt, es heiße *ich*.

Ich sucht in der Galerie unter dem Eis. Ja, da ist ein Gesicht, das ein Gesicht ist wie das Gesicht in der Säule.

Es heißt Trantipon.

Es ist tot.

Es ist ich.

Das bin also ich:

Ich bin also das: der tote Trantipon.

Die neun Träume des Orontiu Pleca

Traum Nr. 3: Wie etwas Grosses in Gang kommt

In diesem Traum gehe ich durch eine Maschinenhalle. Nicht, dass Maschinen in der Halle stehen: Sie selbst ist die Maschine. Ich sehe mich um. Hier und da und zwischen den ungeheuren, wuchtigen Rädern ist ein Stück vom Dach der Halle zu sehen; das Dach liegt sehr hoch, himmelhoch, und ich denke: Vielleicht ist der Himmel zugleich das Dach; es ist ein Himmel aus schwarzem Gusseisen.

Ich gehe herum. Der Hallenbogen ist spiegelglatt, reingefegt, gewachst. Ich betrachte die Zahnräder. Ein Gewirr von Zahnrädern. Sie sind verschieden groß. Viele Meter durchmessende Riesenräder türmen sich noch übereinander in vier, fünf, sechs Etagen; dann wieder sehe ich ganze Landschaften winziger, fast mikroskopisch feiner Räder, die sich in die Gänge und Räume zwischen den Riesen drücken und komplexe mechanische Landschaften bilden.

Die Räder stecken auf Achsen und Wellen, manche spindeldürr, manche so gewaltig wie umgestürzte, gefällte Säulen.

Einige von ihnen reichen bis in die unglaublichsten Höhen, berühren das Hallendach, ja, durchstoßen es, als wären sie mit dem Himmel selbst verzahnt, als griffen ihre eisernen Zähne in die Lücken der Finsternis.

Ich bin allein in der Halle. Meine Schritte klingen kristallklar. Tik. Tik. Tik.

Ich sehe Stirnräder mit zylindrischer Außenkontur, sehe ganze Batterien von kraft- und formschlüssigen Stirnrädern; Kegelräder stehen in rechten oder anderen Winkeln zueinander, Schraubenräder auf sich kreuzenden Wellen; Kronräder paaren sich mit Spindelrädern; einige der Räder sind über eine Konchoidenverzahnung mit silbrigen Stangen verbunden, die ins Endlose laufen.

Viele Räder weisen eine Zykloidenverzahnung auf wie bei mechanischen Uhren; bei ihnen ist nur eine Drehbewegung möglich. Andere zeigen die spielarme Evolventenverzahnung. Hier und da entdecke ich ein Schneckengetriebe, wie man es an Hebeseilen für Kräne in den Karawansereien verwendet, sodass die Last gehalten werden kann, wenn der Antrieb aussetzt.

Allerdings sehe ich hier keine Last und höre keinen Antrieb.

Tik. Tik. Tik.

Ich befinde mich in einem einzigen, unüberschaubaren Getriebe. Die Räder sind geeignet, Drehbewegung, Drehrichtung und Drehmomente zu übertragen, Kräfte und Geschwindigkeiten zu übersetzen. Mächtige Kräfte, hohe Geschwindigkeiten. Ich denke: Dies ist das Innere einer allmächtigen Maschine. Dies ist das Getriebe des Universums.

Aber alle diese Räder stehen still.

Also bleibe auch ich stehen.

Tik, verklingt das Echo meines letzten Schrittes.

Dann ist nur noch Stille.

Stille.

Doch dann beginnt sich das erste Rädchen zu drehen ...

Kleinere Peinlichkeiten

»Gfender Taxam«, stellte sich der Pilot vor und wies – »Stö Baudegg« – auf seinen Kopiloten.

Sie betraten die kurze Rampe zur Tube; Rhodan wollte sich ihnen schon anschließen, als Pron Dockt im Personentor des Hangar erschien. Der Ara kam in Begleitung von zwei weiteren Aras, die Rhodan noch nie gesehen hatte, Besatzungsmitglieder der CONNOYT. Sie nannten sich Pehdry-Klakolai und Taotroc.

Pehdry-Klakolai hatte ein junges, ovales Gesicht, um die Kinn- und Wangenpartie lag der Schatten eines dunklen Bartwuchses. Der nach hinten verlängerte Schädel wirkte ebenmäßig und edel.

Taotroc trug ein sonderbares, keilförmiges Toupet, das auf den ersten Blick wie ein stilisierter Irokesenschnitt wirkte. Die künstlichen Haare waren streifenförmig rot und schwarz lackiert.

Außerdem hatte sich der Ara mit einer archaischen Brille geschmückt, zumindest wirkte das Gestell aus dunklem Horn altertümlich. Anstelle der Gläser flimmerten aber schwache Energiefelder, und Rhodan war klar, dass die Brille alles andere als ein Spielzeug oder ein Modeaccessoire darstellte.

Dockt versicherte, dass die beiden »ausgewiesene Biosphärologen und Fachleute für biochemische Transformationsprozesse« waren.

Inmitten der hünenhaften, wenn auch überschlanken Mannschaft kam sich Rhodan vor wie eine Fehlbesetzung in einem Basketballturnier.

Gemeinsam betraten sie die Space-Tube und begaben sich zur Zentrale. Durch das Panzertroplon-Sichtfenster blickte man auf das Hangarschott. Das Fenster konnte bei Bedarf von einem Holoschirm überblendet werden. Rhodan nahm hinter den beiden Piloten Platz und erhöhte die Sitzfläche um einige Handbreit.

»Ist es nicht terranische Tradition, Raumschiffen einen Eigennamen zu geben?«, fragte Gfender Taxam, während er die Maschinen der Tube aktivierte und einem Check unterzog.

»Hättest du einen Vorschlag?«, fragte Rhodan.

»SPIVIM«, sagte der Pilot. Baudegg, Pehdry-Klakolai und Taotroc lachten.

»Klärt mich auf«, bat Rhodan.

»Oclu-Gnas und ich mögen derartige Witze nicht«, sagte Pron Dockt. »Es ist so: Auf Aralon halten sich Kinder manchmal Haustiere, die – wenn ich mich nicht irre – den Elefantenschweinen eurer Heimatfauna auf Terra ähneln. Die Jungen experimentieren mit ihnen, und sie füttern sie mit Spivim, das sind« – er bewegte die Daumen – »kleine, fette Würmer.«

Elefantenschweine?, dachte Rhodan, sagte jedoch: »Passt doch.« Er tippte auf das Gurt-Ikon im Bedienungsholo seines Pneumosessels. Die Gurte glitten in Position.

»SPIVIM abflugbereit«, meldete Taxam zur Zentrale.

»SPIVIM? Sehr makaber«, kam es aus dem Akustikfeld zurück. »CONNOYT 9/8 Startfreigabe erteilt. Wir wünschen Einsicht in Heil und Leben!«

Die Hangartore öffneten sich, und die Tube glitt auf einem vektorisierten Antigravfeld in den freien Raum.

»Kommandos?«, fragte Gfender Taxam nach hinten.

»Wir nähern uns dem *Planetentransformat* spiralförmig«, befahl Rhodan, bevor Pron Dockt etwas sagen konnte. »Mindestens fünf Umkreisungen, die Ebenen gradweise so versetzt, dass wir jeden Quadratmillimeter optisch und telemetrisch abtasten können.«

»Aye, aye, Sir«, gab Gfender Taxam zurück. Rhodan hörte Stö Baudegg unterdrückt lachen.

Die Space-Tube beschleunigte.

Der Flug zum Planetentransformat sollte nur wenige Minuten dauern. Rhodan wollte die Zeit dennoch nutzen, um etwas Kraft zu schöpfen. Er lehnte sich zurück in das wärmende Polster des Pneumosessels und schloss die Augen.

Ihre Entführung auf Tahun. Gondüb und die Aerlmi, die singenden Tische. Rezzo d'Untrum und sein Tod im Euphorium. Der Galaktische Zoo. Der Aufstand. Ihr Transmitterdurchgang ins Elend. Aralon. Und am Ende das Totenlied der Remiona: Bevor die Nacht kommt ... Aber die Nacht war gekommen und hatte den Planeten Remion in ein Monstrum verwandelt. In einen Moby?

»Ziemlich verspannt«, flüsterte der Sessel ihm zu. »Massage gefällig?«

Rhodan akzeptierte das Angebot und genoss die wellenartigen Bewegungen der Lehne gegen seinen Rücken.

Dunkel entsann er sich eines Gesprächs, das er von Jahrtausenden mit Atlan geführt hatte, als die Meister der Insel ihre Mobys in Andro-Beta aus der Totenstarre erweckt und in den Krieg geschickt hatten. Damals war ein

Moby in das System der Sonne Alurin eingedrungen, auf dessen Planeten Arctis das Solare Imperium einen Stützpunkt eingerichtet hatte – *Metropolitan Station* oder *Eremitage*, im Namen steckte jedenfalls irgendetwas Museales. Nein, jetzt erinnerte er sich: *Louvre Station*, wie *Louvre*, der *Wolfsbau*.

Als der Moby seine maßlosen Kräfte entfaltet und organisch erzeugte Nuklearwaffen auf den Planeten abgestrahlt hatte, hatte Atlan sich gewundert, wie ein lebender Organismus Fusionsbomben herzustellen und einzusetzen vermochte. Rhodan hatte Atlans Überlegungen weitergedacht und geschlossen, diese Fähigkeit der Mobys könne keine natürliche Gabe sein: Vielleicht hätten die Meister der Insel mit den Mobys künstliches Leben erschaffen.

Weder die wissenschaftlichen Abteilungen der Flotte des Solaren Imperiums noch die Exobiologen der Explorer hatten sich, soweit er sich erinnerte, jemals mit den Mobys befasst.

Die Zeiten waren stürmisch gewesen, milde gesagt; und er und seine Mitstreiter dankbar um jedes Problem, das sich erledigt hatte, so oder so.

Andromeda war die ferne Galaxis geblieben und war es heute wieder.

Da unmittelbar auf die Auseinandersetzung mit den Meistern die Auseinandersetzung mit den Zeitpolizisten gefolgt war, hatte man sich mit der Geschichte und Evolution dieser fremdartigen Existenzform nicht intensiv auseinandersetzen können.

Versäumnisse, natürlich. Erklärliche, notwendige Versäumnisse vielleicht, aber doch Versäumnisse.

Wie bewegten sich die Mobys? Was trieb sie an, wie orientierten sie sich? Hatte nicht Tolot mit seinem Planhirn ausgerechnet, dass sie zu überlichtschnellem Flug unfähig sein müssten? Bewegten sie sich in deutlich relativistischen Geschwindigkeitsbereichen? Erlebten sie Zeit? Bedeutete sie ihnen etwas? Oder versanken sie auf den langen Jahrtausenden ihrer interstellaren Passagen in eine Art Winterschlaf, Tiefraumschlaf?

Und wie hatten die Meister diese monströse Armee in die Nähe der besiedelten Systeme manövriert?

Er wusste es nicht mehr, wusste nicht, ob er es je gewusst hatte.

Einige Mnemotechniker hatten ihm schon vor Jahrhunderten geraten, sich einen kleinen positronischen Gedächtnisassistenten implantieren zu lassen, der zusätzliche Speicherkapazitäten bot und bei der Auswahl des Primärerinnerungsgutes half.

Manche Terraner lebten mit solchen Assistenten.

Kaum hatte er das Angebot erhalten, war den Medien auch schon eine Kopie davon zugegangen, ein Vertreter irgendeiner konkurrierenden Partei hatte in einem Interview amüsiert gesagt, er werde nicht mehr gegen Rhodan antreten: »Gegen einen Menschen traue ich mir den Erfolg zu, aber gegen einen Terra Posbi?«

Wie hatte der Mann noch gleich geheißen? Welcher Partei vorgestanden? Rhodan hatte es vergessen.

Er hatte so vieles vergessen.

Vielleicht wäre es gut gewesen, Tagebuch zu schreiben, überlegte er; dann ließen sich die einen oder anderen Episoden nachlesen. Eine wunderbare Quelle für die Individualhistoriker der Liga – und für die zahlreichen Rhodanologen.

»Besser?«, fragte der Sessel.

»Viel besser«, murmelte Rhodan. »Mach weiter.«

Woran er sich gut erinnerte, waren die Gefühle, mit denen er die Exzesse in Andro-Beta verfolgt hatte. Die kreatürliche Angst, die in ihm gepocht hatte, als die monströsen Wesen, wie aus den finstersten Himmeln niedergestiegen, wie schwarze Sterne über das Leben hergefallen waren. Diese Angst, verborgen hinter dem Schild seines Intellekts, der ihm sagte: Es ist ein strategisches Problem; wir werden es lösen.

Immer wieder hatte er den eiförmigen Zellaktivator umfasst, den er damals getragen hatte, als könnte er noch etwas mehr Kraft daraus pressen, noch mehr Leben.

An seinen namenlosen Zorn erinnerte er sich, seinen Zorn auf den unbekannten Gegner, dem er damals und aus diesem Anlass den Untergang geschworen hatte, die Wangen glühend rot: »Sie haben sich selbst ihr Todesurteil gesprochen, als sie die Strafexpedition der Mobys befahlen. Das Universum hat keinen Platz für Massenmörder!«

Erst allmählich hatte er gelernt, wie maßlos das Universum tatsächlich war, und wie gleichgültig gegen die Taten und Gesinnungen seiner Bewohner.

Moral war keine Frage der Dimension.

»Wir sind da.« Gfender Taxam riss ihn aus seinen Gedanken.

Rhodan öffnete die Augen wieder und schaute auf den Holoschirm. Er sah den Moby plastisch dargestellt. In Wirklichkeit war das Planetenrelikt zu gigantisch, um es als räumliche Erscheinung wahrzunehmen. Menschliche Augen sahen ihn als Fläche, so wie sie aus dem Orbit jeden Planeten als Scheibe sahen.

Unbelehrbare Augen ...

Die SPIVIM ging in wenigen Hundert Kilometern in einen Orbit um das Objekt und setzte nach dem Muster, das die Positronik errechnet hatte, die Robotsonden aus.

Bald liefen die ersten Resultate ein. Die SPIVIM-Positronik verband sich mit den Denkmaschinen der CONNOYT und der anderen Quarantäneschiffe im Salida-System.

Einige Sonden brachten erste Proben zurück. Sie wurden jedoch nicht an Bord untersucht; jede Kontaminierung sollte ausgeschlossen werden. Die Sonden errichteten stattdessen in einigen Hundert Metern Entfernung zum Schiff ein frei schwebendes Labor.

Die Positronik der SPIVIM aktivierte ihre Waffensysteme und richtete die Desintegratoren auf das Labor.

In der Zentrale der Space-Tube projizierte sie ein Hologramm des Planetentransformats und vergrößerte die Landepositionen der Sonden und die Areale, aus der Proben genommen wurden; sie blendete Datenmaterial ein und entwarf Deutungsmodelle.

Pron Dockt, Taotroc und Pehdry Klakolai diskutierten die Ergebnisse, und Rhodan spürte die wachsende Unzufriedenheit der Aras.

»Wir kommen nicht voran«, bemängelte Pehdry-Klakolai. »Es ist alles zu verwirrend: Die Proben zeigen kristalline Strukturen von großer Regelmäßigkeit, die im nächsten Moment ins Amorphe umschlagen. Manche Proben wirken wie Marmor, Gneis oder anderes feinkristallines Gestein, andere wie Granit, aber beide Substanzen sind im Fluss. Einige Kristalle, die uns vorliegen, zeigen eine peridodisch angeordnete, dreidimensionale Struktureinheit, die sich in die fünfte Dimension aufzubiegen scheint. Man könnte von Quasikristallen hyperenergetischer Strukturtendenz sprechen, von Struktureinheiten, die sich über das dreidimensionale Feld in den

Hyperraum auftürmen. Aber warum? Und wie? Wir messen keine äußeren Einflüsse an, die die Metamorphose in Gang halten, und die mikroskopischen Analysen haben keinerlei Hinweis auf ein internes Entwicklungsprogramm erbracht.«

»Einfach gesagt?«, fragte Rhodan.

»Einfach gesagt: Die Substanz des Planetentransformats ist nicht so homogen, wie wir dachten. Wir können nicht einmal rekonstruieren, ob sie es je war. Jetzt jedenfalls finden weitere Umwandlungsprozesse statt, von denen wir weder wissen, in welche Richtung sie verlaufen, noch, wer oder was sie antreibt. Wenn ich ein organisches Objekt hätte, würde ich sagen: Es laufen Zelldifferenzierungsprozesse ab. Aber solche Prozesse werden in Zellen von Zellkernen gesteuert, dort wird ein genetisches Programm entfaltet.

Hier haben wir weder Zellen noch Zellkerne, noch ein irgendwie geartetes Programm! Was also hält diese Transformationen in Gang, was steuert sie?«

»Das Ara-Toxin«, schlug Rhodan vor.

Pron Dockt lachte; es klang wie ein kleines Wimmern: »Das Ara-Toxin? Das ist nur noch eine Chiffre, ein Allegorie. Wo ist es denn, das Ara-Toxin? Wir haben bislang keine Spur davon gefunden!«

»Es ist, als würden die Wandelprozesse auf dem Planetentransformat ferngesteuert«, warf Taotroc ein. »Aber wir wissen nicht, wie wir den Ausgangsort der Steuerimpulse lokalisieren könnten.«

»Wenn wir wenigstens die Steuerimpulse hätten! Wenigstens Spuren dieser Impulse, energetische Signaturen, Relikte in der Struktur. Aber wir haben nichts, nichts, nichts!«

Rhodan fragte: »Ist es möglich, dass die Sonden einfach nicht wissen, wonach sie suchen sollen?«

»Möglich«, gab Pehdry-Klakolai zu. »Die Sonden und ihre Positroniken rastern die Struktur des Planetentransformats nach programmierten Mustern. Sie sind nicht – nun, nicht sehr intuitiv, was ihre Objekte angeht.«

»Dann liegt es auf der Hand, was wir tun müssen.«

»Wir reprogrammieren die Sonden«, schlug Pehdry-Klakolai vor.

Rhodan lachte. »Nach welchen Vorlagen? Der Fall ist doch beispiellos, wenigstens in der Milchstraße. Nein. Wir haben keine Zeit, den Sonden eine eigene Intuition einzuschreiben. Benutzen wir also die Intuition, die *wir* vorrätig haben.« Er tippte sich gegen die Stirn.

Plob Arnoyn sah ihn ungläubig an. »Ohne mich«, sagte er.

Rhodan nickte. »Dann gehe ich allein.« Er wandte sich an Gfender Taxam. »Wir wollen die Tube nichts aufs Spiel setzen. Ich gehe mit der Jet herunter.«

»Du wirst einen Piloten brauchen«, sagte der Ara. »Die Jet hat zwar eine akzeptable Steuerpositronik, aber bei den energetischen und, wie sich andeutet, hyperenergetischen Vorgängen auf dem Planetentransformat kann ich deren Betriebsfähigkeit nicht garantieren.«

»Dann los«, sagte Rhodan und wandte sich zum Ausgang der Zentrale.

»Wir kommen mit«, entschied Pehdry-Klakolai für sich und Taotroc.

»Warum willst du dieses Risiko eingehen?« Flüchtig berührte Pron Dockt Rhodan am Ellenbogen.

Rhodan blieb stehen. *Weil ich von Beruf Risikopilot bin,* lag ihm auf der Zunge. Aber er bezweifelte, dass Dockt diesen Scherz verstehen würde. »Weil ich es für klug halte, Risiken einzugehen, solange sie noch verhältnismäßig gering sind. Natürlich können wir uns zurückhalten, weitere Daten erheben, forschen. Aber ich fürchte, irgendwann – früher, als wir glauben – wird der nächste Planet am Ara-Toxin sterben. Werden die nächsten Millionen Wesen krepieren. Und was tun wir dann? Werden wir Planet um Planet räumen? Planet X? Planet Y? Aralon?

Ich kann mir nicht vorstellen, dass wir gerade das Ende der Ara-Toxin-Epoche erleben. Wir stehen erst am Anfang. Das Gift greift um sich, wird immer gefährlicher. Das heißt für mich: Das Risiko für alles, was wir tun, wächst. Die Zeit spielt gegen uns. So leicht wie jetzt werden wir es nie mehr haben. Nutzen wir das geringe Risiko. Oder wie würde Oclu-Gnas es sehen?«

Der Ara fuhr nachdenklich mit dem Fingern durch eine der Rillen in seinem Schädeldach.

»So wie du«, gab er zu. Sein Körper spannte sich an. »Es wird ein wenig eng werden in der Jet.«

»Ich beiße nicht«, versprach Rhodan.

Während Pron Dockt und die beiden anderen Wissenschaftler die Sprossen zur Zentrale der Jet hochstiegen, sprach ihn der Pilot an. »Auf ein Wort, Resident. Du musst das hier nicht tun. Die Mitarbeiter der CONNOYT sind hinreichend kompetent für erste Analysen. Für detailliertere Untersuchungsgänge können wir auf Spezialisten des Imperiums oder deiner Liga warten.«

»Natürlich«, sagte Rhodan. »Warten kann man immer. Um zu verhindern, dass der Moby vor dem Eintreffen der Sonderkommandos aktiv wird, stellen wir einfach einen Antrag an ihn. Er wird schon Verständnis haben.«

»Aber die Spezialisten könnten ...«

»Spezialisiertere Spezialisten als wir?«, witzelte Rhodan. »Wer in dieser Galaxis hätte mehr mit Mobys zu tun gehabt als ich?«

»Wir wissen nicht, ob das Planetentransformat wirklich ein Moby ist. Ein Moby, wie du ihn kennst.«

»Wissen wir nicht. Deswegen bringen wir es jetzt in Erfahrung. Das ist der Sinn von Wissenschaft.«

»Mit Verlaub, Resident: Du bist kein Wissenschaftler.«

Rhodan lächelte. »Warum werde ich mit einem Mal so fürsorglich behandelt? Oder bin ich hier einfach unerwünscht?«

Gfender Taxam errötete leicht. »Das ist es wirklich nicht.«

»Was ist es dann?«

»Du darfst nicht glauben, dass alle Aras die offizielle Sichtweise deiner Person teilen, nur weil unsere Welt im Gebiet des Imperiums liegt. Die meisten Aras respektieren dich als eine der großen Integrationsgestalten der Galaxis.«

Rhodan zog erstaunt die Brauen hoch.

»Wir sind ja keine Idioten«, sagte Taxam lächelnd. »Aber natürlich wäre es uns lieb, wenn wir mit einem Stoff, der als *Ara*-Toxin bezeichnet wird, in eigener Verantwortung fertig würden.«

»Es ist dir peinlich«, erkannte Rhodan und schwieg verblüfft.

»Wenn es zum Beispiel *Terranisches Toxin* hieße?«, fragte der Pilot.

»Hallo?«, klang es den Schacht hinab aus der Zentrale der Jet, »kommt noch jemand mit?«

»Wie immer es heißt«, sagte Rhodan, »wir gehen es jetzt an. Ihr Aras und dieser alte Terraner gemeinsam.«

Trantipon wusste nichts mehr von seiner zweiten Flucht. Was hatte ihn getrieben, was gelockt? Wie war er hierher gekommen?

Dunkle Rufe … von innen … von außen … nach Oyloz …

Während sich die Sicherheitsgurte aus dem pneumatischen Sessel über seine Schulter und Brust schlängelten, schlossen und stabilisierten, startete Trantipon den Antigravgenerator und das Impulstriebwerk des Beiboots. Mit einem kleinen Impuls aus den Landedüsen hob er das Kleinstraumschiff um etwa einen Meter an, dann drehte er es in Richtung Hangarschott.

»Zentralpositronik an Beiboot Zwei in Hangar Links Vorne: Da keine Starterlaubnis vorliegt, bleibt das Schott geschlossen. Zu deiner eigenen Sicherheit empfehle ich die Deaktivierung des Triebwerks.«

Trantipon aktivierte das Impulsgeschütz, das mit wenig Spiel im Bug des Beibootes eingebaut war. Nun, da die Spitze auf das Schott zeigte, feuerte er.

Im selben Moment fuhr die Positronik des Bootes den Schutzschirm hoch, um die Außenhülle vor den glühenden Spritzern von Stahlplast zu schützen, die vom Schott aufstoben.

»Werter Pilot«, meldete sich die Positronik des Beibootes, »meinen Informationen nach stehen unsere Aktionen im Widerspruch zu den Anordnungen der Zentralpositronik. Ich unterbinde hiermit den Energiefluss zum Impulsgeschütz.«

Trantipon löste die Sicherheitsgurte, stand auf und holte einen Impulsstrahler aus dem Ausrüstungsschrank.

Er entsicherte die Waffe und feuerte auf den Teil der Armaturen, hinter dem er die Positronik vermutete.

Die Abdeckung der Positronik glühte auf, Stahlplast floss in dünnen Rinnsalen die Konsole hinab.

»Ich mache dich darauf aufmerksam, dass eine Inbetriebnahme und Steuerung eines Beibootes ohne positronische Assistenz der Typenklasse MEH 22/1288 nur ausgebildeten Piloten gestattet ist. Vom rein juristischen Aspekt abgesehen besteht ein hohes Risiko für alle Beteiligten. Hallo? Hörst du mich? Bitte sprich mit mir!«

Der nächste Schuss unterband jedes weitere Kommunikationsbedürfnis des Maschinengehirns.

Trantipon nahm wieder Platz. Diesmal musste er sich per Hand anschnallen. Der Strahl aus der Impulswaffe hatte nicht nur die Positronik zerstört, sondern auch den Steuerstick zum Glühen gebracht. Trantipon registrierte die Hitze, roch die wieder verbrennende neue Haut, fand aber keinen Zugang zum Schmerz, litt nicht.

Per Hand versucht er, das Impulsgeschütz im Bug noch einmal auszulösen, aber die Bordpositronik hatte die Waffe bereits außer Funktion gesetzt.

Trantipon regelte die Schutzschirmstärke nach oben und zündete das Impulsstrahltriebwerk zusammen mit den zwei Korrekturtriebwerkssätzen an den Seiten der Bootes. Das Beiboot schoss auf das lädierte Hangarschott zu und durchbrach es.

Die mechanische Gewalt des Ausbruchs jagte den Energieanspruch des Schutzschirmgenerators für einen Sekundenbruchteil in die Höhe. Da die zerstörte Positronik den Energiehaushalt des Boots nicht mehr managen konnte, floss für diesen Moment die Energie aus dem Andrucksabsorber ab. Trantipon wurde tief in den Pneumosessel gedrückt.

Die Andruckwerte waren tödlich, jedenfalls für einen durchschnittlichen humanoiden Organismus. Aber Trantipon war etwas anderes als das. Unmittelbar nach dem Durchbruch orientierte sich die Nanoschleier in seinem Leib, spürten neue Risse in den inneren Organen und den Blutbahnen auf, sortierten sie nach Art und Schwere und begannen mit der biochemischen Instandsetzung.

Trantipon steuerte auf den Planeten Oyloz zu. Er suchte, doch er glaubte nicht, dass sein Ziel mit irgendeinem noch so fein justierten Instrument des Bootes aufzuspüren war.

Es war ein Ruf, ein Locken, eine Verheißung, ein Befehl, es war wie ein Licht in der finstersten Nacht.

Bevor das Beiboot in die äußeren Schichten der Atmosphäre eintrat, traf ein Schuss der APPEN in den Schutzschirm. Trantipon registrierte, dass keinerlei Warnschüsse abgegeben wurden. Auch das Kommunikationsregister, das unabhängig von der Positronik arbeiten konnte, meldete keinen Versuch einer Kontaktaufnahme.

Trantipon verstärkte die rückwärtigen Areale des Schirms, ohne die Front ganz preiszugeben. Er wusste nicht, ob die Panzerplastverglasung der Frontscheiben der Hitze eines so raschen Eintritts in die Atmosphäre standhalten würde.

Der zweite Treffer überlastete den Schirm bei 122 Prozent, der anschließende ließ ihn kollabieren. Mit etwas über 5000 Kilometern pro Stunde tauchte das Beiboot in die Atmosphäre ein. Trantipon zog die Nase noch steiler nach unten und beschleunigte. Feuerschwaden trieben an den Scheiben vorbei. Das Panzerplast hielt. Es wurde laut.

Etwa 80 Kilometer über Grund traf ein Impulsstrahl ins Triebwerk. Der Treffer riss das Beiboot aus dem Sturzflug, wirbelte es herum und ließ es vollständig unkontrolliert abstürzen.

Wolkenschichten und Weltraum wechselten in chaotischer Folge vor den Scheiben ab. Der strukturlose Sturz würde es für einige wenige Sekunden der Positronik der APPEN erschweren, einen weiteren Treffer zu landen.

70 Kilometer.

65 Kilometer.

60 Kilometer.

Antigravprojektor und Andrucksabsorber arbeiteten noch. Die Kanzel des Beiboots schien unbewegt und reglos zu ruhen. Nur der fremdartige, nie gehörte Lärm und die irrwitzig wechselnde Szenerie vor den Scheiben kündeten von dem Absturz.

55 Kilometer.

50 Kilometer.

45 Kilometer.

Trantipon stand auf und war mit wenigen Schritten aus der Kanzel des Bootes und vor der Luftschleuse. Die ausgebeulte Wand zum Maschinenraum leuchtete hellrot und strahlte eine glühende Hitze aus. Trantipon öffnete den Notfallschrank. Er hatte keine Zeit mehr, den Schutzanzug überzuziehen, griff nach dem handtellergroßen Sicherheitspäckchen. Er zog sich die Schlaufe über das Handgelenk und aktivierte das Päckchen. Die Schlaufe zog sich fest.

Er presste den Notfallmelder. Die Tür explodierte förmlich nach außen und trudelte ins Nichts. Trantipon sprang.

Sofort nach dem Sprung hielt Trantipon die Hand mit dem Päckchen an den Mund und schrie: »Kein Antigrav! Kein Antigrav!«

40, 60, dann 80 Meter lagen zwischen ihm und dem stürzenden Wrack, dessen Heck in hellen, blasenförmigen Flammen stand.

Dann tastete ein dünner Energiefinger aus den Wolken nach dem Boot, traf ein hochenergetisch arbeitendes Aggregat und sprengte das kleine Schiff in Trümmer.

Trantipon sah noch ein größeres Bruchstück auf sich zutrudeln, glühend wie eine entzündete Wunde und völlig lautlos, dann verlor er das Bewusstsein.

Er spürte nicht mehr, wie er im Sturz die Schallmauer durchbrach; er bemerkte nichts von der Industrie der Nanobots, die sein Fleisch gegen die eisige Kälte zu wappnen versuchten, in unvorstellbarer Eile Konstruktionen entwarfen und aufbauten, die sich gegen die Fliehkräfte stemmten; wie sie ein Netz aus Polymeren über sein Gesicht und die unbedeckte Flächen seiner Hände woben und die Haut versiegelten; wie sie seine Lungen anhielten, um einer Embolie vorzubeugen, und alle Gefäße mit unendlich feinen Schläuchen ummantelten, damit im niedrigen Druck der Höhenatmosphäre das Blut nicht gasförmig wurde und verkochte.

Während die Nanolegionen sein Gewebe rüsteten, ergriff auch das Päckchen die Initiative. Die Miniaturpositronik aus swoonscher Fertigung, die sein zentrales Verwaltungselement bildete, holte in den nächsten Sekundenbruchteilen über Passivortung Informationen ein.

Aus den Trümmern und dem Nachhall der Impulsfeuersignatur in der Atmosphäre schloss sie auf den Angriff und darauf, dass die Attacke mit dem Ziel vorgetragen worden war, ihren Träger zu töten.

Die Anweisung des Klienten, auf den Einsatz eines fünfdimensional aktiven Gerätes wie den Antigravprojektor zu verzichten, erschien ihr hinreichend plausibel: Die Tötungsabsicht erlosch erst mit der Tötung. Der Betrieb eines Antigravgenerators *nach* der Zerstörung des Beibootes wäre dagegen ein Lebenszeichen und würde einen erneuten Tötungsversuch provozieren.

Die Positronik sondierte ihren winzigen Maschinenpark und kam zu dem Schluss, dass sie eine Rettung des Klienten ohne den Generator mit akzeptablen Erfolgsaussichten probieren sollte.

Sie fuhr Beinlamellen aus, blieb aber mit dem Handgelenk verankert. Leider stürzte der Körper inzwischen kopfunter, sodass das Päckchen fast 14 Sekunden bis zum Mund unterwegs war und weitere sechs Sekunden brauchte, um ein Miniatursauerstoffzelt über Mund und Nase zu errichten.

Zu diesem Zeitpunkt war der Klient noch etwas über 18 Kilometer vom Boden entfernt.

Viel Zeit.

Das Päckchen traf einige Vorbereitungen und ließ den Ara unterdessen stürzen. Es installierte eine Kommunikationseinheit im Ohr des Trägers. Trotz der lärmenden Luft musste der Klient ihn verstehen können.

Zwei Minuten später und in elf Kilometer Höhe setzte das Päckchen eine kleine Injektion und weckte den Klienten.

»Gerate nicht in Panik. Wir stürzen. Aber wir beherrschen die Situation.«

Tatsächlich zeigte der Klient keinerlei Anzeichen von Unruhe. Selbst der Herzschlag war ruhig, ruhiger, als es die Referenzdaten des Päckchens hätten erwarten lassen.

Nun gut.

»Was werden wir tun?«, fragte der Klient.

»Wir verfügen über einen Fallschirm. Hast du von solchen Geräten gehört?«

»Es sind Sportgeräte«, antwortete der Klient.

»Sie dienen auch militärischen Einsätzen«, erläuterte das Päckchen. »Ich löse den Schirm in einer Minute und vierzig Sekunden aus. Vier Komma zwei Kilometer über Boden. Bist du einverstanden?«

»Tu, was richtig ist«, gab der Klient seine Einwilligung.

»Wir sollten unsere Fallgeschwindigkeit allmählich reduzieren.«

»Ja. Übernimmst du das, oder muss ich etwas tun?«

»Wir bauen ein Luftpolster auf. Bitte bring dich in eine horizontale Position. Gesicht in Fallrichtung ... Gut so. Warte. Deine Augen tränen. Ich erweitere den Schutz. Die Atemmaske kann auch deine Augen bedecken. Ich hoffe, so ist es angenehmer. Breite jetzt bitte Arme und Beine aus ... Gut so. Zieh jetzt bitte den Bauch ein ... Gut so.«

Das Päckchen hatte mittlerweile die Atmosphäre analysiert. Mit einem Kohlenstoffmonoxidgehalt von hochgerechnet 480 ppm in Bodenhöhe und einem Kohlenstoffdioxidanteil von fünf Komma fünf Prozent war die Luft für seinen Klienten nicht atembar. Er würde die Atemmaske tragen müssen; das Päckchen würde die Kohlenstoffmonoxid- und -dioxidteile herausfiltern und Sauerstoff beimengen müssen. Es sichtete den Vorrat.

Es notierte sich, dass es nach der Landung den Klienten fragen müsste, welche Aufenthaltsdauer im Freien er kalkulierte. Demnach müsste gegebenenfalls rationiert werden, denn die Sauerstoffregenerationskompetenz des Päckchens war zwar nennenswert, genügte für mehrere Tage, war aber keineswegs unbeschränkt.

Die Maske saß und wurde aus einem Kompressionstubus mit Sauerstoff versorgt. Die Positronik steuerte das Päckchen auf den Rücken des Trägers und befestigte es dort. Sicherheitsgurte umschlangen den Leib des Klienten.

Der Klient betrachtete das Land, auf das sie zustürzten. Es lag in der Dämmerung des Morgens. Weite Teile waren von einer großen, braunschwarzen Wolkenmasse bedeckt. Die Wolkenbank stand, wie es schien, schräg im Raum; an einer Flanke wurde sie von einem Zug hellerer, blau-weißer Wolken begleitet. Tiefer zur Erde machten die Wolken einen massigen, kompakten Eindruck; weiter nach oben wurden sie diffuser, weicher, verzogen sich.

Soweit Land zu sehen war, erschien es geriffelt, gekräuselt, schwarzes Land, von schwarzen Wellen durchzogen. Hier und da war es rötlich gesprenkelt. Im Westen sah er eine eigenartige, rötlich glänzende Struktur, wie ein Gebirge aus Kupfer.

Trantipon erkannte die Landschaft nicht, hatte aber doch das Gefühl, etwas zu sehen, was ihm bekannt sein müsste. Etwas Typisches.

Das Wolkenmeer war offenbar in großer Bewegung. Es war, als drücke etwas die Wolken hinauf, immer höher, als überschlügen sie sich in ihrem Aufstieg, drängten sich durcheinander, schafften sich Platz.

Das helle Gewölk an der Flanke der dunklen Masse erhielt Zuwachs. Eine fast grellweiße Wolke quoll aus dem Land, stieg und schloss sich dem Wolkenzug an. Aus derselben Quelle leckte eine weiße Zunge, die zu den

Rändern hin rosa, dann rot wurde, schließlich rotbraun, dann schwarz.

Hier und da lagen Ringe im Land, und als die neugeborene Wolke sich weit genug von ihrem Ursprung entfernt hatte, sah Trantipon, dass auch sie aus einem solchen Ring aufgestiegen war.

Endlich erkannte er die Struktur, endlich ergab alles einen Sinn: Er stürzte auf eine Vulkanlandschaft zu, und er sah zwei Vulkane ausbrechen. Der erste schleuderte Gesteinstrümmer hoch, Glut und Asche; aus dem anderen trat Gesteinsschmelze aus, weiß, Lava, die an den Rändern schon auskühlte, rötlich wurde, dunkel.

Was er für ein Gebirge aus Kupfer gehalten hatte, war eine Struktur, in der rötlich schimmernde Lava sich in Senken gesammelt hatte, in denen sie aufgrund welcher geologischen Struktur auch immer heiß und zähflüssig blieb.

Sie erreichten die 4200-Meter-Grenze. »Ich öffne jetzt den Schirm«, kündigte die Positronik an.

»Ich bin bereit«, sagte Trantipon.

Die Positronik warf einen flachen Ballen aus gefaltetem Stoff aus; die Lagen entfalteten sich. Das Tuch zeigte einen rechteckigen Grundschnitt, mehr breit als tief, sieben mal fünf Meter, im Kern gefertigt aus Polymeren von Eiweißmolekülen – technisch reproduzierte und optimierte Spinnenseide. Andere eingelagerte Fasern spielten in dieser Funktion keine Rolle und ruhten deaktiviert in einer Mittelschicht des Gewebes. Wie ein militärisches Gerät schimmerte das Material des Schirmes silbergrau.

Noch 4000 Meter.

Noch 3000 Meter. Die Positronik hielt den Sturz probehalber für einen Moment an, indem sie beide Hinterkanten des Schirms nach unten zog. Kein Problem. Sie hielten in der Luft. Die Positronik ließ den Schirm wieder Fahrt aufnehmen, bevor der Auftrieb abbrach.

Noch 2000 Meter. Noch 1000.

»Wie du bemerkst, erzeugt der Schirm eine Vorwärtsgeschwindigkeit. Bei der Landung stelle ich den Schirm gegen den Wind und bremse uns so ab. Der Aufprall wird nicht härter, als wenn du von einem Stuhl springst. Lauf dennoch zwei, drei Schritte mit. So verhindern wir eine Bänderdehnung und Wirbelverletzungen«, erklärte die Positronik.

»Mach dir darum keine Sorge«, erwiderte der Klient, »ich bin schon tot.«

Die Landung verlief so sanft wie versprochen. Trantipon machte die verordneten Laufschritte, hielt an und stand.

Das Sicherheitspäckchen gab dem Schirm den Befehl, sich wieder zusammenzufalten. Das Material hatte ein eigenes Gedächtnis und führte das Kommando binnen weniger Sekunden aus. Dann schlüpfte das kaum mehr fingernagelgroße Gebilde wieder in das Päckchen.

Sie waren etliche Hundert Meter außerhalb der Zone gelandet, in der heißes Magma floss. Aber Trantipon hörte das leise Klirren des Stroms aus der Ferne.

Dort, wo Trantipon stand, war die Lava erkaltet. Die Positronik riet dennoch zur Vorsicht. »Beim Abkühlen von Lavaströmen können große Hohlräume entstehen, da die erkaltete Oberfläche bereits erstarrt, während im Inneren des Lavastromes die flüssige Lava noch abfließt. Solche Hohlräume können auch einstürzen.«

Trantipon nahm es kommentarlos zur Kenntnis. »Was hast du noch bei dir?«, fragte er das faustgroße Päckchen.

»Eine medizinische Notfallausrüstung. Sauerstoffvorräte. Einen Antigravprojektor. Einen einfachen Individualschirmprojektor. Einen Datenkristall mit einer Basisbibliothek sowohl nützlicher und sachdienlicher als auch belletristischer, meditativer und religiöser Texte. Komprimierte Nahrung. Eine Wasseraufbereitungsanlage. Der Fallschirmstruktur sind weitere Verwendungsmuster programmiert, darunter die Modelle Zelt, Boot und Kleidung. Der Stoff ist hitzebeständig, thermoaktiv, wasserabweisend, wechselfarbig, windundurchlässig ...«

»Ist ja gut«, unterbrach Trantipon. »Sonst noch etwas?«

»Diverse Ortungs- und Analysegeräte. Wir haben einen Hyperfunknotsignalgeber, Reichweite infolge der erhöhten Hyperimpedanz auf zwei Komma fünf Lichtjahre beschränkt. Wir können den Notimpuls allerdings nicht gezielt ausrichten oder verschlüsseln. Gehe ich recht in der Annahme, dass du unter diesen Bedingungen auf eine Meldung keinen Wert legst?«

»Richtig.«

»Und wir haben mich selbst.«

»Gut«, sagte Trantipon. Er stand hoch aufgerichtet da und sah sich um. Das schwarze Land mit den Glutseen. Die Vulkankegel, aus denen in einer endlosen Prozession Wolken aufstiegen. Donnergrollen aus der Erde. Manchmal fuhr eine Brise über ihn hin, heiß wie aus einem riesigen Ofen.

»Ich muss diese Maske tragen?«

»Ja. Die Luft ist für dich nicht atembar.«

»Für einen Ara, meinst du?«

»Gewiss. Meiner Analyse nach bist du ein Ara. Auch wenn dein Körper einige abweichende biomechanische Signaturen aufweist. Ich tippe auf intraprothetische Organe oder nanobiologische Organergänzungen. Soll ich dich bei deinem Namen nennen?«

Trantipon überlegte. »Meinem Namen?«

»Oder möchtest du mir einen Namen geben?«

»Warum sollte ich das tun?«

»Aus meinem Datenarchiv weiß ich, dass Lebewesen deiner Art Gegenstände, mit denen sie kommunizieren, über Kennnummern und Funktionsbezeichnungen hinaus gern auch mit Namen versehen: Raumschiffe, deren zentrale Rechnereinheiten, Raumstationen, Roboter ...«

»Warum?«

»Dazu liegen mir keine Daten vor.«

Namen. Trantipon kamen Namen in den Sinn; sie glitten durch sein Bewusstsein wie ein Zug von leeren Masken. »Mo ...«

»Du willst mich Mo nennen? Das ist eine große Ehre.«

»Wieso meinst du das? Was weißt du über Mo?«

»Mo war unser genialster Mediziner.«

»Warum sagst du *unser?*«, erkundigte sich Trantipon.

»Ich entstamme zwar einer swoonschen Baureihe, bin aber ein Auftragsprodukt der araischen Technosphäre und betrachte mich daher als araisch. Ist dir das unangenehm?«

»Nein. Was weißt du über *unseren genialsten Mediziner*?«

»Er starb um das Jahr 4544 vor der Neuen Galaktischen Zeitrechnung bei einem Selbstversuch. Er wird von uns fast wie eine Gottheit verehrt.«

»Tatsächlich? Auch von dir?«, warf Trantipon ein.

Die Positronik verglich Stimmmuster, um herauszufinden, ob der Tonfall Ironie oder Sarkasmus signalisierte und die Frage demzufolge rhetorische gemeint sein könnte, fand aber keinen Hinweis darauf. Deswegen antwortete sie: »Meine swoonschen Konstrukteure und Programmierer haben darauf verzichtet, mir eine Meditationsroutine oder eine sonstige Grundlage zu religiösem Denken einzuspeisen.«

»Man kann nicht alles haben. Weiter. Mo ...?«

»Zu Mos Ehren wurde beispielsweise in der Stadt Trulan auf Tolimon eine Hauptstraße *Straße des großen Mo* genannt. Sein Ehrenmal auf dem Planeten ist eine dreihundert Meter hohe, fugenlose, am Sockel nur einen Meter durchmessende und nadelfein zulaufende Metallsäule, an der das Wort *Mo* aufleuchtet. Heute befindet sich auf dem Vorplatz der Mantarklinik auf Aralon zu Ehren Mos ein Denkmal. Seine lebensgroße Statue steht auf einem drei Meter hohen Sockel aus Korro-Marmor. Die Statue ist mit richtungsweisend erhobener Hand und einem vergeistigten Gesichtsausdruck gestaltet.«

»Das ist bloßes Lexikonwissen«, sagte Trantipon. »Was weiß du über diese Welt hier?«

»Es gibt eine minimale Datennotiz als Zitat aus einem terranischen Sternenatlas. Darin wird Oyloz als vierter von zwölf Planeten im Salida-Sonnensystem und damit der Nachbarplanet von Remion geführt. Salida ist eine gelbe Sonne vom Typ G2 – terranischer Klassifikation, versteht sich.«

Trantipon schaute zur Sonne. Sie ging gerade auf, stand knapp über dem Horizont, matt und schwarzfleckig wie angelaufenes Silber.

»Durchmesser des Planeten 9.856 Kilometer,« fuhr die Positronik fort. »18,65 Stunden Rotationsdauer, 412 Tage Umlaufzeit. Drei Kontinente, Nord- und Südmeer flach, stark salzhaltiges Wasser. 0,85 Gravo. Rotationsachse relativ zur Bahnebene um fünf Komma fünf Prozent geneigt. Oyloz hat keinen nennenswerten Mond, deshalb und wegen der relativen Ferne zur Sonne also auch keine nennenswerten Gezeiten.«

»Sag mir etwas zu den Lebewesen hier. Die Erinnerungen sind so verschattet.«

»Es existiert eine autochthone Bevölkerung. Diese Ureinwohner heißen Borloomer. Ich kann nicht erschließen, ob diese Bezeichnung einen Eigennamen darstellt oder ob sie eine terranische Nennung ist. Etwas ergiebiger ist das Datenmaterial über den dritten Planeten des Salida-Systems, Remion.«

»Den Datensatz Remion kannst du löschen«, unterbrach Trantipon die Positronik.

»Bist du sicher?«

»Lösch Remion. Wir schaffen etwas Platz in deinem Speicher«, entschied Trantipon.

»Darf ich fragen, wofür wir diesen Platz benötigen sollten?«

Trantipon zögerte. »Ich suche Klarheit. Sagte ich dir bereits, dass ich tot bin?«

»Ja«, antwortete die Positronik. »Ich habe diese Aussage notiert, ihr allerdings keine höhere Wertigkeit beigemessen, da deine Biodaten ihr widersprechen. Habe ich etwas übersehen?«

Trantipon stand still, starr, die Arme eng an den Leib gelegt. Er schloss die Augen. Ein leichtes Zittern begann an den Handgelenken, setzte sich zu den Ellenbögen fort, sprang auf die Kinnpartie über.

»Frierst du?«, erkundigte sich die Positronik.

Trantipon reagiert nicht. Tatsächlich hätte sein humanoider Organismus frieren müssen, befand die Positronik. Es musste mit knapp über zwei Grad Celsius empfindlich kühl für den Ara sein, der eine schlichte Schiffskombination trug. Die Positronik maß den Abstand zur Sonne und korrelierte ihn mit der Umlaufgeschwindigkeit des Planeten und der Ekliptikschiefe. Sie kam zu dem Schluss, dass es Frühjahr oder Herbst sein musste, wahrscheinlich Herbst. Die Atmosphäre wies am Standort wie in einiger Entfernung beträchtliche Turbulenzen auf – Stürme, die sich näherten.

Die Frequenz der Asche- und Russpartikel in der Luft und die auffallend hohe Konzentration von Kohlenstoffmonoxid und -dioxid wiesen auf gewaltige und lang anhaltende Brandherde und großflächige Feuer hin.

»Ich schlage vor, dass du einen Mantel anziehst.«

Trantipon reagierte immer noch nicht; Glieder und Halsmuskeln zuckten. Die Positronik führte einen Scan durch, stellte aber keine Veränderung der Biowerte fest, fand keinen Anhaltspunkt, ob und wie der Zustand des Aras medikamentös therapiert werden musste.

Endlich kam der Leib wieder zur Ruhe.

»Du hast etwas gesagt«, erinnerte Trantipon die Positronik.

»Ich habe vorgeschlagen, dich wärmer einzukleiden.«

»Gut.«

Die Positronik aktivierte die entsprechenden Funktionen in dem Gewebe, das sich nach seinem Einsatz als Fallschirm wieder in das Notfallpäckchen begeben hatte. Sie übermittelte dem Textil die Körpermaße des Aras und die Wärmeanforderungen seines Metabolismus.

Der fertige Anzug glitt aus dem Päckchen in die Hand Trantipons.

Bevor der Ara das Kleidungsstück überstreifte, entleerte er sich. Es hatte eine Weile gebraucht, bis er den Druck auf die Blase hatte deuten können. War er in seinem früheren Leben nicht in all dies eingeweiht gewesen? Nichts war mehr selbstverständlich, alles war neu.

Er hielt das Glied in der Hand, betrachtete den Urinstrahl, erinnerte sich an die andere Funktion, die dieses Organ noch erfüllen konnte – erfüllt hatte. Er rief ein paar sexuelle Memoiren auf, aber nichts tat sich.

Wozu auch?

Trantipon legte den Mantel an. Das neue Kleidungsstück überzog ihn ganz, korrigierte seinen Sitz geringfügig und ging, wo es opportun schien, eine Verbindung mit der unter ihm liegenden Bordkombination ein.

»Ich habe eine körperliche Irritation an dir registriert. Darf ich fragen, ob eine genauere Untersuchung mit dem medizinischen Notfallelement gewünscht wird?«

»Soweit ich den Körper spüre, leidet er nicht«, erklärte Trantipon. »Ich war in einer Art Gespräch. Ich hatte Kontakt.«

»Mit wem?«

»Das weiß ich nicht. Es war auch nur eine Region in mir, die angesprochen wurde.«

»Von wem?«

»Das weiß ich nicht. Es war auch keine Botschaft, sondern nur ein …« Er schwieg.

»Ja?«, fragte die Positronik nach.

»Ein Ruf.«

Die Erde bebte leicht, als einer der Vulkane in der Nähe krachend ausbrach. Die Positronik nahm wahr, dass der Ara anders, als sie es nach den ihr vorliegenden Verhaltensschemata für Humanoide erwartet hätte, zumal solchen arkonidischer Abstammung, sich nicht zur Quelle des Lärms umwandte. Er stand unbewegt da und schaute.

Sie zog ihre Schlüsse. »Du willst diesem Ruf folgen?«

Trantipon schwieg, dachte nach.

Längst war die Positronik zu der Überzeugung gelangt, dass die gängigen Muster, die ihr für das Verständnis von humanoiden Lebewesen eingegeben waren, bei Trantipon nur unzureichend halfen. *Ich werde ihn und seine biomentale Funktionsweise studieren müssen,* entschied sie.

»Ob ich dem Ruf folgen will? In mir ist nichts, was *will*«, sagte er endlich. »Wir folgen dem Ruf, der will.«

»Aber warum folgst du ihm, wenn du ihm nicht folgen *willst?*«

Wieder endlose Sekunden des Überlegens. Die Positronik gewann den Eindruck, dass sich der Ara zu seinen Aussagen, sogar zu den Gedanken, die er dann aussagte, quälen musste.

»Weil dieser Ruf so alt ist, dass er ein Recht auf Anhörung hat«, sagte er und ging los.

»Hast du dich entschieden, wie ich dich anreden soll?«

»Nenn mich Trantipon.«

Im Süden vor ihnen ragten Vulkankegel auf. Im Norden erstreckte sich eine Ebene aus grauschwarzem Basalt, der auf großen Flächen zu einzelnen Platten zersprungen war.

Im Westen stand eine Art Wald, ein organisch wirkendes Gemenge von hohen Pflanzen.

Fern im Osten stiegen auf breiter Linie dunkle Schwaden in die Luft, dichter Nebel oder Rauch.

Trantipon erinnerte sich, während des Absturzes rot glühende Flecken und Streifen gesehen zu haben, Lavaströme, vielleicht großflächige Feuer.

Und noch etwas anders. Es lag in der Dämmerung des Morgens. Zum ersten Mal gewahrte er ein Netzwerk hauchdünner, rötlichgoldener Linien, die, fein verwoben und miteinander verästelt, das Land umspannte, so weit er blicken konnte.

Seine Selbstlosigkeit, die Abwesenheit eines eigenen Willens irritierte ihn, und auch diese Irritation verstörte ihn. Wäre es besser gewesen, einen Eigenwillen zu haben? Gehörte ein eigener Wille dazu? Wozu?

Unter ihm schichteten sich Erinnerungen auf, Stränge, die sich zu Flözen sortierten; daneben mächtige, erratische Einzelstücke, die alle Schichten durchbrachen. Ein Berg, in dem ein Ich verborgen lag, zerlegt und zerfasert, eingefasst und konserviert von namenlosen, undurchlässigen, mentalen Substanzen.

Vielleicht wäre es hilfreich, dieses Ich zu rekonstruieren, seine Fragmente aus dem Gemenge zu schürfen, herauszuschmelzen, umzugießen in ein Gitterwerk, das ihm Halt und Orientierung geben würde.

Er probierte dieses Ich aus, sagte der Positronik: »Du wirst jetzt eine Geschichte hören. Ich erzähle dir eine Geschichte. Ich vermute, dass es meine ist.«

»Ich verstehe meinen Auftrag nicht«, erwiderte die Maschine.

»Deine Aufgabe ...« Trantipon überlegte. »Es wird deine Aufgabe sein, mir bei der Reorganisation meiner Psyche zu helfen, mich auf Widersprüche hinzuweisen. Ich will mich erforschen. Assistiere mir.«

»Ich soll dein psychohistorischer Assistent sein«, formulierte die Positronik.

»Ja.«

»Ich verstehe. Du kannst beginnen. Erzähl mir deine Geschichte.«

In den frühen Morgenstunden des 3. Juli 1340, kurz vor Trantipons Flucht, träumte Tifflor von Zhanauta Filgris, zumal von ihren Hüften, mit denen er eine Art stummer Zwiesprache hielt. Er war im Traum ein Landvermesser und vermaß die Zonen ihrer Haut und das Gehöft ihrer Wärme. Hin und wieder erwachte er fast, ließ sich aber wieder in den Halbschlaf zurückfallen, gebettet auf die Medoliege, unter einem energetischen Sauerstoffzelt, das ihn mit keimfreier Luft verpflegte.

Eine kleine, private Medotronik behütete ihn und seinen Schlaf und Heilprozess. Der Zellaktivator unterstützte die Regeneration.

In den beinahe wachen Phasen, in denen Tifflor nicht von Zhana träumte, dachte er an sie. Was er dachte und in Gedanken durchspielte, tat ihm wohl.

Zhana war nicht die erste Ara-Frau in seinem Leben, auch wenn sein Erstkontakt weniger intim gewesen war als vielmehr verwaltungstechnisch.

Julian Tifflor erinnerte sich an seinen ersten Aufenthalt auf Aralon im Jahr 1984 alter Zeitrechnung. Er war jung gewesen, 23 oder 24 Jahre, und in Begleitung von Wuriu Sengu, der ihm mit seinen beinahe 40 Jahren wie ein älterer Herr erschienen war. Der Mutant war ein Späher, seine Psi-Kraft ermöglichte ihm, durch feste Gegenstände zu sehen. Wuriu Sengu – heute lebte er eher zurückgezogen. Als reiner Geist nämlich, aufgegangen in ES.

Wie übervoll ihnen beiden damals der Raumhafen von Aralon erschienen war; wie übermächtig die Raumschiffe sich gegen die Gazelle abhoben, mit der er und

Sengu den Planeten angeflogen hatten. Aralon – das war für Julian Tifflor immer der erste wahrhaft zivilisierte Planet gewesen, die erste von Leben förmlich perlende Welt, die einen kosmischen Geist atmete, ganz anders als die im Panzer der Robot-Flotten erstarrten Planeten des Großen Imperiums.

Dieses Völkergewimmel, diese Leistungsschau einer tausendfältigen Evolution in den Abfertigungshallen des Hafens: Moofs in Druckbehältern, Andooz und Trebolaner, Taa, Fantan-Leute, Koipa und Oupanko – die meisten Arten sah er zum ersten Mal live. Er kannte sie und ihre Namen nur aus der arkonidischen Hypnoschulung.

Dann hatten sie einen Antrag ausfüllen müssen, den ihnen eine junge Arafrau gereicht hatte – eine Frau, die in ihrer hochgeschlossenen Uniform so fremdartig-attraktiv wirkte, dass Tifflor sich gewünscht hatte, über die Para-Gaben seines Begleiters zu verfügen.

Die erste Frage auf dem Einreiseformular lautete: »Wünschen Sie Direktbehandlung und sofortige Entlassung, oder ist eine längere Kur geplant?«

Tifflor lächelte und sagte: »Eine längere Kur, bitte.«

»Was?«, fragte Zhana zurück. »Was hast du gesagt?«

Tifflor fand in die Gegenwart, entdeckte Zhana, die rittlings auf einem einfachen Glasstuhl saß, und übertrug ihr das Lächeln aus dem Traum. »Ich habe nur eine Antwort gegeben auf eine uralte Frage.«

»Guten Morgen, Minister Tifflor«, begrüßte sie ihn. »Bleib noch liegen,« bat sie, als er sich auf die Ellenbogen aufrichtete. Sie kam zu ihm herüber, setzte sich auf die Kante der Liege und schlug das eine ihrer langen Beine wirkungsvoll über das andere. »Woran hast du gedacht?«

»An dich.«

»Das ist nichts Besonderes. Das tu ich immerzu. Woran noch?«

»An eine andere Frau. Eine malerisch schöne Ara-Frau.«

»Ich bin nicht deine erste Ara?«

»Natürlich nicht! Wo denkst du hin? Du bist Nummer – ach, erlass mir das. Ich will dich ja nicht mit nackten Zahlen beeindrucken.«

»Mit welchen nackten Dingen willst du mich beeindrucken, wenn nicht mit Zahlen?«, fragte sie verwundert.

»Ich bin ein reifer Mann mit Erfahrung. Ich war Prätendent des Neuen Einsteinschen Imperiums, jahrhundertelang Erster Terraner der LFT ...«

Sie lachte. »Diese ganzen kurzlebigen terranischen Kleinstaaten zählen nicht.«

»Ich war Botschafter auf Arkon.«

»Schon besser.« Sie leckte sich die Lippen und legte sich eine Strähne des langen weißblonden Haares hinter das Ohr.

»Und Ewiger Krieger.«

»Ja, richtig. Habe ich in einem Dossier gelesen. Ewiger Krieger. Dazu musste Tifflor zehn Stufen der Upanishad erklimmen.« Mit Zeige- und Mittelfinger spielte sie auf seiner Decke das Steigen der Stufen nach. Sie kam bis zum Mund, öffnete ihm die Lippen und strich mit den Fingerkuppen über seine Zähne. »Bis zur Stufe elf bist du aber nicht gekommen, oder?«

Er nahm ihr Handgelenk und zog die Finger behutsam zurück. »Es gibt nur zehn. So wie Finger.«

Sie legte die Stirn in Falten. »Hat dir das dein Sotho erzählt?«

»Man muss immer glauben, was der Sotho sagt.«

Zhana stand von der Bettkante auf, ging zur Kabinentür und verriegelte sie.

Tifflor verfolgte ihre Erscheinung, wie sie durch den Raum schritt.

Zurück an der Medoliege, entkleidete sie sich. Sie war schmal, ihre Hüften waren schmal, ihre Finger, mit denen sie nun unter die Decke fuhr. Sie beugte sich zu seinem Gesicht. Bevor sie ihn küsste, sagte sie: »Und nun zur Stufe 11. Bereit zum Kampf, ewig müder Krieger?«

»Das merkst du doch«, murmelte er.

»Ist das alles? Oh, komm schon«, sagte sie, »das kannst du besser!«

Er lachte. »Es liegt ganz in deiner Hand.«

»Dann lass mich nicht verdeckt ermitteln«, sagte sie und zog die Decke fort.

»Wenn ich eure Handlungen und Kommentare richtig deute«, mischte sich die private Medotronik ein, »bereitet ihr euch auf eine Kopulation vor. Sicher ist euch bekannt, dass bereits die Vorbereitung darauf den Körper in eine Art Alarmzustand versetzt, während dem Klienten Tifflor Ruhe besser täte.«

»Bezweifle ich«, wandte Tifflor leise ein.

»Ich bin jederzeit bereit, euch mit hinreichend Datenmaterial zu versorgen, das meine Aussagen bestätigt.«

»Das ist ganz reizend von dir«, sagte Tifflor. »Wir glauben dir, möchten deinen Rat aber lieber nicht befolgen.«

»Wenn ihr meinem Rat nicht folgt, kann ich den planmäßigen und erfolgreichen Abschluss der Sanierung deines Körpergewebes nicht garantieren«, klagte die Medotronik.

Zhana und Tifflor stöhnten leise auf.

»Hallo? Bin ich verstanden worden?«, drängte das Positronenhirn. »Ich sehe mich gezwungen, eure Aktivitäten holografisch festzuhalten, um sie im Beschwerdefall als Beweis für das Nichtbefolgen meines ärztlichen Rates von Seiten des Klienten vorzuführen.«

»Untersteh dich«, warnte Julian Tifflor. Zhana lachte und schlang ihre nackten Beine über ihn; sein letztes Stück Unterwäsche schwenkte sie im Triumph über dem Kopf. »Lass sie doch«, bat sie mit gespitzten Lippen, »soll sie es vorführen, wem sie will. Dann können die nachkommenden Generationen noch etwas lernen.« Und an die Medotronik gewandt: »Sind wir gut im Bild?«

»Bestens«, erwiderte die Maschine.

»Dann schau und staun!«

Zeit verging. Irgendwann flüsterte Zhana schläfrig: »Dein Apparat verleiht dir eine erstaunliche Beständigkeit. Eigentlich müsstest du müde sein. Schließlich werden wir beide jetzt mit Oxytocin geflutet, einem Hormon, das entspannt und tief schlafen lässt.«

»Was dir so durch den Sinn geht.«

»Mir geht durch den Sinn, dass du eine merkwürdige Kreatur bist. Du hast geschenkt bekommen, wonach die großen Geister meines Volkes immer gesucht haben: Unsterblichkeit.«

Julian Tifflor dachte an seine Freunde Fellmer Lloyd und Ras Tschubai, Unsterbliche, seit fast zwei Jahrhunderten tot, Aschehaufen. Ras war immerhin so klug gewesen, einen Haufen Kinder in die Welt zu setzen, die, dem Vorbild ihres Vaters folgend, einen Haufen Kinder in die Welt gesetzt hatten, mit dem Erfolg, dass die Tschubais sich im Lauf der Jahrtausende über Dutzende von Welten ausgebreitet hatten und in tausenden Menschen ein wenig Ras steckte. Wer war nun unsterblicher: der tote Ras oder er selbst?

Zhana lachte: »Jetzt kann ich immerhin sagen: Ich lebe mit einem Unsterblichen zusammen. Oder kann ich das nicht sagen? Kann man als Sterbliche mit einem Unsterblichen zusammenleben?«

»Bitte«, sagte Tifflor, »lass gut sein. Solche Gespräche führen zu nichts.«

»Mein dummer Liebhaber: Alles führt einmal ins Nichts!«

Jetzt lachte Tifflor. »Demnach wäre Unsterblichkeit nur ein verzögertes Sterben. Eher Fluch als Segen.«

»Eher Fluch als Segen«, wiederholte Zhana spöttisch. »Und Reichtum ist eine Last, und Macht nur eine andere Form von Sklaverei. Merkwürdig nur, dass sich die Unsterblichen, Reichen, Mächtigen sich ihrer Mühen nicht einfach entledigen.«

»Du klingst beinahe wie mein Vater«, beschwerte er sich.

»Wie war dein Vater?«

Tifflor schwang die Beine aus dem Bett, kleidete sich an, legte eine Mundhygienepastille auf die Zunge. Die Pille schäumte kurz auf, schmeckte dann nach Pfefferminz. Er schluckte.

»Gerecht«, sagte er endlich. Es klang bitter.

Julian Tifflor erreichte die Zentrale der APPEN wenige Minuten nach Auslösung des Alarms.

Die araische Besatzung reagierte nervös auf sein Erscheinen. Noch immer waren die Kommandostrukturen an Bord ungeklärt. Oder besser: Sie waren wieder unklar geworden, seit Perry Rhodan zu dem Planetenleichnam gestartet war.

Fakten schaffen ist immer eine gute Idee, dachte Tifflor. Mit erhobener Stimme fragte er: »Warum gibt es Alarm? Meldung!«

»Der Mantarheiler Trantipon ist geflohen«, sagte Tangold, der Kapitän der APPEN, ohne sich an Tifflor zu wenden.

»Ich dachte, Trantipon sei tot?«

Tifflor sah, dass sich der araische Pilot des Walzenraumers die SERT-Haube über den Kopf zog wie ein Kind, das sich vor dem Gewitter fürchtet, die Bettdecke.

»Ja. War er auch«, gab Tangold zu. »Aber Plob Arnoyn hat ihn davon geheilt.«

Als wäre der Tod ein grippaler Infekt. »Wo ist er jetzt?«

»Wer? Plob Arnoyn?«

Der Alarm gellte immer noch durch die Zentrale, nahm aber eine leicht andere Färbung an. *Ich bin von Verrückten umgeben,* dachte er. »Was interessiert mich Arnoyn? Trantipon natürlich! Wo ist Trantipon?«

»Dort«, sagte Tangold und zeigte mit dem langen Arm auf die Panzertropongalerie, die auf Höhe des Kapitäns die zweigeschossige Zentrale zum Weltraum öffnete.

Für einen Moment blitzte dort etwas im Sonnenlicht auf, ein Flugkörper, der gleich darauf zur Nachtseite des Planeten Oyloz tauchte, über dem die APPEN den Orbit bezogen hatte.

Die Zentralpositronik projizierte eine gerechnete Holografie. Es war, als wölbe sich das All in die Zentrale. Tifflor erkannte ein Beiboot mehandorscher Bauart, ein altes, robustes Modell. »Haltet ihn auf!«, rief er.

»Er ist bereits außerhalb der Traktorstrahlprojektoren«, teilte ein Ara mit, der an der Ortungskonsole saß.

»Ist die APPEN nicht bewaffnet?«

»Natürlich ist das Schiff bewaffnet«, gab Tangold zurück. »Wir haben insgesamt vier MHV-Geschütze mit Desintegrator-, Impuls- und Thermofunktion. Über Transformkanonen verfügt die APPEN nicht – wir sind ja kein Kriegsschiff!«

»Dann feuert!«

»Wirkungsfeuer könnte das Beiboot zerstören und Trantipon töten«, wand Tanghold ein. »Wollen wir ihn nicht lebend? Plob Arnoyn ist doch eben erst die Reanimation des Mantarheilers gelungen!«

Tifflor meditierte kurz Char'imchar, die erste Stufe der Upanishad, um nicht loszuschreien. Er trat an Tangolds Kommandosessel und stieg auf die zweite Meditationsstufe, Char'gonchar. Die Wirkung dieser Meditation konnte sich Tifflor nur schwer *von außen* vorstellen: Wesen im Char'gonchar wirkten auf andere überzeugend, mitreißend, charismatisch.

»Dort«, sagte Tifflor freundlich, »flieht ein Massenmörder. Mir liegt noch kein abschließender Bericht über den zahlenmäßigen Erfolg der Evakuierung vor, aber die *Masse*, die Trantipon ermordet oder an deren Ermordung er maßgeblichen Anteil hat, dürfte sich in einer Millionenhöhe bewegen.

Vielleicht zählen Menschenleben im neuen Galaktikum nicht so viel wie das von reinrassigen Arkoniden, und ich kenne gegebenenfalls die Umrechnungstabelle nicht. Aber wie auch immer im Galaktikum gerechnet wird: Sollen wir beim kommenden Strafprozess einräumen, dass die APPEN den Massenmörder Trantipon hat entkommen lassen, obwohl sie die Mittel besaß, dies zu verhindern?«

Tangold vollführte eine verneinende Geste.

»Wenn wir ihn nicht lebend fangen können, können wir verhindern, dass er lebt«, erklärte Tifflor dem Kapitän. »Denn ich weiß nicht, wie er Remion zerstört hat, und ich weiß nicht, ob er immer noch dazu in der Lage ist, Planeten auf diese Weise zu vergiften. Aber ich weiß, dass dort unten auf Oyloz eine Zivilisation existiert, und ich werde verhindern, dass Trantipon sie in den Abgrund reißt. Wer ist unser Waffenoffizier?«, fragte er in den Raum.

»Ich. Ghio Lopoor«, meldete sich ein Ara. »Ich habe das Beiboot zielerfasst.«

»Feuer«, befahl Tifflor.

Nach knapp über 20 Minuten war die autarke Sonde zurück, die Tifflor ausgeschickt hatte, um die Reste des abgeschossenen Beibootes aufzuspüren. Die Konferenz mit ihr fand im ersten Geschoss der Zentrale statt, wo sich die Sonde bequem mit der Hauptpositronik der APPEN verbinden konnte.

Sie saßen an einem runden Tisch: Tifflor, Tangold, Plob Arnoyn und ein Geowissenschaftler namens Tyb'har. Neben ihnen schwebte die Sonde.

Über dem Tisch hingen einige Holos; eins davon zeigte Oyloz, in einem anderen sah man das Standbild der finalen Explosion des Beiboots nach dem letzten Treffer. Andere Holografien präsentierten Ausschnitte aus dem Aufschlaggebiet.

»Die Trümmer wurden weit verstreut. Ich habe sie in einem Umkreis von mehreren Kilometern gefunden.« Im

Holo der großflächigen Absturzstelle leuchteten 30, vielleicht 40 Fundorte auf.

»Hast du die Leiche oder Leichenteile Trantipons gefunden?«, fragte Plob Arnoyn.

»Nein«, sagte die Sonde. »Nicht einmal Blutspuren. Manchmal wird biologisches Material rasch von räuberischer Flora oder Fauna verwertet. In solchen Fällen finden sich mit großer Wahrscheinlichkeit Relikte des Materials oder zumindest Zeichen, die auf eine willentliche Entfernung schließen lassen. Es existiert auf Oyloz meinen Ermittlungen zufolge jedoch keine karnivore Kleinstflora oder -fauna, die zu einem derart raschen Verzehr einer relativ großen Biomasse in der Lage wäre. Ganz abgesehen davon, dass in einem solchen theoretisch denkbaren Fall unverdauliche Reste der Kleidung auffindbar sein müssten. Und ich habe das Gelände mit allen 244 Detektkameras gründlich untersucht.«

»Es war kein Vorwurf«, stellte Arnoyn klar.

»Vielleicht ist er mitten in einen Vulkan gestürzt. Oder in einen der Lavaseen des Planeten«, überlegte Tyb'har.

»Ist an den Sturzparabeln der Beibootträmmer gemessen auszuschließen«, bemerkte die Sonde.

»Schlussfolgerung?«

Die Zentralpositronik meinte sich angesprochen und sagte: »Trantipon ist nicht mit dem Kleinstraumschiff abgestürzt.«

»War er überhaupt an Bord?«

Statt einer Antwort projizierte der Zentralrechner ein weiteres Holo. Es zeigte, wie Trantipon in einen kleineren Außenhangar der APPEN lief, das Beiboot betrat, startete und sich mit Gewalt den Weg in den Weltraum bahnte. Einige Sekunden lang war noch der Hangar zu sehen, in dem die aus dem Leck entweichende Luft für einen Sturm sorgte, bis es der Positronik gelang, ein Segment des Schutzschirms des Schiffes über die Außenwand zu projizieren und das klaffende Loch so abzudichten.

»Kannst du das Raumboot aus den Trümmern rekonstruieren?«, fragte Tifflor.

»Augenblick bitte. So.«

Vor ihnen drehte sich die semitransparent dargestellte Rekonstruktion des zerstörten Beiboots. An einigen Stellen blinkten weiße Flächen – Segmente, die die Sonde nicht aufgespürt hatte.

»Hol die Schleusentür näher heran«, bat Tifflor. »Hast du sie in diesem Zustand gefunden?«

»Ja«, bestätigte die Sonde.

»Zeig uns die Fundstelle!«

Im Holo des Absturzareals leuchtete ein winziges Fragment auf – auffallend weit vom Zentrum des Bereiches entfernt, der die höchste Frequenz an Fundstücken aufwies.

»Kontrolliere den Zustand der Tür und setze sie in Beziehung zum Fundort.«

Die Positronik bestätigte, was Tifflor vermutet hatte: »Die Tür ist abgesprengt worden, bevor der letzte Schuss das Beiboot traf.«

»Trantipon ist abgesprungen. Aber womit? Im Hangar hat er keinen flugfähigen Schutzanzug getragen, nur die Bordkombination. Zeig uns den Notfallschrank!«

Das Holo zoomte auf den völlig verbeulten und zerknautschten Schrank. Die Türen waren abgerissen. Der Schutzanzug hing dort unberührt.

»Gleich den Inhalt des Schrankes mit dem Normbestand ab!«

»Es fehlt das Sicherheitspaket«, teilte die Positronik mit.

»Welche technischen Kompetenzen hat so ein Paket?«, fragte Tifflor.

Er nickte, als die Positronik unter anderem einen miniaturisierten Antigravgenerator nannte.

»Hast du in der Absturztrasse fünfdimensionale Aktivität angemessen?«

»Negativ«, sagte die Positronik.

Tifflor stutzte. »Was war noch im Paket?«

Die Maschine zählte den Inhalt auf. Tifflor hakte beim Stichwort »Multivariotextil« ein. »Mit welchen Modellvarianten ist so ein Textil versehen?«

Es überraschte ihn nicht mehr, als die Positronik die Fallschirmfunktion erwähnte. Er stand vom Tisch auf. Plob Arnoyn sah ihn fragend an.

»Trantipon lebt«, behauptete Tifflor. »Ich gehe und hole ihn mir.« Dann grinste er Plob Arnoyn an: »Du hast das Kommando über die APPEN, bis ich zurück bin.«

Julian Tifflor rüstete sich in seiner Kabine mit einem leichten Schutzanzug aus, wie er an Bord der APPEN zur Verfügung stand. Möglicherweise stammte er aus terranischer Fertigung, möglicherweise war es aber auch einer, der fest mit einem abgespeckten arkonidisches TRUV verbunden war, einem »Transport und Verteidigungssystem«.

TRUVs waren eigentlich fassförmige Konstruktionen; der Rückentornister dieses hier war nur flach gewölbt. Demnach würden seine Schutzschirmprojektoren und sein Gravo-Pak nach militärischen Maßstäben nicht allzu leistungsfähig sein.

Aber wozu auch? Er zog ja nicht in den Krieg. Eine Positronik war im Armbandelement des Anzugs vorhanden und meldete sich nach Aktivierung der Systeme zum Dienst.

Das defensive Waffensystem war tatsächlich nur elementar, würde aber für diese Arbeit hinreichend sein: ein schlichter, robuster Feldschirm. Er steckte einen Mehrfunktionsstrahler mit Desintegrator- und Impulsbetrieb ein, der darüber hinaus einen Nadlerlauf hatte. In dessen Magazin steckten einige Explosivgeschosse und mit diversen Substanzen gefüllte Miniaturkanülen. Die Anzug-Positronik würde ihn über die Verwendungsmöglichkeiten dieser Hightechspritzen unterrichten.

»Du siehst recht martialisch« aus, sagte Zhana, die sich auf der Pneumoliege niedergelassen hatte und ein Werbeprogramm verfolgte.

Tifflor warf einen kurzen Blick auf das Holo. Wenn er die Offerte recht verstand, ging es um genetisch veränderte Molche, die in verschiedenen Farben leuchteten und deren Beinmuskulatur über eine Fernsteuerung manipulierbar war. Fernsteuerbare Leuchtmolche – er konnte beim besten Willen weder Sinn noch Zweck dieses Produktes erkennen.

Der jetzt durch das Holo spazierende, singende Preis war horrend.

»Soll ich dir einen Thi kaufen?«, fragte sie. »Manche von ihnen können im Rhythmus deiner Stimme blinken.«

»Klingt verlockend«, sagte Tifflor. »Das lege ich mir unbedingt zu, wenn ich in Pension gehe.«

»Hm«, machte Zhana. »Und auf meine Begleitung verzichtest du wirklich?«

»Bleib hier«, bat er sie. »Ich käme sonst in Versuchung, auf dich aufpassen zu wollen.«

»Das ist jetzt aber nicht der Anfang der Verhaustierung deiner Gespielin, oder?«

Tifflor lachte. »Es ist, was es ist.«

Mit einer Wimpernschlagfolge schaltete Zhana um. Auf dem gewählten Programm lief ein grauenvoll nachkolorierter altterranischer Western, nach Ara-Geschmack mit einer Art heulenden Dudelsackmusik unterlegt. John Wayne kam ins Bild, kaum wiederzuerkennen, die Haut strahlte weiß, der Schädel war digital nach hinten verlängert. Er sagte etwas auf Torguisch, der Sprache, von der man bis heute nicht wusste, ob sie sich aus einem alt-arkonidischen Dialekt entwickelt hatte oder von Linguisten auf Aralon synthetisch erzeugt worden war. Die araische Bearbeitung hatte vor nichts haltgemacht.

Tifflor wandte sich ab. »Kannst du die Zentralpositronik bitten, etwas für uns abzuklären?«, bat er die Rechnereinheit des SERUNS.

»Die Zentralpositronik hört.«

»Ich möchte den Fallkegel sehen, den Trantipon bei seinem Sprung genommen hat. Verfügst du über hinreichend Daten?«

Der Holoprojektor in Tifflors Armband spielte ihm das errechnete Bild vor Augen. Er sah an der markierten Stelle, dass der Mantarheiler nordwestlich eines Gebirgszugs auf dem Kontinent Trellcou niedergegangen sein musste. »Danke.«

Das Bild erlosch.

»Warte«, bat Tifflor, dem ein Gedanke gekommen war. »Ist uns an der Fluchtroute Trantipons irgendetwas aufgefallen?«

»Präzisiere – welche Abweichungen von normal verteilten Mittelwerten soll ich berücksichtigen?«

»Ist der Mantarheiler einfach geradeaus geflogen, oder hat er Steuerimpulse gesetzt?«

»Es gab tatsächlich Steuerimpulse, die wir allerdings auch als Ausweichmanöver deuten können, um das Beiboot minder leicht anvisierbar zu halten.«

»Wir wollen annehmen, dass die Impulse noch einen anderen Zweck hatten. Ein Ziel.«

Das Holo von Oyloz leuchtete auf. Darüber blinkte die Positionsbezeichnung der APPEN. Ein haardünner roter Lichtstrahl verband die APPEN mit Oyloz.

»Ein Lot, gefällt vom Hangar zur Planetenoberfläche, trifft den Südwesten des Kontinents Parvacc. Trantipon hat dagegen nach Osten gesteuert, eine Route über Inicco hinaus.«

»Dann wollte er nach Trellcou. Warum? Was will er dort?«

»Dazu liegen der Zentralpositronik keine auswertbaren Daten vor. Tut ihr leid«, antwortete der Rechner des Anzugs.

Das Interkom des Schiffes meldete, dass Plob Arnoyn ihn zu sprechen wünschte.

»Was will er?«

»Er hat hinterlassen, dass er den Minister dringend in einer den entkommenen Mantarheiler Trantipon betreffenden Angelegenheit sprechen möchte«, teilte das Interkom mit.

Tifflor seufzte leise, ging zur Liege und küsste Zhana zum Abschied tief in den Mund. Sie biss ihm auf die Zunge.

»Au! Was sollte das denn?«

Zhana zog einen schmalen Glasfilm aus der Hosentasche ihrer Kombination und ließ etwas Speichel, vermischt mit seinem Blut, darauf tropfen. Dann versiegelte sie den Glasfilm. »Falls du auf der Feuerwelt verschollen gehst«, sagte sie grinsend, »kann ich dich klonen lassen.«

Tifflor begab sich in voller Rüstung zum Antigravlift und schwebte sieben Decks hinab. Vom Schachtausgang brauchte er nur wenige Minuten bis zum Eingangsbereich des Kern-Klinikums.

Das Kern-Klinikum stellte etwas wie die Sakristei der APPEN dar, ihr verborgenes Allerheiligstes. Seine Hülle, ein 270 Meter langer und 68 Meter breiter Zylinder, fügte sich passgenau in den Großraumhangar im Vorderteil der Walze.

Offiziell war das Kern-Klinikum nur über diese Brücke erreichbar, aber Tifflor bezweifelte nicht, dass Plob Arnoyn hier und da Notausgänge und verborgene Übergänge für seinen Privatgebrauch parat hielt. Bekanntlich konnte das Kern-Klinikum diesen Hangar auch verlassen und autonom navigieren, allerdings nur im planetennahen Raum oder auf dem Planeten selbst. Ein Überlichtantrieb war nicht vorhanden. So lautete jedenfalls die amtliche Version. Von der Größe und dem Volumen her hätte es keine Schwierigkeit bedeutet, einen Linearkonverter und die dazugehörigen Kraftwerksmeiler unterzubringen.

Also konnte man getrost davon ausgehen, dass die Auskünfte über die Mobilität der Kern-Klinikum auch in diesem Punkt nicht ganz der Wahrheit entsprachen.

Tifflor meldete sich. »Du wolltest mich sprechen?«

Ein Schott glitt zur Seite und gab einen Korridor frei, dessen Wände aus sich heraus ein angenehmes Licht erzeugten, wie an einem Sommertag kurz nach Sonnenuntergang. Während er lief, schien der Korridor aktiv einmal nach links, dann wieder nach rechts zu schwenken; es ging bergauf, dann wieder abwärts. Vielleicht befanden sich hinter den Wänden einige schwache Antigravprojektoren, die verschiedene Winkel simulierten.

Tifflor schätzte, dass er etwas über 100 Meter gelaufen war und damit das rechnerische Zentrum des Kern-Klinikums erreicht hatte.

Der Korridor endete; die Wand teilte sich mit einem sanften Zischen, als atme sie aus. Vor ihm erstreckte sich ein dunkler Saal; an den längsseitigen Wänden bauschten sich scharlachrot glühende Vorhänge leicht in einem imaginären Wind. An der gegenüberliegenden Wand ließen runde Lampen – oder Bullaugen – etwas zusätzliches Licht einströmen. In der Saalmitte standen einige blütenförmige Sessel, in einem von ihnen saß – oder lehnte, das war im Dämmerlicht nicht zu unterscheiden – Plob Arnoyn.

Einige Schritte vor dem Ara blieb Tifflor stehen. Arnoyn überragte ihn auch in dieser halb sitzenden Position noch um einige Zentimeter.

»Ich habe eine persönliche Bitte, Außenminister«, sagte Arnoyn förmlich.

Tifflor nickte auffordernd.

»Niemand bezweifelt, dass du mit all deiner Erfahrung und Kompetenz als Jäger den Mantarheiler stellen wirst.«

»Ja«, sagte Tifflor.

»Wenn es im Rahmen deiner Möglichkeiten liegt, möchte ich dich bitten, Trantipon nicht allzu sehr zu beschädigen und ihn am Leben zu lassen. Denn sein Leben ist gewissermaßen *mein* Leben.«

Tifflor schaute den Ara verwundert an. »Ich verstehe nicht ganz.«

»Da ich den Mantarheiler nach einem von mir entwickelten und erstangewandten Verfahren wiederbelebt habe und dazu persönliche, werthaltige Bauteile in die Rekonstruktion einarbeiten musste, gehört der neu entstandene physio-mentale Komplex gewissermaßen mir.«

»Der physio-mentale Komplex?«

»Natürlich gründet meine Rekonstruktion auf physischen und mentalen Fundamenten des Originals, und eine medojuristische Klärung der relativen Besitzverhältnisse steht noch aus. Dessen bin ich mir bewusst. Aber es ist meine Überzeugung, dass mir – und zwar sowohl durch meine Initiative als auch durch meine Leistung als auch durch meine materielle Investition – Eigentum an diesem Komplex erwachsen ist. Zumal er mir bei seiner Flucht einige Verletzungen zugefügt und sich mir gegenüber schuldig gemacht hat.«

»Eigentum an Leib und Seele Trantipons, laienhaft ausgedrückt?«, fragte Julian Tifflor nach.

»Laienhaft: Ja. Wobei ich weniger Interesse an der reinen Biomasse habe. Mich interessiert die mentale Textur.«

»Die Seele, laienhaft ausgedrückt.«

»In einem Terminus terranischer Folklore ausgedrückt: die Seele, ja.«

Tifflor lachte spöttisch auf. »Dir gehört also Trantipons Seele! Du hast nicht zufällig ein Stück Pergament, auf dem Trantipon den Kaufkontrakt mit dir unterzeichnet hat? Idealerweise mit Blut?«

Plob Arnoyn sah ihn verständnislos an. »Nein. Einen derartigen Kontrakt hätte er vorab auch gar nicht schließen können; als Toter war er handlungs- und rechtsunfähig. Aber wenn du meine Aussagen bezweifelst: Es waren während der Operation mehrere Positroniken zugegen, die dir deren Richtigkeit bezeugen können.«

Tifflor sah ihn an. Vor seinem inneren Auge spielten sich die Szenen des Untergangs von Remion ab.

Er sah Menschen, die vor den Holos der Evakuierungsschiffe saßen und zuschauten, wie ihre Welt, die Straßen und Gärten, die Städte und Wälder ihrer Kindheit in einen Haufen giftigen Kot verkehrt wurde.

Er sah Menschen, die wie vor einer großen Flut auf die Dächer ihrer Häuser, auf Türme und Hügel geflohen waren und im letzten Moment von Traktorstrahlen in fliehende Schiffe gerissen wurden, während die Welt unter ihnen von einer unbekannten Macht in ein Monstrum verwandelt wurde.

Und er sah solche – und es schienen ihm endlos viele zu sein –, die alle Warnungen ignoriert und den Tod nicht ernst genommen hatten, wie es immer solche gibt, die im Innersten glauben, der Tod würde nicht sie meinen und an ihrer Tür vorübergehen; er sah, wie sich ihre Zellen entzündeten und von einem fremdartigen Feuer verzehrt wurden; er sah sie sterben.

Er wusste, dass die Remiona es nicht auf diese Art erlebt hatten, denn niemand konnte wissen, wie ein Sterbender seinen Tod erlebt. Aber so stellte er es sich vor.

»Ich glaube dir jedes Wort, Ara. Aber ich werde den Teufel tun und auf deine Interessen Rücksicht nehmen. Meine Priorität ist, eine weitere globale Katastrophe zu verhindern. Ferner hoffe ich, von Trantipon Informationen über das Ara-Toxin zu erhalten. Sollte er meinen Versuch überleben, ihn an einer neuerlichen Planetenverseuchung zu hindern, und darüber hinaus aus meinem Interview, das ich mit ihm führen möchte, als intakter *physio-mentaler Komplex* hervorgehen, kannst du mit ihm machen, was du willst.«

Jedenfalls hatte er dies sagen wollen. Dann überlegte er sich: *Wozu soll ich meine Kraft darauf verwenden, mir einen Feind zu machen?;* und er sagte stattdessen: »Ich werde sehen, was sich machen lässt, Konsortiumsleiter.«

»Sehr großzügig von dir«, sagte Arnoyn kalt.

»Das ist so meine Art.«

Tifflor verließ den Raum; die Brise, die den scharlachroten Vorhang blähte, roch nach Wasser und Gras. Der Korridor führte ihn auf einem kurzen Weg zum Ausgang der Kern-Klinikums.

Aus Trantipons Erinnerung:

Das Vier-Feuer-Spiel

»Ihr Name?«

»Trantipon.«

»Ihre Legitimation, bitte.«

Schwadenregen zog über das Forum, kondensierte am Panoramaglassit; die Atmosphäre regenerierte sich von einer unbedeutenden biopharmakologischen Indisponiertheit. Die Sonne Kesnar tat nicht allen Aras wohl, immer wieder gab es Versuche, mittels nanobiologischer Zutaten in verschiedene Schichten der Atmosphäre eine größere Verträglichkeit der Sonnenstrahlung zu bewirken.

Wieder ein Fehlschlag.

Spätestens am nächsten Morgen, wenn alles gut ging sogar noch an diesem Abend, würde die Wetterkontrolle dem Klima wieder mehr Eigenverantwortung überlassen.

Trantipon legte einen Brocken Wismut vor, der, von allen Silber- und Kupferanteilen gereinigt, zu einem pyramidenförmigen Körper auskristallisiert war und blassblau glänzte. Im hohlen Inneren der Pyramide waren die Prüfungsdaten und zusätzlichen Qualifikationen in Mikroschrift eingestanzt.

Während die Dechiffriermaschine, ein geradezu museal-klobiger Apparat, die Inschrift überprüfte, nahm der Institutspförtner eine Speichelprobe und ließ die genetische Information mit den Kristalldaten abgleichen.

Als würde ich einen geheimen Forschungskomplex betreten, dachte Trantipon, *und nicht nur eine Ausbildungsstätte.*

Allerdings war es keine der normalen Postgraduierten-Hochschulen Aralons, für die Trantipon sich entschieden hatte, sondern die neu gebaute Ausbildungsstätte Juvin. Aufgenommen hätten ihn auch die altehrwürdigen Schulen von Barigk und Fonntor. Hier wie dort unterrichteten hervorragende Lehrer, auch dort wäre Trantipon bestens bedient worden.

Aber in Juvin waren die wahren Koryphäen zusammengezogen, und das Verhältnis zwischen Unterrichtenden und Studenten – wenn man sie denn so nennen konnte, denn eine fundierte medizinische Ausbildung hatten sie alle vorzuweisen, und einige Jahre Bewährung in Praxis und Forschung zudem – war phänomenal.

Der Pförtner verneigte sich vor ihm und sagte: »Sie dürfen passieren, Trantipon. Einsicht in Heil und Leben wünsche ich Ihnen.«

»Einsicht in Heil und Leben«, gab Trantipon zurück und grinste. Sie waren schon eine merkwürdige Gesellschaft, überlegte er. Biomedozentrisch wie keine andere Zivilisation in der bekannten Galaxis. In anderen Kulturen wählte man den Weg über die Politik, das Militär oder die Ökonomie, um sozial aufzusteigen; selbst künstlerische oder sportliche Karrieren waren möglich. Bei den Bauff musste der Egopräsident eine Reihe komplexer, geistig-körperlicher Wettkämpfe bestreiten – und gewinnen –, um Staatsoberhaupt zu werden. Der Staatshirte der Ghyo, einer Theokratie, musste einige Visionen und Auditionen von Format nachweisen, die ihm seine politisch interessierte Gottheit hatte zukommen lassen. Der Dreh- und Angelpunkt der aralonischen Gesellschaft war weder Gott noch Sport, sondern das Leben – seine Ergründung und der Versuch, seiner Herr zu werden.

Natürlich brauchte auch die aralonische Gesellschaft ein Mindestmaß an Arbeitsteiligkeit, brauchte ihre Ingenieure und Robotiker, ihre Statistiker, Gastronomen und Künstler. Dennoch dienten alle letztendlich dem einen Ziel: Einsicht zu gewinnen in Heil und Leben.

Er schritt durch den gläsernen Korridor, der sich wie die Zunge eines Riesentieres aus dem Gebäude stülpte und weit ins Freie führte. Links sah er am Rand des weitläufigen Geländes das berühmte Landschaftsprotokoll, das Wahrzeichen Juvins. Das Protokoll war ein Turm von ovalem Grundschnitt und über 500 Metern Höhe. Keine seiner Etagen hatte eine Außenwand; jede war einem eigenen Biotop gewidmet. Die Landschaften lagen offen vor Augen; hier und da meinte Trantipon sogar, ein Tier aus einem der Dickichte lugen zu sehen, bis das Traktorfeld es sanft zurückzog. Trantipon erblickte zuunterst eine Geröllwüste, darüber einen üppigen Wald. Darüber lag ein Stockwerk, dessen Landschaft von schwefelgelbem Nebel verhangen war.

Er wusste, dass in den subterranen Bereichen des Turms noch einmal mehrere Dutzend Landschaften gestapelt waren. Wahrscheinlich würde er die eine oder andere im Zug seiner Ausbildung kennenlernen. Juvin hielt sich einiges darauf zugute, dass Freilandversuche hier nicht nur positronisch simuliert wurden, sondern auf den Etagen des Landschaftsprotokolls nahezu unter Realbedingungen durchgeführt werden konnten.

Plötzlich stand er vor der Platinwiese. Er staunte, erschrak fast. Trantipon hatte keinen Zweifel, dass es kein synthetisches Platingras war, sondern schiere Natur. Die Platingrasgemeinschaft war ein Netzwerk von Gräsern und Kräutern, alle barsten förmlich von heilkräftigen Wirkstoffen. Angeleitet vom Platingras hatten die Aras ihre ersten innovativen Medikamente erzeugt: Estropegam®, Dhyaderem®, Schlaflind®, den Wirkkreis der Kryophäne.

Platingras war selten geworden, kostbar, mythisch; reiche Aras zogen sich schmale, fingerbreite Beete.

Hier erstreckte sich eine ganze Au.

Trantipon hielt Ausschau nach einem Weg, der durch die Wiese oder um sie herum führte. Es gab keinen solchen Weg. Er spürte den archaischen Impuls, die Schuhe auszuziehen, um barfuß hier zu stehen, wie auf heiligem Grund. Und er gab dem Impuls nach. Er zog die Strumpfschuhe aus, ließ sie zusammenzischen und deponierte sie in der Gürteltasche. Dann lief er los.

Es war ein Gefühl, als liefe er über warme, weiche Haut. Hin und wieder streifte er einen Safranpilz, der auf die leichteste Berührung hin platzte und eine Sporenwolke freisetzte. Er sog den bittersüßen Duft der Sporenwolke ein. Ein Libellengespann erhob sich und stand knisternd über seinem Nest; Trantipon umging es, seine Bisse konnten schmerzhaft sein.

Er ging weiter, das Ziel immer vor Augen: die Kristallkuppel, das Auditorium von Juvin.

Trantipon betrachtete das Gebäude mit einem beschwingten, triumphalen Zorn.

»Diese Reaktion verstehe ich nicht«, unterbrach ihn die Positronik. »Sie passt in kein mir bekanntes emotionales Komplexmuster.«

Trantipon überlegte. »Ich sehe eine Verknüpfung mit dem Vater. Er steht im Hintergrund vieler Erinnerungen, wie ein Monument aus Schatten.«

»Was heißt das?«

»Dunkel und überragend. Gleichzeitig amorph. Nicht zu stürzen.«

»Du bist zornig auf deinen Vater?«

»Der Vater ist die Quelle von Trantipons Zorn«, bestätigte er. »Als Trantipon nach Juvin kam, widerlegte er damit eine Prognose seines Vaters. Er übertraf die Reputation seines Vaters.«

»Den er hasst?«

»Es ist ein verworrenes, emotionales Geflecht. Wir werden es ausblenden.«

Über ihnen erhob sich eine Kuppel aus hauchdünn geschliffenem Bergkristall, in der Schlieren von Regenbögen schwammen. Am Boden rotierte eine Scheibe aus Granit, glatt poliert und schwarz; der Mittelpunkt der Scheibe und der Zenit der Kuppel bildeten eine lotrechte Achse. Die Scheibe durchmaß 20, vielleicht 30 Meter und drehte sich völlig lautlos, wahrscheinlich getragen und angetrieben von einem Antigravfeld.

Auf der Scheibe standen Schemel ohne Rückenlehne, nur mit Armstützen versehen. Trantipon musste sie nicht zählen. Es waren 53, so viele, wie die erste Kohorte zählte, die Juvin zur Ausbildung angenommen hatte.

Etwa die Hälfte der Plätze war besetzt. Es war kein exakter Termin gesetzt worden, keine Uhrzeit, bis zu der man sich hatte einfinden sollen. Einige der Aras – vielleicht waren auch ein oder zwei Arkoniden darunter – erweckten den Eindruck, als säßen sie seit Kesnars Aufgang hier.

Trantipon sah sich um. Er zögerte und überlegte, was die Wahl welchen Platzes bedeuten könnte. Er hatte keinen Zweifel, dass irgendwelche Psychopotroniken mit ausgeklügelten Programmen unterwegs waren, um jede Entscheidung, jede Bewegung der Neuschüler zu registrieren und auszuwerten.

An der Peripherie der steinernen Scheibe hingen auf einem leicht erhöhten hölzernen Ring Sitzschalen in der Schwebe, alle unbesetzt.

Auf diesen Schalen würde das Konsortium der Lehrerinnen und Lehrer Platz nehmen, wenn es an der Zeit war.

Zwei Arafrauen gingen aus dem Eingangsbereich kommend an Trantipon vorbei. Die eine von ihnen war so jung, so attraktiv, dass ihre Schönheit fast aggressiv wirkte, scharf und verletzend. In ihrem schwarzen Haar schimmerten eisblaue Reflexe, und auch ihre schmalen Lippen zeigten einen Blauton, als wären sie unterkühlt.

Die andere Ara-Frau wirkte verwachsen und schief; die matt glühenden Narben in ihrem Gesicht und an den langen, schmalen Händen zeigten, dass sie an Kochos gelitten hatte, dieser Pest, die die Knochen verbog und Feuerherde im Fleisch zündete wie ein Fanal des Leidens. Allerdings schritt sie nicht mit dem Stolz der Kochoiden – dieser wenigen, die Kochos, gegen das noch kein Gegenmittel gefunden war, aus eigener, unerklärter Kraft überstanden hatten –, sondern bewegte sich behutsam, vorsichtig, wie eine Glaspuppe in unwegsamem Gelände.

»Elkoi Ferada und Staynnoo«, wisperte eine Stimme aus dem Zenit der Kuppel. Trantipon überlegte, konnte sich aber nicht erinnern, ob auch sein Name annonciert worden war, als er eingetreten war.

»Heißt das, du kannst dich nicht erinnern?«, fragte die Positronik nach.

»In mir ist die Erinnerung, dass Trantipon sich nicht hatte erinnern können«, erwiderte er.

»Es könnte eine sehr schlichte Erklärung geben«, sagte die Positronik. »Möglicherweise wurden die jeweils Anwesenden durch Richtschall informiert, die jeweils neu dazu Kommenden brauchten die Mitteilung ja nicht.«

»So kann es gewesen sein«, gab er zu.

Elkoi Ferada und Staynnoo. Sie waren vorbeigegangen, ohne einen Blick auf Trantipon geworfen zu haben, all ihre Aufmerksamkeit absorbiert von dem Rad aus Granit. Trantipon folgte ihnen mit den Blicken. Elkoi Ferada passte ihre Geschwindigkeit den tastenden Schritten Staynnoos an. Der langsame Gang, das zeitlupenhafte Setzen der Schritte ließ ihre Schönheit geradezu aufleuchten.

Wie die Huren, die er im Lustturm von Loloi gesehen hatte, nackte Leiber mit geöffneten Mündern und Schößen, geschlossenen Augen, die in ihren transparenten Präsentationsblasen durch das Foyer des Turms trieben, sacht und lautlos, und die Kunden traten an die Antigravkugeln heran, drehten und wendeten sie, warfen sie einander zu und legten endlich den Finger in die rote Grube einer Blase, die daraufhin ihre Insassin senkrecht stellte und erlosch, um sie freizugeben.

»Ich heiße Anini Stauwach.« So hatte sich die Erste vorgestellt, mit der Trantipon zusammen gewesen war. »Und du?«

Er hatte abgewinkt, geschluckt, genickt.

Sie hatte ihn im Nacken gepackt und in ein freies Separee geführt. »Soll ich mir ein Hymen generieren?«, bot sie an. »Dann wäre es für uns beide ein erstes Mal.«

Trantipon hatte damals schon jedes erste Mal entsetzlich gefunden, beinahe wie jedes letzte Mal. Endlose Reihen hätte er ertragen. Zahllose Wiederholungen.

Anini tat ihr Bestes; er honorierte sie gut.

Trantipon kehrte in die Gegenwart zurück.

»Schopsna«, stellte die milde Stimme vor.

»Bringarr da Varnhall.«

»Ostiam Meharro.«

»Ist die Geschichte hier zu Ende?«, fragte die Positronik in sein langes Schweigen hinein.

»Nein, aber sie hat einen Wendepunkt erreicht. Etwas, das Anini Stauwach entwertet hat. Nein, das habe ich nicht korrekt formuliert. Etwas, das die Erinnerung an Anini Stauwach relativ verblassen lässt.«

»Mir ist bekannt, dass sexuelle Kontakte für Lebewesen immer wieder elementare, grenzüberschreitende Erfahrungen bedeuten können. Hattest du – hatte Trantipon möglicherweise ein tiefer gehendes erotisches Erlebnis mit Ostiam Meharro?«

»Ich sehe es noch nicht klar. Es ist etwas verschüttet.«

»Arbeite dich langsam vor. Gedulde dich. Es wird sich alles erhellen. Ich bin ganz optimistisch.«

»Du bist nur eine Maschine.«

»Eine optimistische Maschine. Wir waren bei Ostiam Meharro …«

»Ostiam Meharro«, wisperte die Stimme.

Trantipon betrachtete den Neuankömmling, der zum Steinernen Rad trat. Der Fremde sah sich nicht um, sondern verharrte eine Weile und schaute geradeaus auf das Rad, ohne beeindruckt zu wirken. Er lächelte, wie milde amüsiert.

Unwillkürlich spielte Trantipon mit ihm das Vier-Feuer-Spiel.

Trantipon war ein ängstliches Kind gewesen, dem genprognostischen Gutachten nach hochbegabt, aber eben furchtsam. Soweit er wusste, hatte sein Vater ihm Paqoquen verabreichen wollen, ein mildes Psychopharmakon, das Angstattacken unterband und die Selbstsicherheit stärkte. Denn Trantipons Vater schämte sich der Furchtsamkeit seines Sohnes. Yimo, seine Mutter, hatte die Therapie verhindert. »Lass ihn sein, wie er ist.«

Sie hatten am Tapao-See gewohnt, einem nierenförmigen Gewässer mit einer Einschnürung in der Mitte. Mindestens einmal in der Woche überquerten seine Eltern den See an dieser engen Stelle, schwammen die knapp 800 Meter.

Obwohl Trantipon ein guter Schwimmer war, verließ ihn regelmäßig nach etwa 100 Metern der Mut; wenn er keinen Boden mehr unter den Füßen wusste, glaubte er, sein Herz bliebe stehen und er müsse in einen zähen Abgrund sinken. In die Tiefe, in der die Ungeheuer seiner Träume lauerten, gefräßige Mäuler, leere Augen aus Eis.

Er kehrte um, setzte sich ans Ufer und erwartete die Rückkehr seiner Eltern, unter ein weiches Tuch aus Posch gekauert.

Die Leiber der Eltern hoch und weiß und voller Wasserperlen, das Gesicht seines Vaters starr vor Zorn. »Er ist ein Feigling«, murmelte sein Vater der Mutter zu, so laut, dass Trantipon es hören musste. »Wir sollten das endlich beheben lassen.«

»Wer braucht schon Mut?«, fragte seine Mutter und wühlte zerstreut in ihrem Picknickkorb.

Trantipon sah seinen Vater an. »Würdest du mich halten, wenn ich einen Krampf bekomme? Mitten auf dem See?«

»Du würdest keinen Krampf bekommen.«

»Und wenn doch?«

»Bekomm eben keinen Krampf. Hilf dir selbst.«

Wenn am Abend die Menagerie seiner Spielzeuge zur Ruhe gekommen war, lag er im Bett. Seine Pseudoschwester saß auf der Kante und sah ihn scheu an. »Musst nicht traurig sein, Tipon.«

Trantipon seufzte. »Bin ich auch gar nicht.«

Pautipoi lächelte. »Bist du doch.«

»Hm.«

Pautipoi war nie geboren worden; ihr Embryo war multipel dysfunktional gewesen, völlig irreparabel. Yimo hatte ihre Gestalt und ihre mentale Struktur von einer Psychopotronik erfassen und ihre biopsychische Entwicklung hochrechnen lassen. Jetzt existierte sie als ein psychopotronisch gesteuertes Hologramm, das wie ein normales Kind alterte.

Aber in solchen Nächten war die Pseudoschwester ihm keine Hilfe. Er stellte sie aus.

Dann spielt er das Vier-Feuer-Spiel.

Sein Zimmer auf dem Scheitelpunkt ihres Wohndoms hatte vier Ausgänge. Der erste führte über eine Wendeltreppe zum Privatbereich der Eltern, der zweite in den Hygieneraum; der dritte hinaus zum Schwebenden Garten, der vierte hinab zum großen Salon, in dem sich hin und wieder der ganze Suhyag versammelte.

In seinem Spiel brannte der ganze Dom lichterloh, und Feuer hing in den Türen wie knisternde Vorhänge. Alle Hausrobots waren dahingeschmolzen, alle Sprinkleranlagen ausgefallen; alle Hilfstruppen der nahen Stadt Chundor alarmiert, und alle würden sie zu spät kommen.

In der Tür zum Salon stand sein Vater und streckte die Hand aus den Flammen: »Komm, wenn du nicht verbrennen willst!«

In der brennenden Tür zu den elterlichen Räumen stand die Mutter: »Komm, hier bist du in Sicherheit.«

In der Tür zur Veranda stand seine Pseudoschwester; sie weinte. »Komm, lieber Tipon, komm«, rief sie, »sonst bin ich ganz allein!« Und weinend betrachtete sie, wie die Flammen in ihrem Körper aus Licht hochschlugen.

In der Tür zum Salon stand niemand. Das Feuer in dieser Tür loderte stumm, flackerte nicht, stand da wie ein aufmerksamer Wächter. Trantipon war sich sicher, dass nur dieser Weg die Rettung brachte. Aber es stand niemand da, der ihn rief.

Dann traten die vier Feuer aus den Türen und in sein Zimmer ein und wurden allmächtig.

Seitdem hatte er dieses Vier-Feuer-Spiel immer wieder gespielt, hatte anstelle seiner Eltern und der seit Jahren schon deaktivierten Pseudoschwester Freunde, Kameraden, große Heiler der Vergangenheit und der Gegenwart gesetzt, immer, um sich zu fragen: *Wem würde ich folgen?*

Der Neuankömmling Ostiam Meharro war kein aufsehenerregender Mann. Er war kleiner als der Durchschnitt, vielleicht knapp unter einen Meter und neunzig groß, eher gedrungen als schlank, die Finger kurz, die Haut dunkel, das schwarze Haar ohne gekämmte Frisur. Vielleicht ein Kolonial-Ara, überlegte Trantipon. Von einer Welt, auf der die Schwerkraft höher war als die von Aralon.

Sein Gesicht wirkte wie ein misslungenes Bauwerk. Kinn, Mund und Nase passten nicht zu den oberen Kopfpartien, zu diesen vor Aufmerksamkeit förmlich leuchtenden roten Augen unter der wie im Schatten liegenden Stirn.

Seine Kleidung war von einer Schlichtheit, der man die Eleganz nicht gleich ansah, das Tuch schwer und solide, alt, aber nicht abgetragen. Als einziges Schmuckstück trug er ein eher schäbiges Diadem, dessen etwas verbeult wirkenden, dunkelblauen, zapfenförmigen Stein er am Hinterkopf angesteckt hatte.

Nichts von sichtbarem Wert, vielleicht ein Erbstück, überlegte Trantipon, *das nur für seinen Träger von Bedeutung ist.*

Es fiel Trantipon schwer, den Blick von dem Neuankömmling zu lösen. In seinen Gedanken brannten die Vier Feuer. Wie dazu vorbestimmt, rückte Ostiam Meharro in eine der brennenden Türen. In den anderen dachte sich Trantipon einige Kommilitonen seiner ersten Studienjahre.

Jeden der vier ließ er den alles entscheidenden Satz sagen, und es überraschte ihn nicht, dass er ihm, Ostiam Meharro, auf der Stelle folgen würde. Dass Meharro jemand war, der ihm den Weg weisen, der ihm Bahn brechen konnte.

Dabei war er kaum älter als Trantipon, vielleicht knapp über 40 Jahre.

Unwillkürlich verneigte sich Trantipon leicht und nannte seinen Namen.

Der Neuankömmling schaute ihm in die Augen, länger, dann schenkte er ihm die Andeutung eines Lächelns. »Trantipon. Ich werde es mir merken.« Seine Satzmelodie klang eigenartig, sein leichter Akzent exotisch. Und die Art, wie er *Trantipon* sagte, veredelte den Namen auf eine unbestimmbare Weise.

Dann war er an ihm vorbeigegangen. Trantipon zog die Strumpfschuhe aus der Tasche, legte sie auf seine Füße, wartete, bis sie saßen, und folgte diesem Ostiam Meharro zum ersten Mal, hinunter zum Steinernen Rad.

Schließlich waren alle Stühle auf dem Steinernen Rad besetzt. Die Auszubildenden musterten einander, manche diskret und nur in Blickrichtung, andere schauten sich demonstrativ um; nur wenige sprachen miteinander. 53 waren sie nun zu Beginn, doch am Ende würde nicht mehr als 25 oder 26 übrig bleiben.

Denn Juvin betrieb, wie andere Elitehochschulen auch, Erlesung als Motivationsprinzip. Nur die Wenigsten der Applikanten waren aufgenommen worden, und von ihnen würde weniger als die Hälfte alle Prüfungssequenzen bestehen: die Minderheit der Wenigsten. Zu dieser Minderheit zu gehören, bedeutete allerdings ein nicht zu überbietendes Gütesiegel: Das Konzentrat der Juvin-Kohorte würde zu den Koryphäen ihrer Generation zählen, in ihnen würde sich das medotechnische Wissen ihrer Zivilisation bündeln. Eine dominante Funktion an einer der großen Generalkliniken auf Aralon, auf Arkon vielleicht; ein eigenes Heilerschiff inklusive Besatzung und Personal; märchenhafte Ausrüstungen und unbegrenzte Forschungsressourcen wären der Lohn für die Jahre der Anstrengung.

Die Lehrer traten ein, einfach und ruhig, ohne jede technisch unterstützte Zeremonie.

»Das sind die Namen«, verkündete die wispernde Stimme aus dem Nichts und stellte das Konsortium in alphabetischer Reihenfolge vor: »Poola Autskin, Neuroconszientistin. Harusb, Mikrocyborloge. Spacal Dendulun, Bioinformatiker. Hulosch Dascheyn, Pharmakoprognostiker. Glan da Galgai, Experimenteller Evolutionär. Kiom Supante, Medophilosoph. Luus, Hypergenetiker. Sdrigens Jotsek, Parabiologe. Paok-Mondrur, Biosimulationswissenschaftler.«

Poola Autskin fungierte als Kanzlerin der Ausbildungsstätte und begrüßte die Neuankömmlinge. »Wir sind im Dienst. Wir alle sind im Dienst. Wem dienen wir? Wir dienen dem Leben. Wir suchen Einsicht in Leben und Heil. Wir …« Trantipon überhörte das feierliche Gefasel. Er suchte Ostiam Meharros Gesicht. Meharro schien dem Vortrag der Neuroconszientistin gespannt zu folgen. Nur hin und wieder verzog er die vollen Lippen in leichtem Spott.

Plötzlich wandte er Trantipon den Blick zu. Seine Augen schimmerten rot, die Augenpartie lag in einem Netzwerk zahlloser feiner Fältchen. Er lächelte.

Trantipon erwiderte das Lächeln.

In der Pause nach der Begrüßungsansprache plauderten sie miteinander. Auch der Ara namens Schopsna stellte sich dazu, lachte viel und machte hin und wieder mit seiner rauen, irgendwie brüchigen Stimme Einwürfe. »Was tuet der Geist? Er dient. So wollen wir meinen Geist einen Dienstboten nennen, der mir den Arsch wischt immerzu«, parodierte er Autskin und brachte damit Meharro zum Lachen.

Trantipon lachte mit.

Denn er fühlte sich wohl.

Sie arbeiteten gemeinsam an Projekten, und über die Arbeit wuchsen sie zusammen: Meharro und Trantipon, der Zyniker Schopsna, Kreolin und Zucry-Dal. Als Staynnoo und Elkoi Ferada zur Gruppe stießen – zur *Eskorte*, wie man sie bald mit ein wenig Spott nannte –, trat auch Erbente-Bor ihnen bei, dessen Absichten auch dann nicht klarer hätten sein können, wenn er ein Leuchtschild vor sich hergetragen hätte mit der Aufschrift: »Ich bin verliebt in Elkoi Ferada, glaube aber, dass es niemand bemerkt.«

Auch andere Aras bildeten Teams, doch bald erwies sich, dass die Eskorte jeder anderen Gruppe voraus war – selten um eine Winzigkeit, oft um Längen.

Die auf ganz Aralon gerühmten Seminare bei Poola Autskin mieden sie nach einer frühen Auseinandersetzung. Autskin setzte sich als Neuroconszientistin mit dem Problem der Mentalgenerierung auseinander, der Frage also, wie ein neurochemisches Konstrukt wie das Gehirn ein Selbstbewusstsein erzeugen, wie aus Stoff Geist hervorgehen konnte.

»Wir werden in nicht allzu ferner Zukunft in der Lage sein, Mentalkonstrukte künstlich zu generieren. Wir arbeiten in zwei Schwerpunktbereichen: dem biochemischen Nachbau und der positronischen Analogie.«

»Wozu?«, warf Meharro ein, der sich sonst mit Seminarbeiträgen zurückhielt.

»Wozu?« Autskin starrte ihn fassungslos an. »Was ist das für eine Frage? Natürlich, um die innerste Struktur unseres Denkens zu entschlüsseln!«

»Und dann?«

»Dann ... können wir selbst ein Bewusstsein erzeugen. Eine künstliche Intelligenz.«

»Uns gleich oder klüger als wir?«

»Uns gleich, oder klüger als wir.«

»Aber wir existieren doch schon«, amüsierte sich Meharro. »Wozu wollen Sie mentale Duplikate erstellen? Und falls deren maschinelles Bewusstsein die Kompetenz unserer Intelligenz übersteigt ... Werden sich diese Artefakte nicht unweigerlich gegen uns kehren, uns beaufsichtigen wollen, da wir im Vergleich zu ihnen doch die minder Klugen, weniger Einsichtigen wären? Die Pflegefälle einer bestenfalls gutmütigen künstlichen Intelligenz?«

»Das sind Probleme der Praxis«, wies sie ihn zurecht. »Selbstverständlich würden wir in transbiologische Mentalartefakte Sicherungen einbauen, die verhindern, dass ...«

»Dann bauen Sie Sklaven«, warf Meharro ein. »Wäre es nicht gnädiger, Sklaven zu bauen, die um ihr Sklaventum nicht wissen, zum Beispiel, weil sie kein Selbstbewusstsein haben? Roboter?«

»*Gnädiger?* Seit wann ist Gnade ein wissenschaftliches Kriterium?«

»Ist Dummheit eines?«

Trantipon hielt den Atem an. Spätestens jetzt starrten alle Seminarteilnehmer Meharro an.

»Sie meinen, Heiler Meharro, dass es dumm wäre, eine intelligente Art zu erzeugen, die – von bösen Geistern beseelt – möglicherweise danach giert, gegen uns, also ihre Erzeuger, zu revoltieren und die Macht zu übernehmen?«

»Sie sehen da keinerlei Risiken?«, mischte sich Trantipon ein.

»Ich sehe sie, und sehe allerlei Wege, diese Risiken zu minimieren. Aber das ist die Aufgabe der Sicherheitsingenieure. Mir scheint, nicht alle hier sind mit hinreichend Mut begabt, *fundamental* zu forschen.« Sie sah sich spöttisch um.

»Demnach wäre Mut ein wissenschaftlicheres Kriterium als Dummheit oder – um das andere Ende derselben Skala in den Blick zu nehmen – Klugheit?«, hakte Meharro nach. »Rechtzeitig über soziale und politische Konsequenzen nachzudenken wäre einem Wissenschaftler nicht angemessen? Macht habe er zur Verfügung zu stellen, aber weder über ihre Anwendung nachzudenken noch sie anzuwenden?«

Schweigen. Die Blicke gingen von Meharro zu Autskin und zurück.

»Heiler Meharro«, sprach Autskin, »ich darf Sie bei dieser Gelegenheit darauf hinweisen, dass der Besuch meiner Lehrveranstaltungen freiwillig ist. Wer von Ihnen meint, seine Zeit nicht mit Wissenschaft vergeuden zu sollen, sondern über Gnade, Moral und verwandte Gebiete palavern möchte, wird von mir nicht gehindert.«

Ostiam Meharro lächelte freundlich und erhob sich. »Na, dann gehen wir doch«, sagte er beiläufig und verließ den Raum, ohne sich umzublicken und zu sehen, wer sich ihm anschloss.

Und stellte seine Eskorte damit vor die Entscheidung, sich zu erklären: für ihn oder gegen ihn.

Trantipon stand als Erster auf. Schopsna verneigte sich knapp in Richtung der Kanzlerin und ging ebenfalls. Kreolin und Zucry-Dal folgten.

Elkoi Feradas Gesicht glühte vor Zorn, vielleicht über Meharro, vielleicht über sich selbst, dass sie für diese Demonstration den Ärger der Kanzlerin auf sich zog. Staynnoo blickte ausdruckslos. Beide folgten. Zuletzt kam Erbente-Bor, die Lippen aufeinandergepresst, immerzu nickend.

»Sehr schön«, lobte Meharro, als er vor dem Saal die Versammlung betrachtete.

Von diesem Tag an war die Eskorte sozusagen offiziell.

Sie lernten bei Spacal Dendulun, dem Bioinformatiker, und bei Hulosch Dascheyn, dem Pharmakoprognostiker; und bald setzten sie ihre Lehrmeister in Erstaunen.

Der Hypergenetiker Luus förderte Meharro, wo und wie er konnte, adoptierte ihn geradezu. Mit dem Parabiologen Sdrigens Jotsek entwarfen sie ein Modell zur Erfassung und Klassifizierung parapsychischer Potenzen. Mit Glan da Galgai, dem Fachmann für Experimentelle Evolution, designten sie erstaunliche Geschöpfe und beobachteten, wie sich deren Modelle in den positronisch animierten Szenarien von Paok-Mondrur bewährten.

Eines ihrer *Eigengeschöpfe* ließen sie auch biologische Realität werden und setzten es im Landschaftsprotokoll aus, einen schlauchförmigen, semiintelligenten Symbioten, der zu aller Überraschung binnen weniger Tage nicht nur die eigene Etage erobert, sondern auch in der darunter liegenden Fuß gefasst hatte.

»Ziemliches keckes Kerlchen, dein *Sohn*«, lobte da Galgai. »Wenn wir nicht aufpassen, hat er mit seinen Nachkommen in ein paar Jahren Aralon überrannt.« Er lachte. »Deswegen werden wir ihn austilgen müssen. Oder« – er zögerte – »sollen wir einen Großversuch beantragen und ihn auf einem Planeten aussetzen?«

Sie sahen ihn an, sie sahen Meharro an. Dieses Angebot war kaum auszuschlagen. Meharro fragte. »An welchen Planeten denken Sie, da Galgai?«

Da Galgai fragte zurück: »An welchen denken denn Sie?«

»Arkon.«

Alle lachten.

»Ich fürchte, der Imperator wird uns keine Lizenz geben«, sagte da Galgai, immer noch lachend.

»Dann lieber gar nicht«, sagte Meharro und lächelte. Über da Galgais Gesicht glitt ein Schatten. Er nickte langsam und gab dann den Jagdrobotern das Kommando, die Symbionten auszulöschen: »Restlos!«

Immer wieder angeleitet von Meharro erzielten die Mitglieder der Eskorte brillante Ergebnisse, und wenn ein Problem selbst im Kollektiv unlösbar schien und sie ratlos, schlaflos, erschöpft in den Betten lagen, konnten sie sicher sein, dass Meharro am nächsten Morgen einen Vorschlag präsentieren und einen neuen Weg weisen würde.

»Mit welchen Drogen unterdrückst du übrigens dein Schlafbedürfnis?«, fragte Schopsna eines Tages beiläufig, während sie gemeinsam zu Mittag aßen.

Meharro lachte. »Schlafbedürfnis? Schlafbedürfnis? Ist das etwas, das ich kennen müsste?«

Nach und nach hatten sie das Konsortium der Lehrer durchgearbeitet – bis auf den Medophilosophen Kiom Supante.

Meharro hatte die Eskorte in sein Haus eingeladen. Trantipon kam als Letzter. Meharro und sein Servorobot boten Erfrischungen an; Ferada tanzte zu einer leisen Musik, die aus einem mattviolett schimmernden Akustikfeld über ihrem Kopf erklang. Auf den Monitoren in Meharros Arbeitszimmer standen Textauszüge, als wären die Gäste zu früh erschienen und hätten den Hausherren bei der Lektüre unterbrochen. Trantipon warf einen Blick auf die Exzerpte und staunte. Es waren ausnahmslos Arbeiten von ...

»Kiom Supante?«, fragte Trantipon. »Du studierst Supante? Ich dachte, dessen Gefasel über Leben und Tod und wie man ihn bitteschön umgehen könnte, hieltest du für Gewäsch.«

»Oh ja«, gab Meharro zurück. »Was er sagt, ist Gewäsch, dummes Zeug.«

»Vielleicht hat dieser alte Sack ja andere Vorzüge«, vermutete Schopsna. »Vielleicht ist er gut im Bett?« Er sah Meharro fragend an.

»Weiß nicht«, lachte Meharro. »Bring das doch mal in Erfahrung.«

Ferada ächzte. »Kann nicht endlich jemand eine anmutige Sex-Androidin für Schopsna kaufen und ihn zusammen mit dem Ding eine Woche in eine Kammer einsperren, damit er seine Gelüste ausleben und uns mit seinen pubertären Fantasien in Ruhe lassen kann?«

»Wenn sie dein Gesicht hat und deine Figur – akzeptiert. Aber warum kommst du nicht einfach mit in diese Kammer? Spart doch Mühe und Kosten!«, schlug Schopsna vor.

»Vielleicht, weil sie weiß, dass sie mit dir nichts als Mühe hätte, aber kein Vergnügen«, sprang Staynnoo ihr bei.

»Ich habe tatsächlich etliche Essays von Supante gelesen«, beendete Meharro das Geplänkel. »Sie sind lückenhaft.«

Schopsna lachte. »Um das herauszufinden, musstest du ihn lesen? Gottchen, du musst viel Zeit haben!«

»Sie sind nicht lückenhaft, weil Supante etwas nicht weiß«, erklärte Meharro. »Sie sind lückenhaft, weil Supante etwas auslässt, was er weiß. Weil er etwas verschweigt. Schaut euch zum Beispiel mal diese Stelle an ...«

Das Lesegerät projizierte den Text so, dass ihn die Gesellschaft, die um den Tisch saß, von allen Seiten lesen konnte. Sie trieben Textexegese, und tatsächlich stimmte hier und da etwas nicht. Die Unstimmigkeiten waren winzig, unauffällig: Mal wurde ein Beweis für undurchführbar erklärt, obwohl einige Kapitel weiter Teil um Teil dieses Beweises auftauchten wie Wrackteile eines gescheiterten Schiffs. Entdeckungen wurden als wenig weitreichend bezeichnet, obwohl ihre Perspektive, wenn man sie recht bedachte, atemberaubend waren.

»Als hätte jemand ein formvollendetes Portrait zerschnipselt und zu einer Fratze zusammengesetzt, krumm und schief«, murmelte Trantipon.

»Und als wäre dieser Jemand doch zu eitel gewesen, sein Wissen ganz zu verschweigen. Als wolle er es zeigen und doch nicht zeigen«, murmelte Ferada.

»Aber was weiß er?«, fragte Erbente-Bor.

»Legenden berichten von Wesen, die länger als die Sonne leben«, zitierte Trantipon eine Passage aus Supantes Werk *Leben und Tod. Eine Verzahnung*.

»Legenden berichten gar nichts, sonst wären sie keine Legenden, sondern Berichte«, korrigierte Meharro.

»Komm schon – Unsterblichkeit ist doch nur ein Theorem ins Supantes Philosophie. Eine hypothetische Existenzform.«

»Von Unsterblichkeit ist ja auch keine Rede«, wies Meharro wieder zurecht. »Nur von ziemlich langem Leben.«

»Sonnen leben Jahrmilliarden. Gottchen, wieviel Weiblichkeit man in so einer langen Zeit nicht alles beglücken könnte – das halbe Imperium!« Schopsna lachte laut über seine Vorstellung.

»Vielleicht würdest du zwar nicht sterben, aber immer weiter altern«, überlegte Staynnoo. »Und mit einer Milliarde Jahre im Fleisch dürftest du noch verhutzelter aussehen als jetzt.«

»Supante hat für übermorgen zu einem pädagogischen Ausflug ins Gebirge eingeladen«, überlegte Meharro. »Wie wäre es mit einer gemeinsamen Bergpartie?«

»Das grenzt an Sport«, mäkelte Schopsna.

»Wenn du außer Atem gerätst, treten wir dich so lange in den Arsch, bis es wieder geht«, versprach Ferada.

»Ich liebe deine Art von Annäherungsversuchen«, freute sich Schopsna. »Willst du üben? Soll ich mich schon mal bücken?«

Das Licht lag wie ein matter Nebel auf den Gipfeln des Quaj-Gebirges. Der nackte Granit wechselte mit dem Eisenmoos ab, das rotbraune Matten auf dem Felsen bildete.

Supante ließ sich von der Antigravsänfte tragen. Einige Aras erleichterten sich den Aufstieg mit Antigravtornistern oder mechanischen Kraftverstärkern an den Beinen. Meharro stieg ohne solche Hilfsmittel, und deswegen hatte auch Trantipon darauf verzichtet.

Allerdings strengte ihn der Marsch an; anders als anscheinend Meharro, der selbst bei den steilsten Wegstrecken nicht außer Atem geriet.

Merkwürdigerweise hatte auch Staynnoo auf biomechanische oder sonstige Bewegungsassistenz verzichtet. Die Kochoide bewältigte die Strapazen mühelos. Wahrscheinlich, sann Trantipon, trug sie eine implantierte Gerätschaft. Wie sonst sollte sie derartige Anstrengungen verkraften?

Trotz der Tortur widerstand Trantipon der Versuchung, eine der Medopatrouillen herbeizurufen, die ihre Bahnen hoch über den Gipfel des Quaj-Gebirges zogen und Supantes Seminar und andere Forschungsexkursionen oder Ausflügler im Blick behielten, die vor oder hinter ihnen stiegen.

»Rast«, verkündete Supante.

Die Gesellschaft hielt; die Antigravsänfte landete; mit leisem Zischen entfalteten sich einige Wanderschachteln zu Stühlen.

Elkoi Ferada und Staynnoo setzten sich auf eine kühlende Aluminiumdecke, die sich von einem Rand her zum Sonnenschutz hochbog. Erbente-Bor machte sich wie üblich zum Narren, indem er Elkoi Ferada seine Gesellschaft anbot. Er flüsterte ihr etwas zu; sie lachte laut und rief, als hätte sie dem ganzen Seminar etwas zu verkünden: »Stimmt es eigentlich, dass diese selbst gemischte Wunderdroge, mit der du deiner Männlichkeit etwas Haltung beibringen wolltest, bei Plavday Muc ziemlich versagt hat? Sie hat mir erzählt …«

»Plavday ist eine Lügnerin!«

»Sie hat sich die Gelegenheit nicht entgehen lassen und die Sache gefilmt. Hast du das in deinem Eifer nicht bemerkt?«

»Fälschung!«

»Vielleicht solltest du es auch mal mit einer Fälschung probieren: statt Erektionspharmazie mal eine Prothese. Erbente!«, rief sie. »Hast du dir nicht kürzlich …«

Das Gespräch über Reproduktionsorgane zog sich noch ein wenig hin. Trantipon war irritiert von der Anzüglichkeit, mit der Ferada sprach. Warum sollte sie, die Erbente-Bor immer wieder abgewiesen hatte, nun eine Art Eifersucht empfinden, da Erbente sich an einer Kollegin schadlos gehalten hatte?

Supante amüsierte sich sichtlich, als würde die Farce der jungen Leute eigens für ihn aufgeführt, ein leicht frivoles Schülertheater. Vielleicht war er auch geschmeichelt, dass die berüchtigte Eskorte so offenkundig zu ihm übergelaufen war.

Trantipon kam der Gedanke, dass Ferada sich auf Meharros Bitte derart frivol gab. Eine Strategie, den alten Supante in Laune zu bringen.

Supante schöpfte etwas kühles Wasser aus dem Bottich, der an der Seite der Antigravsänfte hing, trank, blinzelte in die Sonne Kesnar.

Dann begann er ohne Einleitung zu sprechen. »Wenn wir nach dem ewigen Leben fragen, sollten wir uns fragen: Wonach fragen wir? Wir antworten uns: Nach dem Leben, und nach der Ewigkeit.«

Es war so still geworden, dass Trantipon mutmaßte, Supante hätte ein akustisches Dämpfungsfeld um die Gruppe gelegt.

»Fragen wir uns weiter: Was begreifen wir, wenn wir von Leben und von Ewigkeit sprechen? Antworten wir uns: Wir begreifen so lange nichts, als wir nicht wissen, mit welchem Begriff wir begreifen. Der Begriff des

Lebens ist elementar gesehen ein wissenschaftlicher, biologischer. Wir begreifen das Leben experimentell, verschaffen uns Daten, integrieren die Daten in ein Modell, überprüfen das Modell und sehen es sich bewahrheiten oder scheitern.

Scheitert das Modell, entwerfen wir ein neues.

Betrachten wir die Wissenschaft historisch, sehen wir: Sie ist eine Abfolge neuer Modelle, sie ist, wie wir nun begreifen, die Abfolge von gescheiterten Modellen. Sie ist ein unaufhörlicher Prozess des Scheiterns.

Alle Wissenschaft misst, nimmt räumliche und zeitliche Daten, notwendig insofern, als alle messbare Zeit eine Funktion des Raums ist, seine temporale Dimension.

Betrachten wir den Begriff Ewigkeit, so ist er ein metaphysischer Begriff, da er den Gültigkeitsbereich einer physikalischen Wissenschaft überschreitet. Die Ewigkeit ist, ihrem innersten Begriff nach, ein a-chronisches Phänomen.

Wir müssen uns fragen: Ist die Frage nach dem ewigen Leben ein in sich selbst verfangenes Paradox?«

Er schaute in die Runde. »Zurück zum Begriff des Lebens. Wenn wir begreifen wollen, welchem Phänomen wir Ewigkeit verschaffen wollen, müssen wir das Phänomen begreifen und die einfachste aller Fragen stellen, die tiefer rührt als jede andere ...« Er ließ den Satz offen und schaute sich um, nickte Meharro zu.

Meharro sagte: »Die Frage: Was ist Leben?«

»Was« – gab Supante die Frage mit einer dramatischen Pause an alle Anwesenden weiter – »ist Leben?«

Die folgende Diskussion wendete den Begriff nun in jede denkbare Richtung. Das Leben als Phänomen der Selbstregulierung und Reproduktion, seine präbiotischen,

biotischen und – Poola Autskin und anderen Neuroconszientisten sei Dank – denkbaren postbiotischen Erscheinungsformen; das Leben als bloße Optik, als vielleicht völlig irrige Betrachtungsweise, die eine eigentlich unzulässige Grenze zwischen dem Biotischen und dem A-Biotischen zog. Der Tropfen Leben und seine Bedeutungslosigkeit für den ungeheuren Ozean von Werden und Vergehen; Leben als Aneignung, als rücksichtlose Einverleibung des Lebendigen, als in sich kreisendes Mord-Verfahren. Leben wäre zu definieren als Born der Lust, Quell des Leidens.

Fast alle hatten sich am Gespräch beteiligt, nur Supante und Meharro hatten geschwiegen.

»Naive Zivilisationen fragen: Warum muss das Leid über uns kommen, Siechtum und Tod? Wie hat die Evolution uns dergleichen antun können?« Supante lachte sein raschelndes, papierenes Lachen. »Was wissen wir? Wir wissen: Die Evolution ist kein Kalkulator. Sie besitzt keinen Geist – auch wenn mein verehrter Kollege da Galgai es Ihnen einreden will. Als säße inmitten der großen Maschine Evolution ein kleiner Geist, der – schuhu, schuhu! – mit allerlei Schablonen und Logarithmentafeln Konzepte für neue Kreaturen entwirft. Aber überlassen wir alles Klein-Geistige der Experimentellen Evolution.

Die Evolution kalkuliert nicht, rechnet nicht, plant nicht. Deswegen klagt sie auch nicht an, deswegen verhängt sie nicht, und deswegen macht sie keine Fehler. Sie bietet ihrer Umweltbedingung blind und absichtslos eine große Bandbreite von Möglichkeiten an. Das am besten Passende überlebt und setzt sich fort. Demzufolge ist ein Jedes, das ist …« Er ließ den Satz wieder offen und blickte in die Runde.

Als er Trantipon anschaute, antwortete der: »... die Bestmöglichkeit seiner selbst.«

Jemand lachte spöttisch.

»Meharro. Sie sind anderer Meinung als Ihr Mitheiler Trantipon?«

»Der Satz, wie ihn der geschätzte Trantipon formuliert, bleibt immer noch unvollständig«, erklärte Meharro. »Er müsste heißen: Dem zufolge ist ein Jedes, das ist, die Bestmöglichkeit seiner selbst unter den gegebenen Bedingungen.«

»Sie kleinlicher Besserwisser«, ätzte Supante. »Von welchen Bedingungen als den gegebenen könnte man sinnvoll als von *den* Bedingungen reden?«

»Von keinen anderen«, gab Meharro zu. »Aber der unvollständige Satz verstellt den Blick auf eine interessante Perspektive.«

»Nämlich welche?«

»Dass man die Bedingungen ändern könnte, um eine neue Bestheit dessen zu erzielen, was ist.«

»Dessen, was ist?«, zitierte Supante mit einem maliziösen Lächeln.

»Dessen, was sein wird«, korrigierte sich Meharro.

Supantes Lächeln vertiefte sich. »Es könnte etwas aus Ihnen werden, mein lieber Meharro. Unter den geeigneten Bedingungen.«

»Könnte ich mir bessere Bedingungen wünschen als diese hier?«

»Arschkriechern«, sagte Supante, »könnte man zweifellos keine idealeren Bedingungen bieten als diese hier. Aber ist es wirklich Ihre ernste und innigste Absicht, mir in Zukunft in den Arsch zu kriechen?«

»Sie wissen nicht, wie gut ich krieche«, sagte Meharro und lachte. Supante stimmte ein.

Leise und nur zu Trantipon gewandt fuhr Meharro fort: »Und er weiß nicht, welche Ausgänge aus seinen Gedärmen wir uns suchen würden«, als wären er, Trantipon und die anderen ihres Clubs als Seilschaft ins Innere des Medophilosophen unterwegs.

»Ich vermute, dass die Rede von einem Intimkontakt eher bildlich gemeint ist«, meldete sich die Positronik.

»Ja. So weit die Erinnerung reicht. Ich kann allerdings nicht für eine bloße Bildlichkeit bürgen, was Ostiam Meharro angeht. Meharro schöpfte alle Möglichkeiten des Lebendigen aus.«

Das damalige Gespräch ging noch weiter. Supante ...

... meditierte über den Tod als Errungenschaft des Lebens, darüber, dass einfachste Lebewesen zum Tod noch nicht befähigt sind. »Erst komplexere biologische Entitäten verfügen über ihn sage ich, denn der Tod wird nicht als Antagonist des Lebens erfunden, sondern steht in seinen Diensten.

Wir müssen uns fragen: Was würde ein ewiges Leben, was würde Unsterblichkeit für das Leben bedeuten?

Wir antworten uns: Das ewige Leben würde den Rahmen des physikalisch Möglichen sprengen. Auf der Ebene schlichter Praxis wäre Unsterblichkeit verderblich: Die nicht mehr sterbenden Individuen würden wie eine Seuche, wie eine unausrottbare Epidemie über das Universum kommen. Denken Sie in den simpelsten Potenzschritten: Aus einer Milliarde würden in wenigen Jahren zwei, vier, acht und so weiter; hundert Milliarden in einem Jahrhundert, 50 Billionen in zwei Jahrhunderten, dann 100 Billiarden, dann Trillionen, Trilliarden!« Er spie die

Zahlen aus. »Ein Kosmos, der in wenigen Jahrzehntausenden an einem biontischen Brei erstickt. In wenigen Jahrzehntausenden sage ich, und warum sage ich es, als wären die Jahrzehntausende ein kleiner Schiss? Weil für einen Unsterblichen jede Zeitspanne zu einem Nichts schrumpft. Unsterblichkeit«, fasste er zusammen, »ist eine Krankheit zum Tode, hinwiederum ein Paradox. Denkbar, aber in der Praxis unmöglich.«

Er schaute sich melancholisch um und wies auf die Kulisse des Gebirges. »Sehen wir es aus der Perspektive der Berge: Für sie leuchten wir nur kurz auf, für sie ist unser Leben nichts als eine Explosion von Selbstbewusstsein, Freiheit, Ingenium.« Er hustete. »So. Genug theoretisiert. Geht und lebt. Wer mag, soll noch bis auf den Gipfel aufsteigen. Wer nicht ...« Er klatschte in die Hände, ein Kasten unterhalb seiner Antigravsänfte öffnete sich, und einige handgroße Roboter schwebten auf Prallfeldkissen heraus, um der Gesellschaft Cocktails und Milchweinsuppen anzubieten.

Tatsächlich waren es nur Meharro und Trantipon, die sich an den Aufstieg machten.

Auf dem Gipfel stand der steinerne Stuhl. Trantipon wollte ihn Meharro überlassen, doch der lehnte ab: »Setz dich, Trantipon.«

Trantipon war übel vor Anstrengung; er hatte stechende Kopfschmerzen; das Atmen fiel ihm schwer. Meharro stand da, atmete ruhig, betrachtete das Panorama aus Fels und Granit. »Was sagen wir zu dieser Predigt?«, fragte er.

Trantipon injizierte sich ein Aufbaumittel, brauchte aber dennoch über eine Minute, bis er sich so weit gefasst hatte, dass er antworten konnte: »Gefasel.«

»Warum?«

»Die Prämisse ist lächerlich. Warum sollte die Unsterblichkeit über alle kommen, und warum sollte sie sich vererben? Sie muss doch nicht notwendig Teil des reproduktionsbiologischen Zellprogramms werden.«

Meharro lachte und sagte in seinem merkwürdigen Singsang: »Ganz unrecht hat er nicht. Es spielt theoretisch ja keine Rolle, ob sich die Unsterblichkeit im Jahrzehntausendtakt oder im Zeitraum von Milliarden ausbreitet. Der Effekt wäre identisch. Natürlich müsste sich, wer immer unsterblich ist, dieser Gefahr bewusst sein und Konsequenzen ziehen: sich isolieren, Einkapselung suchen. – Stell dir das vor!«, rief er plötzlich.

»Was?«

»Sieh es aus der Perspektive der Berge. Stell dir vor, wie du alterst, stirbst, verwest, abgetragen wirst. Und der Berg übersteht dich.«

»Ja.«

»Stell dir nun vor, wie du den Berg überstehst. Wie du siehst, wie er unter dem Wind und dem Regen glatt wird, wie er abgetragen und verweht wird. Stellst du es dir vor?«

»Ja.«

»Nein!«, schrie Meharro plötzlich. »Nein, das tust du nicht. Du redest nur, und das genau hat Supante bezweckt: Dass die Unsterblichkeit zu einem bloßen Gerede wird, zu einer Idee für den nächsten Small Talk: Darf ich euch Cocktails und Milchweinsuppen kredenzen, ihr Idioten?«

Trantipon sah ihn ratlos an.

»Warum macht er uns so einverstanden mit den Regeln des großen Spiels? Warum sollen wir zum Tod *Ja, so ist es gut* sagen, nur weil die Evolution ihn in ihrer ahnungslosen Weisheit erfunden hat? Denk nach!«

»Weil er …«

Meharro lachte laut auf. »Gerade hast du es noch gewusst, Trantipon. Die Stichwörter lauten: Isolation. Einkapselung.«

»Weil er will, dass wir wie alle … weil nur er allein … weil er allein …«

»Jetzt sag es endlich!«

Trantipon nickte und stand langsam von seinem steinernen Stuhl auf. »Weil er bereits unsterblich ist. Er allein.«

»Ja«, sagte Meharro leise.

»Und er wird uns niemals in sein Wissen einweihen.«

»Das kann er nicht. Es ist nicht sein schierer Egoismus. Es ist auch gegen seine Überzeugung. Wenn nicht nur er allein unsterblich ist, sondern ein Zweiter es wird, dann ein Vierter, ein Billionster …«

Sie schwiegen.

»Was würdest du tun, um unsterblich zu werden?«, fragte Trantipon endlich.

»Wozu würdest du unsterblich sein wollen?«, erwiderte Meharro.

»Ich weiß nicht«, gestand Trantipon ein. »Es wäre ein Zeitgewinn. Wofür auch immer.«

Meharro winkte ab. »Zeit? Tausend Ara-Medikamente verschaffen dir noch ein, zwei Zusatzjahre. Oder Jahrzehnte. Wer so denkt, braucht keine Unsterblichkeit.«

Trantipon spürte für einen Moment eisige Verachtung aus den Worten Meharros, und er litt darunter.

Er atmet tief ein, schaute die Berge an und sagte: »Ich will unsterblich sein, weil ich alle Zeit will. Ich will groß werden und erblühen. Ich will Pläne machen und sie reifen sehen. Ich will« – er zwang sich, Meharro nicht anzusehen – »ich will ewig bei dir sein, von dir lernen.«

Er machte eine Pause. Meharro blickte leicht abwesend auf die Felswände, die dalagen wie die Burg eines abwesenden Gottes, stumm und uneinnehmbar. Trantipon atmete noch einmal durch, zögerte, dachte nach, ob die Formulierung, die er im Sinn hatte, nicht doch zu übertrieben, zu pathetisch war, äußerte sie dann aber doch: »Ich will dein Diener sein auf ewig.«

»Gut«, sagte Meharro. Es klang zufrieden, und es nahm Trantipons Angebot alles Obszöne, Perverse, ließ es natürlich erscheinen. »Dann kannst du dir allmählich überlegen, wie du deine eigene Frage beantwortest.«

»Welche Frage?«

»Was du zu tun bereit wärst, um unsterblich zu sein.«

Die neun Träume des Orontiu Pleca

Traum Nr. 4: Der Mann ohne Panzer

Das ist der erste Traum, von dem ich Lautrec Divyrrt unterrichtet habe. Denn der Karawanenführer kam selbst darin vor.

Er hat gesagt: »Also glaubst du, dass du ein Wahrträumer bist?«

»Ich weiß es nicht«, habe ich gesagt.

Er hat mich angesehen, studiert, mit den Licht- wie mit den Aurenaugen.

»Und du hast Ustrocca Boyhdac gesehen? Beschreibe ihn!«

Da habe ich ihn beschrieben, wie er mir im Traum erschien.

»Und alles soll sich wenden?«

»Das hat er gesagt.«

»Aber wohin soll es sich wenden? In welche Richtung?«

»Das hat er nicht gesagt.«

Das ist der Traum:

Ich bin, wo ich nicht hingehöre: ganz vorn, im Führerstand der Lokomotive. Neben mir sitzt auf dem erhöhten Sessel Lautrec Divyrrt, der Karawanenführer.

Ich schaue manchmal auf zu ihm; es wundert mich, dass es nicht eng wird auf diesem Kommandosessel. Weil doch dort so viele sitzen.

Sie knuffen sich ein wenig, sie hauen sich auf das Schädeldach, sie schubsen und zerren und fluchen unterdrückt: einige Dutzend Karawanenführer auf dem einzigen Sessel.

Erst langsam kommt mir zu Bewusstsein, dass ich einige von Lautrec Divyrrts Mitsitzenden kenne. Das ist Huuc Pynttor, der Vorgänger von Lautrec Divyrrt, und das da Plavvco Cummy, die einzige Frau, die je die Karawane Syolocc geführt hat. Ich sehe sogar Ustrocca Boyhdac, den legendären Karawanenführer, der die Karawane Syolocc von Pheynlic abgetrennt hat, ihrer Eltern-Karawane.

Wir fahren in eine graue Dämmerung; Salida hängt wie eine runde Pfanne voll Asche am Himmel. Ich schaue durch die Seitenfenster der Lok und sehe die Strecke. Sie ist schnurgerade, und sie führt durch eine knochenbleiche Ebene ohne Landmarke.

Jemand steht am Wegesrand. Ein Mann, der mich verwirrt, ohne dass ich verstehen würde, warum.

Die Karawane dampft auf den Mann zu. Erreicht ihn. Dampft an ihm vorbei. Wir fahren auffällig langsam; ich denke: Warum springt der Mann nicht auf? Denn das will er doch.

Die Kohorte der Karawanenführer hat ihn wohl nicht bemerkt.

Er bekommt (oder verschafft sich) eine zweite Gelegenheit. Wieder steht er an der Strecke. Ich strecke den Hals nach oben, bis ich Lautrec Divyrrt beinah in die Augen sehen kann, und frage: »Nehmen wir ihn diesmal mit?«

Divyrrt antwortet nicht. Wir fahren weiter. Wir sind schneller geworden.

Wir fahren ein drittes, ein viertes, ein fünftes Mal an ihm vorbei. Jedes Mal werden wir schneller, so, als würde der Wartende uns beschleunigen.

Die Karawanenführer lassen nicht mit sich reden. Das Hauen und Stoßen auf dem Kommandosessel ist fester geworden, die Hälse pendeln hin und her, man spuckt und furzt sich an.

Bei der nächsten Passage begreife ich, was mich von Anbeginn an dem Mann störte: Er hat keinen Panzer, nirgends! Weder ist sein Leib geschützt, noch das Schädeldach. Dort, wo der perlmuttfarbene Schädelpanzer sitzen müsste, ist eine glatte Fläche, wie abgeschnitten.

Wir rasen.

Ich klettere einige Sprossen der Leiter an der Wand hoch und erreiche so die Luke in der Seite des Führerstands. Ich fahre den Hals aus, so weit es geht, und sehe in Fahrtrichtung. Die Zahnräder rauschen mit einem wahnsinnigen Tempo über die Schienen.

Vorn steht der Mann.

Diesmal will ich nichts anderes als in seinen Schädel blicken.

Es gelingt mir, obwohl wir in einem Nichts vorüber sind und der Mann schon weit hinten am Horizont untergeht.

Sein Schädel war leer, hohl und leer und abgrundtief.

Ich wende mich zum Kommandantensessel und rufe vergnügt und erleichtert: »Er ist leer, er ist ganz leer!«

Im Kommandosessel sitzt nur noch einer: Ustrocca Boyhdac, der Ur-Vater, der erste Führer der Karawane

Syolocc. Er ist alt, überalt. Er sieht mich an; die Lichtaugen sind blind, die Aurenaugen glänzen matt. Er betrachtet mich und lächelt mit schiefem Mund. Etwas zäher, gelber Schleim tropft heraus.

Er fragt: »Hast du ihn gesehen?«

»Ja«, sage ich.

Ustrocca Boyhdac sagt: »Wenn du ihn wieder siehst, halte die Karawane an.«

»Warum?«, frage ich. »Er ist hohl!«

»Wenn du ihn wieder siehst, halte die Karawane an. Mit ihm wird sich alles wenden.«

Ich sitze allein in der Kanzel der Lok, auf dem Kommandostuhl. Ich sehe aus dem Stirnfenster. Der Rauch der vier Seitenschlote pafft unten an mir vorbei. Der Mann ohne Panzer kommt in Sicht.

Beide Lokführer sehen mich an. »Was sollen wir tun, Karawanenführer?«

Ich will ihnen sagen, dass ich nicht der Karawanenführer bin, sondern nur Orontiu Pleca, der Karawanensteward.

Aber ich sage: »Halt!«

Und die Karawane steht still.

Unter dem befleckten Himmel

»Orontiu Pleca!« Ich hörte Glötco Hölundas Stimme laut, deutlich und sehr nah, hielt die Augen aber geschlossen.

»Du bist wach, das weiß ich, und ich weiß, dass du weißt, dass ich weiß, dass du wach bist!«

»Ich schlafe«, erwiderte ich, »und kann dir deswegen nicht in den Irrgarten deiner Argumente folgen. Außerdem habe ich gerade eben einen Traum, dem ich gern noch ein wenig nachhängen würde.«

»Es ist nicht mehr weit bis zur Karawanserei«, sagte Glötco, ganz nah, ich spürte ihre Wärme. »Zwei oder drei Stunden noch. Die Karawane bremst schon ab, und der Karawanenführer steht in Fernsprechverbindung mit einem Karawanenlotsen.«

»Lautrec Divyrrt ist Opfer einer Beschäftigungstherapie«, murmelte ich mit immer noch geschlossenen Augen. »Oder, noch schlimmer, er fällt auf eine pure Abzocke herein. Pycchur hat gar nicht so viele Einkehrwillige, dass sie dafür einen Lotsen beschäftigen müssten. Die Gebühr wird ein noch größeres Loch in unsere Kasse reißen.«

»Kaum denkbar.« Ich hörte Glötco förmlich grinsen.

Die meisten Karawanen fuhren Pycchur nur in Notfällen an. Zu abgelegen, hoch im äußersten Norden auf einer Halbinsel von Trellcou. Weder die Karawansereibewohner noch ihre Gäste standen im Ruf, ein mobiles Leben zu führen. Manche hatten sich aus allen Karawanen abgemeldet und dem Land förmlich aufgepfropft. Sie lebten seit Jahren, wenn nicht seit Jahrzehnten dort. Verwurzelt wie Pflanzen.

Es war mir ein Rätsel, was Lautrec Divyrrt dort suchte. Was war ihm so plötzlich eingefallen? Wurde er einfach altersschrullig? Oder hatte es etwas mit unserem ominösen Gast zu tun? Kurz nachdem wir die Landbrücke zwischen Inicco und Trellcou hinter uns gelassen hatten, nach dem Zwischenstopp auf freier Strecke, die Ausläufer des Herbstfeuers von Inicco im Nacken, war der Befehl zur Kursänderung gekommen.

Eigentlich hatten wir weiter an den Nordausläufern des Konchols-Gebirges fahren und den Großen Nordsüdpass nehmen wollen, um die Karawanserei Typellci anzulaufen, die Sternenkarawanserei.

Es wäre mir lieber gewesen, auch um Glötcos Willen. Aber ich war nicht der Karawanenführer, sondern nur einer der Stewards.

In Typellci hätten wir eine erstklassige Gebäramme anheuern können, ein legales Organ, gynäkologisch überwacht und gepflegt. Stattdessen hatte mich Lautrec Divyrrt an einen gewissen Stycc Trapsco verwiesen, der in Pycchur *wirken* sollte – wirken als was auch immer.

Warum wurde ich das Gefühl nicht los, dass alles sei meine Schuld? Vielleicht war ich seit der Befruchtung einfach überempfindlich.

»Orontiu Pleca! Widme dich mir, oder ich poliere meinen Panzer in deiner Gegenwart!«

Das wäre freilich erniedrigend.

Ich schlug also ein Lichtauge und ein Aurenauge auf. »Ja?«

Glötco lächelte mich an. Ihre Jugend und Schönheit erschreckte mich wie jedes Mal. Ich wandte den Blick ab, reckte den Kopf und schaute aus der Luke. Wir fuhren immer noch durch die Glaswüste, die sich an der Küste des Foynacc bis zur Karawanserei erstreckte.

»Du wirst vorsichtig sein, nicht wahr?«, fragte sie.

»Sehr vorsichtig.«

»Dieser Stycc Trapsco ist sicher ein Verbrecher.«

»Das will ich hoffen.«

Ihre Aura nahm einen sonderbaren Schimmer an, eine hauchgrüne Glasur über dem tiefen, pochenden Blau. Ich schloss das Lichtauge und konzentrierte mich auf die Aura.

Sie hatte Angst um mich. Wie schön.

Langsam und gleichmäßig zog die Karawane Syolocc dahin. Ich spürte den Puls der Zahnräder, die in den Zahnstangen der Schienen liefen. Ich öffnete beide Lichtaugen. An den Fenstern quoll der Rauch der Lokomotive vorbei, weiß, plötzlich schwarz, wieder weiß, und verwehte.

In der Ferne flog ein roter Dreifachdecker. In allen Waggons würden sie an den Fenstern stehen, staunen und winken. Er flog scheinbar langsam, aber ich wusste, dass er schneller war als die Karawane. Was andererseits keine bedeutende Leistung war. Wir waren eine junge Karawane, aber mit preiswert eingekauften, ziemlich alten Waggons und einer noch älteren Lok.

Ich glaubte, den Piloten in seiner Kanzel zu erkennen, die Flugtüte über dem Kopf, den wehenden Schal um den beinah eingezogenen Hals. Vielleicht stimmte es, was Glötco einmal im Scherz gesagt hatte: Eines Tages würden sich die Karawanen selbst in die Lüfte erheben, hoch und höher hinaufsteigen und am Ende in das Sternenmeer tauchen, weit fort von Oyloz.

Vorläufig jedoch war das bloß ein Zukunftsmärchen.

Vielleicht würde ein Kind meines Kindes dieses Märchen erleben. Aber dazu müsste unser Kind zunächst geboren werden.

Wozu wir nach Lage der Dinge eine Gebäramme brauchten.

Ein heutzutage seltenes Geschöpf.

»Ich habe mit Shiwco Dupamat gesprochen«, wechselte Glötco das Thema.

Ich seufzte. Shiwco, die große, begnadete Schwarzseherin. Die Frau, die in allem den Keim des Verderbens sah. Die Perforation der ganzen Wirklichkeit. »Welches

Unglück wird sich der Karawane diesmal in den Weg werfen?«

Welche von den zahllosen geweissagten Katastrophen, die niemals eingetreten sind?

»Es geht um den Flecken am Himmel«, sagte Glötco.

Der befleckte Himmel. Ich glaube, wir haben ihn alle gesehen: die, die sich sicher waren; die Zweifler; die Leugner.

Etwas hatte den Himmel besudelt. Was, vermochte niemand von uns mit Sicherheit zu sagen. In unserem Sonnensystem sind zwei Welten besiedelt: Wir Siccyi sind die Ureinwohner des Systems, wir leben auf Oyloz, dem vierten von zwölf Planeten der Sonne Salida. Vor etwa 3000 Jahren wanderten fremde Astronauten in das Salida-System ein. Sie landeten auf Oyloz. Es war ein epochales Ereignis, es kam sogar zu einem Konzil der Karawanenführer. Die Neulinge hatten kein Interesse an einer Mitbewohnerschaft auf Oyloz, da die hiesige Atemluft ihrer Physis nicht gut tut. Sie wünschten sich auf dem dritten Planeten Salidas niederzulassen, Rceymyccion. Einige Karawanen-Konzilsväter ließen sich damals mit einem Raumschiff auf Rceymyccion transportieren, denn die Raumfahrer wollten wissen, ob unser Volk Ansprüche auf die Nachbarwelt erheben würde. Die Väter befanden die Welt als für Siccyi ungeeignet, da die dortige Atmosphäre beklagenswert niedrige Werte von Kohlenstoffmonoxid und -dioxid aufwies.

Wir erteilten den Fremden die Lizenz zur Besiedelung. Da ihr Artikulationsapparat wenig geschmeidig ist, verschliffen sie den Namen des dritten Planeten zu *Remion*.

Ein regelmäßiger interplanetarischer Kontakt zu den Remiona entwickelte sich nicht. Nur einmal, kurz nach der Geistfinsternis vor 1500 Jahren, landeten zwei Schiffe der Remiona auf Oyloz und boten uns Hilfe an.

Etliche Karawanen existierten damals nicht mehr oder waren schwer beschädigt. Sie standen leer und ausgebrannt in den Ebenen von Inicco; einige waren leckgeschlagen und hatten die Passage der Schwefelmeere von Parvacc nicht überstanden; und Löpacc, eine der drei erhaltenen Ur-Karawanen, war in an der Westküste von Trellcou einer namenlosen Katastrophe zum Opfer gefallen, die den dortigen Zunderwald vernichtet und das Land in die Glaswüste verwandelt hatte.

Die Remiona nannten die Geistfinsternis *Verdummung* und machten einen sogenannten *Sternenschwarm* dafür verantwortlich. Soweit wir wissen, wurde damals kein Konzil der Karawanenführer einberufen; die Remiona brauchten die eigenen Mittel mehr, als die Siccyi jener Epoche sie benötigten. Außerdem zieht mein Volk es vor, aus eigener Kraft zu gedeihen.

Allerdings richteten die Fremden in der Nähe der Karawanserei Typellci eine Art Raumhafen für ihre Schiffe ein, den sie in den weiteren Jahrhunderten jedoch kaum anflogen. Hin und wieder landete hier ein Raumfahrzeug, aber es war selten remionischen Ursprungs.

Als unsere Wissenschaftler vor einigen Jahren selbst Raketen entwickelten und in den Orbit schossen, wurde Typellci mit dem Einverständnis aller Karawanenführer zur Sternenkarawanserei von Oyloz erhoben.

Eigene Ziele vor Augen, verloren wir die Remiona mehr und mehr aus dem Blick.

Bis vor einigen Nächten.

In dieser Nacht lenkte irgendetwas unsere Blicke auf den Himmel. Dort, wo Rceymyccion stehen sollte, sahen wir mit den Lichtaugen zwar den üblichen hellen Punkt. Mit den Aurenaugen aber entdeckten wir einen verwaschenen Fleck von unbeschreiblicher Farbe, so, als hätte eine jenseitige Kreatur ihre sterbende Seele dorthin ausgespien.

Es war ein widerliches Gebilde, wir ekelten uns, schämten uns fast, es zu sehen.

»Und was hat deine Shiwco gesagt, die Gute?«

»Dass Rceymyccion stirbt.«

»Ein Planet kann nicht sterben«, belehrt ich sie, obwohl ich wusste, dass sie recht hatte.

»Dieser doch, sagt Shiwco.«

»Ja«, sagte ich leise.

Ich hatte den Speiflecken angestarrt bis zur Erschöpfung. Dann hatte ich mich schlafen gehockt, hatte den Kopf tief eingezogen und den Schädelpanzer eingewunden wie ein Kind. Um Schutz zu suchen, wovor auch immer.

Der Schutz war mir nicht gewährt worden.

In der Nacht hatte ich den ersten meiner *wahren* Träume. Es war der Traum vom Schachtmeer.

Langsam liefen wir in die Karawanserei ein. Wir rollten an Kohlehalden und Lagerschuppen vorüber; manche lagen leer und verfielen, es stand nicht zum Besten mit dieser Karawanserei. Doch hin und wieder roch es nach Schweißarbeiten und offenem Feuer. Wir durchfuhren Schwaden, die aus einer Brauerei aufstiegen, ich sah die kupfernen Sudkessel durch die gläsernen Fassaden leuchten. Eiserne und hölzerne Fußgängerbrücken überspannten den Schienenstrang; auf manchen standen junge Siccyi und winkten, auf einer einige Rowdys, die uns die Kehrseite zuwandten und auf die Waggons pinkelten. Ich zog den Kopf aus dem Fenster zurück.

Reihen von Wasserkesseln säumten die Strecke. Es wunderte mich etwas, dass die Karawane nicht den Weg zum Service-Bahnhof einschlug. Einige Waggons hätten es verdient, kräftig abgeschrubbt und neu mit Lack versiegelt zu werden. Besonders die Lok brauchte etliche kleine Reparaturen, wenn schon nicht die eine große, fällige Generalüberholung.

Nachdem die Karawane auf dem Handelsbahnhof abgestellt war und Lautrec Divyrrt den Güterverwalter mit der Abwicklung der Geschäfte beauftragt hatte, bat er mich, ihn zur Werft zu begleiten.

Mich? Tatsächlich zur Werft? Irgendwann, erklärte er mir, würde es unsere alte Lokomotive nicht mehr machen; die anfälligen Reparaturen würden weit über 100.000 Rebulen kosten; eine gute, gebrauchte Lok müsste nicht mehr als 140.000 kosten, wenn man geschickt verhandelte. Dann lachte er und sagte: »Wenn nicht billiger!«

Die Werft der Karawanserei war nicht groß, stand jedoch merkwürdigerweise im Ruf, besonders innovativ zu arbeiten. In Anbetracht des Allgemeinzustands der Karawanserei Pycchur neigte ich dazu, das für ein Gerücht zu halten. »Wirklich robuste Loks soll es ja in der Karawanserei Coyn Irmic geben«, überlegte ich laut.

»Ja«, grummelte Lautrec Divyrrt, »wenn man altertümliche, primitive, langsame und stinkende Lokomotiven will, ist Coyn Irmic die beste Adresse.«

Ich trottete hinter dem Karawanenführer her. Der Weg über den Basar war nicht der kürzeste zur Werft, aber ich sagte nichts. Divyrrt schlenderte herum, schnupperte an den Gewürzsäcken, kaufte ein Beutelchen Zinnpfeffer, ließ sich ein paar Buden weiter neuartige Pürierstäbe erklären, die mit Sonnenenergie-Transformatoren ausgerüstet waren, und verweilte bei einer Händlerin, die dressierte Kopulationsassistenten anbot.

»Das sind ganz junge Troyphen«, erklärte die Händlerin Divyrrt. »Die Grundmissionen beherrschen sie schon tadellos, und sie sind sehr gelehrig. Ihr Sekret ist angenehm sämig, sein Aroma unvergleichlich. Riecht einmal, Karawanenführer!«

Die Händlerin massierte dem jungen Troyphen die Stirndrüsen und dirigierte zwei, drei Tropfen auf Divyrrts Finger. Der zerrieb die zähe Flüssigkeit zwischen den Fingerkuppen und schnüffelte. Dann grummelte er etwas, schmierte sich das Zeug ums Kinn, grinste mich an und ging weiter.

»Mögen eure Gonaden frühzeitig verholzen!«, zeterte die Händlerin uns hinterher.

»Wir geben uns Mühe«, versprach Lautrec Divyrrt.

Als wir vom Basar kamen, hatte ich beide Arme voller Fasertüten. Lautrec Divyrrt schmatzte an einer leicht angegorenen Mhacco, der aromatische Saft lief ihm das Kinn hinab und tröpfelte von dort auf den Panzer, wo er winzige goldene Flecken bildete.

So erreichten wir die Werft. Ich blickte mich um. Es roch dumpf nach Feuer und Eisen. Auf den Gerüsten über den Baugruben arbeiteten Hunderte Sicciy an Zugmaschinen. Zwei Lokomotiven waren offenbar gerade im Bau, eine ältere Maschine lag im Reparaturdock.

Eine Lok stand neu und glänzte schwarz lackiert. Wenn es denn eine Lok war …

»Lautrec Divyrrt, du versiffter Scheißtopfbürstenkopf!«, hörte ich eine schrille Stimme von fern. Ein älterer Sicciy sauste in einer Rikscha herbei. Die junge Sicciy, die hinter ihm thronte und in die Pedalen trat, war von einer so schonungslosen erotischen Attraktivität, dass ich schlucken musste.

»Pintecc«, grollte mein Karawanenführer lautstark, »du hässlicher Kloakenschlecker!«

»Haben dich Khautric und Keuf hier hingelockt, oder bist du aus eigener Dummheit hergekommen?«, kreischte der Alte.

Die Rikscha bremste in einem eleganten Bogen. Der Siccyi, den Divyrrt *Pintecc* gerufen hatte, stieg ächzend aus dem Korb und baute sich vor uns auf. Er hustete ausgiebig, bog den Hals weit zur Seite und spuckte einen imposanten Schleimball aus. Dann hauten er und Divyrrt einander abwechselnd und unter Austausch ausgefallener Schimpfwörter auf den Schädel, dass es dröhnte wie dumpfe Gongschläge.

Die junge Sicciy hatte alle vier Augen geöffnet und sah mich an.

»Grurk«, krächzte ich.

»Wie beliebt?«, fragte sie. Ihre Stimme war wie Licht mit Zuckerguss.

»Ich meine: Guten Tag!«, verbesserte ich mich.

»Dann solltest du das auch sagen«, wies sie mich lächelnd zurecht.

Plötzlich verspürte ich einen mörderischen Schlag auf meinen Panzer, gleich darauf ein donnerndes Gelächter. »Die ist zu teuer für dich, junger Freund, viel zu teuer. Ihceyco ist eine ziemlich kostspielige Liebhaberei.« Er nannte die Monatsmiete, die er dem Dominat für die junge Sicciy zahlen musste, und ich schluckte wieder.

Sie lächelte mich strahlend an und zuckerte: »Das sollte ich ihm wert sein. Die Liebe ist ein freier Markt.«

»Radel ein wenig herum«, befahl Pintecc ihr, »heb die Beine hoch und mach die Männer neidisch auf mich!«

Ihceyco lüpfte ihre Hose und gewährte unzüchtige Einblick in ihr Zwischenreich. Ich schluckte wieder; dann trat sie an und radelte rasch außer Sicht.

Lautrec Divyrrt wies auf mich. »Das ist Karawanensteward Orontio Pleca. Außerdem ein Wahrträumer«, fügte er mit Understatment an, als hätte jede Karawane einen. Und als wäre ich wirklich einer. »Und das ist Pintecc Kowotschy«, stellte er mir den Alten vor, »der größte Betrüger am Ort. Frauen-, Devisen- und nebenher auch noch Lokomotivenhändler.«

»Ingenieur, Lokomotivenkonstrukteur, Technomechanischer Baumeister, Mehrheitseigner und Generaldirektor der Werft Kowotschy & Konsorten.« Der Alte hüstelte eitel.

Das also war der berühmte Kowotschy, der geniale Erfinder, den die Sternenmeerbehörde nach Typellci zu locken versucht hatte – mit haufenweise Rebulen, mit haufenweise Frauen, mit Lob, Ehre und anderem Tand.

Kowotschy hatte abgelehnt und war in dieser schmuddeligen Karawanserei geblieben, träge wie eine Topfpflanze.

Wir standen oberhalb der Baugrube, aus der die neue, sehr merkwürdige Lok ragte. Ein Hauch von frisch gesprühtem Lack, sauer und beißend, lag über der Grube.

Der Leib der Lok war schlank, lang, stromlinienförmig. Der Schornstein lag, extrem flach, zwischen zwei schräg gestellten Flügeln verborgen, von denen ich nicht wusste, ob sie mehr der Eleganz der Maschine dienen sollten oder ihrer Windschnittigkeit.

»Ist sie nicht ein Wunder?«, hauchte Kowotschy.

»Nett«, sagte Lautrec Divyrrt. »Fährt sie auch?«

»Nein, sie fliegt!« Kowotschy lachte krähend.

Wir bestiegen das Gerüst und kletterten verschiedene Leitern herab. Ab und an wichen wir einem Trupp Schweißer oder Lackierer aus. Dann standen wir am Boden der Grube, vor dem Wunderwerk.

Mein Karawanenführer begutachtete die achtzahnigen Räder der Lok, sechs Zahnräder an jeder Seite. Etwas über mannhoch waren die Räder, und herrlich glatt poliert.

Obwohl ich kein Techmechaniker war, erkannte ich die Besonderheit sofort. Das vorderste und das hinterste Zahnradpaar lagen unter einer Verschalung; diese vier Räder trugen den schlanken Leib der Lok. Die mittleren vier Paare aber trieben sie an.

Aber wo waren die Schieberstangen, wo der Schieberkasten? Wo die Kolbenstangen und ihre Stopfbuchse? Warum waren die Räder nicht über Kuppelstangen verbunden?

Ich sah Lautrec Divyrrt ratlos an, dann Kowotschy. »Wie funktioniert sie?«

»Wunderbar! Sie funktioniert ganz wunderbar!«, schrie Kowotschy und hüpfte tatsächlich auf allen vier Beinen auf und ab. »Kommt, ich erkläre sie euch!«

Wir stiegen in die Baugrube hinab, und Kowotschy erklärte. Er redete so schnell, so begeistert und warf mit so vielen nie gehörten Fachausdrücken um sich, dass ich kaum etwas verstand. Immerhin wurde mir klar, dass die zentralen Räder über sogenannte Dampfmotoren angetrieben wurden, die auf vier Antriebsachsen wirkten. »Die Motoren laufen hochtourig, Arschgesichter, hochtourig wie sonst nichts auf Oyloz, sag ich euch! Das Maschinchen macht einhundertachtzig Werst in der Stunde!«

»Einhundertachtzig?« Jetzt schien selbst Lautrec Divyrrt beeindruckt. »Flunker nicht.«

Kowotschy briet ihn geradezu mit allen vier Augen. »Putz dir die Scheiße von deinem Aurablick, dann siehst du mich klarer! Flunker ich?«

Ich schloss die Lichtaugen und vertiefte mich in seine Aura. Sie schimmerte in einem reinen, pochenden Rotsilber, wie die Sonne an einem regenverstaubten Tag. Nein, er log nicht. Er glühte vor Stolz.

»Einzelachsenantrieb also«, murmelte Lautrec Divyrrt. »Ja, das ist in der Tat ein technisches Revolutiönchen. Was soll sie kosten?«

»Kosten?« Kowotschy glotzte völlig verwirrt, als könnte er nicht fassen, wie jemand auf die wahnwitzige Idee verfiel, diese Lok sei zu verkaufen. »Sie ist ein Prototyp ...«

»Also kostet sie gar nichts, weil ich Testfahrten für dich mache?«

»Sie kostet ... tja ... was sie kostet!«

»Nenn einen Preis!«

»Eine Million Rebulen!«

Lautrec Divyrrt ließ vor Empörung mit einem lauten Knall etwas Verdauungsgas entweichen und zischte: »Das ist kein Preis, das ist Blasphemie!«

»Dann nenn mir doch deinen!«

»Null Rebulen!«

Kowotschy reagierte auf das Angebot mit einem ganzen Arsenal blumiger Umschreibungen dessen, was er mit meinem Karawanenführer und dessen Körperöffnungen demnächst anzustellen gedenke.

Lautrec Divyrrt kicherte bloß. »Leere Versprechungen. Null Rebulen. Das ist mein letztes Wort.«

»Geh zurück zu deiner Idiotenkarawane und lass anständige Siccyi in Frieden schuften.«

»Null Rebulen. Denn ich habe etwas Besseres als Rebulen!« Lautrec Divyrrt hantierte an seinem Tornister, zog ein schmales, kristallin schimmerndes Stäbchen hervor, nicht länger als ein Finger, und hielt es Kowotschy vor Augen. »Was ist das? Schmuck? Willst du mir einen Heiratsantrag machen, oder was?«

Der Karawanenführer raunte ihm verschwörerisch zu: »Gehen wir für ein Moment in dein Büro.«

Kowotschy sah ihm lange ins Gesicht, dann drehte er sich um und führte uns durch die Pfeiler des Gerüsts zu einem Aufzug. Wir fuhren hoch und folgten ihm in sein Büro, einem über und über mit Staffeleien und Tischen zugestellten Kabuff. Überall – auf den Staffeleien und Tischen, an den Wänden, auf dem Boden – hingen oder lagen technische Zeichnungen und Blaupausen von Dampfmaschinen, Lokomotiven und anderen, mir unbekannten Geräten.

Sorgfältig verschloss Kowotschy die Tür hinter uns. »Zeig, was du hast.«

Lautrec Divyrrt hielt das Kristallstäbchen in der ausgestreckten Hand und betätigte mit dem Finger eine unsichtbare Taste. Ein bunter Lichtwirbel entsprang dem Stäbchen und formierte sich. Vor unseren Augen drehte sich schwerelos ein halb durchsichtiges Gebilde, ein offenbar technisches Gerät. Oder der Plan davon, aus schierem Licht.

»Oho«, entfuhr es Kowotschy.

Beim zweiten Hinschauen sah ich, dass einige Stellen des räumlichen Abbildes mit gelben Punkten markiert waren und hier und da blasse, mir unbekannte Schriftzeichen über und durch das Bild liefen.

»Was ist das?«, fragte der Ingenieur.

Divyrrt *berührte* mit der Fingerkuppe einen der gelben Markierungen, und eine leise, etwas monotone Stimme erklang. Sie redete in einer fremden Sprache.

»In unserer Sprache gefälligst, Machwerk!«, befahl Divyrrt, und übergangslos redete die Stimme siccyi.

Was nicht bedeutet, dass ich verstanden hätte, wovon die Rede war. Ich schnappte Begriffe wie »rotierende Welle« auf, »Turbinenschaufeln« oder »Totalenthalpie«, und hörte den Satz, es werde »der vibrationsfreie Lauf als beträchtlicher Vorteil eingeschätzt« – der Lauf wovon?

»Interessant«, murmelte Kowotschy. »Wo hast du das her?«

»Spielt keine Rolle. Kannst du damit etwas anfangen?«

»Mehr als du jedenfalls. Das sind Konzepte für völlig neue Antriebsmaschinen. Ziemlich abgedrehtes Zeug, aber ...« Er zeigte auf das Kristallstäbchen. »Das Ding stammt natürlich nicht von Oyloz, oder?«

»Natürlich nicht. Es ist noch einiges mehr darauf: Flugmaschinen. Raketentriebwerke. Telekommunikation. Energiegewinnung.«

»Warum schlachtest du dieses Pläne nicht selbst aus?«, fragte Kowotschy und kniff misstrauisch alle vier Augen zusammen.

»Ich bin Karawanenführer, kein Ingenieur. Ich kann mit dem Krempel nichts anfangen. Sollten wir uns allerdings handelseinig werden, fordere ich eine angemessene Gewinnbeteiligung. Für mich und für meine Karawane.« Er drehte sich zu mir und steckte mir verschwörerisch die Zungenspitze heraus.

Kowotschy ging im Raum auf und ab. Er räumte Skizzen und Zeichnungen beiseite, grummelte vor sich hin, fuhr den Teleskophals aus und wieder ein. »Das müsste ich mir überlegen. Ich weiß noch nicht, ob mir das Ganze gefällt. Wir würden uns fremde Technologie aneignen. Außerdem bräuchten wir einen Notar.«

»Und außerdem müsstest du mir die neue Lok überlassen«, warf Lautrec Divyrrt ein. »Dein Wunderding.«

Kowotschy spitzte die Lippen und pfiff nachdenklich vor sich hin.

»Entscheide dich«, drängte Divyrrt. »Ich brauche die Lok bald. Heute noch. Die alte kannst du zum Ausschlachten behalten. Wenn du aber nicht willst, verkaufe ich den Datenträger an jemanden in Poi. Die sind ganz wild auf neue Technik, und die zieren sich nicht so wie eine alte fette prüde Kotschachtel.«

»Das kann ich nicht beurteilen«, raunzte Kowotschy, »da ich, anders als du, keine Erfahrung mit alten fetten prüden Kotschachteln habe.« Wie zum Beweis wühlte er aus seiner Manteltasche eine kunstvoll gearbeitete Triller heraus und pfiff darauf. Das schrille Geräusch durchdrang alles und musste weltweit zu hören sein.

Keine Minute später brauste die Rikscha mit Ihceyco auf dem Sattel um die Ecke. Die junge Siccyi bremste elegant, stieg mit großer Grazie ab und stellte sich zu Kowotschy. Der Konstrukteur tauschte einige demonstrative Zärtlichkeiten mit ihr aus, rieb sogar seinen Hals an ihrem.

Während aber ihre Hälse das in der Öffentlichkeit fast obszöne, schabende rhythmische Geräusch erzeugten, blickte Ihceyco mich an, öffnete ihren Mund und winkte mir mit ihrer langen, rosaroten Zunge.

Ich schloss die Lichtaugen, blinzelte mit den Aurenaugen. Was sich in ihrer Aura abspielte, taugte nicht, mich abzukühlen. Ockerfarbene Flämmchen tanzten an der Peripherie ihrer Aura, eine leuchtende Korona.

Dann half Ihceyco ihrem Mietherren in die Frontschale der Rikscha. »Wir fahren zum Notar«, befahl er Ihceyco. »Leg dich ins Zeug, strampel, dass die Männer neidisch werden.«

»Soll ich hinter euch herlaufen?«, fragte Lautrec Divyrrt verwundert.

»Laufen wird nicht genügen«, krähte Kwotschy, »du wirst rennen müssen!«

Die Rikscha fuhr langsam an. »Und ich?«, fragte ich den Karawanenführer.

»Du hast Urlaub. Such Stycc Trapsco auf. Berufe dich auf mich.« Er kicherte. »Vielleicht freut er sich, von mir zu hören. Falls er sich nicht freut, sag ihm: Schacco Podayy. So als Stichwort ...« Dann setzte er sich in Bewegung und hechelte hinter der Rikscha her.

»Wo finde ich ihn?«

Lautrec Divyrrt drehte ihm Laufen den Hals zu mir und rief: »Frag nach der Gastwirtschaft Tpa Tac. Aber vermeide es, dort zu essen!«

Das Tpa Tac befand sich auf einem vorgelagerten Felsen der Halbinsel; man konnte es entweder schwimmend erreichen – aber jeder Siccyi, der bei Verstand war und Wert darauf legte, dass seine Panzer intakt blieben, vermied es, in der salzigen Brühe des Foynacc zu schwimmen – oder über eine Hängebrücke, die sich von Pycchur aus zur Gastwirtschaft spannte.

Die Brücke aus Bohlen schwang im Takt hin und her, als ich hinüberging. Ich setzte Fuß vor Fuß und hielt mich links und rechts an den Seilen fest, die als Geländer dienten.

Ich hatte dreimal nach dem Weg gefragt. Der erste Siccyi hatte mich auf meine Frage nur übel ausgeschimpft; dann hatte ich eine Frau gefragt, die in die Tracht der Nonnen von Khautric & Keuf gekleidet war – Banderolen aus Stoff, besetzt mit gedengelten Kupferscheiben. Sie gab mir, wie es die Art dieser Nonnen ist, leise und mit gesenktem Blick Auskunft, und ich merkte erst nach fünfzehn Minuten, dass sie mich in eine völlig falsche Richtung geschickt hatte.

Am Ende fragte ich einen heruntergekommenen Siccyi, der an den Hinterbeinen das Band eines Lokführers der Karawane Zuyo trug, aber mit einer Jahressignatur, die zeigte, dass seine Lizenz schon endlos lange abgelaufen war.

Er bot an, mich ein Stück zu begleiten. »Von welcher Karawane stammst du?«, versuchte er ein wenig Small Talk.

»Syolocc.«

»Sauber. Gute Karawane, sehr gut. Wer führt sie jetzt?«

»Lautrec Divyrrt.«

»Guter Mann, sehr gut.«

»Kennst du Stycc Trapsco persönlich?«

»Stycc Trapsco? Klar. Guter Mann.« Er kicherte. »Obwohl er diesen absolut blödsinnigen Namen trägt!«

Natürlich war der Name blödsinnig. Die Silbe *Co* bezeichnete immer eine Weiblichkeit und gehörte eigentlich zum Stammnamen, also an die erste Stelle des Doppels.

Mein Fremdenführer lachte, sein Lachen ging nahtlos in einen Husten über, dann würgte er einen Schleimfladen aus, spuckte ihn in die Hand, betrachtete ihn eingehend und schmierte ihn im Vorbeigehen einer Zugschnecke ans Gehäuse, die einen Wagen voller Holzfässer durch die verwinkelte Straße zog.

Es roch nach Meerestieren, die in Körben und Reusen lagen, der Mittagssonne ausgesetzt.

»Ja. Ungewöhnlicher Name«, sagte ich, um das Gespräch in Gang zu halten.

»Gute *Mann*, oder was auch immer. Vorzüglicher Koch.«

»Er ist Koch?«, fragte ich.

»Natürlich. Was hast du gedacht, junger Syolocci?«

»Organhändler«, sagte ich rundheraus.

Der abgehalfterte Lokführer prustete los, lachte schallend und aufgesetzt. »Organhändler?«, rief er, als wolle er die ganze Gasse über seine Empörung informieren. »Was du so denkst! Organhändler! Dazu haben Privatleute doch gar keine Lizenz!«

Ich schraubte den Hals so tief ein, dass nur noch die Augen über den Panzer schauten.

Eine frische Brise schlug mir entgegen. Die Gasse endete abrupt; wie standen an der Steilküste. 30 oder 40 Meter vor uns ragte die Felsnadel aus dem Wasser, deren Spitze von der Gastwirtschaft gekrönt wurde, einem verworrenen hölzernen Bauwerk, das sich mit etlichen Quer- und Stützstreben von allen Seiten an den Felsen klammerte.

»Das Tpa Tac!«, stellte mein Begleiter vor.

Ich steckte ihm zum Abschied einige Rebulen zu. Unter lautstarken Lobeshymnen auf die Karawane Syolocc, ihren weltberühmten Karawanenführer und seine vorzügliche Reisegesellschaft kehrte er zurück in das Gewirr der Gassen von Pycchur.

Die Gastwirtschaft hatte noch geschlossen; vor dem Laden standen die Schiefertafeln mit den Sonderangeboten des Vortags. Viel Meeresfrucht, aber auch Paupycc – »frisch oder hausgemacht«.

Ich hatte keine Ahnung, woher der Koch frisches Paupycc haben wollte. Wenn ich es recht gesehen hatte, war Syolocc die einzige Karawane, die momentan in der Karawanserei lag. Ich hatte zwei Schienenstränge gesehen: der eine lief von Westen auf die Karawanserei zu, der andere zielte südöstlich in Richtung Höhenzüge des Konchols-Gebirges. Möglich, dass von der Küste, also von Norden her, noch ein Strang in die Karawanserei führte. Aber im Karawanenhof war nur die Flagge von Syolocc aufgezogen. Von wo wollte er also das frische Paupycc beziehen? Die Masse war ein Gemenge verbrannter Pilze, Pflanzen und Käfer, die unter eine Feuerwalze geraten waren. Sie war knusprig und schmeckte schon im Rohzustand wunderbar – besonders, wenn sie noch nachglühte.

Jede Karawanserei lag inmitten eines kleinen Bannkreises, in das kein Feuer drang: auf felsigen Ebenen, am Rand der Kontinente, am Ufer großer Flüsse oder der drei Schachtmeere. Auf dem Kontinent Parvacc existierten einige Karawansereien auf den kahlen Felsen hoch im Gebirge Beppco, dem einzigen auf ganz Oyloz, das frei war von vulkanischer Aktivität.

Nein, frisch konnte das Paupycc nicht sein. Es musste im Ofen gebrannt worden sein.

Ich trat einige Male leicht vor die Tür.

»Wir öffnen gleich«, klang es von innen, »Geduld!«

»Ich möchte mit Stycc Trapsco sprechen«, rief ich, und weil mir nichts Besseres einfiel, setzte ich hinzu: »Privat!«

»Ist nicht da!«

»Ich komme von Lautrec Divyrrt«, rief ich, »mit den besten Grüßen!«

Kurz darauf öffnete sich die Tür. Ein erstaunlich junger und erstaunlich gut gebauter Siccyi bat mich wortlos herein. Der Gastraum war blank geputzt; die Bullaugen zum Meer standen weit offen.

»Du bist Stycc Trapsco?«

»Es sieht so aus. Lautrec Divyrrt also. Was will er?«

»Er will nichts. Ich will etwas.«

»Was?«

»Ich brauche ein Organ. Eine Gebäramme.«

Der Siccyi, der nach allem aussah, nur nicht nach Koch, starrte mich an. »In Pycchur werden keine Organe gehandelt. Und schon gar keine Lizenzen an Privatleute erteilt.«

Ich sah mich etwas hilflos um. Ich hatte keine Ahnung, in welchem Verhältnis Lautrec Divyrrt zu diesem Mann stand.

»Ich brauche sie dringend«, sagte ich leise. »Und Lautrec Divyrrt hat mir gesagt, ich soll dich, wenn es Hindernisse gibt, an Schacco Podayy erinnern.«

Stycc Trapsco zischte. »Damit hat er ein Gelübde gebrochen. Sag ihm, ich werde ihm den Hals so weit herausziehen, dass er ihn sich in den Arsch schieben und seine Därme in Aktion betrachten kann.«

»Richte ich ihm gern aus«, sagte ich, »aber wem soll ich von Schacco Podayy erzählen?«

»Das sind alte Geschichten! So verwelkt, dass sie schon nicht mehr wahr sind.«

Der Sog meiner Not zog mich weiter, über Grenzen, die ich nicht gern überschritt. »Es gibt hier in Pycchur doch einen Rundfunksender, nicht wahr?«

Stycc Trapsco schloss die Lichtaugen und starrte mich aus den Aurenaugen an.

Ich bemühte mich, von mir selbst überzeugt zu sein. Es gelang wohl, denn der Koch sagte: »Komm mit.«

Wir stiegen nicht etwa in den Keller des Hauses, wie ich erwartet hatte, sondern in ein hell und wohnlich eingerichtetes Zimmer. An der Außenwand stand das Gehäuse; ein dünner Kamin führte davon zur Wand und durch sie nach draußen. Das Bullauge stand auch hier offen, und ich konnte die kleinen Wölkchen vorbeiziehen sehen, die aus dem Schlot pafften.

Stycc Trapsco bückte sich und warf einige Kohlestücke in den Ofen. Dann hob er den Deckel vom Gehäuse. Ein Schwall warmer Luft stieg auf. »Das ist sie«, sagte er.

Ich trat heran.

Die Gebäramme lag auf der gut gewärmten Metallplatte, ihr alter Panzer knackte ganz leise. Sie lag halb auf dem Rücken, halb auf der Seite. Ihre Stummelglieder bewegten sich sehr langsam. Der Hals war spindeldürr, das Köpfchen rutschte am Panzer hin und her. Das Gesicht war flach und weiß.

Ihr Leib war verschrumpelt, nicht mehr als zwei Handspannen groß.

»Funktioniert sie?«

»Sie war lange nicht mehr in Gebrauch«, sagte der Koch. »In Pycchur haben alle Frauen eine eigene Gebärmutter und brauchen die Ammen nicht. Weil wir keine Ammen haben, kommen auch keine Gebärgäste. Warum müsst ihr Karawanenfahrer euch immer Mädels mit dem alten Geschlecht aussuchen?«

»In unserer Karawane sind die meisten Frauen schon vom neuen Geschlecht«, sagte ich. »Deshalb haben wir keine Ammen mehr nachgekauft, als die letzte einging. Und dass Glötco … dass meine Frau vom alten Geschlecht ist, haben wir erst gemerkt, als wir … als es zu spät war.«

»Habt ihr keine Röntgengeräte in der Karawane?«, zischte der Koch. »Dann hättest du dein Mädel vorab durchleuchten können.«

Natürlich hatten wir ein Röntgengerät, aber die Vorstellung, Glötco zu einem Rendezvous hinter einen Röntgenschirm zu bitten, war – nun, im Angesicht ihrer Schönheit einfach lästerlich.

In der Frühzeit unserer Art hatte die Dreigeschlechtlichkeit ihre Vorteile. Es gab Männer, Frauen und Gebärammen. Die Frauen legten die in ihnen befruchteten Eizellen in die Gebärammen ab. Die Ammen, das Drittgeschlecht, war immobil, aber mit einem feuerfesten Panzer versehen. Falls damals – also vor dem Aufbau der Karawanen – ganze Reisegesellschaften den Feuerwalzen zum Opfer fielen, überlebten die Ammen, und in ihnen genug Siccyi, um die Population wieder aufzubauen.

Unsere Biologen sagen, dass es immer Frauen gegeben haben musste, die aus sich gebärfähig waren. Einzelfälle. Seit die Karawanen fuhren, pflanzten sich diese Frauen vermehrt fort. Die Frauen, die auf eine Gebäramme angewiesen waren, gerieten in die Minderheit.

Zuletzt verfügte jede Karawane nur noch über zwei oder drei Gebärammen. In Syolocc, unserer noch jungen und daher kleinen Karawane, war die einzige Gebäramme vor wenigen Wochen gestorben.

Natürlich gab es in den größeren Karawansereien noch hinreichend Gebärammen. Aber da man dort kaum vom Feuer bedroht war, schwand auch in ihnen das Angebot.

Nachdem ich so lange geschwiegen hatte, sagte Stycc Trapsco: »Ich verstehe schon – du hast Nachdenken durch Leidenschaft ersetzt.« Es klang gar nicht sehr verächtlich.

»Was soll sie kosten?«, fragte ich.

»Nimm sie und lass dich hier nie wieder sehen. Und sag Lautrec Divyrrt, er hat ein mieses Karma, ein ganz mieses Karma. Wenn er mir noch einmal einen Idioten schickt, der mich an Schacco Podayy erinnert, bringe ich ihn um. Ihn und den Idioten, den er mir schickt. Sag ihm: Das ist mein Ernst. Wir sind quitt für alle Zeit, solange die Götter scheißen!«

Wir packten die Amme in eine eiserne Truhe und betteten sie zwischen glühenden Steinen. Der Koch war mir noch behilflich, die Truhe auf einen alten, klapprigen Rollwagen zu schnallen.

»Warum pflegst du die Amme eigentlich, wenn keine Nachfrage mehr nach ihr besteht?«

Stycc Trapsco machte eine Geste, die alles bedeuten konnte, und sagte: »Sie war meine Mutter.«

Als ich zurück über die Brücke ging, sah ich, wie unten am Stand des Salzmeers ein Dreiflügler wasserte. Die Kufen waren ungewöhnlich dick. *Lastkufen,* dachte ich. Und er hatte nicht weniger als neun Motoren, von denen acht auf den obersten Flügel montiert waren! So also wurde das Paupycc angeliefert. Und selbst, wenn diese Maschine es aus der Mitte Iniccos hierher transportieren musste: Bei der enormen Geschwindigkeit, die ich dem Dreiflügler zutraute, war es, wenn es ausgeladen wurde, tatsächlich immer noch frisch.

Lautrec Divyrrt und Kowotschy mussten sich sehr schnell geeinigt und das Geschäft in einem ungeheueren Tempo abgewickelt haben, denn als ich mit dem Rollwagen, in dem die Gebäramme lag, zum Bahnhof zurückkehrte, stand unsere alte Lokomotive bereits auf einem Abstellgleis und Kowotschys Wunder-Lok wurde eben angekuppelt. Im Bahnhof, befreit aus ihrer Baugrube, sah ich ihre wahre Dimension: fast 60 Meter lang, der ungeheuere Kessel mit den überdachten Laufgängen, der dreistöckige Leitstand, die imposanten Kohlensaugrohre vom Tender – ein Titan!

Ich brachte die Gebäramme in unsere Wohnung im dreizehnten Wagen. Unsere Karawane bestand im Moment aus 63 Waggons, alle zwischen 30 und 50 Meter lang und zwischen sieben und zwölf Meter breit – bei immer derselben Spurbreite von vier Metern, versteht sich.

Wir hatten 47 Wohnwaggons, die meisten dreigeschossig, einige ragten auch vier oder fünf Geschosse auf. Irgendwer hatte einmal ausgerechnet, dass die Karawane damit über eine Wohnfläche von etwas über 80.000 Quadratmetern verfügte und damit jedem Mitreisenden zehn Quadratmeter Lebensraum bot – statistisch gesehen.

Natürlich hatte der Karawanenführer mehr Raum zur Verfügung, natürlich begnügten sich die Lokführer, die traditionell im Zölibat lebten, mit weniger. Natürlich hausten die Streckenscouts, die für die Durchquerung der Großen Ebenen in die Heißluftballons stiegen, buchstäblich mit ihren Familien dort, und ihre Jungen und Mädchen lugten über die Körbe und hielten die pendelnden Köpfe in den Wind.

Die anderen Waggons dienten als Werkstätten oder Krankenstationen. Hier wurden junge Siccyi unterrichtet; hier gab es Gemeinschaftsräume, ein Theater, einen

Fernsehraum und den Tagungssaal für das Karawanenparlament. Ein ganzer Wagen stand als Hostel Gästen zur Verfügung; drei Etagen boten schlicht ausgerüstete Kammern, die vierte wenige Gemächer mit etlichem Komfort, und die gesamte letzte Etage war eine einzige, prächtige Wohnlandschaft, über 500 Quadratmeter groß.

Hier, in Pycchur, würden wir kaum Passagiere aufnehmen – weder einzelne Reisende noch Gastwaggons, die sich mal an diese, mal an jene Karawane hängten.

Glötco Hölunda war noch nicht zurück. Sie hatte mit einigen Freunden zum Basar gehen wollen.

Ich stellte die Truhe mit der Gebäramme in den Erbschrank, verließ die Wohnung wieder und stieg aus. Vielleicht wollte ich mir die neue Lok ansehen; vielleicht mochte ich nicht mit der Amme allein sein.

Ohne es eigentlich zu wollen, langte ich statt bei der Lok am Ende der Karawane an. Das Gleis zog sich noch ein paar Werst hin. Ich sah die Schienen, die die Form und Funktion von Zahnstangen hatten, in denen die mächtigen Zahnräder der Loks und ihrer Waggons liefen.

Trotz aller Forschung war die Schienenstrang-Technologie noch nicht entschlüsselt.

Oder sollte ich besser sagen: Noch nicht wieder verstanden? Wir wussten ja nicht einmal, ob unsere Vorfahren das große Netz angelegt oder ihrerseits bereits vorgefunden hatten.

Die Nachrichten aus der Zeit vor der Geistfinsternis waren ebenso rar wie unzuverlässig. Vor etwas über 1300 Jahren – oylozschen Jahren; die Remiona rechneten schneller, für sie war die Verfinsterung fast 1500 ihrer Jahre her – brach die Katastrophe über den ganzen

Planeten herein. Viele Karawanen waren untergegangen, viele in den Feuerwalzen verbrannt. Das Feuer, das uns seit Urbeginn jagte, hätte uns damals fast für immer eingeholt.

Die Karawansereien standen damals leer – unsere Historiker kennen bis heute nicht den Grund dafür. Aber das Netz blieb intakt, und seine Schienen glänzten samtig rotgold, waren kühl und hart wie immer.

Dabei ist diese Härte nur scheinbar. Das Netz ist flexibel, es verändert seinen Lauf, legt neue Strecken an, andere still, teilt sich und fließt wieder zusammen wie ein lebendiger Organismus. Die Netzforscher behaupten sogar, es sei auf gewisse Weise unzerstörbar, denn an den wenigen Stellen, an denen Schäden aufgetreten waren, hätten sich die Schienen immer aus eigener Kraft geheilt. Kein Siccyi musste sie warten.

Die meisten Karawanen fahren mit etwa 70 bis 80 Werst in der Stunde, Syolocc ein ganzes Stück langsamer. Bislang jedenfalls. Die Schienenforscher meinen, dass bei geeigneten Zugmaschinen auch sehr viel höhere Geschwindigkeiten erreichbar wären – 250, 300 Werst in der Stunde. Die Schienen würden das verkraften.

Andere Forscher sind nicht so sicher. Sie meinen, die Schienen würden durchaus erodieren, die kegelförmigen Vertiefungen, in die die Zahnräder greifen, könnten abnutzen. Es gäbe Schienen, die seien auffällig alt, andere dagegen auffällig jung.

Keines von beiden ist mir je aufgefallen.

Da die Schienen immer wieder ohne jedes Vorzeichen ihren Lauf ändern, führen alle Karawanen Heißluftballons mit, aus denen Schienenscouts den Streckenverlauf beobachten. Die Laufveränderungen sind in der Regel harmlos. Nur alle hundert Jahre einmal oder so soll eine Karawane spurlos verschwunden sein – was ich persönlich für ein Schauermärchen halte oder ein übles Gerücht, ausgestreut von den Siccyi, die sich in den Karawansereien zur Ruhe gesetzt haben.

Manche Netzabschnitte gelten als besonders gutmütig, sie führen an Flussläufen entlang, auf ein Schachtmeer zu oder folgen den Weidegründen. Wir ernten ja bestimmte Rückstände der Pflanzenwelt wie Speisekohle oder Pilzbrand, die nach ihrer Verbrennung für uns bekömmlich sind.

Ich hörte den großen Gong der Karawane schlagen; ein Bahnhofslautsprecher verkündete, dass sich Syolocc bereits wieder abfahrtbereit machte.

Ich wandte den Blick ab vom Schienenstrang, der sich in der Ferne verlor, und spazierte zurück zur Karawane. Über der neuen Lokomotive stiegen wunderbar weiße, quellende Wolken auf. Noch hingen die Wasserschläuche an den Waggons und speisten die Tanks.

Ich hoffte, Glötco Hölunda wäre bereits zurück. Vielleicht hatte sie die Gebäramme bereits gefunden; vielleicht hatte sie längst alles *erledigt*. Aber sehr wahrscheinlich war das nicht.

Mir war weder bekannt, noch interessierte es mich, wohin Syolocc nun fahren würde. Wir hatten, was wir wollten.

Abenteuer im Bauch eines Mobys

»Terranischer Resident zieht interstellare Safari hyperimpedanzgestörtem Alltagsgeschäft vor. Reite den Moby und zähme ihn, Perry!«

So oder so ähnlich, dachte Rhodan, würde ein Journalist wie Dschingiz Brettzeck vom Sender Augenklar vielleicht seine Schlagzeile formulieren.

Er lächelte, als er an den Swoon dachte, den er im Mantar-Zada-Saal von Aralon kennengelernt hatte.

Seit nicht ganz einer Minute war klar, dass ihre Expedition nicht auf die Oberfläche des Planetentransformats beschränkt sein würde, sondern dass es Öffnungen ins Innere des quasi-kristallinen Körpers gab. Nichts in der Größenordnung der Energierrachen, wie sie die historischen Mobys aufwiesen, aber Stö Baudegg, der an Bord der Space-Tube zurückgeblieben war, hatte die Ausmessung von Schächten gemeldet, die tief ins Innere der Leiche Remions führten, Schächte, von denen einige 20 bis 30 Meter Durchmesser aufwiesen und damit umfangreich genug waren, um die Mini Jet einzulassen.

Die Jet flog auf einem Leitstrahl der SPIVIM, der sie zu einem der Schachtausgänge führen sollte.

In der Kanzel waren nur zwei Sessel vorhanden. Taxam hatte die Hand locker auf den Steuerstab gelegt, für den Fall der Fälle. Auch Rhodan saß.

Die anderen Aras standen zwischen den Pneumosesseln, die einander den Rücken zuwandten.

Der schwarze Körper des Planetentransformats füllte den gesamten Gesichtskreis aus und hing wie ein elender Himmel über ihnen, verfinstert und versteinert. Allmählich kippte er nach hinten weg – die Jet drehte sich so, dass die Landestützen zum Boden zeigten.

Kurz bevor sie aufsetzte, erklang Baudeggs Stimme erneut. »Resident? Schlechte Nachricht von der APPEN. Trantipon ...«

»... konnte nicht wiederbelebt werden?«

»Doch. Seine Reanimation ist gelungen. Er lebt wieder und ist geflohen. Er hat sich Richtung Oyloz abgesetzt.«

Rhodan lachte bitter. »Was für ein schöner Erfolg für Plob Arnoyn!«

»Sollen wir die Operation abbrechen und umkehren?«, fragte Pehdry-Klakolai.

»Nein«, entscheid Rhodan. »Wenn möglich, soll sich Außenminister Tifflor darum kümmern.«

»Soll ich eine Botschaft an Tifflor übermitteln?«

Rhodan winkte ab. »Er wird wissen, was zu tun ist.« Er spürte die Blicke der Aras. »Ja?«

»Wir hatten uns die terranischen Kommandostrukturen etwas ... autoritärer vorgestellt«, erklärte Pehdry-Klakolai.

Rhodan hatte den Landepunkt bestimmt. Er wollte die Längsseite des grob scheibenförmigen Monstrums meiden. Wenn das Planetentransformat tatsächlich ein Moby war – oder sich zu einem entwickelte –, würden an dieser Stelle möglicherweise die Energiefäden entstehen und ihr Geflecht bilden. Dabei war das Wort *Fäden* eine Verniedlichung. Die riesenhaften Energietentakel, die organisch anmutenden Energieantennen konnten Hunderte von Kilometer lang werden.

Rhodan hatte Anweisung gegeben, auf dem *Dach* des Körpers zu landen, und zwar in der Region, die am ehesten dem Sitz des Instinktgehirns glich, wie er es von den Andromeda-Mobys kannte.

Nichts als Hypothesen und Analogien – vielleicht liegen wir völlig falsch, dachte er und bemerkte, wie ihn diese Möglichkeit eines Irrtums mit vager Hoffnung erfüllte. *Vielleicht sind es ja doch keine Mobys!*

Die Jet vibrierte leicht, als die drei Landestützen ausgefahren wurden; das Aufsetzen selbst spürten die Insassen nicht.

Der Pilot sollte an Bord bleiben; Rhodan und die drei Aras kletterten in den Schacht der Jet. Es war umständlich. Rhodan musste am Grund des Schachtes warten, bis der letzte der drei, Taotroc, die Zentrale verlassen und den Schacht oben mit einem Deckel verschlossen hatte. Erst dann öffnete sich das Außenschott.

Das Planetentransformat war groß und massiv genug, um eine Schwerkraft zu erzeugen; sie war mit 0,901 Gravos aber geringer als die 1,01 Gravos, die Remion aufgewiesen hatte.

Demnach musste sich etwas von der planetar-metamorphotischen Substanz verflüchtigt haben. Vielleicht der Kern.

Aber warum? Wohin?

Von der Atmosphäre Remions war keine Spur nachweisbar. Offenbar war auch sie, vom Ara-Toxin befallen, umgewandelt und in das Planetentransformat aufgenommen worden.

Rhodan bückte sich und betastete den Boden. Die Sensorflächen seines Schutzanzuges vermittelten ihm, dass er sich glatt anfühlte. Einige Schritte weiter der nächste Versuch. Dort glaubte er, die Fingerkuppen bewegten sich über eine körnige Substanz. Als er versuchte, einige der Körner abzuheben, misslang es. Das Material war nicht locker, und die Körner waren keine Körner, sondern feine, erstarrte Bläschen.

Rhodan nickte. »Mein Eindruck ist: Die Oberfläche – die *Haut* – durchläuft eine Binnendifferenzierung. Was meint ihr?«

»Vielleicht ist *Haut* nicht die ganz korrekte Bezeichnung.« Rhodan erkannte Taotrocs Stimme. »Schließlich ist die Oberfläche kein Organ. Aber ich teile deinen Eindruck, dass die Inhomogenität nicht so chaotisch ist, wie ich zunächst in Anbetracht der Sondendaten dachte. Ja, ich sehe auch homogene Felder, zusammenhängende Areale von jeweils demselben Aufbau.«

Rhodan spürte ein feines Vibrieren unter den Füßen. »Ein Erdbeben?«, hörte er Pehdry-Klakolai fragen.

»Positiv«, schaltete sich Stö Baudegg aus dem Orbit ein. »Wir messen seismische Phänomene an. Innerhalb des Planetentransformats finden massive Materialverschiebungen statt. Es entstehen Hohlräume.«

»Welcher Art?«, fragte Rhodan.

»Verschiedene Arten.«

»Sortiere sie nach dem Längen-Breiten-Verhältnis.«

Pause.

»Du hast recht«, sagte Stö Baudegg. »Zwei Typen. Es entstehen oder vergrößern sich einige mehr oder weniger kugelförmige oder ellipsoide Hohlräume, Kavernen; und es entstehen schmale, lang gezogene Hohlstrukturen in alle Richtungen: Schächte, Gänge, Stollen.«

»Irreguläre Hohlräume mit Zufallsverteilung, oder bestehen Verbindungen untereinander?«

»Positiv, es gibt Verbindungen. Sogar immer komplexer werdende Verbindungen. Ich sehe hier gerade das Modell: es sieht aus wie ein Netzwerk.«

»Leibeshöhlen und Aderngeflechte«, sagte Rhodan.

»Vielleicht bloße Analogien«, äußerte sich Pron Dockt.

»Zwei der Kavernen hypertrophieren«, hörten sie wieder die Stimme aus dem Orbit. »Die eine liegt ziemlich exakt in der Mitte des Planetentransformats. Dort, wo der Planetenkern sich befunden haben muss. Sie dehnt sich weiter aus. 141,2 Kilometer Durchmesser. 141,21. 141,22. 141,23 ...«

Wieder spürten sie die Bodenerschütterung.

»Das könnte der Konvertermagen werden«, überlegte Rhodan laut. »In diesen Organen konnten die historischen Mobys feststoffliche Gegenstände und wahrscheinlich auch Materie anderer Aggregatzustände in Energie umwandeln. Eine Art Notration für die interstellaren Wege. Normalerweise ernähren sie sich ja von schierer Sonnenenergie.«

»*Sie?* Wer sind *sie*? Noch wissen wir nichts!«, mahnte Pron Dockt.

»Du hast von zwei Kavernen gesprochen, Stö. Wo liegt die zweite?«

»Relativ nah bei euch. Etwa vier Kilometer in Richtung ...« Er übermittelte einige Koordinaten. »Kleiner als der ... Konvertermagen. Aber – wartet bitte!«

Sie warteten.

»Wir messen in der größeren Kaverne energetische Impulse an.«

»Der Konvertermagen springt an«, deutete Rhodan.

»Das Energiemuster wandelt sich. Energie beginnt zu fließen.« Stö trug alles mit ruhiger Stimme vor. »Multipler Energiefluss.«

»Multipel? Wirklich? Keine Richtungspräferenzen?«

»Warte. Doch, wenn auch nur geringfügig. Minimal erhöhter Energietransport in Richtung der zweiten

Kaverne … was liegt dort deiner Meinung nach?«, fragte Stö.

»Das Instinktgehirn«, vermutete Rhodan.

Eine Pause trat ein.

Stö meldete sich wieder. Seine Stimme tauchte hin und wieder in das Knistern von Störgeräuschen.

»Die Energiemuster variieren stärker. Es liegen zwar noch keine Belege dafür vor, aber Transformationsprozesse von Normal- zu Hyperenergie sind nicht mehr auszuschließen. Ich empfehle Rückkehr in die Space-Tube«, sagte er dann. »Sonst wird das Schiff wirklich *Spivim* für das … für den Moby. Es ist ein Moby, Resident, oder?«

»Ja«, sagte Rhodan leise. »Ohne jeden Zweifel. Ist der Verbund der Positroniken zu einem ähnliche Ergebnis gekommen wie wir?«

Die Positronik der Mini-Jet trug vor, was die Konferenz der Denkmaschinen ergeben hatte. Sie sprach von metallischen Adern, aus denen Magnetfelder verdrängt wurden, über Energieflüsse und schwindende Widerstände, über induzierte Kreisströme und rasch wachsende Geflechte aus Yttrium-Barium-Kupferoxiden und Bismut-Strontium-Kalzium-Kupferoxiden, über Kavitäten aus reinem Niob, Temperaturgefälle und anwachsende Kühlsituationen.

Rhodan war studierter Kernphysiker und hatte vermittels der arkonidischen Hypnoschulung genug naturwissenschaftliches Wissen angesammelt, um Schlüsse aus dem Gehörten zu ziehen. »Der Moby evaluiert sehr schnell«, sagte er. »Er differenziert sich, legt Organe an, baut energetische Funktionalgefüge auf, entwickelt Supraleitungen für sub-hyperenergetische Kräfte. Er wird nicht dabei stehen bleiben. Die Strukturen bauen sich auf und werden zunehmend komplexer, nicht wahr?«

»Zunehmend«, stimmte die Positronik zu. »Bereits während wir sprachen, hat sich das Planetentransformat erste hyperenergetische Kompetenzen erarbeitet.«

»So schnell?« Rhodan schüttelte nachdenklich den Kopf. »Wir steigen mit der Mini-Jet ein«, entschied er.

»Wir können nicht von einer erhöhten Wahrscheinlichkeit ausgehen, im Inneren des Planetentransformates eher Rückstände des Toxins zu finden als auf der Oberfläche«, gab Pron Dockt zu bedenken.

»Es geht nicht mehr um einen Forschungsauftrag«, stellte Rhodan klar.

»Oclu-Gnas würde sich die Frage erlauben: Worum dann?«, fragte Pron Dockt mit abgewandtem Gesicht.

»Wenn nicht alles täuscht, wird der Moby rasend schnell aktiv. Ein voll aktionsfähiger Moby stellt eine Gefahr für das ganze Sonnensystem dar. Auch auf Oyloz leben Intelligenzwesen. Die arkonidische Flotte ist fort, keine andere in Rufweite. Wir haben keine Kapazitäten für eine weitere globale Evakuierung.«

»Ja. Ich habe von den Ureinwohnern des Planeten gehört«, sagte Pron Dockt. »Eine biomental interessante Art. Sie vermag die paraenergetische Korona der ÜBSEF-Konstante im materiellen Kontext wahrzunehmen. Ihre Extinktion wäre durchaus ein herber Verlust für die Artenvielfalt unserer Galaxis.«

Rhodan war konsterniert. »Selbst, wenn sie das, was sie können, nicht könnten: Wir müssen den Moby aufhalten.«

»Wer soll dieses Monstrum aufhalten, wenn es einmal in Fahrt kommt?«, fragte Pehdry-Klakolai.

»Wir haben ihn schon einmal aufgehalten, damals im Andro-Beta-Nebel.«

»Du ... und die Flotte des Solaren Imperiums! Das sollen wir jetzt nachmachen, wir fünf – mit bloßen Händen?« Klakolai sah Rhodan ungläubig an.

»Wie habt ihr den Moby aufgehalten?«, fragte Taotroc nach.

»Wir haben damals STOG-Säure eingesetzt, um das Instinkt-Gehirn eines Mobys abzutöten. STOG ist eine außerordentlich starke, organische Säure. Sie zersetzt sogar Terkonitstahl. Wir konnten sie damals noch nicht synthetisieren und haben sie als Naturprodukt vom Planeten Fargone abgeerntet. Abgemolken, um genau zu sein.«

»Wir kennen das, was du STOG nennst, auch«, warf Tatroc ein. »Wir nennen sie Goldfraß oder Zidaynil. Welche Mengen STOG habt ihr gebraucht, um den Moby zu töten?«

»Mehrere Tonnen. Vier oder fünf.«

»Ich habe mitgehört«, ließ sich Stö Baudegg vernehmen. »Und gecheckt. Kein Zidanyl an Bord der CONNOYT oder der Quarantäne-Schiffe. Die Synthese ist erstens zeitaufwendig, zweitens ohne spezifische Basisstoffe nicht in Gang zu setzen. Wir müssten außerdem geeignete Produktionsmaschinen bauen. Geeignete Transportbehälter.«

Rhodan nickte. »Dazu bleibt keine Zeit. In Andro-Beta hatten wir es zwar mit einem ausgewachsenen, voll funktionstüchtigen Moby zu tun. Dieser hier ...«

»... wird eben geboren«, ergänzte Pron Dockt. »Was planst du?«

»Soweit ich mich entsinne, war auch im physischen Kontext des Mobys das Gehirn das komplexeste Organ. Vielleicht braucht es zu seiner Ausbildung mehr Zeit als die anderen, einfacher strukturierten Organe. Vielleicht ist das Gehirn dieses Mobys noch nicht fertig. Und deswegen störanfälliger als das völlig funktionstüchtiger Exemplare.«

Pron Dockt lächelte. »Es würde Oclu-Gnas genau wie mich amüsieren, wie du gewisse Vokabeln meidest. Dass du *störanfällig* sagst, und nicht *verwundbar*.«

»Was immer es ist«, sagte Rhodan, »wir müssen versuchen, es aufzuhalten. Versuchen wir, in die Gehirnkapsel zu gelangen, und zerstören wir das Gehirn.« Er nickte Pron Dockt aufmunternd zu: »Töten wir es.«

Der letzte Waggon

Ich saß mit Glötco Hölunda in unserem Privatee und paffte ein mechanisches Pfeifchen mit aromatischem Kalccit. Wir hörten Grammofon. Auf der Walze lief eine Rede von Huuc Pynttor, dem früheren Karawanenführer und politischen Ziehvater von Lautrec Divyrrt.

Es war jene Rede, mit der er uns gegen eine Fusion mit der damals ebenfalls noch jungen Karawane Bandileycc eingestimmt hatte. Er wog die Vorteile der Vereinigung ab, den Erfindungsreichtum ihres Karawaneningenieurs Popu Lufoc, die Weitsicht und Integrität ihres Karawanenführer Bhium Waypil.

»Warum also«, krächzte die Stimme des toten Karawanenführers aus dem Schalltrichter, »sollen wir uns dieser vorzüglichsten und zukunftsträchtigsten Jungkarawane von allen nicht anschließen, mit der man förmlich eine Fahrt ins Feuer unternehmen könnte?«

Ja, warum eigentlich nicht?, fragte ich mich wie jedes Mal, wenn ich diese Stelle hörte.

Der Gong an der Außentür erklang. Glötco Hölunda sah mich ganz erstaunt an. »Hast du jemanden eingeladen?«

Ich pendelte verneinend mit dem Kopf, stemmte mich aus dem Kissen und drehte die Klappe vom kleinen Bullauge der Tür.

Draußen stand Lautrec Divyrrt. Ich schob die Tür auf.

»Ich schieb mich mal rein«, sagte Divyrrt und betrat den Korridor. Er sah Hölunda und winkte ihr zu. »Was hört ihr denn da? Ach, den alten Huuc Pynttor! Geht es dir gut, Glötco Hölunda? Die Gebäramme …«

Es war nicht besonders schicklich, nach dem Umgang mit der Gebäramme zu fragen, aber Lautrec Divyrrt galt auch nicht als Glanzbeispiel für Schicklichkeit.

Hölunda lächelte ihn an und sagte, fast schamlos: »Wir haben die Frucht gewechselt. Die Amme trägt sie. Jetzt müssen wir abwarten.«

»Ja, abwarten, natürlich«, sagte der Karawanenführer mit Fachmannstimme dummes Zeug. Er schob den Hals lang heraus und lugte über uns hinweg auf die Eisenkrippe der Amme.

Sie lag auf einem Wurf Bastzunder, der mit leisem Knistern vor sich hinkokelte. Sie hob ihr flaches, ausdruckloses Gesicht ein wenig, als wolle sie etwas sagen. Dann legte sie den Kopf wieder ab in die Glut.

»Hm«, meinte der Karawanenführer. »Ich bin ja kein Gebärammenexperte …«

Ich bemerkte Hölundas beunruhigten Blick und unterbrach Divyrrt. »Deshalb bist du auch nicht der Amme wegen hier.«

»Eben«, sagte Divyrrt, froh, aus dem Thema entlassen zu sein, in das er sich selbst manövriert hatte. »Ich möchte dich um einen Gefallen bitten, Karawanensteward Orontiu Pleca.«

»So offiziell?«

»Komm mit«, bat er, »ich erkläre es dir draußen.«

Wir verließen das Privatee und traten auf den Gang. Lautrec Divyrrt machte einige Schritte und bedeutete mir, ihm zu folgen. Ich war etwas überrascht, denn es ging nicht Richtung Lokomotive, sondern Richtung Karawanenende.

»Als wir den Halt machten, war es genauso, wie du ... na ja, nicht ganz genauso, aber sehr ähnlich. Wir haben tatsächlich jemanden am Streckenrand getroffen, der keinen Panzer hat. Einen Remiones«, erzählte Lautrec Divyrrt. »Dein Traum hat mir einen Hinweis gegeben, wie wir mit ihm verfahren sollten. Also haben wir ihn aufgenommen.«

»Er hat dafür bezahlt. Mit dem Lichtprojektor, den du später Kowotschy als Preis für die neue Lok gegeben hast«, erriet ich.

»Ja.« Er blieb stehen. »Der Fremde bat mich um ein Gespräch mit dir.«

»Warum hast du ihm von mir erzählt?«

»Hab ich gar nicht.«

»Wie kann er dann von mir wissen?«

Lautrec Divyrrt klopfte sich ein paar Mal ratlos auf das Schädeldach. »Das weiß ich nicht.«

Ich lachte gekünstelt. »Also spaziert ein Remiones aus dem Weltraum in deine Karawane und sagt: *Guten Tag, ich hätte gern mit Orontiu Pleca geplaudert?*«

Divyrrt pendelte mit dem Kopf. »Wörtlich hat er gesagt: *Lass mich mit dem einen von deinen Leuten sprechen, der anders ist.*«

»Und da bin ich dir in den Sinn gekommen? Charmant!«

Er sah mich mit allen vier Augen an. »Nenn mir einen anderen, der infrage käme.«

»Nun …«, sagte ich hilflos.

»Eben«, sagte er.

Ich ging, nachdenklich, neugierig, die langen zweieinhalb Werst von unserem, dem dreizehnten, bis zum letzten Waggon. Ich klopfte der Nonne, die dort die Flammenwacht hielt und vor sich hinbrabbelte, viermal aufs Schädeldach, wie es sich gebührte. Sie nahm mich scheinbar nicht zur Kenntnis.

Die Tür war nur angelehnt, nicht verschlossen. Sie klapperte leise. Ich schob sie zur Seite und trat ein.

Ich sah die Idole von Khautric & Keuf, zahlreiche Standbilder der Dämonen der beiden Lebensenden. Auf einem Grammofon irgendwo in den Urnenschränken lief eine Gebetswalze, die, da die Nadel hakte, in einem alten Dialekt immer wieder fragte: »Hast du ausgelebt? Hast du ausgelebt?«

Manche Urnen waren versiegelt, andere standen ohne Deckel; immer wieder puffte daraus eine kleine Wolke Asche hoch.

»Hallo?«, rief ich. Niemand antwortete.

Ich ging weiter, zum Waggonende.

Auch die allerletzte Tür war unverschlossen. Der Baldachin knatterte leise im Fahrtwind. Der Fremde stand auf der Plattform und schaute ins Feuer.

Es war ein Remiones, er hätte mich selbst dann noch überragt, wenn ich den Hals so weit wie eben möglich ausgefahren hätte.

Da er nicht zu mir sah, schaute ich ihn mit den Aurenaugen an. Einen Moment lang befürchtete ich, ich hätte meine Aurensicht eingebüßt. Erst allmählich begriff ich, dass dieses fahle, konturenlose Wabern seine Aura war.

Ich erlebte, was ich noch nie erlebt hatte: Die Aura selbst schien zu bemerken, dass ich sie ansah, und blickte zurück, wiewohl ohne Auge, ohne Sinn: totenbleich, wie zum Leben gezwungen.

Ich schloss die Aurenaugen.

Der Fremde drehte sich zu mir um und betrachtete mich. Seine Augen lagen tief in den Höhlen und schimmerten rötlich. Die Haut des Gesichts war fleckig. An einigen Stellen wirkte sie alt, zerschunden; an anderen schimmerte etwas wie ein metallischer Pelz, ein matt glänzendes Moos.

»Gibt es viele wie dich in deinem Volk?«, fragte der Fremde.

Ich wollte ihm sagen, dass ich nicht wusste, wovon er eigentlich sprach, erwiderte jedoch: »Das weiß ich nicht. Ich glaube aber nicht.« Ich schwieg und betrachtete wieder seine bleiche Aura. »Allerdings können wir alle die Aura eines Lebewesens sehen, wozu ihr Remiona, wenn ich es recht weiß, nicht in der Lage seid.«

Ich wollte ihn zu einer Aussage über seine Aura verlocken, doch im selben Moment wurde mir die Abwegigkeit dieses Versuchs klar: Da er keine Aura sehen konnte, konnte er auch seine eigene nicht sehen und also nichts von deren Abartigkeit wissen.

Der Fremde schien zu lauschen; dann sagte er: »Es gibt die Information, dass in euren Augenkammern Spuren des Hyperkristalls Khalumvatt abgelagert sind. Das würde eure Fähigkeit erklären. Aber die Information sagt auch, dass ihr nur geringe Mengen Khalumvatt schürft und dem Imperium eine Abbaulizenz erteilt habt. Warum?«

»Das wäre wilder Kristall. Oder wildes *Khalumvatt*. Wir ziehen es vor, vererbtes und durch Leben verfeinertes Kristall aufzunehmen.«

Der Fremde lauschte wieder. »Ihr nehmt in einem rituellen Mahl die Augenkammern eurer Verstorbenen auf«, sagte er. »Ihr recyclet die Augen.«

»Ja, natürlich«, sagte ich. *Was sonst?*

Er wandte sich von mir ab und schaute in die Feuerwand. Ich folgte seinem Blick. »Es ist kein schnelles Feuer«, sagte ich. »Aber es wirft Ausleger, nach Nordost und Südost.«

Der Remiones schwieg.

»Wenn wir stehen blieben, würde es uns verzehren.«

»Überall brennt es auf diesem Planeten«, sagte der hagere, hohe Remiones. »Seit wann?«

»Natürlich schon immer. Oh, ich weiß, auf anderen Welten brennt es nicht. Brennt es auf deiner Welt?«

»Meiner Welt?«

»Unser Panzer ist ein Gewebe aus Horn, Keramik und Asbestfasern. Allerdings ist der Asbestanteil im Lauf der letzten Jahrzehntausende geringer geworden. Das macht aber nichts, schließlich sind wir eine reisende Zivilisation.«

Wozu erklärte ich diesem Wesen unsere Biologie? Er stand da und schwieg.

»Das Feuer treibt uns an. Wir sind eine Nation auf der Flucht, aber die Flucht hat uns klug gemacht.« Ich wollte auf unsere Errungenschaften verweisen, auf die Technik der Karawanen. Aber noch, während ich es dachte, kam ich mir prahlerisch und indiskret vor.

Der Fremde reagierte nicht. Ich versuchte zu erklären: »Wir hätten uns in die wenigen Oasen zurückziehen können, in die Karawansereien. Aber dort hätte sich mein Volk gefesselt gefühlt. Wir haben stattdessen den Wettlauf angenommen. Wir haben die Karawanen gebaut und verbessern sie immerzu. Wir entkommen dem Feuer.«

Der Fremde sah mich nicht an, sondern starrte weiterhin in die fernen, horizontfüllenden Flammen. Er schien zu lauschen. »Dem Feuer entkommt nur, wer im Feuer überlebt«, sagte er.

»Ja«, sagte ich, »aber dazu müsste man feuerfest wie eine Amme sein.«

»Feuerfest wie eine Amme? Was heißt das? Bist du eine Amme?«

»Natürlich nicht!«

Er warf sich auf mich, trat mir gegen die Vorderbeine, dass ich einknickte. Er war plötzlich unter mir und versuchte, mich mit seinen Schultern hochzustemmen. Er war kräftig, unglaublich stark für seine schmächtige Statur.

Ich wehrte mich, strampelte mit allen Beinen, schlug mit den Armen um und unter mich.

Er trat zu, hieb erst mit den Fäusten auf mich ein, dass es durch den Panzer schmerzte. Dann spürte ich, wie er seine Finger in den Panzer trieb, Finger, die hart wie Stahl waren, wie er mich anhob und über seinen Kopf stemmte. Ich schrie, schrie um Hilfe, schrie nach der Nonne, die vor dem Waggon Flammenwacht hielt, aber weder sie noch die Götter, zu denen sie betete, erhörten mein Schreien.

Der Fremde warf mich von der Plattform.

Ich riss den Kopf in den Panzer, ruderte mit Armen und Beinen, traf auf, überschlug mich, prallte gegen etwas.

Als ich aus der Betäubung erwachte, war die Karawane schon in der Ferne verschwunden.

Ich hörte das Brausen der Feuerwand, die näher kam.

Tifflor, der Jäger

Er informierte Zhana aus der Kanzel der Space-Tube im Außenhangar des MERZ-Raumers kurz über seinen Abflug.

»War das Gespräch mit Plob Arnoyn hilfreich?«, fragte sie.

»Unbedingt!« Tifflor lachte. »Ich habe viel gelernt.«

Der Pilot aktiviert den Antigravgenerator der Space-Tube.

Die neuen Walzenraumer der Springer hatten mit den alten Modellen nur noch eine entfernte Ähnlichkeit. Nach gründlicher terranischer Entwicklungshilfe waren die meisten Sippen und Raumschiffbaumeister der Mehandor zur MERZ-Philosophie übergegangen. Das Kürzel »MERZ« stand für »Mehrzweck«; bautechnisch zeichneten sich alle diese Schiffe durch Aussparungen im Schiffsrumpf aus, die MERZ-Buchten, in die sich verschiedene Module einpassen ließen.

Terranische Entwicklungshilfe für Springer – wer hätte das seinerzeit gedacht, als die Springer mit diesen erstaunlichen Gravitationszeitbomben um sich warfen?

Tifflor dachte kurz zurück an seine ersten Einsätze im All. Damals hatte Perry – sein Idol, die Sagengestalt, der

Mann, dessen Unsterblichkeit damals noch inoffiziell war, Gegenstand vieler Gerüchte und Vermutungen – dieser Mr. Rhodan hatte ihn, Tifflor, zu einem kosmischen Lockvogel umbauen lassen. Dazu war ihm ein sogenannter Mikro-Zellschwingungs-Modulator in das Nierenbecken eingepflanzt worden, ein hyperdimensionaler Peilsender, eine Wunderding aus der Wunderdingschmiede des Unsterblichen von Wanderer.

Auf diese Weise könnte er gewissermaßen darauf bestehen, der erste Träger eines Zellaktivators von ES gewesen zu sein, wenn die Schwingungen bei ihm auch keine Langlebigkeit bewirkt, sondern nur einen Sendeimpuls ausgelöst hatten.

Er war für Rhodan und die Dritte Macht damit zu einer Art interstellarer Boje geworden – ohne sein Wissen übrigens, ohne dass er je um sein Einverständnis gefragt worden wäre. Der Chef, wie man Rhodan nannte, pflegte zu jener Zeit einen etwas robusteren Umgang mit seinen Untergebenen.

Perry Rhodan war der Chef, er, Tifflor, der Partisan. Sein Einsatz stand am Anfang der frühen Auseinandersetzungen Terras mit den Mehandor; diese Phase endete mit der Aufhebung des uralten Handelsmonopols der Springer.

Man hatte sich die Mehandor in dieser Periode nicht zu Freunden gemacht.

Nun verursachte es kein großes Aufsehen mehr, wenn er das Kommando über ein Springer-Schiff übernahm, auch wenn das Schiff nicht Springern, sondern Springer-Abkömmlingen gehörte: den Aras.

Langsam, fast bedächtig steuerte die Space-Tube aus dem Hangar. Die Positionslichter spiegelten sich im Metall der Wände. Die Zentralpositronik der APPEN hatte die Tube informiert, welche Koordinaten sie ansteuern sollte. Der araische Pilot und sein Ko-Pilot waren eigentlich überflüssig. Wahrscheinlich sollten sie Tifflor nur die wahren Besitzverhältnisse gegenwärtig halten.

Am Oberteil ihrer Ärmel flimmerten Namensschildchen. Er las: *Pivco Cil – Pilot* und *Sanada-Varing – Ko-Pilot*.

Im Panoramafenster der Tube leuchtete das Bild der APPEN auf, darunter liefen Zahlenkolonnen ab, die den wachsenden Abstand zwischen der Tube und ihrem Mutterschiff anzeigten. Die APPEN befand sich in keinem geostationären Orbit, sie driftete gegen die Rotationsrichtung des Planeten. Mittlerweile stand sie über der Nachtseite und dem Kontinent Parvacc.

Tifflor beugte sich ein wenig vor, sah konzentriert aus der Frontkanzel und an der Darstellung der APPEN vorbei. Je tiefer die Space-Tube sank, desto deutlicher wurde, dass er keiner Sinnestäuschung erlegen war. Parvacc war von einem filigranen Netz rot glühender Fäden durchzogen und wies hier und Flecken auf, die in demselben düsteren Rot schimmerten.

»Mir scheint, ich hätte mich etwas besser über Oyloz erkundigen sollen«, murmelte er.

»Das können wir nachholen, Minister«, bot der Ko-Pilot an. »Tyb'har hat mir einen Datenkristall für deine Mission überlassen. Er hat ein paar telemetrische Scans gemacht.«

»Spiel sie ab. Ich möchte so viel wie möglich wissen, bevor wir landen.«

Sanada-Varing dockte den Kristall an; die Tube-Positronik projizierte die Holografie, und Tifflor hörte die Stimme des Geologen.

Er erfuhr, dass Oyloz der vierte von zwölf Planeten im Salida-Sonnensystem und damit der Nachbarplanet von Remion war – rechnete man den Kadaver von Remion überhaupt noch zu den Planeten.

Oyloz durchmaß 9856 Kilometer – etwa 2650 weniger als Aralon, 2900 weniger als Terra. Äquatorialumfang: 31.963 Kilometer. 0,85 Gravos. Der Planet rotierte in 18,65 Stunden Terra-Standard. Kein nennenswerter Mond.

»Was meint er mit einem *nicht nennenswerten* Mond?«, fragte Tifflor.

»Tyb'har hat einen Trabanten entdeckt, der allerdings zu klein ist, um geophysikalische Wirkung wie beispielsweise Gezeiten zu entfalten. Der Trabant weist einen Durchmesser von 19,58 Kilometer auf; er umkreist Oyloz in 12.221 Kilometern Entfernung.«

»Ein Un-Mond«, murmelte Tifflor.

»Soll ich Tyb'har bitten, nähere Informationen über diesen Zwergtrabanten zu ermitteln?«

»Nein«, sagte Tifflor.

»Aufgrund der großen Entfernung zum Muttergestirn ...«

»Warte«, unterbrach Tifflor die Positronik. Wie hatte Upanishad ihn gelehrt? *Gern im Unwesentlichen birgt sich das Wesentliche. Achtsam auf das Geringste, entdeckt seine Spur der Demütige.* Diesmal deckte ihm keine Flotte der LFT mit ihrem immensen militärischen und wissenschaftlichen Potenzial den Rücken. Es könnte prekär sein, irgendetwas, und sei es ein noch so unscheinbares Detail, zu übersehen.

»Tyb'har möchte sich bitte auch um den Un-Mond kümmern, den Mini-Trabanten. Wir lassen nichts aus. Hast du das ausgerichtet? Gut. Dann weiter im Text.«

»Die drei Kontinente heißen Parvacc, Inicco und Trellcou. Sie sind über schmale Landbrücken miteinander verbunden und bilden eine Landmasse, die sich wie eine Perlenkette um den Äquator zieht. Aufgrund der großen Entfernung zum Muttergestirn herrschen selbst in Äquatornähe kühle Temperaturen. Die drei Kontinente sind von einem seichten, stark salzhaltigen Meer umgeben, dem Foynacc.

Der Planet weist starke vulkanische Aktivitäten auf, die Atmosphäre demzufolge einen beträchtlich erhöhten Kohlenstoffdioxidgehalt von fünf Komma fünf Prozent. Aber nicht nur deshalb ist der Planet für einen unbewehrten Aufenthalt lemuroider Sauerstoffatmer ungeeignet. Oyloz ist eine Welt in Flammen. Feuerwalzen wandern über die Kontinente und verbrennen dabei die schnell wachsende und rasch verholzende Kernflora. Dabei werden erhebliche Mengen an Kohlenstoffmonoxid freigesetzt. Der Kohlenstoffmonoxidgehalt der Luft liegt – der ständigen Verbrennung von Biomasse wegen – bei 480 ppm. Bekanntlich führen bereits schon 400 ppm bei Lemuroiden zu Hirnschaden und Tod. Wenn du den Helm öffnest, wirst du mindestens eine Atemmaske tragen müssen.«

Tifflor nickte; die Daten waren ihm bekannt. Diese Atmosphäre war zweifellos der Hauptgrund, warum die Auswanderer von Terra in diesem System nur den Planeten Remion besiedelt hatten. Oyloz zu kolonisieren, hätte ein Terraforming vorausgesetzt, was schon juristisch wegen der Ureinwohner ausgeschlossen war.

Natürlich waren diese Verhältnisse auch der Grund, warum eine Evakuierung der Remiona auf Oyloz nicht realisierbar gewesen war.

Er hörte weiter: »Die Brände werden von periodisch ausbrechenden Vulkanen immer wieder neu entfacht. Im Feuer und an den Randzonen der Wanderbrände haben sich eigene Biotope etabliert, kleine und hoch spezialisierte Filialen sogar im Kernbereich der Brände selbst. Interessant ist Oyloz wegen – wenn auch geringer – Khalumvatt-Vorkommen. Ein araisches Konsortium hält Schürfrechte. Die Lizenz wird zurzeit allerdings nicht ausgeschöpft.

Sitz des Konsortiums und der Schürfgesellschaft ist ein Raumhafen am Fuß der südliche Ausläufer eines westöstlich verlaufenden Auffaltgebirges Konchols auf Trellcou. Dieser Kontinent bestand ursprünglich aus zwei, die aufeinander zugedriftet sind und sich nun wieder entzerren. Die Plattentektonik von Oyloz ist hoch aktiv; die näheren Gründe dafür sind mir noch nicht ganz bekannt. Der Raumhafen heißt übrigens Typellci.«

Der Pilot steuert die Space-Tube in die tieferen Atmosphäreschichten und flog auf den Kontinent Trellcou zu. Am fernen Horizont kamen die ersten westlichen Ausläufer des eben genannten Konchols-Gebirges in Sicht.

»Es gibt eine überaus interessante parageologische Formation«, fuhr Tyb'haro Stimme fort. »Auf jedem der drei Kontinente gibt es ein stehendes Gewässer, über 22 Kilometer tief und von fast kreisrundem Zuschnitt, knapp 20 Kilometer im Durchmesser, Umfang etwa 60 Kilometer.«

»Interessant«, bestätigte Tifflor und blickte aufmerksam aus der Kanzel.

»Während das seichte Foinacc-Meer aus Salzwasser besteht, sind diese tiefen Seen mit Süßwasser gefüllt. Die drei Gewässer liegen auf einer Linie und im identischen Abstand zueinander.«

Tifflor nickte abwesend.

Die Stimme gewann plötzlich an Lautstärke und Dynamik. »Ich bin mir nicht sicher, ob der Minister die Brisanz dieser Informationen erfasst hat und die Schlüsse zieht, die daraus zu ziehen sind.«

Tifflor wurde wieder aufmerksam.

»Deswegen stelle ich noch einmal heraus: Die Wahrscheinlichkeit, dass drei derartige geologische Formationen, ein geologischer Drilling sozusagen, auf natürliche Weise entsteht, liegt nahe bei null.«

»Es gibt doch Ureinwohner auf Oyloz, nicht wahr?«

»Ich vermute, dass der Minister nun die Überlegung anstellt, ob die eventuell für diese Formation verantwortlich sein könnten. Die Ureinwohner von Oyloz stehen auf einer technisch primitiven Stufe, die – damit der Minister einen Referenzpunkt hat – etwa dem der präastronautischen Ära Terras in den Jahren 1850 bis 1950 entspricht. Sie leben quasi-nomadisch und verkehren mit Schienenfahrzeugen über Land. Einige der Schienen hast du zweifellos während es Anflugs gesehen. Sie bestehen aus einem rotgoldenen Material, über dessen Zusammensetzung mir keine Erkenntnisse vorliegen.

Vom Wasser halten sie sich die Ureinwohner weitgehend fern. Zur Anlage solcher Gewässer sind sie technologisch völlig außer Stande und werden es auch auf absehbare Zeit sein. Hinzu kommt, dass die Gewässer seit etwa drei Millionen Jahren existieren, wie sich anhand der Erosion ihrer Ufer berechnen lässt.«

Das Holo erlosch. Der Pilot nahm den Landeanflug auf. »Klingt wirklich interessant«, meinte Tifflor. »Wissen wir noch etwas über die eingeborene Zivilisation?«

Pivco Cil starrte Tifflor an. »Du hast doch gehört: Es ist eine primitive Zivilisation. Nomaden. Ohne jede Bedeutung.«

Tifflor grinste innerlich. So hatte die altehrwürdige Ara-Zivilisation vor langer Zeit auch die Zivilisation der Erde gesehen: *primitiv und deswegen ohne jede Bedeutung*.

Aber was war eine Zivilisation anderes als der Versuch, dem bloßen Dasein Bedeutung zu geben? Demnach konnte von einer *bedeutungslosen Zivilisation* keine Rede sein.

Sie landeten.

Das Schott zum Laderaum der Tube öffnete sich, und ein Roboter mit der Form eines Doppelkegels schwebte auf einem Luftpolster herein. *Eine überlebensgroße Eieruhr.* Das dreieinhalb Meter große Gerät verharrte neben ihm. »Ich bin die Detekteinheit APPEN-412-445-674«, stellte sich die Maschine vor. »Zu deiner Verfügung.«

»Eingängiger Name«, murmelt Tifflor.

»Wenn das Ironie ist und du meinen Namen zu kompliziert findest: Mein Quersumme ist 37«, half die Maschine aus.

Tifflor hob verblüfft die Augenbrauen, nickte und betätigte die Mannschleuse. »Klingt schon besser.«

Sie stiegen aus.

Tifflor öffnete den Helm und gönnte sich drei Atemzüge. Nicht, um das Leistungsvermögen seines Aktivatorchips auf die Probe zu stellen und zu erleben, wie diese lebenslange Beigabe mit der Kohlenstoffmonoxid- und -dioxidkonzentration der oylozschen Atmosphäre umging, sondern um einen wirklich körperlichen Eindruck dieser Welt zu gewinnen.

Die Luft roch bitter und kalt, würzig, schwer. Der Schutzanzug griff ein und entfaltete den Helm, der sich mit einem leisen Knistern auskristallisierte. Der Cyber-Med des Anzugs spendierte reinen Sauerstoff. Tifflor atmete auf.

Er legte den Kopf in den Nacken und sah zum Kraterrand des Vulkankegels empor, der in einem diffusen, immer wieder aufreißenden Schleier aus bernsteinfarbenen, durchscheinenden Wolken lag. Tief unter den Füßen meinte er ein abgründiges Stampfen und Rumoren zu spüren, wie von einer unterirdischen Industrie.

Er wandte den Blick vom Vulkan ab, drehte sich in Richtung Norden um und schaute über die endlose grauschwarze Ödnis aus Basalt. Die Ebene wirkte wie ein uraltes Ölgemälde, dessen Firnis gesprungen, dessen Bilderwelt darunter verdunkelt war.

Links von ihm erstreckte sich scheinbar bis zum Horizont ein Wald aus Gehölzen, die bleich und elfenbeinfarben aussahen wie die Knochen riesenwüchsiger Lebewesen. Da und dort stiegen Rauchwolken oder dichter Nebel auf. Wie hatte Zhana gesagt? *Die Feuerwelt.*

Irgendwo hier könnte Trantipon gelandet sein – wobei das *Hier* ein Areal von mehreren Hundert Quadratkilometern umfasste.

»Tja«, sagte Tifflor.

»Ich leg dann mal los«, kündete die Detekteinheit an. Tifflor sah, wie sich handspannengroße Rollschotts im unteren und obigen bauchigen Teil des Doppelkegels öffneten. Etwas, das aussah wie violettes Konfetti, sprudelte heraus und begann, den Roboter wie ein schneller Nebel zu umkreisen. Auf ein für Tifflor unhörbares Kommando schwärmten die flitternden Teilchen aus. »Wir schauen uns um«, kommentierte die Maschine.

Der Minister bezweifelte, dass Trantipon etwas zurückgelassen hatte, einen Ausrüstungsgegenstand oder eine andere verwertbare Spur.

Die Detekteinheit stieg auf zehn, elf, zwölf Meter Höhe und setzte sich in eine langsame Drehbewegung.

»Spielst du *Ich sehe was, was du nicht siehst?*«, murmelte Tifflor.

»Ich spiele nie«, gab die Detekteinheit zurück. »Ich forsche. Außerdem dürfte das meiste von dem, was meine Sonden sehen, in der Tat für deine Augen unsichtbar sein. Ich hätte also leichtes Spiel.«

Tifflor winkte ab.

Nicht einmal eine Viertelstunde später schallte es von oben: »Meine Sonden haben eine Spur gefunden. Reste einer Lache, darin Kohlensäurediamid, Glucose, lemuroide Hormone, Ammoniak und diverse Duftstoffe. Ein pH-Wert von fünf Komma zwei.«

»Urin, im Klartext«, übersetzte Tifflor.

»Ara-Urin«, verbesserte 37. »Trantipon-Urin, denn über die biochemischen Elemente hinaus haben wir einige Nanomaschinellen in der Lache gefunden.«

»Trantipon war hier und hat sein Wasser abgeschlagen. Jetzt wissen wir, warum er es so eilig hatte, auf den Planeten zu kommen.«

»Ich will nicht vorlaut sein, aber diese Diagnose scheint mir nicht sehr plausibel. Trantipon hätte auch an Bord des Schiffes ohne Weiteres die Möglichkeit gehabt, sich zu erleichtern.«

»Es war ein Witz, Quersumme 37«, erklärte Tifflor.

»Ha. Ha«, machte die Maschine. »Terraner besitzen wirklich einen köstlichen Humor.« Die Stimme war offenbar auf *absolut freudlos* moduliert.

Tifflor seufzte leise. *Eine Maschine, die Witz imitiert. Vielleicht,* durchfuhr es ihn, *sollte man in Zukunft die Lernfähigkeit der Positroniken drosseln.*

Plötzlich wandelte ihn ein Hauch vor Verständnis für die Erhöhung des Hyperimpedanz-Widerstandes an, wie sie die Kosmokraten über dieses Universum verhängt hatten: Möglicherweise war dem auch ein leises Aufseufzen jenseits der Materiequellen vorangegangen und der Wunsch, eine unverhofft dynamische Entwicklung wieder unter Kontrolle zu bekommen.

»Ich darf mal voranschweben, Minister?«, sagte die Maschine und setzte sich in Bewegung. Er folgte ihr zu den Resten der Lache. Nun kannten sie also Trantipons Ausgangspunkt. »Kannst du eine Richtung rekonstruieren?«

»Ja«, sagte Quersumme 37. »Trantipon ist mit dem rechten Schuh in seinen Urin getreten und hat mit den nächsten Schritten Spurenelemente verteilt. Seine ersten 43 Schritte sind für mich gut nachvollziehbar.«

Ein fadendünner Arm fuhr aus dem Chassis des Roboters und zeigte die Richtung an.

Dort unten verlief einer der rotgoldenen Stränge.

»Trantipon hat die Eisenbahn genommen«, erkannte Tifflor.

»Wir werden ihn problemlos mit der Space-Tube einholen«, sagte der Roboter.

Tifflor überlegte, ob er das wollte. Wenn Trantipon ein Ziel hatte, wäre es interessant, es zu erfahren. Etwas verbarg sich auf Oyloz, und wenn Trantipon auf dieses Verborgene zuhielt, lag die Vermutung lag nah, dass es mit dem Ara-Toxin und der Genese des Mobys zusammenhing, auf welche Art auch immer.

War vielleicht auch Oyloz infiziert, wollte der Ara die Nekrogenesis auch hier in Gang setzen oder beschleunigen?

Natürlich könnte er zusammen mit Pivco Cil und Sanada-Varing auf die Jagd gehen, mit der Space-Tube die Umgebung absuchen, Trantipon auffinden und einfangen, den Status quo ante wiederherstellen.

Und dann? Weiter auf der Stelle treten?

Nein. Er wollte wissen, wohin es Trantipon zog. Selbstverständlich rechnete der Ara mit einer Verfolgung, doch solange er keinen Verfolger ausmachte, würde er sich diesem ominösen Ziel nähern.

Wenn er dagegen die Space-Tube entdeckte, könnte er sich veranlasst sehen, alles zu tun, um seine Verfolger vom Ziel seiner Flucht abzulenken, sie in die Irre zu führen.

»Quersumme 37: Würde die Ausrüstung Trantipons technisch in der Lage sein, eine Space-Tube zu orten?«

»Wenn sich die Mikropositronik darauf konzentriert: Ja.«

»Kann sie sich auch auf die Emissionen eines Gravopaks einstellen?«

»Schwer zu sagen. Vielleicht ja, vielleicht nein.«

Tifflor liebte die Präzision, mit der sich Denkmaschinen äußerten.

Er ging zur Space-Tube zurück. Die geringere Schwerkraft machte die Schritte leicht. Er betrat das Kleinraumschiff und ging zur Kanzel, wo der Pilot und sein Ko-Pilot in ein gemurmeltes Gespräch vertieft saßen.

»Cil, Sanada-Varing. Ich versuche allein, Trantipon aufzuspüren. Ruft mich nicht von euch aus, wir halten Funkstille. Kommunikation mit der APPEN, der CONNOYT oder den anderen Quarantäneraumern laufen ab jetzt bitte über euch. Ihr stellt nur im Notfall zu mir durch. Cil, ihr bleibt bitte hier, haltet euch in Bereitschaft.«

»Du erlaubst, dass wir ein wenig abrücken, wenn der Vulkan ausbricht?«

Tifflor lachte. »Natürlich. Wahre Helden richten ihre Opferbereitschaft am Maßstab der Vernunft aus.«

Cil schaute zu Sanada-Varing hinüber. »Es gibt Momente, da glaube ich, aus Terranern könnten doch noch vernunftbegabte Wesen werden«, sagte er.

Sanada-Varing legte die beeindruckend hohe Stirn in Falten. »Wahrscheinlich bloße Mimikry. Schließlich war er eine Weile mit der Detekteinheit APPEN-412-445-674 zusammen.«

Quersumme 37 hatte inzwischen fast alle ihrer Agenten wieder eingesammelt und einige Schlüsse aus den eingetragenen Daten gezogen. »Trantipon muss an Bord eines der Schienenfahrzeuge der Borloomer gegangen sein. Das Schienenfahrzeug ist mit großer Wahrscheinlichkeit Richtung Norden gefahren. An der nördlichen Küste dieses Kontinents existiert eine borloomsche Siedlung. Möglicherweise ist das Trantipons Ziel.«

Tifflor nickte nachdenklich. »Wir folgen ihm. Ich riskiere es, mit dem Gravopak zu fliegen. Du bist zu auffällig und bleibst hier.«

»Möglicherweise musst du dieses Risiko, wenn es denn eins darstellt, nicht eingehen«, sagte der Roboter. »Einige meiner kleinen Agenten schwirren über uns und halten Ausschau. Von Osten her nähert sich ein borloomsches Schienenfahrzeug. Vielleicht nimmt es Passagiere mit.«

»Bringen wir es in Erfahrung«, sagte Tifflor. »Wann wird es hier sein?«

»Bei gleich bleibender Geschwindigkeit in etwa 43 Minuten.«

»Dann wollen wir mal höflich fragen«, sagte Tifflor und machte sich auf den Weg.

Der Schienenstrang bestand aus einem unbekannten, rot glänzendem Material, das sich einer Analyse durch die Anzugpositronik entzog. Tifflor stutzte. Er bückte sich und berührte den Strang. Durch den Sensorhandschuh fühlte er sich zugleich samtig an und kalt wie Winterstahl.

Die kegelförmigen Vertiefungen in den Strängen wirkten wie frisch gefräst, waren weder von Moosen oder anderen Pflanzenwuchs befallen, noch auf irgendeine Weise erodiert.

»Der Zug kommt«, meldete die Detekteinheit.

Tifflor hatte im Lauf seines Lebens viele Fahrzeuge gesehen. Einige hatten sich ihm eingeprägt: elegante Raumyachten, die im Linearflug zwei entfernte Sterne über den kürzesten Weg miteinander verbanden. Er war auf Raumschiffen geflogen, deren Antriebe sie mit hundertmillionenfacher Lichtgeschwindigkeit durch ein übergeordnetes Kontinuum zogen; er erinnerte sich an Transitionen, an die Sprünge, und irgendwo waren sogar noch die Erinnerungen an jene Schmerzen deponiert, die er dabei gelitten hatte.

Aber was da auf ihn zustampfte, war auf seine eigene Art atemberaubend. Eine Dampflokomotive wie aus alten irdischen Tagen, nur wuchtiger und kolossaler, als irdische Ingenieure je geplant und gebaut hatten, zog einen Lindwurm von einmal schlicht kastenförmigen, dann wieder orientalisch verschnörkelten und quietschbunt lackierten Waggons, die mindestens zwei-, hin und wieder vier- oder sogar fünfgeschossig waren.

Auf einigen Waggons wurden die Dächer offenbar als Gärten oder Terrassen genutzt und waren von Zäunen umgeben. Aus Waggons ragten lange Balkone über die Schienen hinaus, über Stützstangen und Seile mit der Wand der Wagen verbunden.

Grauer, knolliger Qualm puffte aus mindestens vier Schloten, tauchte die Dachterrassen in Nebel, verhüllte kurz die Balkone, zerstob zu Schleiern und Rauchfäden.

Die Räder wirkten kantig und klotzig, riesige Zahnräder, wie er nun erkannte, und sie liefen erstaunlich rund in den rot glühenden Schienen.

Ein mechanischer Lindwurm, polternd, schnaufend und gigantisch, sicher mehr als zwei Kilometer lang. Eine eiserne Karawane.

Tifflor ertappte sich bei einem kindlichen Vergnügen, eine wunderliche Hochstimmung stieg auf in ihm, und begeistert hob er beide Arme und winkte mit ihnen über Kreuz.

»Wir sind etwas klein, vielleicht sollten wir noch nachdrücklicher auf uns aufmerksam machen«, schlug Quersumme 37 vor.

»Wie?«, fragte Tifflor, ohne das Winken einzustellen. »Mit Gewalt?«

»Kein Problem«, gab die Maschine zurück.

»Mach etwas Effekthascherisches, aber ohne jede Gewalt«, wies er den Roboter an.

»Ebenfalls kein Problem«, sagte die Maschine, schwebte in Richtung des Schienenstangs, hielt darüber an und begann, Holos zu produzieren. »Ich entfalte mich.«

Und, meine Güte, wie sie sich entfaltete!

Kurz nachdem der Zug angehalten hatte, wimmelte es um Tifflor von Lebewesen. Das mussten die Borloomer sein.

Sie waren terranischen Schildkröten nicht unähnlich mit ihren vier stämmigen Beinen und dem Panzer, der allerdings nicht aus braunen oder grünen Platten bestand, sondern aus einer glatten Schicht, die im Grund weiß war, aber wie Perlmutt in alle Farben spielte.

Die beiden dünnen, dennoch muskulösen Arme, die aus dem vorderen Teil des Leibs ragten, gestikulierten wild. Der hintere Teil des Körpers war mit bunten, gewebten Tüchern verhüllt.

Aus der Mitte der Körperpanzer, die eine Höhe von eineinhalb Metern erreichten, stieg ein schlauchartiger, lederner Hals, der sich teleskopartig strecken und anscheinend beliebig drehen und wenden ließ. Der Kopf war von einer schimmernden Haube bedeckt, die aus demselben Stoff war wie der Panzer.

Die Gesichter waren erstaunlich menschenähnlich, wenn man davon absah, dass zwischen den beiden weit auseinanderstehenden, mit den Pupillen und der farbigen Iris durchaus humanoiden Augen ein zweites Augenpaar stand, zwei abgründig schwarze Ovale.

Lider verschlossen mal das innere, mal das äußere Augenpaar; und Tifflor spürte, wie er begutachtet wurde.

Ihre Stimmen waren hoch, fast schrill und trillernd, aber immer wieder auch von einer unverhofften, eigentümlichen Melodik.

Tifflor lauschte den Borloomern. Der Translator hatte wenig Mühe, die Sprache zu mustern und ins Interkosmo zu übertragen. Er hätte erwartet, dass die Borloomer ihm und dem Roboter Vorwürfe machen würden, ihren Zug aufgehalten zu haben. Doch das war nicht Thema der Zurufe und Unterhaltungen.

Überwiegend vernahm Tifflor Lob und Preis. Lob der Karawane, die von allen Karawanen auf Oyloz die beste sei; Preis der Weitsicht jener Karawanenmitglieder, die aus einem Fesselluftballon, der mit dicken Tauen an einem der Waggons befestigt war, Ausschau hielten nach dem Gang der Feuer und den Reaktionen des Schienenstrangs, den sie offenkundig für eine Art selbstständiges, denkendes Gerät hielten. Eben diesen Luftkundschaftern verdanke er, der Remiones, ohne Zweifel sein Leben, denn die Karawane Ghaivecc hätte ihn und seinen ulkigen Begleiter sonst fraglos überrollt.

»Kotbürsten, zurück in euer Töpfe!«, übersetzte der Translator gerade. Ein wuchtiger Borloomer schob sich durch die Menge und teilte sie wie weiland Moses das Schilfmeer.

Er stemmte die Beine in den Boden, schraubte den Kopf höher und streckte ihn so nach vorn, dass er Tifflor von oben in die Augen sehen konnte. »Ich grüße dich, Wandersmann!«, kreischte der Borloomer. »Danke Khautric und Keuf, dass die Lok von Ghaivecc dich nicht platt gewalzt hat. Wenn du einer Plattwalzung auch weiterhin entgehen willst, empfehle ich dir, dich und dein *Ding* aus dem Weg zu schaffen. Und was« – er ließ den Kopf einmal im Kreis pendeln – »tut man mit den Empfehlungen von Ekkut Champam?«

Die anderen Borloomer quietschten im Chor: »Man folgt ihnen bedingungslos, auf dass es einem gut geht im Leben!«

»Da hörst du's«, flüsterte der Borloomer Tifflor vertraulich zu, »ich führe eine Horde Idioten an!«

Kurz darauf setzte die Karawane Ghaivecc ihren Weg fort, mit Tifflor als Passagier. Auch die Detekteinheit war an Bord. Über den Preis für Tifflors Mitnahme war man sich schnell einig geworden: Der Karawanenführer hatte Gefallen an der Detekteinheit gefunden.

Aus purer Neugier hatte Tifflor gefragt, welche Verwendung der Borloomer für den Roboter hatte.

»Keine«, hatte Champam gerufen. »Aber ich werde verhindern, dass sie einem anderen in die Hände fällt. Denn Alien-Technologie«, dozierte er mit gehobener Stimme und in Richtung seiner Karawanenbevölkerung, »gehört nicht in Siccyi-Hände!«

»Bei Khautric und Keuf!«, bekräftigte die vielstimmige Menge.

Interessante Argumentation, wunderte sich Tifflor und fragte sich, was wohl *Siccyi-Hände* seien.

Tifflor unterhielt sich mit dem Karawanenführer in dessen Waggon, der sich über vier Etagen erstreckte. Durch die Atemmaske vermittelte sich ein Geruch von Kampfer und Blei. Einige der zahlreichen Mätressen Ekkut Champams zeterten und zankten sich, etliche Kinder quäkten. Der Borloomer überhörte das alles und plauderte mit Tifflor.

Ja, der Schienenstrang. Wer den gelegt habe, wisse man nicht. Er galt als unzerstörbar, angeblich heilte er sich im Falle einer Beschädigung selbst. Ob das jemals jemand gesehen habe?

Nein.

Einmal kreuzte in größerer Entfernung eine andere Karawane den Weg von Ghaivecc, sie strebte dem Süden zu.

»Holla, holla, holla!«, rief Champam und trommelte sich enthusiastisch mit den Fäusten auf den Kopfpanzer. »Das ist man ein rapides Ding!«

»Schneller als Ghaivecc?«

Ja, viel schneller. Aber genau wie Ghaivecc immer auf der Flucht vor dem ewigen Feuer. Denn die ganze Welt brannte, brannte immerzu. Ihre Panzer seien aus einem feuerfesten Gewebe, leider im Laufe der Zeit etwas degeneriert und schon weniger resistent gegen die Hitze als die Panzer der Altvorderen, die allerdings auch noch über keine Hightech-Karawanen verfügt hatten wie die heutigen *Borloomer*.

Stunden vergingen. Der Karawanenführer sah in der Lokomotive nach dem Rechten, kehrte zurück, aß, trank, setzte sich wieder zu Tifflor, plauderte.

Man passierte die ersten Außenposten der Karawanserei Pycchur.

Nein, Pycchur sei alles andere als das kulturelle Glanzlicht von Oyloz. Warum man sie dann ansteuere? Nun, weil diese Horde von Idioten, die durchs Leben zu leiten Khautric und Keuf in ihrem göttlichen Sinn für Humor ihm auferlegt hätten, just in Pycchur ...

Die Armband-Positronik meldete sich. Tifflor bat den Karawanenführer, unbedingt zu behalten, was er hatte sagen wollen, und wandte sich an das Gerät: »Ja?«

»Erinnerst du dich an den Un-Mond?«, fragte die Positronik. »Tyb'har hat den Trabanten untersuchen lassen und einige merkwürdige Korrelation entdeckt. Seine Umlaufbahn verläuft so, dass er einmal am oylozschen Tag exakt über einem der drei Schachtmeere steht.«

»Die, wie ich mich erinnere, im selben Abstand voneinander liegen«, ergänzte Tifflor.

»Außerdem ist der Durchmesser des Mondes nahezu mit den Durchmessern der Schachtmeere identisch.«

»Schlussfolgerung?«

»Vorerst keine. Aber Tyb'har meint, wenn dieser Mond dreimal auf Oyloz niedergefahren und einen Schacht in die Kontinente gestanzt hätte, müssten diese Schächte so aussehen wie die tiefen Becken der Meere.«

Tifflor bedankte sich und wollte sich gerade wieder dem Karawanenführer widmen, als ein Splittern aus einem Lautsprecher erklang, so durchdringend, als hätte sich ein angetrunkener Haluter auf Shopping-Tour in einen Porzellanladen begeben.

Der Borloomer seufzte abgrundtief und richtete sich auf. »Alarm«, sagte er. »Wahrscheinlich Fehlalarm. Wollen mal sehen, was die Idioten in der Lok wieder angestellt haben.«

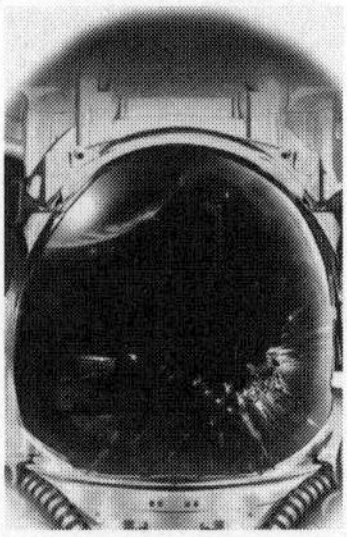

Aus Trantipons Erinnerung:

Eine Partie Svouda und ein kleines Malheur

Erbente-Bor hatte zur Party geladen. Sie waren alle gekommen: Schopsna, Kreolin, Zucry-Dal und Trantipon.

Schopsna zog über die Abwesenden her. Trantipon betrachtete ihn wie ein Studienobjekt. Schopsna bemerkte es und grinste ihn an: »Mein Schatz«, sagte er und machte einen Kussmund, »warum siehst du mich an wie einen verschimmelten Schwanz, der in dich stößt?«

Trantipon überlegte zum wiederholten Mal, warum Ostiam dieses boshafte Genie in seiner Nähe duldete, diesen Widerling, der den Lehrkörper Jovins bei jeder Gelegenheit provozierte und seine Vorträge und Publikationen mit obszönen Kommentaren würzte.

Aber die Antwort lag ja auf der Hand. Schopsna war unflätig, zynisch und ein Herold jeder Perversion, aber sein Geist leuchtete geradezu grell. Alles war ihm ein willkommener Gegenstand für seine Spottlust, ja, selbst die Natur war ihm nur ein Gespött, da er sie durchschaute und ihr auf die Schliche kam wie kein anderer.

Und immer quittierte Meharro Schopsnas ausfällige Bemerkungen mit einem tiefen Lachen und zeigte so sein Wohlgefallen an ihnen.

Schopsna amüsierte Meharro, und da er seinen höhnischen Intellekt leuchten ließ für die ganze Eskorte, da er keine Eifersucht kannte und keinerlei Wert legte auf sein geistiges Eigentum, brauchten sie ihn, benutzten sie ihn und nahmen sein Gehabe in Kauf.

Also grinste Trantipon nur müde und sagte: »Du bist ein Angeber. Welcher Schimmelpilz würde sich schon herablassen, deinen Schwanz zu besiedeln?«

Erbente-Bor hatte seine Kaschemme mit Dämmersteinen illuminiert; es roch nach frisch gebratenem Tiodann. Wie üblich trat für einen Moment Schweigen ein, als Ostiam Meharro durch die Tür schritt. Er setzte sich zu Trantipon. Unwillkürlich zog Trantipon den Kopf ein, weil er Meharro selbst im Sitzen weit überragte.

Meharro lachte leise auf. »Sitz gerade. Man kann nicht lernen, ein Zwerg zu sein.«

»Er demütigt sich gern vor dir und hält sich jederzeit in Übung«, spöttelte Schopsna. »Also, Trantipon, zwerge dich nur!«

Alles lachte, Trantipon am lautesten. »Mich hungert«, verkündete Meharro. »Tragen Sie auf, erhabener Erbente.«

Erbente-Bor grinste etwas hilflos. »Es fehlen noch zwei Gäste«, entschuldigte er.

»Es verspäten sich zwei Gäste, weswegen der erhabene Erbente alles, was pünktlich war, verhungern lässt. Um wessen willen nimmst du unseren Tod in Kauf, du Mörder deiner Freunde?« Meharro schüttelte komödiantisch-vorwurfsvoll den Kopf.

»Sie kommen sicher gleich«, wich Erbente-Bor aus.

Meharro reckte den Hals und sah sich demonstrativ um. »Ich tippe auf Elkoi Ferada, das heiße Phantom deiner durchwachten Nächte. Und auf ihre Zofe Staynnoo.«

In diesem Moment meldete der Türautomat die Ankunft der beiden Frauen. Erbente-Bor begrüßte sie mit einem heftigen Erröten; Meharro rief den beiden zu: »Ihr kommt zur rechten Zeit. Wir reden gerade über euch!«

»Was wird geredet?«, fragte Staynnoo und legte den Einmalmantel ab. Ferada trug eine hauchdünne Synthohaut aus marmornen Schuppen. Sie wirkte zugleich nackt und unnahbar wie eine Statue.

Schopsna lachte und parodierte Supantes Redeweise: »Wenn wir nach Erbente-Bor fragen, fragen wir uns: Was muss der gute Erbente-Bor noch tun, damit du ihm endlich einmal in aller Freundschaft die Beine spreizt?«

Ferada spreizte ihre Beine. Am Schnittpunkt ihrer Schenkel leuchtete ein Paar goldener Schamlippen auf; die teilten sich, und dazwischen wurde das winzige holografische Abbild von Feradas Kopf sichtbar und rief: »Wegen Generalüberholung heute leider außer Betrieb!«

Alle lachten, bis auf Erbente-Bor. Der drehte sich weg und murmelte: »Ich hole mal den Tiodann.«

»Hübsche Inszenierung«, lobte Schopsna und wies mit seinem ausgestreckten Mittelfinger auf Feradas Schoß. »Eine Originalaufnahme oder eine künstlerisch freie Darstellung?«

»Wer weiß?«, lachte Ferada.

»Und: Wer weiß es?«, fragte Meharro nach. Ferada richtete ihre schwarzen Augen auf ihn und spitzte die blauen Lippen. »Nicht sehr viele.« Dann lächelte sie ihn zaghaft an. »Ich bin nicht prüde, aber ...«

»Doch, das bist du, eine prüde Schlampe«, korrigierte Meharro freundlich.

Ferada schluckte und warf Staynnoo einen Blick zu. Die sagte: »Ich weiß nicht, wo Kollege Meharro gelernt hat, ein Arschloch zu sein. Aber er hat es darin zur wahren Meisterschaft gebracht. Bravo!«

Meharro lachte sein tiefes, sonores Lachen. »Immer nur schmeicheln, Staynnoo!«

Staynnoo lehnte sich zurück und ächzte leise vor Schmerzen. »Fick ihn«, riet sie Ferada, »dann platzt seine Aura wie eine ölige Seifenblase, und du bist frei von ihm!«

In diesem Moment dirigierte Erbente-Bor ein kleines Geschwader aus schwebenden Tellern und Tafeln ins Zimmer. Der Duft nach Tiodann verstärkte sich. Überrascht blickte er Staynnoo an; er hatte den Vorschlag noch gehört, den sie Ferada gegeben hatte. *Fick ihn ...*

Schopsna quietschte vor Vergnügen. »Falsch gehofft, Erbente. Sie rät ihr, mit Ostiam zu ficken, nicht mit dir.«

Erbente-Bor servierte stumm.

Sie aßen. Sie führte die üblichen Gespräche, tauschten Resultate, Überlegungen zu Messergebnissen aus, skizzierten neue Versuchsanordnungen und Experimente.

Trantipon bemerkte eine gewisse Fahrigkeit in Elkois Beiträgen, eine kaum verhehlte Ungeduld. Sie hatte die Ringe unter den Augen mit Spiegelschwarz eher vertieft als überdeckt. Ihre Lippen wirkten noch blauer, noch kälter als sonst.

Plötzlich unterbrach sie das wissenschaftliche Geplauder. Sie schaute Meharro herausfordernd ins Gesicht. Ihre Stimme klang aufgekratzt, beinahe schrill: »Spielen wir eine Partie Svouda.«

»Svouda ... ist illegal«, wunderte sich Erbente-Bor.

»Tatsächlich?« Schopsna spielte den Erstaunten. »Heilerin Ferada, was ist in Sie gefahren? Wollen Sie die Knaben dieser Runde, diese unschuldigen Blumen Aralons, zu ungesetzlichem Tun verführen?«

»Einverstanden«, hörte Trantipon sich zu seiner eigenen Verblüffung sagen.

Ferada warf ihm keinen Blick zu, sondern fixierte weiterhin Meharro.

»Ich nicht«, wehrte Meharro ab. Er seufzte. »Dass ihr Kinder so verspielt seid!«

»Oh, Feigheit! Wir entdecken ja immer noch neue Wesenzüge an dir! Und diesmal sogar einen sympathischen«, murmelte Staynnoo voller Verachtung.

»Das seht ihr falsch, Heilerinnen«, mischte sich Schopsna ein. »Er hat dieses Spiel einfach nicht nötig.« Er verstellte die Stimme und imitierte den undefinierbar fremdländischen Akzent Meharros: »Ich bin doch bereits euer aller Herr und Meister!«

Ostiam Meharro seufzte ergeben. »Na schön. Treiben wir ein paar Kindereien. Setzen wir irgendwelche Limits?«

»Keine bleibenden körperlichen oder psychischen Schäden«, schlug Trantipon vor.

»Keine Demütigungen«, ergänzte Staynnoo.

»Keine öffentlichen Demütigungen«, verbesserte Meharro. »Es bleibt alles unter uns.«

Trantipon spürte, dass Ostiam Meharro spielen wollte. »Akzeptiert«, rief er.

»Akzeptiert?« Meharro lächelte Elkoi fragend an.

Sie presste die schmalen blauen Lippen aufeinander. »Sicher.«

»Ja«, meldete Staynnoo. Ihre Kochos-Narben leuchteten auf.

Schopsna winkte ab. »Der Braten drückt mir aufs Gedärm. Ich gehe mal, wenn Kollege Bro erlaubt, auf die Toilette. Vielleicht finde ich dort Einsicht ins Heil.«

Auch Erbente-Bor, Kreolin und Zucry-Dal stiegen nicht ins Spiel ein. Bor schützte von, als Gastgeber anderweitig gebraucht zu werden; Kreolin und Zucry-Dal zogen sich ganz zurück und verabschiedeten sich auf den nächsten Tag.

Erbente-Bor suchte einige Bruol-Figuren und ein undefiniertes Spielbrett heraus. Sie schalteten es ein. »Welches Feld?«, fragte die Stimme aus dem Brett.

»Nun, ich denke ... ein Svouda-Feld«, antwortete Meharro.

»Svouda ist ein illegales Spiel«, monierte das Spielbrett.

»Willst du uns verpetzen?«, fragte Ferada.

»Dazu fehlen mir die technischen Möglichkeiten«, gab das Brett zu und projizierte die Feldlinien und Gefildemarken für das Spiel.

Meharro wies einladend auf Ferada. »Es war dein Wunsch.« Sie nahm Uda, ihren Primärstein, setzte ihn in das westliche Gefilde und leckte sich die Oberlippe: »Svouda!«

Das Spiel war eröffnet.

So verlief das Spiel: Trantipon gelang es rasch, sich mit dem Ensemble von Staynnoo zu liieren. Zweimal schlug Meharro eine Allianz mit den Figuren von Elkoi Ferada aus. Zusammen mit Staynnoo unternahm es Trantipon, die Figuren Meharros mehr und mehr in die Zange zu nehmen. Bald waren dessen Territorien besetzt, die Truppen zersplittert.

Währenddessen baute Ferada im westlichen Gefilde geradezu eine Festung auf, mit vorgeschobenen Basteien, in denen Marschfiguren bereitstanden und Aktionspotenzial aufgestapelt lag.

Trantipon begriff die Strategie Ostiam Meharros nicht – wenn er denn eine hatte und nicht chaotisch drauflos-zog, voller Lust am eigenen Untergang. Selbst, wenn es Meharro noch gelingen sollte, sein Set aus der Umklammerung zu befreien ... geschwächt von den dann unweigerlich eintretenden Verlusten würde er zur leichten Beute Feradas werden.

Vielleicht wollte er gerade das: Feradas leichte Beute werden. Meharro prahlte nicht damit, aber es lag auf der Hand, dass Frauen ihn schätzten. Wahrscheinlich, dachte Trantipon, wollte er sich auf diese Weise von Ferada erobern lassen, wollte, dass sie ihm eine Liebesnacht als jene Tat abverlangte, die er ihr als Siegerin schuldete – keine bleibenden körperlichen oder psychischen Schäden, keine öffentlichen Demütigungen.

Er lächelte, als er sich Feradas Gesicht vorstellte, wenn sie ihren Preis einfordern würde. Rot vor Erregung und Triumph.

Und was würde sie von den anderen Mitspielern verlangen, was von Staynnoo, was von ihm? Einen Moment lang fantasierte er ein erotisches Interesse, das Elkoi an ihm haben könnte. Er zog kommerziell geregelten Geschlechtsverkehr vor. Würde er ihr absagen können?

Staynnoo zuckte zusammen. Was war passiert? Trantipon konzentrierte sich wieder auf das Spiel. Was sollte denn dieser Zug? Er schaute Meharro verwundert an. Über eine unscheinbare Lücke im System ihrer Zange führte Meharro etliche fast verlorene, entwertete Steine in eine Angriffsformation – in Richtung auf die Ferada-Festung!

Natürlich griffen Staynnoos und Trantipons Figuren an, doch mit wenigen Zügen hatte Meharro seine Steine so umdisponiert, dass den Attacken nur unbedeutendes

Material zum Opfer fiel und ihre Figuren sich im Übrigen gegenseitig blockierten. Staynnoo und Trantipon lagen lahm. Wie hatte das passieren können?

Trantipons nächster Zug zeugte von Panik und war derart dumm, dass Ferada empört aufschrie.

Meharro reagierte nicht auf den Schrei. Die Arme auf den Knien gestützt, wand er den Blick nicht vom Spielfeld ab, überlegte und exekutierte Zug um Zug. Er griff Ferada an den Positionen an, die Trantipon für ihre Stärken gehalten hatte. Aber nun deckten die Züge Meharros gerade dort Schwächen, katastrophale Bruchstellen auf. Binnen weniger Aktionen war die Festung entkernt, eine hohle Fassade, die kurz darauf in Trümmer sank.

»Ups«, sagte Meharro.

Elkoi Ferada hatte dem Gemetzel, dem Schleifen ihrer Festung mit immer blasserem Gesicht zugesehen. Jetzt saß sie hoch aufgerichtet und starrte ins Chaos. Mit einigen Figuren versuchte Staynnoo ihr zu Hilfe zu eilen, aber dazu musste sie einige Steine durch Trantipons Formationen schicken, wo sie seinen Zügen erlagen.

Als Staynnoos letzte mobile Figuren die westlichen Gefilde erreichten, hatte Meharro die Elemente Feradas, die ihm zugefallen waren, längst gegen Staynnoo in Position gebracht. Er fegte sie förmlich vom Spielfeld, ließ ihr nicht einen einzigen Stein, übernahm nicht einen in seine Dienste, als wären sie nur überflüssiger Ballast, Abfall, kontaminiert.

Danach kassierte Meharro mit wenigen Zügen die zersprengten Felder Trantipons ein; jeden seiner Versuche, noch einmal etwas wie eine Abwehrfront aufzubauen, zerschlug er im Ansatz.

Trantipon gab auf.

Nach dem Spiel lehnte sich Ostiam Meharro zurück. »Wie hübsch. Ich habe von jedem von euch eine Tat gewonnen.«

Er lächelte Ferada an. »Du paarst dich mit mir«, entschied er. »Heute noch.« Ferada konnte nicht verbergen, dass sie diese Aufforderung weniger befürchtet als erhofft hatte.

Dann sah er Staynnoo an. »Du auch. Selbe Zeit, selber Ort, selbes Bett … und was wir sonst an Möbeln finden.« Das Gesicht der Ara-Frau glühte auf vor nacktem Zorn.

Schopsna krähte belustigt. »Und Trantipon auch! Selbe Zeit, selber Sessel – bitte, bitte!«

Meharro lachte, und einen Moment lang glaubte Trantipon, er würde Schopsnas Vorschlag übernehmen. Aber Meharro stand auf, verneigte sich galant vor Ferada und Staynnoo und machte eine einladende Geste. »Heilerinnen, die Pflicht ruft!« Dann wandte er sich an den Gastgeber und winkte vergnügt. »Danke für den unterhaltsamen Abend.«

»Wir hatten abgemacht: keine Demütigungen«, wehrte sich Staynnoo.

»Das hast du falsch in Erinnerung«, wies Meharro sie zurecht. »Keine öffentlichen Demütigungen. Es bleibt alles unter uns.«

»Aber uns werdet ihr doch informieren?«, bettelte Schopsna. »Und falls dir die Ideen für wirklich ausgefallene Aktionen ausgehen … ich begleite dich gern!«

»Oh«, sagte Meharro, »ich bin sehr zuversichtlich, dass uns keine Langeweile plagen wird.«

Mit Ferada und Staynnoo im Gefolge verließ er den Raum. Erbente-Bor gab den Tafeln den Befehl, die Reste einzusammeln, zu entsorgen und sich zu reinigen.

Plötzlich erschien Meharro noch einmal in der Tür. »Trantipon!«, rief er. Trantipon erhob sich, gespannt vor Erwartung. »Es macht dir nichts aus, wenn ich mein Guthaben bei dir heute noch nicht abrufe?«

»Nein«, sagte Trantipon.

»Ich werde es nicht vergessen«, sagte Meharro und lachte fröhlich. »Versprochen.«

Trantipon sah Ferada erst einige Tage später wieder, Staynnoo nie mehr. Ferada wirkte bleich, innerlich versteinert. Sie setzte sich von der Gruppe ab. Auf Schopsnas Fragen antwortete sie nicht.

Schließlich scheiterte sie an einer simplen, robotergestützten kybernetischen Operation. Harusb bat sie im Anschluss daran in sein Beratungszimmer. Am nächsten Morgen informierte er beiläufig, dass Elkoi Ferada das Angebot einer Klinik auf Zut Rebo angenommen habe, die dortige Rehabilitatonsklinik für traumatisierte Raumsoldaten der Imperialen Flotte zu leiten.

»Verschwendung!«, rief Schopsna in den Raum. »Sie ist überqualifiziert für die Behandlung arkonidischer Verluste, und das auch noch auf einem verschissenen Planeten wie Zut Rebo! Warum haben Sie ihr diesen Schwachsinn nicht einfach untersagt?«

Harusb hob die Hände zu einer abwehrenden Geste: »Ich möchte bitte weder Heilerin Feradas noch sonst jemandes väterlicher Freund, Liebhaber, Laufbahnberater oder Therapeut sein.«

»Therapeut?«, hakte Schopsna nach. »Ist sie krank? Was fehlte meiner Goldmuschi denn?«

»Schopsna!«, rief Harusb. »Wenn Sie sich der Sprache der Latrinenauslecker bedienen möchten, stehen Ihnen andere Foren zur Verfügung, nicht aber mein Studio. Noch einen Zwischenruf in diesem Tonfall, und ich verweise Sie! Im Übrigen …« Er kraulte sich den Bart.

Man wartete, und Harusb klebte fest an diesem *im Übrigen.* »Ja?«, fragte Meharro.

»Im Übrigen hat sie der Suidiz unserer Mitheilerin Staynnoo tiefer getroffen als gedacht.«

»Selbstmord?«, fragte Trantipon nach.

»Nicht ganz selten bei Aras, die an Kochos litten.« Er griff sich fester in den Bart. »Ferada bat mich im Namen des Suhyags Staynnoos, diese Tragödie diskret zu behandeln.« Er sah von einem zum anderen, bis er bei Meharro angekommen war. »Diskret«, wiederholte er.

»Selbstverständlich«, stimmte Meharro zu. »Es bleibt alles unter uns.«

»Gut, gut«, befand Harusb. »Schließen wir dieses Dossier und machen uns wieder an die Arbeit.«

»Ja!«, rief Meharro munter, zwinkerte Trantipon kurz mit den faltenumwobenen Augen zu und bewegte sich, elastisch und frisch, an das Übungsset. »Machen wir uns an die Arbeit!«

»Wir reden«, sagte Ostiam Meharro und legte seine Stirn in Falten, als müsse er lange über das Thema grübeln, »über das Ewige Leben.«

Etwas Gelächter, etwas ostentatives Gähnen. *Worüber reden wir sonst die ganze Zeit?* Die Eskorte war inzwischen auf neun Mitglieder angewachsen – Meharro natürlich nicht eingerechnet. Feradas und Staynnoos Ausscheiden hatte sie alle erotische Spannung gekostet, und das hatte sich auch nicht mehr geändert, als mit Alymen wieder eine Frau der Eskorte beigetreten war.

Erbente-Bor profitierte spürbar von dieser Entspannung, vertiefte sich mehr und mehr in die Arbeit. Sein Verständnis für pharmakologische Komplexe grenzte an Hellsicht und setzte gelegentlich sogar Meharro in Erstaunen.

Mittlerweile zahlten sich ihre Anstrengungen bereits ökonomisch aus. Etliche Medikamente und Therapien, die von der Eskorte entwickelt worden waren, hatten sich auf dem Markt durchgesetzt. Die Lizenzeinnahmen stiegen unaufhaltsam.

Die Finale Prüfung rückte näher, wurde aber nur noch als bloße Formalität betrachtet.

Poola Autskin war aus dem Lehrkörper ausgeschieden und einem Ruf an das Mentalanalytische Institut auf Arkon gefolgt.

Der Pharmakoprognostiker Hulosch Dascheyn hatte bei der neuen Institutsleitung, Kanzler Danlor Tonie, angeregt, Ostiam Meharro aus dem laufenden Prüfungsverfahren zu nehmen und in eine Lehrfunktion zu setzen. Aber Meharro hatte mit herzlichem Dank für die Ehre abgelehnt; er sähe seine Zukunft eher in seiner kleinen, privaten Forschungsgemeinschaft.

Der Medophilosoph Kiom Supante würde nur noch wenige Wochen auf Aralon verbringen; er hatte sein Dienstverhältnis bei Juvin aufgekündigt und wollte mit seinem Heilerschiff, der PROUTKOR, in den Nebelsektor vorstoßen und dort Klienten suchen. Sie stand bereits auf Juvins Raumhafen, ein knapp 200 Meter langer, erstaunlich eleganter Walzenraumer mehandorscher Bauart.

Schopsna legte seine Stirn in Falten und dozierte: »Das Leben verzehrt Leben. Was ist das Produkt der allseitigen

Verzehrung? Ausscheidungen. Womit wir, meine Kolleginnen und Kollegen Heiler, den letzten Zwecke des Universums entschlüsselt hätten: der allendliche Zweck des Universums ist sein Zerfall in Exkremente.«

»Bravo«, rief Erbente-Bor und klopfte sich mit den Knöcheln der Finger an die Schläfe. »Wir wollen den müden Göttern unserer Väter danken, dass wir diesen genialen Geist unter uns haben dürfen!«

»Erbente«, tadelte Schopsna mit leiser Ironie, »das ist zu viel Ehre. Ich habe im Gegenteil dir zu danken.«

»Wofür?«

»Erst dein Anblick hat mich doch auf die Idee gebracht, der Kosmos liefe auf seine Selbstverkotung hinaus.«

Alles lachte, selbst Erbente-Bor stimmte ein.

»Es ist recht schade, dass sich unser guter Meister Supante bald verabschieden wird, um zu neuen Sternenufern aufzubrechen«, seufzte Meharro.

»Aber wir können uns denken, warum«, sagte Trantipon.

Mittlerweile war die gesamte Eskorte von der heimlichen Unsterblichkeit des Medophilosophen überzeugt, zumal die Recherchen von Kreolin und Zucry-Dal ergeben hatten, dass Supante sich selten mehr als zehn oder fünfzehn Jahre an einem Ort aufgehalten hatte und seine Herkunft sich im Dunkel der Archive verlor. Geboren war er angeblich vor 146 Jahren in einer Ara-Kolonie auf Lylarkon – einem Planeten, der im Zuge der Peretraynischen Revolte zweckmäßigerweise fast vollständig vernichtet worden war.

»Weil es auffallen könnte, dass er nicht älter wird«, antwortete Erbente-Bor.

»Nun. Wenn er fortwill – wir können ihn nicht aufhalten«, sagte Kreolin.

»Nein, natürlich nicht«, murmelte Meharro.

Wenige Tage später meldete sich Meharro spät am Abend bei Trantipon. Er las die Kennung und aktivierte das Holovid.

Meharro sah müde und zufrieden aus. »Störe ich dich?«

»Wobei schon?«, erwiderte Trantipon.

»Hättest du ein wenig Zeit für mich? Es könnte sein, dass du mir einen Gefallen tun müsstest.« Er zwinkerte Trantipon vergnügt zu. »Alte Spielschulden begleichen, gewissermaßen.«

»Spielschulden?«, wunderte sich Trantipon.

»Er hat unsere schöne Partie Svouda vergessen!«, rief Meharro und rang in komischer Verzweifelung die Hände. »Aber im Ernst: Komm doch vorbei, ich habe etwas Interessantes herausbekommen.«

»Zu dir?«

»Oh nein, ich bin bei unserem Freund Supante«, sagte Meharro zu Trantipons Überraschung.

»In seinem Pavillon?«

»Ja und nein. Der Pavillon ist schon in die PROUTKOR verladen. Ich habe meinen Gleiter losgeschickt. Er müsste gleich bei dir sein.«

Die PROUTKOR stand abseits des Juvin-Geländes auf dem kleinen Raumhafen der Ausbildungsstätte. Sie war das einzige Schiff hier. Der Hafen lag in Dunkelheit, nur einige Positionslichter der PROUTKOR leuchteten in einem langsamen Rhythmus auf.

Meharros Gleiter flog mit Trantipon an Bord auf die geöffnete Schleuse zu, die kaum mehr war als eine erweiterte

Mannschleuse. Meharro erwartete ihn bereits im Hangar. »Schön, dass du kommen konntest. Ich gehe vor, ja?«

Zu seiner Verwunderung wurde Trantipon in die Zentrale des Schiffes geführt. »Schau, wie sich Supante von uns verabschieden möchte«, sagte Meharro und lachte leise. Er schnipste mit den Fingern, und inmitten der Zentrale entstand ein Holo, das Supante zeigte, der in Richtung des Panoramaschirms blickte.

Das Supante-Hologramm begann zu sprechen: »Wenn wir uns fragen, wer wir sind, fragen wir uns, wohin wir gehen. Ehrwürdige Mitglieder des Lehrkollegiums Juvins, hochbegabte Kolleginnen und Kollegen Heiler der Schülerschaft, ich breche früher als geplant auf, weil ein Klient an mich herangetreten ist, dem in seinem Leid als Leibarzt beizustehen mir eine große Ehre ist. Mein Klient legt auf Diskretion Wert. Den von offizieller Stelle anberaumten Feiern zu meinem Abschied werde ich nicht beiwohnen können – was, wie ich die Schülerschaft kenne, ihnen nicht zum Nachteil gereichen wird. Allen, die zurückbleiben, wünsche ich Einsicht in Leben und Heil.« Er lächelte freundlich und deutet eine Verneigung an. Das Holo erstarrte.

»Nun?«, fragte Meharro.

»Sehr überzeugend«, urteilte Trantipon. »Der Akzent ist in Ordnung, nur die Satzmelodie erinnert doch sehr an dich. Aber insgesamt eine gelungene Simulation. Was ist passiert?«

Meharro lachte. »Positronik? Hast du das gehört?«

»Ja«, meldete sich die Denkmaschine des Schiffs.

»Überarbeite, was Trantipon bemängelt hat. Stehen dir hinreichend viele Stimmproben zur Verfügung?«

»Ja.«

Es dauerte einige Sekunden, dann sprach das Hologramm mit Supantes Stimme und ganz mit dessen etwas schleppender Satzmelodie: »Wenn wir uns fragen, wer wir sind, fragen wir uns, wohin wir gehen. Ehrwürdige Mitglieder des Lehrkollegiums Juvins ...«

»Besser. Ich würde noch ein wenig Spott ins Timbre legen.«

Meharro seufzte. »Du bist ein Pedant. Positronik? Einen Hauch von Spott, bitte!«

Der nächste Vortrag war perfekt.

»Wozu das Hologramm?«, fragte Trantipon.

»Es ist ein kleines Malheur passiert«, gestand Meharro. »Sieh es dir am besten selbst an.«

Im Heck des Schiffs befand sich der vergrößerte Hangar, in dem nun den Pavillon des Medophilosophen eingestellt war. Der Pavillon war eine dreiseitige, abgestumpfte Pyramide, die Seiten aus mattem, bläulichem Glassitdreiecken zusammengesetzt. Mit kaum 30 Metern Höhe und einer Kantenlänge von 25 Metern kein Palast, aber sicher auch kein beengtes Gehäuse.

Als sich Meharro und Trantipon der Außenwand annäherten, klappten einige der Dreiecke in einem komplizierten Muster zur Seite und gaben den Eingang frei. Durch einen Korridor, in dem die Wände beständig eine schwermütige Melodie summten, gelangten sie in einen Wohn- und Arbeitsbereich.

Trantipon stockte der Atem.

»Schau, was ich entdeckt habe«, sagte Meharro und trat an einen ovalen Tisch, über dem langsam ein holografischer Datenzylinder rotierte. Meharro sah sich zu Trantipon um und fragte: »Wo bleibst du?«

Trantipon betrachtete Supantes Leiche, die bäuchlings auf dem Boden lag, die tote Insel in einem Meer von Blut. Durch Elle und Speiche der Arme und durch die Kniegelenke waren lange Stahlbolzen geschlagen oder geschossen worden, die Supante auf den Boden fixiert haben mussten, als er noch lebte. Trantipon bemühte sich um Fassung, versuchte, einen professionellen Blick auf den Toten zu gewinnen: Fast alle Traumata waren offenbar besonders schmerzempfindlichen Partien zugefügt worden. Das tote Gesicht Supantes schaute, da der Hals um 180 Grad gedreht war, zur Decke.

Meharro stand noch immer vor dem Datenzylinder. »Trantipon«, sagte er leise. »Hast du dich sattgesehen?«

»Was ist passiert?«

Meharro sah ihn mit grenzenloser Verwunderung an. »Was schon? Der Medophilosoph und ich haben ein wenig philosophiert: über das Leben und den Tod. Darüber, wie relativ der Begriff der Unsterblichkeit ist; und wir haben erörtert, ob das Sterben einem Unsterblichen leichter oder schwerer fällt als einem Normalsterblichen.«

»Aha.«

»Falls du das Resultat wissen willst: Supante fand das Sterben mühselig. Wir sollten den Schluss daraus ziehen, es zu meiden.« Er lachte. »Dafür sind wir hier, oder? Leider ist bei unserer etwas hitzigen Diskussion das kleine Malheur passiert. Stört es dich? Dann komm endlich her.«

Zusammen mit Meharro studierte Trantipon die Ergebnisse von Supantes Forschung. Sie schwiegen; nur aus dem Korridor war die leise klagende Melodie zu hören. »Die Daten waren chiffriert und fragmentiert«, erzählte Meharro, »aber die eingesetzten Verschlüsselungsstrategien waren nicht schwer auszuschalten. Da erinnere ich mich an Spiele, die komplizierter waren, und an findigere Gegner.« Er zwinkerte Trantipon verschwörerisch zu.

»Du hast mich um einen Gefallen gebeten. Um die *Tat*«, erinnerte sich Trantipon.

»Ach, die Tat. Wie du siehst, ist bereits alles Notwendige getan.« Er wies mit dem Daumen auf die Leiche.

»Tu jetzt Folgendes: Kopier das Datenmaterial, alles, was Supantes Forschung in Sachen Unsterblichkeit betrifft. Ich habe noch ein paar Minuten in der Zentrale der PROUTKOR zu tun.«

Trantipon machte sich an die Arbeit.

Meharro kam nach beinahe einer Stunde zurück. »Bist du so weit?«, fragte er.

»Ja.« Trantipon warf einen Blick auf die Leiche. »Was machen wir mit ihm?«

»Wir? Gar nichts. Er macht sich auf den Weg. Alles wie geplant.«

»Das ist ein Spiel mit dem Feuer.«

Meharro lächelte fröhlich. »Hast du Angst vor Feuer? Willst du weglaufen? Das ganze Universum ist voller Feuer. Dem Feuer entkommt nur, wer im Feuer überlebt.«

Nebeneinander gingen sie zurück zum Gleiter und stiegen ein. Meharro steuerte. Das Schott öffnete sich, der Gleiter zog heraus und ging in einer langen Schleife auf dem Raumhafen nieder. Meharro stieg wieder aus, Trantipon folgte.

Sie standen neben dem Gleiter.

Plötzlich flammten an der Schiffshülle der PROUTKOR neue Lichter auf. Der Tower des Raumhafens aktivierte sich. Etwas in der schlanken Walze brummte auf, als sich ihre Antigravfelder aufbauten und sie in der Schwebe hielten, während die Stützsäulen eingefahren wurden.

Das Summen der Antigravfeldprojektoren verwandelte sich in ein leises Sirren. Die PROUTKOR stieg langsam höher.

»Winken!«, befahl Meharro. Er hatte den rechten Arm erhoben und schwenkte ihn langsam und feierlich. Trantipon tat es ihm nach.

Hoch oben stellte sich die Walze allmählich senkrecht; dann flammten endlich kurz ihre Triebwerke auf und schoben sie außer Sicht. Noch einmal blitzte ein Licht in der Ferne auf; endlich erreichte sie der ferne Donner der ersten Zündung.

In Meharros Gleiter tönte der Holovidmelder. Sie stiegen wieder ein und aktivierten das Gerät. Supante war im Bild und sagte gerade: »Ich breche früher als geplant auf, weil ein Klient an mich herangetreten ist ...«

»Der gute Supante«, seufzte Meharro. »Immer auf der Suche nach neuen Wirkungsmöglichkeiten.« Dann startete er.

»Wo wird er ankommen?«, fragte Trantipon.

Meharro lächelte. »Im Augenblick der Transition wird die Positronik das Schiff sprengen. Im Hyperraum wird er ankommen. Wenn das kein Neuland ist!« Er lachte auf, förmlich beschwingt von dem Gedanken. Meharro blickte Trantipon an. »Sei nicht traurig, Trantipon. Supante hat lange gelebt, länger, als du dir vorstellen kannst. Aber du wirst noch sehr viel länger leben.«

»Wenn kein Malheur passiert«, entfuhr es Trantipon.

»Halt dich an mich«, riet Meharro. »Halt dich einfach an mich.«

Die Karawane hielt. Trantipon stieg aus. Den Rest des Weges würde er zu Fuß gehen.

Die neun Träume des Orontiu Pleca

Traum Nr. 5: Goldene Zukunft

Mir wird klar, dass ich außerhalb der Karawane bin. Ich bewege mich über eine Ebene. Weit hinter mir weiß ich die Waggons und die Lokomotive, die unter Dampf steht, aber nicht fährt. Der Dampf hängt über ihr wie ein blassweißes Monument. Sie wartet. Die ganze Karawane wartet. Entsetzt bemerke ich, dass schräg über mir eine Schar Povvtac regungslos in der Luft steht, der ganze Schwarm wie eingegossen in völlig durchsichtiges Glas.

Ich muss nicht zur Sonne schauen und mir die Lichtaugen verbrennen, um zu sehen, was ich bereits weiß: Auch Saida steht still. Die ganze Welt wartet.

Worauf?

Irgendwann fahre ich den Hals weit aus und schaue über die Brust auf den Boden der Ebene. Ich gehe auf einer Art Glas.

Verwundert entdecke ich unter meinen Füßen einen anderen Himmel. Er ist silbern, wässrig.

Voller Sterne.

Im Angesicht der Sterne erinnere ich mich. Es sind Erinnerungen, die alt schmecken, die tief in die Kindheit zurückreichen, noch viel tiefer.

Ich weiß dies: Die Sterne liegen auf der Lauer. Sie sind heißhungrig. Sie bersten fast vor Verlangen.

Ich wende mich zurück, in Richtung der wartenden Karawane in der wartenden Welt.

Da sehe ich die haarfeinen Risse, Millionen von Risse im Glas, auf dem ich stehe.

Die Sterne steigen auf, entfesselt, unbeschreiblich in ihrer Gier.

Ich breche ein.

Mit dem Scherbenregen sinke ich nieder.

Ich lande, finde Boden unter den Füßen. Ich stehe in einem Dom, einem Innenraum mit hoher, spitz zulaufender Kuppel. In der Höhe fliegen Kreaturen und Maschinen, alle meiner Einschätzung nach klein, handspannengroß. Ich bemühe mich zu verstehen, werde mir aber nicht klar darüber, was die Flieger bedeuten: Jagen die Maschinen die Lebewesen? Hüten sie sie? Sind die Maschinen wissenschaftliche Geräte, die etwas an den Lebewesen erforschen?

Auch wird mir nicht klar, wie die Flugwesen im Grunde aussehen. Alle sind so verschieden voneinander, so eigenartig. Sie bereiten mir Kopfschmerzen.

Manchmal stößt eines der fliegenden Geschöpfe einen Schrei aus, spitz und grell, und unglaublich *klein*, als würde es viel höher fliegen, als die Kuppel Raum gibt. Unendlich weit oben, ewig fern.

Jetzt fällt mir auf, wie still es hier unten ist. Mir kommt der Satz in den Sinn: *Das hier ist ein verschwiegener Ort.*

Etliche Siccyi stehen an hufeisenförmigen Pulten, beobachten Monitore, ziehen Schieberegeler oder drücken auf Sensortasten. Alles wirkt modern, wie in einer Zukunftsvision, wie die Bilder, die ich von den Inneneinrichtungen der Alien-Schiffe gesehen habe. Aber ich weiß, dass es keine Alien-Technik ist, nichts Entliehenes, sondern siccyische Technologie.

Alle Siccyi, die hier arbeiten, tragen golden schimmernde Schutzmäntel, die den ganzen Körper umschließen; Arme und Beine stecken in metallischen, dennoch biegsamen Röhren und Handschuhen. Die Köpfe sind von milchig-durchsichtigen Kapuzen verhüllt.

Niemand spricht. Hoch oben das Kreischen der Tiere.

Ich drehe mich einmal um die eigene Achse. An der Wand hängt eine große, kreisförmige Uhr mit dem Stundengefünft. Ich brauche eine Weile, bis ich merke, was mich an der Uhr stört: Sie läuft rückwärts.

Noch etwas stört mich. Ich drehe mich wieder um die eigene Achse. Ja, ich hatte recht: Es ist kein Eingang zu sehen, kein Ausgang.

Was wird hier gearbeitet?

Ich gehe umher. Niemand nimmt mich wahr. In der Mitte der Halle, unter dem Kuppelzenit, befindet sich ein leicht erhöhtes Podest. Es rotiert langsam, gegen den Uhrzeigersinn. Darauf stehen fünf voluminöse Säulen. Sie sind mit einer schwarzen, zähen Flüssigkeit gefüllt. Hin und wieder steigt eine Art Blase vom Grund einer Säule auf, grell wie eine Miniatursonne, steigt träge und platzt lautlos.

In diesen Momenten durchleuchtet sie die zähe Masse, und ich sehe wie durch einen Röntgenschirm ein Schemen, das sich bewegt, langsam, wie von der dunklen Masse gebannt.

Ich trete näher heran, angezogen und abgestoßen zugleich. Als die nächste Blase aufsteigt und explodiert, entdecke ich in der Masse einen Kopf, ich erkenne ihn an den Augen. Sie bewegen sich suchend. Dann finden sie etwas.

Mich.

Ich fahre zurück. Wieso kann er mich sehen? Ich bin doch unsichtbar, stehe unter dem Schutz des Traums. Aber der Blick lässt mich nicht los, saugt sich an mir fest. Es sind Augen voller Gier, unersättlich, maßlos. Endlich verdunkelt sich die zähe, teerige Masse wieder, verschleiert das Gesicht. Im letzten Moment mischen sich Zorn und Hass in den Blick, dann bin ich wieder frei.

Ich wende mich ab.

Im Hintergrund der Halle entdecke ich Möbel: einfache Bettgestelle, Tische, Bänke, Regale, eine Kühltruhe. Eine Ecke mit Betpuppen. Einige sind aufgezogen und plappern die alten Texte; sie rufen Khautric & Keuf an, die Dämonen des Hörenssagens.

Andere sind schon abgelaufen und liegen merkwürdig verrenkt, an manchen zucken die Beine.

Zwischen den Puppen sitzt ein Kind, es hat den Hals lang ausgefahren und pendelt langsam mit dem Kopf. Alle vier Augen sind geschlossen, es summt vor sich hin.

»Hallo«, sage ich und weiß, dass es sinnlos ist. Niemand kann mich sehen.

Das Kind öffnet die Augen und blickt mich an. Es lächelt erstaunt, sagt etwas, das ich nicht verstehe. Es ist Siccyi, ohne Frage, aber ein entlegener Dialekt, oder eine uralte Variante.

Oder eine Zukunftssprache.

Ich antworte etwas, aber das Kind versteht mich nicht.

Da beginnt es, mit den Aurenaugen zu blinzeln, und lenkt meine Aufmerksamkeit auf seine Aura. Sie flackert, vibriert in einem bestimmten Rhythmus, und als es jetzt wieder spricht, kann ich es verstehen: *Hallo,* sagt es, *ich hatte schon geglaubt, du kommst nicht mehr, Wahrträumer.*

Da bin ich, sage ich.

Es seufzt. *Also sprichst du sie auch, die Aurensprache, von der ich dachte, niemand spräche sie außer mir.*

Ich sage: *Keine Ahnung, dass ich sie spreche.*

Das Kind: *Es ist die geheime Sprache von allem. Alles, was lebt, spricht sie. Sogar die Sonne. Sogar* – es macht eine große, kindliche Geste – *die ganze Welt. Hör doch!*

Ich lausche mit den Aurenaugen, das geht gut im Traum. Tatsächlich. Ich höre die Sonne, sie seufzt wie ein mächtiges Tier im Schlaf. Ich höre das Wispern der ganzen Welt, leise, von überall her, süß und wild und müde und voller Fernweh und Begeisterung.

Nur im Schachtmeer – sagt das Kind mit gesenkter Stimme –, *da ist es ganz still. Hörst du?*

Wie soll ich denn hören, was im Schachtmeer ist?

Das Kind sieht mich erstaunt an: *Wie solltest du nicht? Wir sind doch im Schachtmeer!*

Im Schachtmeer? Was tun wir hier?

Wir lernen, sagt das Kind; *wir lernen,* sie *zu wecken.*

Sie?

Sie.

Warum?

Weil sie mächtig sind. Weil wir lernen wollen, wieso sie so mächtig sind. Weil wir lernen wollen, wie sie gemacht sind.

Und warum wollt ihr das lernen?, frage ich.

Der Junge lächelt traurig: *Weil wir schon so lange einen großen Krieg führen.*

Ich spüre, was er sagen will, und frage: *Warum glaubst du, dass ich diesen Krieg beenden kann?*

Er lächelt wieder: *Das glaube ich ja gar nicht. Aber ich glaube, du kannst verhindern, dass er beginnt!*

Wie?

Du musst ins Spindelhaus, sagt er, *geh ins Spindelhaus.*

Ich kenne kein Spindelhaus, wende ich ein.

Doch, sagt er. *In deinen Träumen steht es dir offen!*

Ich erwachte, ich öffnete die Augen und schlief wieder ein.

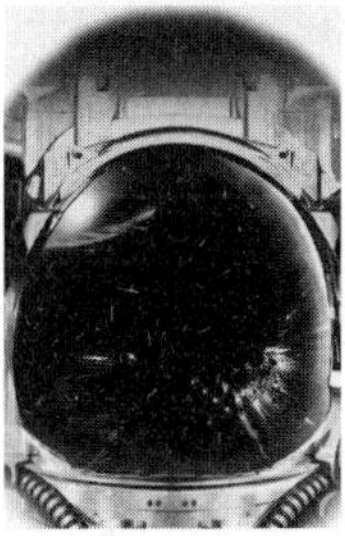

Die neun Träume des Orontiu Pleca

Traum Nr. 6: Wahrträumer im Spindelhaus

Ich finde mich wieder in einem spindelförmigen Gebäude. Durch die Mitte des Bauwerks zieht sich ein offener, runder Schacht; eine niedrige Brüstung umgibt ihn.

Ich fahre den Kopf aus, pendele über die Brüstung, blicke nach oben, nach unten. In beiden Richtungen sehe ich endlos viele Stockwerke einander folgen, jedes Stockwerk bestückt mit Regalwänden voller Aktenrollen.

Es ist still. Ich wende mich von der Brüstung ab, schaue mich um.

Direkt hinter mir sitzt eine junge Siccyi an einem Schreibtisch und kratzt mit einem Schreibholz über ein altes Pergament. Sie muss bemerkt haben, dass ich sie ansehe, und schaut auf.

»Guten Tag«, grüßt sie mich freundlich. »Bist du schon lange hier?«

»Ich weiß nicht. Ich weiß nicht einmal, wie ich ins Spindelhaus gekommen bin, durch welche Tür.«

»Das weißt du alles nicht, mein Held? Tscha!« Sie lächelt mich an. »Aber du weißt schon, dass die Wachspindel keine Türen hat, oder?«

»Nein, das wusste ich nicht. Ich bin zum ersten Mal hier.«

»Wenn du meinst.« Sie widmet sich wieder ihrem Pergament. Mir fällt auf, dass sich die Ränder der gereinigten Schreibgrundlage leise kräuseln, als lebe die Haut noch.

»Dein Pergament lebt«, warne ich die junge Frau.

»Natürlich tut es das. Alles in der Wachspindel lebt«, lispelt die Siccyi, als würde sie meine Verwunderung verwundern.

Ich warte.

Endlich seufzt die Frau, legte das Schreibholz zur Seite und sieht mich wieder an. »Alles in der Wachspindel lebt, aber nicht alles lebt in der Wachspindel«, sagt sie. »Obwohl wir so viele zu sein scheinen, sind wir doch wenige.« Sie weist mit einem traurigen Blick auf den Schacht, der zu den übrigen Stockwerken führt.

»Es sind immerhin endlos viele Etagen«, sage ich, wie zum Trost.

»Nein. Sind es nicht. Es sind endlich viele. Es ist nur eine begrenzte Zahl. Wenn man ein Endliches über ein Endloses verteilt, bleiben Lücken. Wie viele Lücken bleiben?« Sie spitzt die Lippen. Schön glänzt der Speichel, frisch und weiß. »Nun?«

»Endlos viele«, antworte ich.

»Endlos viele«, wiederholt sie und erhebt sich behände von ihrem Schemel. Sie geht zur Brüstung, sieht sich um: »Na komm, zier dich nicht. Ich fresse dich schon nicht auf!« Ich trete zu ihr hin, fahre den Hals aus, pendele wieder in den Schacht.

»Auf jedem Stockwerk einer«, flüstert sie. »Nur einer. Ich wollte, ich könnte mehr bieten als das, Orontiu Pleca.«

Ich fahre zusammen. Woher weiß sie meinen Namen?

»Weil ich die Verwalterin deiner Träume bin, Orontiu Pleca. Verwalterin des Traumgutes der Wahrträumer aller Generationen.«

»Ich bin also wirklich ein Wahrträumer?«

»Natürlich. Das sind hier alle. Von mir einmal abgesehen.« Sie giggelt.

»Warum bin ich ein Wahrträumer? Was heißt das? Womit habe ich das verdient?«

»Verdient? Verdient hast du es dir gar nicht.«

»Und wozu bin ich es dann?«

Sie sieht mich an, begutachtet mich. »Komm in deinem nächsten Traum wieder«, sagt sie. »Dann erzähle ich dir eine Geschichte.«

Aus Trantipons Erinnerung:

Jene durchaus unscheinbare Substanz und eine Konsekration

Bereits wenige Monate nach der Prüfung, die Meharro und seine Eskorte mit brillanten Ergebnissen bestanden hatten, wurde ihrer Gruppe ein bedeutender Forschungsauftrag erteilt. Nicht, dass sie von den finanziellen Zuwendungen abhängig gewesen wären – von den Einnahmen, die ihre Medikamentenreihen und die Lizenzen für ihre Therapien einbrachten, konnten sie sich längst ein unabhängiges Leben leisten.

Aber der Auftrag war eine medotechnische Herausforderung, also nahmen sie ihn an.

Natürlich bestanden sie die Herausforderung: Sie besiegten Kochos.

Sie besiegten die Glaspest und das Diolinische Nervenfieber.

Die Meharro-Eskorte zog im Triumph von Schlachtfeld zu Schlachtfeld – und durch die Massenmedien: »Die M-Eskorte – die Elitetruppe im ewigen Kampf gegen die Krankheit.«

Ein junger Springer interviewte sie, bartlos und kahl, die Haut mit Reflexwachs verspiegelt: »Die Mitglieder der M-Eskorte gelten auf manchen Welten fast als höhere Wesen.«

»Tatsächlich?«, fragte Meharro verwundert, »nur auf manchen Welten? Nicht auch auf Aralon?«

Der Spinger-Journalist lachte. »Sind Sie es, Heiler Meharro? Ein höheres Wesen?«

»Ich bin ein einfacher Arbeiter«, erwiderte Meharro. »Ein von seiner Arbeit immer aufs Neue begeisterter Forscher und Wissenschaftler.«

»Begeisterung hält jung, nicht wahr?«

Jetzt lachte Meharro. »Und wie! Sie sehen es an mir!«

»In der Tat sehe ich es an Ihnen: Wenn ich frühe Aufnahmen von Ihnen – etwa bei Ihrem Eintritt in die Juvin-Ausbildungsstätte – mit aktuellen Bildern vergleiche, von heute, Jahre danach, sehe ich keinen Unterschied. Nicht einmal meine Positronik kann einen entdecken. Ein Gesicht wie für die Ewigkeit. Also doch ein höheres Wesen?«

»Ach, na gut«, ächzte Meharro. »Was soll das Versteckspiel? Ich gebe es ja zu. Irgendwann habe ich festgestellt, dass mein Gesicht genau jenen Reifegrad erreicht hat, der Frauen jeden Alters gefällt. In jenen Tagen habe ich ein leicht konservativ wirkendes Dauer-Make-up aufgetragen, das, wie es scheint, noch immer seine Wirkung entfaltet.«

»Das wann und unter welcher Bezeichnung auf den Markt kommt?«

Meharro lachte herzlich. »Das nie auf den Markt kommt, weil es nicht in meinem Interesse liegen kann, immer mehr Gesichter mit dieser Attraktivität auszurüsten und mir selbst Konkurrenz zu schaffen.«

Der Reporter trank einen Schluck und wischte sich die Lippen mit einem seidenen Tuch ab, in das das Wappen seiner Sippe eingewoben war. »Also nur Schminke, und keine … heimlich eingenommenen Unsterblichkeitsdragees?«

»Ach, die alten Gerüchte.« Meharro winkte müde ab. »Unsterblichkeit …«

»Immerhin haben Sie bei dem legendären Medophilosophen Kiom Supante studiert, der, wie man weiß, ernsthaft nach Unsterblichkeit geforscht hatte, bevor er begann, darüber zu philosophieren.«

»Woraus man leicht auf den Erfolg seiner sogenannten Forschungen schließen könnte: Philosophie statt Realität!«

»Supante hat Ihnen und Ihrer Eskorte damals also keinen Tipp gegeben? Keinen Hinweis?«

»Das hätte er, soweit ich ihn kenne, freiwillig nie getan. Aber fragen Sie ihn doch!«

»Er ist, soweit ich weiß, verschollen. Sein Schiff ist in den Hyperraum gesprungen, aber nie mehr aufgetaucht.«

»Ich vergaß. Ja, tragisch.«

»Die M-Eskorte hat so viele als unlösbar geltende Problematiken gelöst. Welche Ziele reizen Sie da noch?«

Meharro überlegte. »Ja, da gäbe es tatsächlich noch etwas. Ich träume davon, dass die Öffentlichkeit irgendwann zur Kenntnis nimmt, dass ich keinen Singulärnamen trage. Ich heiße nicht nur Meharro, sondern auch Ostiam.« Er lachte wieder, entschuldigend.

»Meharro *und* Ostiam – also sollten wir Ihre Forschungsgemeinschaft vielleicht nicht die *M-Eskorte* nennen, sondern die *MO-Eskorte*?«

Wieder das tiefe Gelächter. »Vergessen Sie's. Ich bin nicht so eitel, wie ich mich gern gebe.«

»Trantipon!«, wandte sich der Reporter endlich an seinen anderen Gast, der dem Gespräch bislang kommentarlos gefolgt war. »Sie kennen Heiler Meharro besser als jeder andere. Also geht die Frage an Sie: Ist Ihr Chef ein eitler Mann?«

»Mein Chef ... nun, er ist egozentrisch, lüstern, verrückt nach Frauen, er lügt und betrügt und schreckt vor keinem Verbrechen zurück. Er nutzt mich und die anderen der Eskorte rücksichtslos aus. Er hat viel, will immer mehr. Er ist aufbrausend, jähzornig und brutal. Ein höheres Wesen ... nein, allenfalls ein böser Dämon.«

»Verräter«, zischte Meharro.

Trantipon hob hilflos die Schultern. »Wir sind live im Hypervid, da muss man die Wahrheit sagen. Aber jetzt habe ich Ihre Frage aus den Augen verloren. Wie war sie noch einmal?«

»Ob er eitel ist? Ist Meharro ein eitler Mann?«

Trantipon schaute nachdenklich in die Kameras. »Nein«, sagte er dann. »Wie ich bereits ausführte, ist er von allen Charakterschwächen frei.«

Meharro lachte laut und schlug Trantipon klatschend auf den Schenkel. »Das hätten wir also geklärt!«

Trantipon war erstaunt über die Sicherheitsvorkehrungen, die Meharro getroffen hatte, und war sich sicher, dass er längst nicht alles entdeckt hatte. Optische und akustische Störfelder, Dämpfungsglocken – auf dem Weg ins innerste Arbeitszimmer der Residenz hatte er sogar eine Schleuse passiert, die eine Strukturlücke in einen Schutzschirm schaltete.

Wie immer kam er als Erster, aber Erbente-Bor, Schopsna, Kreolin, Zucry-Dal folgten kurz darauf.

Mit dem Quartett Grandia Por, Seeste Hreich, Alymen und Stongill war die Eskorte komplett.

Meharro bat die Sessel in einen Kreis, die Möbel stellten sich auf, Meharro und seine Eskorte nahmen Platz. Nur neben Meharros Sessel stand noch ein weiterer Einrichtungsgegenstand, ein niedriger Tisch.

Meharro schnipste mit den Fingern, und in ihrer Mitte entstand ein Hologramm. Es zeigte eine stark vergrößerte Phiole, angefüllt mir einer Flüssigkeit, grau wie Regen.

»Wer davon trinkt, wird unsterblich sein«, sagte Meharro leichthin. »Vermutlich jedenfalls, und vorausgesetzt, unsere Analysen stimmen.«

Sie schwiegen und betrachteten die Phiole.

Dann sprach Meharro nachdenklich, fast ohne Stimme, wie zu sich selbst: »Eine durchaus unscheinbare Substanz. Man ahnt nicht, was in ihr steckt. Sie ist das Resultat all unserer Bemühungen. Hiermit operieren wir chemisch und nanotechnisch auf der Zellebene. Diverse Nanopatrouillen diagnostizieren und reparieren gegebenenfalls genetische Schäden, die bei der Zellkernteilung erlitten werden. Nötigenfalls schirmen nanotechnisch erzeugte Felder den Zellkern gegen schädliche Strahlungen ab. Wir haben die Degradierung und Fragmentierung der Zellen aufgehalten, die Kontraktion des Zytoskeletts minimiert, die Kondensation des Chormatins gestoppt. Die Plasma- und Zellmembranen konnten wir stabilisieren.

Wir verhindern, dass in der Zelle die Kaskade der Cystein-Aspartat-spezifischen Proteasen in Gang gerät; wir kontrollieren die Mitochondrien. Wir haben der Zelltodmaschinerie ins Rad gegriffen und sie angehalten.«

»Ja«, murmelten die übrigen.

Meharro fuhr fort, immer feierlicher, empfand Trantipon: »Wir dämmen in den somato-psychischen Interferenzzonen den oxydativen Stress. Wir filtern die freien Radikale. Die einmal eingenommene Substanz unterbindet durch mehrfach abgesicherte Strategien, dass sie wieder ausgeschieden wird. Harusb hat uns im Bereich der Mikrocyborlogie allerlei gelehrt. Aber eine solche Substanz hätte er für schiere Utopie gehalten. Wir kolonisieren den Metabolismus mit einer autoreparablen Schutzmacht.

Es war nicht leicht. Aber bis hierhin war es auch nicht schwer.« Meharro lächelte Alymen und Stongill zu. »Ihr habt bei Luus Hypergenetik studiert, und ihr« – er nickte in Richtung Grandia Por und Seeste Hreich – »Parabiologie bei Sdrigens Jotsek. Entscheidende Hinweise, wirklich entscheidende Hinweise!« Er schien intensiv nachzudenken. »Hinweise auf die sechsdimensionale Energiekonstante, die mit der biologischen Textur so verwoben ist, dass man von einer Identität sprechen kann. Einen biologischen Mechanismus biologisch dauerhaft funktional zu gestalten, stellte das mindere Problem dar. Das Altern von *unten* nach *oben* konnten wir suspendieren. Aber immer wieder setzte das Altern von *oben* nach *unten* ein. Wir mussten uns Zugang verschaffen zu der sechsdimensionalen Architektur des bewussten Lebens. Und wir hatten Erfolg.«

Erneut erklang ein vielstimmiges: »Ja!«

»Wir haben eine Möglichkeit gefunden, die Signatur der Energiekonstante zu erfassen und sie anschließend in vereinfachter Form auf Hyperkristallen zu speichern. Und es ist uns gelungen, die gespeicherten Daten noch auf der molekularen Ebene der Kristalle konstant zu halten.«

Er schwieg. Trantipon schaute auf das Hologramm der Phiole.

Meharro stand auf und ging einige Schritte in Richtung Panoramafenster. Zweifellos hatte Meharro das Glassit auf einseitig lichtundurchlässig gestellt. Trantipon sah zu, wie Meharro in die Hocke ging und mit dem Zeigefinger einen kleinen, schnellen Rhythmus auf den Boden trommelte. Ein versenkbarer Tresor stieg auf. Meharro benetzte die Kuppe des Fingers mit Speichel und senkte ihn in die Erkennungsmulde; gleichzeitig summte er eine Melodie vor sich hin, um der Tresorpositronik weitere Legitimationselemente zu liefern.

Erstaunt bemerkte Trantipon, dass ihm die Melodie bekannt war. Vor langer Zeit, im Korridor von Supantes Pavillon ...

Der Tresor öffnete sich. Meharro hob ein metallisch schimmerndes Tablett heraus, trug es zum Tisch und legte es dort ab. In kleinen Vertiefungen auf der Oberseite des Tabletts lagen zehn Ampullen, voll von der regengrauen Flüssigkeit.

»Wir haben den entscheidenden Durchbruch erzielt, dennoch stehen wir erst am Anfang«, verkündete Meharro. »Das Mittel ist personalisiert. Es hilft nur dem, dessen hyperenergetische Konstantensignatur es trägt. Aber als gelehrige Schüler des entrückten Medophilosophen Kiom Supante wissen wir, dass Unsterblichkeit für alle letztendlich wenig wünschenswert ist, oder, meine Kinder?« Er schaute in die Runde, und die Augen inmitten des Netzes aus Fältchen leuchteten fröhlich.

»Eine einzelne Behandlungsphase wird, wenn unsere Berechnungen stimmen, fünfzig bis einhundertundfünfzig Arkonstandardjahre in Anspruch nehmen, um anschließend eine entsprechend lange Lebenszeit ohne Alterung zu bewirken.

Möglicherweise hat unser geheimes Hausmittel auch ein paar unangenehme Nebenwirkungen. Jedenfalls für kurze Zeit. Und die Zeit, meine lieben Freunde, wird uns immer kürzer erscheinen. Außerdem ... was ist schon perfekt!« Er runzelte die Stirn, als würde er ernsthaft über die eigene Frage nachdenken. Dann hob er die erste Ampulle aus ihrem Bett und hielt sie sich vor die Augen. »Wer davon trinkt, wird unsterblich sein.« Er sah sich um, fand Trantipon und lächelte ihn an.

Trantipon spürte ein sanftes Erschrecken, ein wohliges Grausen, wie er es bereits einmal gespürt hatte, als er zum ersten Mal vor der Platinwiese in der Ausbildungsstätte Juvin gestanden hatte.

Langsam erhob er sich und schritt auf Meharro zu. Als er die Hand ausstreckte, um die Ampulle zu empfangen, merkte er, dass sie zitterte. Behutsam deponierte Meharro das schlanke Gefäß in seine Hand; Trantipon schloss genauso behutsam die Finger darum.

Da legte Meharro ihm die Hand auf die Faust. »Wir injizieren uns das Mittel nicht jetzt und nicht hier. Aber noch heute Nacht, zu Hause. Wir werden die Ampullen nach Gebrauch desintegrieren. Wir instruieren unsere Medobots, dass sie im Falle von Komplikationen niemanden um Hilfe bitten als einen von uns. Nur in einem solchen Notfall treten wir in den nächsten Tagen in Verbindung. Wir verhindern auf diese Weise, auf einem möglicherweise nicht abhörsicheren Kanal einfältige Dinge zu erzählen, weil wir uns psychisch nicht ganz unter Kontrolle haben – einander unsere Liebe zu erklären, oder irgendeine Gemeinheit zu äußern, die uns später leid tut.«

Die Heiterkeit der Eskorte klang erzwungen.

»Ferner instruieren wir die Medobots, dass, sollte der schlimmste aller denkbaren Fälle eintreten, niemand von uns einer Obduktion zur Verfügung steht. Wir wollen dies testamentarisch hinterlegen und die Maschinen anweisen, die Überreste des Betreffenden ebenfalls zu desintegrieren.

Wollen wir es so halten, Kinder?«

»Ja«, sagte der Kreis hinter Trantipon.

Also sagte auch Trantipon: »Ja.«

»Und dann?«, fragte die Positronik.

»Dann gingen alle nach Hause. Trantipon gab der Hauspositronik sämtliche Befehle, darüber hinaus sogar noch die Anweisung, sie im Falle seines Todes auszuführen und anschließend den eigenen Speicher zu löschen.

Einen flüchtigen Moment lang stellte Trantipon sich diesen Fall vor, und wie der Versuch, unsterblich zu werden, mit der restlosen Auslöschung von allem endete, was er war.

Dann legte er sich auf sein Bett. Der Medorobot glitt heran und ging in Position. Er legte die Ampulle an der Halsschlagader an, hörte sie leise zischen, dann erst verspürte er den winzigen Schmerz der Injektion.

Die Flüssigkeit zeigte keine Wirkung.

Er wartete mehrere Minuten, zehn vielleicht, dann stand er auf. Er spürte nichts, keine Veränderung.

Dann kniete er auf dem Boden. Dann lag er auf dem Boden. Er spürte nichts mehr, hörte nichts mehr. Er sah Blut über den Boden kriechen, wie eine glänzende rote Schlange.

Er dachte: Es ist Gift. Es tötet ihn. Meharro tötet ihn, die ganze Eskorte. Der Abend war ein einziger, bitterer Witz.

Dann dachte er – er weiß nicht, was er dachte. Lauter Relikte, die sich nicht zuordnen lassen. Da sitzt die Hure

Anini Stauwach auf seinem Bett, sie trägt einen Stirnreif, der ein Hologramm projiziert. Es ist ein Bild des arkonidischen Imperators, signiert.

War er dein Kunde?, hört er eine raue Stimme (Trantipons Stimme); nein (Aninis Stimme), mein Vater.

Warum übst du diesen Beruf aus? (Trantipons Stimme)

Warum nicht? (Aninis Stimme) Ich weiß nichts Reineres als Geld.

Warum? (Trantipon Stimme)

Weil nichts imaginärer ist als Geld (Aninis Stimme), nichts ferner von aller Natur. Schierer Geist.

Er sieht sich wandern im Hochgebirge, erschöpft und unwillig schickt er die Medodrohne fort, die ihn in eine Antigravschale setzen und zu Tal tragen will. Er will mit seinem Atem allein sein.

Er sieht Ostiam Meharro auf dem Gipfel, ruhig schaut er Trantipon an, studiert ihn. Er sieht, wie gleichmäßig sein Herz schlägt, als sei der Aufstieg für ihn reine Imagination gewesen. Trantipon (Meharros Stimme). Setz dich zu mir. Es riecht nach Schwefel, der hier auskristallisiert, gelbe Kristalle. In manchen urwüchsigen Technosphären benutzt man Schwefel zur Herstellung eines Zündpulvers, mit dem man Geschosse antreiben kann.

Tipon, Tipon, Tipon (Pautipois Stimme). Warum schaltet mich niemand wieder ein?

Aber du bist eingeschaltet. (Trantipons Stimme)

Aber ich bin eingeschaltet. (Pautipois Stimme) So. Aha. Warum sehe ich dann so albern aus, Tipon?

Weil du aus Asche bist, Staub und Asche. (Trantipons Stimme) Weil du verwest bist, Schwester.

Probier das! (Meharros Stimme)

An dem Stäbchen, das Meharro ihm in Mundhöhe hinhielt, hing ein winziger, öliger Tropfen. Trantipon kostete. Es schmeckte süß.

Gut gegen Angina Pectoris, (Meharros Stimme) Herzinsuffizienz, taugt als Akutmittel gegen Herzinfarkt.

Und der Witz? (Trantipons Stimme)

Der Witz ist: (Meharros Stimme) Wenn man denselben Stoff in reiner, konzentrierter Form herstellt, ist er von geradezu erstaunlicher Sprengkraft. $C_3H_5(ONO_2)_3$. Glycerintrinitrat.

Was uns lehrt? (Trantipons Stimme)

Was uns lehrt: (Meharros Stimme) Das Heilsame ist nichts als der Anfang aller Vernichtung.

Warum bin ich tot? (Pautipois Stimme)

Ich weiß (Aninis Stimme) nichts Reineres als den Tod.«

»In der Tat sind diese Fragmente kaum zu chronologisieren«, gab die Positronik zu.

»Sie sind in der Schwebe«, beschreibt Trantipon sein Gefühl. »Sie sind ganz leise. Sie verwehen.«

Dann sieht Trantipon einen großen Regen. Er kommt über alles, über jede Faser seines Leibes, seines ganzen Daseins. Er wäscht ihn, aber Trantipon ist so schmutzig. Er will das nicht. Er wehrt sich. Aber der Regen dringt in ihn ein, in jede Pore, besudelt sein Innerstes. Er starrt in den Himmel, will sehen, wann der Regen endet. Die Wolke ist ungeheuer groß, größer als ganz Aralon, größer als die Milchstraße.

Die Wolke hat ein Gesicht. Sie sieht aus wie Ostiam Meharro. Sie will ihm etwas sagen. Aber er kann wieder nichts hören. Da kommt die Wolke näher, spitzt ihre Lippen, dringt ihm ins Ohr und zischt: *Ich bin der Regen der Ewigkeit. Wer mich trinkt, wird unsterblich sein.*

Dann wird alles weiß.
Dann hört alles auf.

»Du hast also deliriert und bist bewusstlos geworden. Wie lange warst du bewusstlos?«

Zwei Tage. Der Medobot pflegte ihn, gab ihm zu trinken, ernährte und reinigte ihn. Es dauerte noch einmal einen Tag, bis er wieder stehen und ansatzweise gehen konnte.

Er fragte das Holovid ab. Es lagen einige belanglose Angebote und Nachfragen vor; von der Eskorte hatte sich niemand gemeldet.

Trantipon führte einige Messungen und Blutanalysen durch. Alles verlief in den prognostizierten Parametern. Die Vitalsubstanz schlug an, wie sie es berechnet hatten.

Er biss sich vor Freude die Lippen blutig.

Gegen Mittag rief ihm das Holovid zu, dass ein Anruf mit Dringlichkeitssignatur vorlag. Es war Schopsna. Er ließ ihn durchstellen.

»Geht es dir so beschissen, wie du aussiehst?«, krächzte Schopsna mit völlig entstellter Stimme.

Trantipon winkte ab und lachte versuchsweise, ohne großen Erfolg.

»Hat sich sonst jemand bei dir gemeldet?«, wollte Schopsna wissen.

»Noch nicht. Bei dir?«

»Mich mag eh keiner«, lallte er, winkte und schaltete ab.

Einige Stunden später rief Erbente-Bor an, danach Alymen. Sie fragte, ob sich Meharro bei ihm gemeldet habe.

»Nein. Natürlich nicht«, sagte Trantipon.

Bis zum Abend hatte er mit jedem aus der Eskorte kurz gesprochen. Dann schlief er erschöpft ein.

Am nächsten Morgen machte er sich auf den Weg zu Meharros Residenz, um ihm persönlich zu danken. Er wünschte der Tür Einsicht in Leben und Heil.

»Auch dir Einsicht in Leben und Heil, Trantipon«, erwiderte die Tür. »Ich bedauere, dass ich dich nicht einlassen kann. Ich bin versiegelt.«

»Kein Problem. Ich kann später wiederkommen. Richte Meharro nur meine Grüße aus.«

»Nichts täte ich lieber als das«, sagte die Tür, »aber ...«

In diesem Augenblick wurde sie von innen geöffnet. Zwei Aras mit dem Emblem der Gesundheitspolizei schauten ihn an. »Sie sind Trantipon. Mitglied der Forschungsgemeinschaft MO-Eskorte«, stellte der eine fest.

»Ja«, sagte er.

»Können Sie mir erklären, was hier vorgefallen ist?«

»Was ist denn vorgefallen?«

»Die Stadtpositronik des Dezernats für energetische Integrität hat uns einen nicht lizensierten Desintegrationsprozess gemeldet, der in Heiler Meharros Haus durchgeführt worden ist.«

»Was für ein Desintegrationsprozess?«

»Wir haben Blutspuren auf den Böden des Hauses gefunden. Am Rand der Desintegrationswanne Reste von DNA, die während der Auflösung verwirbelt worden sein müssen. Unserer Rekonstruktionsanalyse zufolge wurde Ostiam Meharros Körper hier desintegriert.«

Er lachte auf. »Das ist ein Witz! Was sagt die Hauspositronik?«

»Die Speicherfelder der Hauspositronik sind irreparabel beschädigt. Es liegt kein Protokoll der Ereignisse vor.«

»Heiler Trantipon«, wandte sich der andere Agent an ihn, »hat Mantarheiler Meharro in den letzten Tagen direkt oder auch nur andeutungsweise von Suizidabsichten berichtet?«

»Was soll das heißen? Was wollen Sie mir denn sagen?«, fragte er.

»Wir wollen sagen«, erklärte der Gesundheitsagent, »dass wir nach Sichtung der vorliegenden Untersuchungsergebnisse leider davon ausgehen müssen, dass Mantarheiler Ostiam Meharro verstorben ist.«

Allmählich akzeptierte Trantipon, dass er nach dem Ableben Ostiam Meharros in die Rolle des Ältesten rückte, auch wenn er das nach biologischer Rechnung nicht war.

Die Suche nach Verwandten des Mantarheilers verlief ergebnislos. Als der All-Rat von Aralon anfragte, ob einer Beisetzung Meharros in Pasch etwas entgegenstehe, war es Trantipon, der die Erlaubnis gab.

Allerdings verlangte er, dass die Rekonstruktion des Leichnams der Eskorte überlassen bliebe.

Es kostete sie beinahe zwei Tage, aus den wenigen biologischen Relikten ein wenig Haut nachzuzüchten und auf die Stirn einer Biomolplast-Puppe zu implantieren, sodass die Totentruhe einen Gast bekam.

Eine Flotte von Staatsgleitern beförderte die Totentruhe samt Inhalt und die MO-Eskorte nach Pasch.

Noch immer hatten sich nicht alle Mitglieder der Eskorte von den Strapazen der Nebenwirkungen erholt, aber das Publikum des Leichezuges nahm die Verhärmung ihrer Gesichter, ihre Verschattung und Erschöpfung für ein Zeichen von Trauer.

Erst am Tag der Beisetzung begriffen Trantipon und die anderen Eskortisten, wer Ostiam Meharro gewesen war – jedenfalls in den Augen der Öffentlichkeit.

Mehrere Hunderttausend Aras, Mehandor und Arkoniden säumten die Straße zum Weißen Feld der Stadt; riesige, weiße Papierfahnen hingen von den Gebäuden; über der Stadt stand ein Schlachtschiff des Imperiums lautlos auf seinem Antigravfeld in der Luft – weiß lackiert.

Die Totentruhe wurde auf den Karren gelegt, dessen Räder nach altem Ritual quadratisch waren. Eine junge Tonovee stand im Geschirr, sie reckte den überlangen Hals, girrte, und Puder staubte aus dem weißen Fell.

Trantipon sollte den Zug anführen. Vier der zehn Mitglieder des All-Rats hatten sich hinter ihm versammelt; noch bei keinem Staatsbegräbnis waren es mehr als ihrer drei gewesen.

Danach repräsentierten Mehandor große Sippen und Arkoniden große Kelche des Imperiums.

Plötzlich löste sich eine alte, hoch gewachsene Gestalt aus der Menge der Wartenden und trat auf die Gruppe zu. Trantipon glaubte zunächst seinen Augen nicht zu trauen und hörte das Raunen der Menge. Aber es war kein Holo, sondern er war es selbst: der Imperator hatte sich persönlich eingefunden und stellte sich hinter Trantipon.

Es wurde wieder still; die Stille der Hunderttausend erschütterte ihn. Dreimal klatschte Trantipon in die Hände und tat die ersten Schritte; der Impulsgeber im Geschirr der Tonovee gab dem Tier das Zeichen, und sie zog den Karren mit der Totentruhe an. Der Karren holperte los.

Die Wartenden wandten mit einer einzigen Bewegung dem Zug den Rücken zu.

Trantipon würde aus der Masse der Trauergäste am Rand der Straße den einen zu bestimmen haben, der die Litanei sprach. Nach altem Brauch sollte es ein Irgendwer sein, ein Jedermann. Natürlich hatte der All-Rat einige seiner Mitglieder, und natürlich hatten die Ratsmitglieder etliche Familienangehörige in den ersten Reihen platziert und sie durch winzige Aufnäher und matte Hologramme kenntlich gemacht. Trantipon wusste, dass einer dieser Prominenten, würde er ihn auswählen, sich im Anschluss an die Zeremonie auch finanziell erkenntlich zeigen würde.

Aber Trantipons Vermögen bewegte sich längst in Dimensionen, die wahrscheinlich selbst für Mitglieder des All-Rats unfasslich waren. Trantipon berührte einen wirklich Unbekannten an der linken Schulter, einen Irgendwen, wie es der Brauch wollte.

Der Ara drehte sich um und starrte ihn ungläubig an.

Trantipon sprach die rituellen Worte: »Jemand am Weg, begleite uns, sprich die Worte, die jeder spricht.«

»Ich spreche die Worte«, erwiderte der Ara.

Sie setzten den Weg fort. Trantipon durchschritt das ungeheuere Schweigen. Nun flammten holografische Wegmarken auf, himmelhohe Säulen, in denen Allegorien der Krankheiten abgebildet waren, die Meharro besiegt hatte: die verbogene Kochos, die spröde Glaspest, das glühende Diolinische Nervenfieber. Immer wenn der Zug eine dieser Säulen passierte, flammte ein fahles Feuer darin auf und legte die Allegorie in Asche.

Nach den Säulen kam der Paukenweg. Ein breiter, hölzerner Steg war über die Straße gebaut worden, eine Handbreit über dem Straßenniveau. Jeder Schritt klang unnatürlich laut im Meer der Stille, und als der Zug nach wenigen Dutzend Metern im Gleichschritt marschierte, dröhnte jeder Schritt wie ein Paukenschlag.

So erreichten sie das Weiße Feld, und dann auf dem Weißen Feld die vorbestimmte Stelle. Der Schacht war ausgehoben, ein mal ein Meter im Grundriss, zweieinhalb

Meter tief. An den Seiten des Schachtes hingen die Desintegrationsleisten. Die Tonovee hielt an, reckte den Hals, schüttelte den Kopf. Eine Wolke feinen Staubes stieg auf.

Die Totentruhe löste sich von dem Karren, schwebte zum Schacht und stellte sich langsam senkrecht; dann glitt sie hinab.

Trantipon lächelt dem unbekannten Ara zu. Ein Akustikfeld baute sich vor ihm auf. Er räusperte sich, und ein Donner rollte über die Hunderttausenden.

Dann begann der Unbekannte mit der Litanei: »Lebende, die ihr euch abwendet von den Toten …«

»Ja, wir wenden uns ab!«, klang es aus den Mündern der Zahllosen.

»Wendet euch nicht länger ab, seht dem Tod ins Auge und hört, was mit ihm geschehen soll.«

Hunderttausende Mal dröhnte Schritt auf Schritt; die Menge hatte sich umgedreht. »Wir sehen dem Tod ins Auge jetzt und hier!«

Täuschte er sich, oder hatten die Gäste lauter gesprochen als eben? Der Brauch gebot doch, mit gleichmäßig ruhiger Stimme zu sprechen.

Der Jemand fragte: »Wer ist der Tod, dass er sich aufwirft zum Herrn der Zeit?«

Und alle fragten: »Wer ist der Tod?«

»Dass er unsere Verträge annulliert, dass er ein Ende setzt allem und jedem?«

»Wer ist der Tod?«

»Dass er uns bestiehlt um das, was wir lieben?«

Nein, kein Zweifel. Sie alle wurden lauter, sie wurden lauter mit jedem Vers der Litanei, und Trantipon konnte nicht anders, auch er sprach, auch er rief immer lauter: »Wer ist der Tod?«

»Dass er seine Zwingburg errichtet über dem Land der Sterne?«

»Wer ist der Tod?« Ja, Trantipon begriff, was Meharro ihnen bedeutet hatte: Hoffnung, die Hoffnung von Millionen, Milliarden, die Hoffnung, dass mit ihm endlich einer gekommen war, der die Krankheiten besiegte, diese Armeen, die der Tod gegen das Leben aufbot, um am Ende gegen den Hauptfeind anzutreten und ihn endlich, endlich nach so vielen Jahrtausenden niederzuwerfen.

»Zwingherr des Lebens.«

»Zwingherr des Lebens ...«

»Wo immer du bist und wo dich verbirgst ...«

»Wo immer du bist und wo dich verbirgst.«

»Wir werden deine Festung stürmen ...«

»Wir werden deine Festung stürmen.«

Der letzte Vers der Litanei wurde traditionell vom Chorführer zusammen mit dem Chor gesprochen, aber dieses eine Mal wurde er nicht gesprochen; dieses Mal brüllten die Versammelten ihn hinaus, als gälte es, die Fundamente des Universums zu erschüttern: »Und wir werden dich, Tod, töten auf ewig!«

Als das fahle, grüne Leuchten der Desintegration aus dem Schacht stieg und die Totenpuppe auflöste, hörte Trantipon die unübersehbare Menge, die ganze trauernde Welt aus voller Kehle schreien: »MO! MO! MO!«

Obwohl Trantipon die Litanei mitgesprochen, am Ende sogar mitgeschrien hatte, amüsierte ihn dieser Ausbruch, diese Ekstase, dieser Personenkult. *Er hat ihre Hoffnungen und Wünsche verkörpert,* dachte er. *Jetzt erheben sie ihn zu einem höheren Wesen – MO!*

Szenen gingen ihm durch den Sinn: Meharro, wie er als Neuankömmling in Juvin neben ihn getreten war; sein Streit mit der Neuroconszientistin Poola Autskin; das Zwiegespräch über Unsterblichkeit im Angesicht der Gipfel des Quaj; die Partie Svouda und die nie geklärte Frage, was in jener Nacht zwischen dem Mantarheiler, Ferada und Staynnoo vorgefallen war; die entstellte Leiche Supantes; Meharros Manipulation an der Schiffspositronik, damit die PROUTKOR exakt im Moment der Transition im Hyperraum explodierte; Meharro, der die Ampullen mit dem grauen Regen verteilte.

MO – der vergöttlichte Ostiam Meharro – was für eine Farce!, dachte er, und um das Lachen zu unterdrücken, das ihn im Hals kitzelte, biss er sich auf die Lippen, bis sie bluteten und der Schmerz ihm Tränen in die Augen trieb.

Es erwies sich, dass die MO-Eskorte auch ohne ihren Gründer lebensfähig blieb. Allerdings verlagerte sich ihr Arbeitsgebiet allmählich. Die Entwicklung und Einführung innovativer Medikamente, Therapien und Operationsmuster rückte in den Hintergrund; die Verwaltung ihres Vermögens rückte in den Vordergrund.

Selbst, wenn sie neue Arzneien auf den Markt brachten, annoncierten Trantipon und die anderen Mitglieder der Eskorte sie als Derivate von Präparaten, die ihre Entstehung Ostiam Meharro selbst verdankten, so, als wären sie bloß bessere Generika. Denn nichts versprach mehr Erfolg auf dem Markt als das, was Schopsna intern als »von unserm Herrn, dem Heiland aller Dinge, persönlich ausgerotzt«, bezeichnete.

Die Marktstrategie der Eskorte wählte selbstverständlich andere Vokabeln. Dass die Medikamente mit dem

MO-Logo zusätzlich zum wissenschaftlich nachprüfbaren Heileffekt eine psychosomatische Funktion erfüllten, war kein Schaden. Wenn auch ohne Rechtsverbindlichkeit, konnten die Produkte aus den pharmazeutischen Betrieben der Eskorte von einer Heilsgarantie sprechen. Und so firmierten die Mitglieder der Eskorte bald als Bewahrer der Reinen Heilslehre von MO.

Niemand erfuhr, dass etliche dieser mittlerweile gut bewährten Medikamente überhaupt nichts mit Meharro zu tun hatten, dass sie von Trantipon und Schopsna, von Kreolin, Zucry-Dal und Alymen oder von Stongill entdeckt und zur Einsatzreife gebracht worden waren.

Zweifellos hatte Ostiam Meharro ihren Forschungen oft den entscheidenden Impuls gegeben, aber nach und nach und in der Reflexion ihrer Zusammenarbeit mit dem nun so profitabel vergöttlichten Mentor entdeckten sie neue Aspekte seiner Strategie.

Es war nicht so, dass Meharro irgendwen aus der Schar der Juvinisten gegriffen und ihren Intellekt womit auch immer angereichert hätte – nein, er hatte schlicht eine ans wunderbare grenzende Begabung, das Potenzial seines Gegenübers einzuschätzen. So hatte er die Elite aus der Elite gesondert und, das wollten sie ihm nicht bestreiten, intensiver gefördert, als es der Lehrkörper vermocht hätte.

Ein genialer, charismatischer Führer, hatte er sie zu Höchstleistungen angespornt und sie ermutigt, die Grenzen des Hergebrachten zu überschreiten, alle Relikte von Tradition und Moral abzustreifen, die den Sturm ihrer Visionen behinderten. Er hatte sie aller Skrupel entledigt, ihr Denken enthemmt. Er hatte ihre äußersten Möglichkeiten entfaltet und sie zu einem funktionalen System organisiert, das unendlich viel mehr war als die Summe seiner Teile.

Was, wenn man es genau bedachte, auch hieß, dass er sie zu seinem Werkzeug gemacht hatte.

Aber an welchem Werk hatte er mit diesem Werkzeug gearbeitet?

»An der Unsterblichkeit!«, sagte Alymen. »Woran denn sonst?«

»An der Unsterblichkeit für wen? Warum nur an der Unsterblichkeit für uns?«

»Erbente, du Blechkopf.« Schopsna lachte, ahmte den Singsang Meharros nach. »Weil ich euch lieb habe, Kinder!«

Stongill klopfte sich langsam mit den Fingerknöcheln an die Stirn. »Das hieße, er wäre in gewisser Weise ein Schüler Supantes – Unsterblichkeit nur für einen kleinen Kreis von Ausgewählten. Tragisch, dass es ausgerechnet bei ihm versagt hat.«

Schopsna lachte erneut. »Komm schon, komm schon, du glaubst doch nicht wirklich, dass Ostiam Meharro tot ist?«

»Natürlich nicht«, sagte Kreolin. »Er hat die zweifache Desintegration weitgehend schadlos überstanden, sich aus ein paar Zellen regeneriert und …«

»Was für Zellen denn?«, unterbrach Alymen.

»Epithelzellen natürlich, du Dummerchen. Darmschleimhautzellen«, flüsterte Schopsna.

Stongill wandte sich an Trantipon: »Was meinst du denn?«

»Ich meine: Eigentlich haben wir uns doch heute getroffen, um über die Markteinführung von Zanougyl zu befinden.«

»Zanougyl wird ein Selbstläufer. Was gibt es da zu befinden? Lasst uns doch endlich einmal das *eigentliche* Problem angehen!«, forderte Zucry-Dal.

»Und das wäre?«

Zucry-Dal streckte beide Hände aus und betrachtete sie eingehend. »Wir altern nicht.«

Er sah sich um. Die anderen wurden still. »Wir stehen im Zentrum der Aufmerksamkeit«, fuhr er fort. »Sicher aus anderen Gründen, aber irgendwann wird irgendwer, irgendein Journalist oder Wissenschaftshistoriker ein paar Holos vergleichen. In zehn Jahren, fünfzig, einhundert. Und dann?«

»Dann?«

»Dann wird die Vermutung auftauchen, dass wir unsterblich sind, und wir demzufolge ... der heilige Meharro und wir ... der Allgemeinheit genau das vorenthalten, wonach alle, wonach unsere ganze thanatophobe Gesellschaft strebt: das Mittel gegen den Tod. Die Unsterblichkeit.«

Schopsna lachte. »Wir vielleicht, aber doch der gute Meharro nicht – der hätte die Anti-Tod-Dragees doch ausgeliefert, an jedermann, mit offenen Händen, kostenlos! Ja, wird man unterstellen, er *hatte* es zweifellos ausliefern wollen, aber diese missgünstigen Adlaten des Meisters, diese verfluchte Eskorte hat dagegen gehalten und, als Meharro auf der Volksbeglückung bestand, den Meister schnöde gemeuchelt, mithilfe dieses inszenierten Unfalls, wie man sich entsinnt. Gestehe!«, rief er unvermittelt und wies mit dem ausgestreckten Finger auf Seeste Hreich, der tatsächlich etwas blass wurde.

»Ich ...«

»Oh«, belustigte sich Schopsan, »haben wir da jemanden mit einem schlechten Gewissen ertappt?«

»Du bist so ein Idiot«, beschwerte sich Hreich. »Im Übrigen hast du aber recht, wir haben ihn wahrscheinlich tatsächlich umgebracht.«

»Habe ich etwas verpasst?«, fragte Schopsna.

»Wir alle haben etwas verpasst«, sagte Hreich. »Oder übersehen, denke ich. Das Vitalelixier ist personalisiert, nicht wahr? Aber auf welcher Grundlage? Wir alle, wir neun, sind auf Aralon gebürtig. Meharro nicht, woher auch immer er kam. Der Bezug auf die biochemische und hyperbiologische Konstitution von Aralonen war zu spezifisch. Wir hätten ein unspezifischeres Substrat wählen müssen.«

Die Anwesenden schwiegen. Wahrscheinlich hatten sie alle längst diese Möglichkeit erwogen.

»Und Meharro soll so einen kapitalen Fehler übersehen haben?«

»Vielleicht hat er sich zu sehr als einer von uns gefühlt, um solche möglichen Diskrepanzen ins Kalkül zu ziehen«, überlegte Grandia Por.

Sentimentalität!, dachte Trantipon. *Er war anders, und er hat es uns spüren lassen.* »Lassen wir das doch. Zucry-Dal hat recht, wie sollten Vorkehrungen treffen, die notwendig werden, wenn unsere Langlebigkeit geheim bleiben soll. Oder möchte einer von uns an die Öffentlichkeit treten und seinen ... Zustand deklarieren?«

Sie waren sich einig.

Einige Montage später trugen Zucry-Dal und Stongill Handlungsmodelle vor, mittel- und langfristige Pläne. Sie wussten, dass – auch bedingt durch die eigentümliche Wirkungsweise der Vitalsubstanz – extrem lange, jahrzehntelange Ruheperioden und Regenerationsphasen nötig sein würden.

Ihre physische Erscheinung mittels eines dauerhaften und intelligenten kosmetischen Systems dem Nennalter anzupassen, war das geringste Problem. Periodisch würden sie ihren Tod inszenieren müssen – und eine Art Neugeburt. Denn keiner von ihnen war bereit, auf die erworbenen Besitztümer zu verzichten. Also wurden komplexe und weitreichende Testamente verfasst, Erbfolgen bestimmt, in die sie selbst wieder eintreten konnten.

Es war Stongill, der auf die geniale Idee kam: Die MO-Eskorte wurde offiziell in eine Stiftung transformiert, der die neun Eskortisten vorsitzen sollten. Nach dem Ableben eines – oder mehrerer – von ihnen sollten die Hinterbliebenen neue Vorsitzenden kooptieren, die, sozusagen in Würdigung ihrer Vorgänger, nicht nur deren Namen übernehmen, sondern sich mittels plastischer Chirurgie ihnen auch anähneln sollten.

Dass solche chirurgischen Eingriffe diese Ähnlichkeit in Wirklichkeit nicht vergrößern, sondern eher vermindern sollten, würde niemand erfahren. Positronisch unterstützte Zeitpläne würden dafür sorgen, dass den Eskortisten Jahrzehnte für den Wechsel ins renovierte Ich blieben.

Diesen Plan flankierend würde sich die Eskorte überhaupt mehr und mehr aus der Öffentlichkeit zurückziehen. Sie versprachen sich davon auch einen Fortschritt in der Legendenbildung um Ostiam Meharro. Wenn Trantipon, Schopsna und die anderen nicht mehr als Korrektiv zur Verfügung standen, würde MO zu einer nur noch jenseitigen Größe. Und mit dem Interesse am wirklichen Ostiam Meharro würde auch das Interesse an der Eskorte schwinden.

Und sollte in kommenden Jahrhunderten irgendein Historiker auf einen Namen wie Zucry-Dal, Erbente-Bor oder Stongill stoßen, feststellen, dass jemand dieses Namens noch lebte, und ihn ausfindig machen, könnte der betreffende Eskortist immer noch sagen: *Wie Sie wissen, bin ich Zucry-Dal VII. Es ist ein angenommener Name. Mit Details aus dem Leben des historischen Zucry-Dal kann ich nicht dienen, und die Ära des zu den Göttern erhobenen Mantarheilers Ostiam Meharro habe ich, wie man versteht, nicht erlebt. Oder halten Sie mich für unsterblich?*

Ihre zweite Regenerationsperiode verbrachten sie auf Thyamb, einem weitgehend unbewohnten Planeten auf der Northside der Debara Hamtar, der Öden Insel, viele Tausend Lichtjahre von Aralon entfernt. Die Holupa benötigten ariden, heißen Grund für den Bau ihrer Beutelstädte, und die Eskorte errichtete ihre Schlafresidenz in einer Eiskaverne auf dem Polarkontinent.

Ein hundertjähriger Schlaf im weißen Eis, und Trantipon träumte weiße Träume, wirr und fiebrig. Einige Elemente aber blieben gleich. Immer wieder befand er sich in einer Art Turm, der aus einer Folge von Rampen bestand. Ringsum fielen kalkige Blätter. Trantipon stieg die Rampen hinauf. Alles war in ein blendend weißes, erdrückendes Licht getaucht. Auf einmal erschien eine Art Alkoven, und das Bett darin war bezogen mit einem weißen, unbefleckten Laken. Er hörte eine ferne Stimme sagen: »Schön, dass du kommen konntest!«

Er war so müde und legte sich auf das Laken. Er wollte schlafen – dabei war ihm durchaus bewusst, dass er bereits schlief, dass er in diesem Schlaf träumte, aber er wollte *tiefer* schlafen, *tiefer* träumen.

Er lag, aber er fand keine Ruhe. Seine Hände fuhren über das Tuch. Alles war nass, glitschig. Er hob eine Hand an die Nase und roch. Es stank nach Kot, nach Blut und Eisen.

Trantipon sprang auf. Da sah er, dass eine Leiche unter dem Tuch lag, wie ein zerbrochenes Küken unter der Schalenhaut. Von unten her breiteten sich die Lachen aus, Blut und Kot.

»Trantipon … da ist uns wohl ein kleines Malheur passiert«, hörte er.

»Trantipon! Trantipon!« Jemand rüttelte an ihm. Langsam erkannte er Alymen.

»Lass mich endlich schlafen«, murmelte er.

»Komm schon, komm schon.« Jemand lachte im Hintergrund, Schopsna. »Du hast 144 Jahre geschlafen! Willst du dein ewiges Leben verpennen?«

Seeste Hreich betrat die Regenerationskammer. »Möglich, dass wir Thyamb schon wieder aufgeben müssen«, sagte er. »Wir kriegen nämlich bald Besuch.«

In der Zentrale der Residenz schauten sie auf den Panoramaschirm. Trantipon hielt eine Tasse mit einem warmen, dämpfenden Getränk in der Hand; Alymen hatte sich umstandslos auf seinen Schoß gesetzt, nur mit einem Slip bekleidet. Sie war noch warm vom Schlaf.

Auf dem Schirm sah man einen kleinen Konvoi von Schlitten, die von monströsen, wolligen Würmern gezogen wurden; die Schlitten trugen fellverkleidete Aufbauten, aus denen Hulopa glotzten und aufgeregt mit den Multiköpfen winkten.

»Die Tierchen haben ja erstaunliche Fortschritte gemacht«, sagte Schopsna. »Sehr rapide kulturelle Evolution.«

»Es wäre kein großes Problem, uns dieses Zeug eine Weile vom Leib zu halten«, überlegte Stongill.

»Es wäre auch kein großes Problem, uns eine neue Residenz zu bauen«, konterte Erbente-Bor.

Trantipon bemerkte, dass sich einige Augen auf ihn richteten. »Wir haben viel Zeit«, sagte er. »Wir werden eine neue Bleibe finden für das nächste Mal – wenn wir nicht stattdessen überhaupt eine Möglichkeit finden, die Regenerationsperioden weiter zu reduzieren. Das wäre mir lieber, als immer wieder eine neue Schlaf-Kolonie anzulegen. Oder zu verteidigen.«

In den nächsten Tagen versuchten die Hulopa wiederholt, in die Residenz einzudringen; ohne Erfolg. In aller Ruhe bereiteten sich die Aras auf ihre Abreise vor.

»Sprengen wir die Residenz?«, fragte Stongill.

»Stongill«, kicherte Schopsna, »was bist du für ein aggressives Ekel. Mäßige dich!«

»Hört auf«, murmelte Trantipon, »und macht euch fertig. Wir löschen die Datenbänke der Residenz und machen alle Waffensysteme unbrauchbar. Mit dem Rest sollen sich die Holupa vergnügen. Lassen wir ihnen den Kram hier als Übernachtungsgebühr.« Er lächelte. »Wir können ja in ein paar Jahrtausenden vorbeischauen, was sie daraus gemacht haben.«

Ihre Fähre hob den Eispanzer geradezu behutsam an und ließ den Holupa Zeit, mit ihren Schlittengespannen zu flüchten, bevor sie durchbrach und in den Himmel schwebte. Im Orbit riefen sie per Hyperkom ihre fünf Schiffe aus dem Ortungsschutz der Sonne.

»Treffpunkt Aralon?«, fragte Schopsna, bevor er auf sein Schiff wechselte.

»Treffpunkt Aralon in den nächsten fünf Jahren.«

Er lächelte erstaunt, als sich Stongill und Alymen zugleich erhoben. »Du fliegst nicht mit mir?«, fragte Trantipon sie.

»Mit dir bin ich doch schon geflogen«, flüsterte sie ihm ins Ohr und küsste ihn. Dann begab sie sich mit Stongill zur Schleuse.

»Tja«, sagte Schopsna zum Abschied, hob die Hand und winkte.

»Tja«, sagte Trantipon.

Er fand Aralon überlaufen, hysterisch, militarisiert. Überall lungerten arkonidische Raumsoldaten herum, meist niedere Ränge. Eine Kolonne von schwer bewaffneten Naats marschierte vorbei, hundert wuchtige Gestalten unter dem Kommando einer zierlichen arkonidischen Offizierin.

Seit Jahrhunderten herrschte Krieg, aber er schien sich nicht zugunsten des Imperiums zu wenden. Das öffentliche Holovid kündete an jeder Straßenecke von triumphalen Siegen; was Trantipon sah, strafte die Meldungen Lügen.

Die arkonidischen Raumfahrer lungerten in Straßencafés herum, tranken, inhalierten, injizierten sich Drogen und flirteten. Manche Soldatenpaare gingen zu offenen Intimitäten über, tauschten Zungenküsse, griffen einander unbekümmert in die Hosen. Niemand empörte sich. Aras waren kaum zu sehen; sie hatten sich in ihre unterirdischen Zentren zurückgezogen.

Eine News-Show feierte den Einsatz eines Flottenverbands bei Doa Zhu als richtungsweisendes Ereignis, als Beweis arkonidischer Genialität. »Der ausschließlich robotische Verband unter dem Befehl einer Strategiepositronik …«

Das also ist die Zukunft, dachte Trantipon. *Das arkonidische Imperium konvertiert zu einer Maschinenzivilisation.*

Immer wieder liefen in dem haushohen Hologramm Szenen aus der Schlacht bei Doa Zhu; in Zeitlupe sah man die Schiffe der Hoh-Danjiben aufglühen wie metallische Blumen und in Explosionswolken verwehen. Begleitet wurden die Sequenzen von Musik, die zugleich martialisch und zuckersüß klang.

»Zum Kotzen, was?«, hörte Trantipon eine Stimme.

»Einblick in Heil und Leben«, begrüßte er Schopsna, der eine Antigravschale zurechtrückte und sich setzte.

»Die Welt ist verrückt geworden«, seufzte er. »Wenn der gute Meharro das noch erlebt hätte!«

»Dann hätte er was?«

Schopsna grinste. »Wahrscheinlich hätte er darauf geschissen.« Er schnipste einen Roboserver herbei und orderte. »Sind alle da?«, fragte er Trantipon.

»Grandia Por hat mit Stiftungsgeldern ein Haus bei Pasch gekauft. Ziemlich preiswert, die Grundstückspreise in Pasch sinken.«

»Erobert sich die Eskorte neue Märkte – den Immobilienmarkt vielleicht?«, höhnte Schopsna. »Seit wann spielt Geld für uns eine Rolle?«

»Die Inflation in den letzten Jahrzehnten hat unser Kapital schrumpfen lassen«, bemerkte Trantipon.

»Na komm, dieser bizarre Krieg muss uns doch Milliarden in die Kasse spülen! Medikamente, Therapien, Operationslizenzen …«

»Du weißt schon, dass der Imperator in seiner Weisheit verfügt hat, derlei zu verstaatlichen? Was MOs war, soll des Volkes werden, und sind wir nicht alle ein Volk, ja eine große, glückliche Familie, wir Aras, Mehandor und Arkoniden?«

»Was so ein Krieg nicht alles an Familienzusammenführung leistet«, staunte Schopsna.

Er kostete von dem Gericht, das der Roboserver auftischte; er wühlte darin herum, pickte sich einige Stücke heraus, kaute, spuckte wieder aus, probierte anderes. »Synthofleisch. Das ist doch wohl ein Witz, oder?«

Trantipon lächelte. »Machen wir uns auf den Weg. Erbente-Bor hat Tiodann gebraten, wie man hört.«

Schopsna seufzte. »Viele Rezepte kennt der gute Bor wohl nicht. Na gut, lass uns gehen. Ich habe euch etwas zu erzählen. Eine gute Nachricht.«

»Oh, du hast dich in eine Sterbliche verliebt und gibst für sie deine Unsterblichkeit auf?«

Schopsna lachte auf. »Keine Sorge, mein Schatz. Ich kann dich doch nicht mit diesem Haufen Idioten allein lassen.«

Der Tiodann war echt. Er roch würzig in seiner Borkenkruste, die Sauce zimtsauer. Beiläufig erwähnte Schopsna: »Ich habe da etwas entdeckt, ein ideales Schlafquartier.«

Auf dem Weg vom Nebelsektor zurück nach Thantur-Lok hatte Schopsna einige Umwege in Kauf genommen, um feindlichen Flottenbewegungen auszuweichen. »Und wer weiß schon, wer heute feindlich, wer freundlich ist. Das ganze Imperium verwandelt sich nach und nach in Gewölle.« Er fluchte.

Im Leerraum hatte er eine verlassene Raumstation unbekannter Bauart entdeckt – ein wirklich ungeheuerer

Zufallsfund. »Nach der Transition war sie einfach da, hing dort herum, ohne Energie, wie tot.«

Schopsna erzählte, wie er eingestiegen und wie es ihm gelungen war, die Generatoren der Station zu starten und die Positronik zu aktivieren.

»Ganz neue Fähigkeiten, die wir da an dir entdecken«, lobte Erbente-Bor.

»Reich mir ein paar Gewürze, damit ich aus dem Tiodann noch etwas Brauchbares machen kann, und hör zu«, erwiderte Schopsna.

Die Speicher der Positronik seien leider leer gefegt gewesen, aber die Denkmaschine selbst hätte ihn als Autorität anerkannt.

»Ein offenbar schadhaftes Teil«, murmelte Erbente.

»Ich habe die Positronik der FOARY mit den Daten aus meiner Positronik gefüllt.« Er senkte seine Stimme und beugte sich vor in Richtung Alymen. »Meine Positronik hat die andere übernommen und randvoll mit Daten gefüllt. Und nun gehört sie uns!«

Die Raumstation sei nicht arkonidischer Bauart, aber für arkonide Lebewesen bestens geeignet, sagte Schopsna. »Wir haben, wenn ich mich nicht täusche, einen wunderbaren, mobilen Schlafsaal gefunden! Und zwar für alle Ewigkeit und – in Anbetracht unserer Finanzlage vielleicht nicht ganz uninteressant – kostenlos!«

»Mal wieder etwas geerbt«, sagte Erbente-Bor.

Jahrzehnte gingen hin. Wenige Monate, bevor die nächste Regenerationsperiode anstand, besichtigten sie FOARY und fanden sie, ganz wie Schopsna versprochen hatte, außerordentlich geeignet.

Die Eskorte zog ein.

»Ist es nicht wunderbar, wie die Dinge uns zufallen?«, fragte Kreolin und sog an einer Traumschaumpfeife.

»Hast du diesen Eindruck?«, erwiderte Trantipon.

Kreolin lachte leise in sich hinein und schloss die Augen. »Du nicht?« Er atmete, paffte ein süßlich duftendes Wölkchen aus. »Natürlich bestreite ich nicht, dass wir viel gearbeitet haben, mehr als jede Forschergeneration vor uns. Und dass wir uns« – er lächelte schief – »einiger unkonventioneller Strategien bedient haben. Bereust du es?«

»Ich habe nichts zu bereuen«, murmelte Trantipon. »Aber das meinte ich auch nicht. Nimm zum Beispiel FOARY.«

Kreolin schmunzelte. »Schopsna! Er hatte wieder einmal das Glück des Idioten. Daran dachte ich ja, als ich sagte, die Dinge fallen uns zu. Und warum sollen wir nicht hin und wieder aus seiner Gesellschaft unseren Vorteil ziehen?«

»Das Glück des Idioten?« Trantipon wog den Kopf und damit Kreolins Worte.

»Mein lieber Trantipon« – Kreolins Stimme war kaum zu verstehen, so schlaftrunken klang sie –, »ich liege am Strand eines Kristallmeeres und höre den Choral der Sterne. Wenn du mir also noch etwas sagen willst, sag es jetzt!«

Trantipon wartete, bis Kreolin der Kopf auf die Brust sackte. Eine Robotserver huschte auf einem Prallfeld herbei, löste ihm die Pfeife aus dem Mund und saugte den vom Traumschaum orangenen Speichel ab. Dann sagte er, nur noch für sich: »Manchmal habe ich den Eindruck, dass die Dinge uns nicht zufallen, sondern zugespielt werden.«

»Soll ich Heiler Kreolin diese Worte ausrichten, sobald er mich wieder wahrnimmt?«, fragte der Robotserver.

»Nein. Löschen«, befahl Trantipon. »Es war nichts von Bedeutung.«

Da Aralon und das Kesnar-System lediglich 38 Lichtjahre von Arkon entfernt waren, fühlten sie sich sicher. Die Flotten des Imperiums würden alles daran setzen, die innersten Sektoren von Kampfhandlungen freizuhalten.

Dass Aralon von den imperialen Flotten wie ein botmäßiger Klinikplanet behandelt wurde, störte sie wenig. Sie erneuerten und benutzten die Infrastruktur der Eskorten-Stiftung, traten aber öffentlich kaum in Erscheinung. Etwa zwei Jahre nach ihrer Rückkehr bat Schopsna alle Eskortisten zu einer Unterredung, und sie trafen sich am frühen Morgen in einem unterirdischen Konferenzsaal ihres Wohnturmes an der Peripherie der Stadt Pasch.

Schopsna hatte das Plenum einberufen, also eröffnete er es auch.

»Ich habe mich in den letzten Monaten intensiv mit Datenkonvoluten aus dem Nachlass Meharros befasst. Erinnert ihr euch an unser Gespräch mit ihm über Kiom Supantes Publikationen?«

»Die Fratze eines Textes«, fiel Erbente-Bor ein.

»Meharro hatte die Strategie des Medophilosophen durchschaut, Ungesagtes in den Texten so zu verstecken, dass sie nur für den Autor selbst lesbar waren«, sagte Trantipon. »Aber durch eine genaue Analyse ...«

»Ich habe Meharros Schriften nun *genau analysiert.*« Schopsna grinste breit.

»Du willst andeuten«, erriet Zucry-Dal, »dass auch Meharro seine kleinen Geheimnisse in den Datenkonvoluten versteckt hat?«

Stongill lachte leise. »Ich will das Andenken an Meharro nicht schmähen, aber unsere Produktreihen haben sich längst ein beträchtliches Stück weit von seinen pharmazeutischen Ideen entfernt. In aller Bescheidenheit glaube ich nicht, dass wir damit einen Rückschritt gemacht haben. Was ich sagen will: Wir brauchen Meharros Erfindungen nicht mehr.«

Schopsna klopfte sich leicht mit den Knöcheln an die Schläfen, ob nun beifällig oder spöttisch. »Wir eskortieren ihn nicht mehr«, sagte er, »wir haben ihn zurückgelassen.«

»Ja«, sagte Stongill. »Wir müssen doch einmal mit der Geschichte abschließen. Lass die Leute an Mo glauben. Wir wissen doch, wie synthetisch und zusammengestückelt schon seine Leiche war.«

Trantipon räusperte sich. »Lassen wir das. Wir müssen uns nicht selbst therapieren. Schopsna, was genau hast du gefunden?«

Schopsna aktivierte ein Holo, das sich in ihrer Mitte einrichtete. »Als wir noch auf Forschungsaufträge angewiesen waren, hat Meharro darauf geachtet, dass die Resultate unserer Arbeiten möglichst mehrfach verwertbar waren. Mit jedem offiziellen Auftrag erforschten wir inoffiziell einen weiteren Aspekte der Vitalsubstanz.«

Im Holo erschienen Reihen von Formeln. Sie entwickelten sich, und ab und an wurden einzelne Segmente aus ihnen herausgelöst und abseits gestellt. Aus diesen baute sich nach und nach das biohyperenergetische Modell der Vitalsubstanz auf.

»Das wissen wir doch«, sagte Stongill ungeduldig.

»Wissen wir auch, dass Meharro noch ein zweites Depot angelegt hat?«, fragte Schopsna. »Dass er auf ähnliche Art und Weise, wie er es in Sachen Unsterblichkeitsserum gehalten hat, ein zweites untergründiges Forschungsprojekt betrieben hat? Wissen wir nicht? Oh, dann, fürchte ich, ist uns etwas entgangen.«

Im Holo lief wieder die Sequenz ab, die die Entwicklung der Vitalsubstanz darstellte; diesmal aber wurden andere Datengruppen herausgelöst und zusammengefasst.

Trantipon stand unwillkürlich von seiner Sitzschale auf. »Das kann nicht sein!«

»Das ganze Programm lief unter dem Titel *Ara-Toxin*«, teilte Schopsna mit.

»Lächerlich«, entfuhr es Stongill. »Das ist kein Name. Alles, was wir herstellen, ist für sich ein Ara-Toxin ...«

»Aber ja!«, krähte Schopsna, »alles ist für sich *ein* Ara-Toxin, aber wonach Meharro forschte, ist *das* Ara-Toxin!«

Trantipon starrte ins Hologramm, las und las und wehrte sich gegen das, was er verstand.

»Meharro hat nach der Unsterblichkeit geforscht!«, rief Alymen in die Runde. »*Das* war sein Projekt! Unser Projekt!«

»Das war unser Projekt, richtig, mein Schatz. Aber es war nicht Meharros Projekt. Für Meharro war die Unsterblichkeit nur ein ... nun ja, ein Deckmantel, ein Schirm, unter dem er seine eigentliche Forschung betrieb!«

Fassungslos sah Trantipon zu, wie sich die Formel mehr und mehr zusammensetzte. In all ihren Bauelementen ähnelte sie den Komponenten der Vitalsubstanz, aber in jedem Moment war sie etwas wie ihr Schattenbild, ihre ins Verderbliche pervertierte Schwester.

Die Formel komplettierte sich nicht, aber was er sah, genügte ihm, ihre Tendenz, ihre Stoßrichtung zu erkennen.

Als Wissenschaftler hatten sie immer Einsicht in Heil und Leben gesucht, und was immer sie erforschten, welche Umwege sie auch immer einschlagen mussten, das Ziel hatte ihnen unverrückbar vor Augen gestanden.

Meharro hatte, wie die Formel zeigte, ein ganz anderes Ziel: *Einsicht in Tod und Unheil,* formulierte Trantipon für sich.

Was ihnen da vor Augen schwebte, war die – wenn auch noch unvollständige – Formel für eine Waffe. Für eine mächtige, ja so übermächtige Waffe, dass Trantipon zögern würde, wenn sie ihm jemand in die Hand legte, dass er Zweifel haben würde, ob er sie jemals anwenden könnte.

Auch dann, wenn es Meharro wäre, der sie mir in die Hand legen würde?, dachte er. Einen Moment lang überwältigte ihn das Gefühl, beides sein zu können: Herr über Leben *und* Tod.

Er konnte sich nicht vorstellen, was der Allmacht näher kommen sollte als diese Gewalt.

Langsam trat er an das Holo, streckte die Hand aus und führte sie in das bewegte Bild aus Licht.

»Bei Mo«, flüsterte er, »Meharro – was hast du getan?«

Trantipon unterbrach seine Erzählung. Er hatte den Kamm des Walls erreicht. Unter sich sah er die schwarzen Wasser des Schachtmeeres, das sich bis zum Horizont erstreckte. Die Oberfläche des Wassers lag unbewegt, glatt wie ein schwarzer Spiegel. Kein Wind ging.

»Und weiter?«, fragte die Positronik.

Trantipon überlegte. »Nichts weiter. Alles endet hier.«

»Das verstehe ich nicht«, sagte die Positronik.

Wieder dachte Trantipon nach. »Ich verstehe es auch nicht«, gab er zu.

In den Gärten der Erinnerung

Rhodan wusste, dass der Einsatz energetischer Waffen den Moby nicht angreifen, sondern füttern würde. Selbst nukleare Sprengkörper dürfte er mittlerweile verkraften.

Natürlich führten die Quarantäneschiffe diverse Säuren und ätzende Laugen mit sich, aber nur in Quantitäten, die für die Größenordnung eines Mobys ineffektiv waren.

Eines der Schiffslabore würde immerhin mit der Synthese einer Säure beginnen, die STOG annähernd ähnlich war. Voraussichtliche Produktionszeit für die ersten hundert Liter: 14 bis 16 Stunden.

Rhodan fragte nach chemischen Sprengstoffen. Die CONNOYT kündigte an, binnen der nächsten zwei Stunden nennenswerte Mengen zum Planetentransformat zu liefern.

»Verfügt ihr über Drucklufthämmer?«, erkundigte er sich und schilderte einem zugeschalteten Ingenieur der CONNOYT das Arbeitsprinzip solcher Maschinen, gab Stichwörter wie Pressluft, Kompressor, Kolben und Meißel.

»Für den Betrieb dieser Maschinen brauchten wir Luft. Und Energie ...«, hörte Rhodan.

Es war eine bildlose Verbindung, voller Störgeräusche; die SPIVIM musste als Relaisstation dienen.

Rhodan verstand die Antworten des araischen Bordingenieurs nur bruchstückhaft: Luftanlieferung in Flaschen, Bereitstellung, Metallgießerei. Der Ingenieur wollte versuchen, drei oder vier Laboraggregate, die ihm dazu tauglich schienen, in geeignete Werkzeuge umzubauen. Allerdings würden die Maschinenhämmer vom Ausmaß her nicht sehr viel kleiner ausfallen als die Mini-Space-Jet. Und ob solche Hämmer die Lösung waren? Würde das Planetentransformat nicht die für den Betrieb gedachte Energie konsumieren?

»Lasst euch etwas einfallen!«, rief er zurück. »Ihr seid Aras – das genialste Volk der Galaxis!«

Nachdem Rhodan diese Bestellungen aufgegeben hatte, rüsteten sie sich aus und starteten. Sie trugen einfache Desintegratoren bei sich, wohl wissend, dass deren Einsatz unter deren Bedingungen des Mobys fragwürdig war.

Die SPIVIM projiziert einen Leitstrahl zu dem Schacht, von denen die Drohnen kalkulierten, dass er zur Hirnkapsel führen würde. Dort übernahm Gfender Taxam die Steuerung. Der Weg ins Innere war nur in groben Umrissen bekannt. Zwei Drohnen waren in den Schacht und das anschließende Labyrinth der Stollen eingedrungen, aber unterwegs im Energiechaos verschollen.

Bereits unmittelbar unterhalb der Oberfläche geriet die Mini-Jet in normal- und hyperenergetische Turbulenzen, die den positronischen Autopiloten der Jet blendeten. Taxam übernahm die Steuerung per Hand. Er flog so sicher, dass er auch nach Passage der Turbulenzen nicht wieder an die Positronik übergab.

Er schaltete die Außenscheinwerfer ein. Durch die Panzerglassitkuppel sah Rhodan die Schachtwand. Meist schimmerte sie wie Anthrazit. Hin und wieder huschte ein silberner Faden scheinbar knapp unter der Oberfläche der Wand her, halb Wurm, halb Entladung.

Der Schacht bog in einem Winkel von 80 Grad in die Horizontale, verlief wenige Meter geradeaus, sank dann wieder steil ab. Dieses Knie erwies sich für die Jet als unpassierbar.

»Wenn wir weiter vorrücken, stecken wir fest. Tut mir leid«, teilte Gfender Taxam mit.

Rhodan löste den Sicherheitsgürtel und erhob sich. »Wir gehen zu Fuß.«

Auch Taxam machte Anstalten aufzustehen.

»Du nicht. Wir brauchen dich für den Rückweg.«

Es war, als entwickele Rhodan einen mentalen Sog. Nicht einmal Pron Dockt diskutierte seine Anweisungen.

Rhodan, Dockt, Pehdry-Klakolai und Taotroc stiegen aus, aktivierten die Helmscheinwerfer, passierten mit einigen Schritten den kurzen Stollen und standen an der Fortsetzung des Schachts.

Taotrocs Multifunktionsarmband lotete ihn aus. »Eintausendvierhundertvierundvierzig Meter.«

Taotroc ließ sich von Taxam eine automatische Seiltrommel aus der Jet reichen. Er klebte sie für den Notfall an den Schachtrand. Sollten ihre hyperenergetisch arbeitenden Geräte versagen, würde die mit einfachem Strom versorgte Trommel sie mechanisch zurückziehen.

Und auffangen, falls die Antigravtornister während des Sinkfluges gestört würden.

Rhodan befestigte das Seilende mit einem Karabinerhaken an seinem Gürtel, danach klinkten sich die Aras ein. Taotroc machte den Abschluss.

Als alle gesichert waren, tat Rhodan einen Schritt über den Rand hinaus ins Leere und glitt als Erster nach unten.

Wenn die Lotungen stimmten und sie das Puzzle der Daten, das die Sonden vor ihrem Untergang geliefert hatten, richtig zusammengesetzt hatten, lag ein Weg von etwa 200 bis 300 Kilometern vor ihnen, bis sie die Hirnkapsel betreten würden, eine Kaverne von selbst wieder 30 bis 40 Kilometern Durchmesser.

Rhodan war, als ob etwas im Aufbau des Mobys nicht stimmte. Hatten die andromedanischen Sternenwanderer das Gehirn nicht näher an der Oberfläche getragen? Oder tiefer?

Nutzloses Grübeln. Die telemetrischen Analysen aller Sonden und die Auswertungen dieser Daten durch den positronischen Verbund der Ara-Raumer ließen keinen anderen Schluss zu. Der Moby – *dieser* Moby – entwickelte nur zwei Mega-Organe: den Magen und das Hirn.

Eine ökonomische Lösung, dachte Rhodan und grinste in sich hinein.

Sie erreichten die Sohle des Schachts, wo er in einen zwar abschüssigen, aber begehbaren Stollen auslief. Sie lösten die Haken vom Gürtel.

Rhodan nickte seinen Begleitern zu. »Wir lassen den Antigrav in Betrieb und fliegen.« Offenbar floss durch den Gang noch keine Energie. Aber selbst wenn, musste das keine Lebensgefahr bedeuten. Wenn er sich nicht täuschte, wurde das Instinktgehirn eines Mobys nicht mit Hyperenergie versorgt. Die Feldschirme ihrer Anzüge sollten mit den normalenergetischen Strömen fertig werden.

Schließlich trug man – Hyperimpedanz hin oder her – nicht mehr die musealen Aggregate des 25. Jahrhunderts, sondern Hochleistungsgeräte arkonidischer oder mehandorscher Fertigung, die in ihren Bauprinzipien auf terranische Technologie zurückgriff.

Die Positroniken arbeiteten in diesem Stollen scheinbar störungsfrei.

Sie schossen durch die Gänge, Rhodan vorweg. Einige Minuten verlief ihr Flug ohne Vorkommnisse, dann rief Rhodan »Stopp!«, warf sich mit einer schnellen Drehung herum und fing die nachfolgenden Aras ab.

»Wieso?«, fragte Pehdry-Klakolai.

Rhodan wies nach vorn.

»Gang verengt sich«, erklang es in den Helmlautsprechern.

»Die Positroniken reagieren verzögert«, stellte Rhodan fest und schaute angestrengte voraus. »Vergrößern«, befahl er dem Visier.

Der Gang verengte sich tatsächlich, nicht nur in dem Sinn, dass er weiter vorn enger war als hier, er zog sich aktiv zusammen. Die Einschnürung bewegte sich auf die Gruppe zu.

Jetzt sah es auch Pron Dockt. »Wir müssen umkehren.«

»Das wird ein Problem.« Rhodan wies nach hinten. Auch aus dieser Richtung schloss sich der Gang wie eine Rosette.

»Was sollen wir tun?« Pehdry-Klakolais Stimme bebte.

»Wir können nichts tun«, erkannte Dockt.

Taotroc aktivierte das Antigravtriebwerk und flog zum Verschluss des Ganges. Verdutzt sah Rhodan, wie der Ara sich mit beiden Händen gegen die herannahende Wand stemmte. *Schiere Verzweifelung*, dachte er.

Tatsächlich kam die Wand einige Meter weiter zum Stillstand. Taotroc blieb noch einige Augenblicke stehen, dann flog er zurück zur Gruppe.

»Hast du es stoppen können?«, fragte Pehdry-Klakolai.

»Nein. Es ist von selbst zum Stehen gekommen«, antwortete Taotroc in aller Ruhe, als würde es tatsächlich in seiner Macht liegen, spazierende Felsen aufzuhalten.

Hysterie, diagnostizierte Rhodan.

Taotroc sah ihn lächelnd an, löste die Verschlüsse seines Schutzhelms und klappte ihn nach hinten. »Ich komm ganz gut zurecht«, hörte Rhodan ihn in seinem Helmlautsprecher – obwohl im Moby keine Atmosphäre herrschte, also auch keine Schallwellen übertragen werden konnten. Und obwohl Taotroc die Lippen nicht bewegt hatte.

Rhodan warf Pehdry-Klakolai einen leicht tadelnden Blick zu. »Ich hätte es vorgezogen, wenn du mich schon zu Einsatzbeginn darüber informiert hättest, dass wir einen Androiden mitnehmen. Oder einen Roboter?«

»Weder noch«, hörte er Taotroc. »Ich habe zwar einen androiden Körper, aber etliche im Kern biologische Organe, besonders hier!« Er tippte sich an die Stirn.

»Ein lebendes Gehirn?«, fragte Rhodan nach.

Taotroc hob lächelnd zwei Finger. »Beide nicht ganz vollständig, beide durch einen Unfall in der Substanz betroffen. Aber wir kommen ganz gut zurecht.« Er grinste. »Wäre ich Bürger der Liga, würde ich zwei Stimmen beantragen.«

»Wie viele stehen dir auf Aralon zu?«

»Keine.« Taotroc lachte. »Ich gelte als Eigentum von Pehdry-Klakolai.«

»Hast du irgendwelche mechanischen Mittel, uns hier herauszuholen?«, fragte Rhodan.

»Nein«, räumte Taotroc ein. »Meinen Messungen zufolge liegen vor und hinter uns etliche Kubikmeter massives Gestein. Sollen wir es mit den Desintegratoren versuchen?«

Rhodan nickte. Er zog seine Waffe, aktivierte sie und schoss. Da keine Atmosphäre herrschte, erzeugte der Schuss keinerlei optische Nebenwirkungen.

Im Zielgebiet vergaste Gestein, aber das Gas wurde sofort von der Felsenwand aufgesaugt. Zugleich stülpte sich der Stein ein wenig vor; es wirkte, als wüchse dort ein Stalagmit, dünner und dünner werdend, auf die Quelle der Energie zu. Als die Felsnadel fast einen halben Meter lang war, brach Rhodan den Versuch ab.

»Und jetzt?«, fragte Pehdry-Klakolai. Er sah Rhodan an, als müsse der nun mindestens ein Wunder wirken.

»Wir warten«, entschied Rhodan und setzte sich auf den Boden.

Nach einigem Zögern folgten die anderen seinem Beispiel.

Sie warteten einige Stunden lang. Dann öffnete sich der Gang so unverhofft wieder, wie er sich verschlossen hatte. Die fünf aktivierten die Antigravtriebwerke und flogen einige Sekunden, dann setzten die Maschinen aus. Rhodan und Taotroc fingen den Sturz mit einer Rolle ab; die anderen prallten gegen die Wand, ohne sich allerdings zu verletzen.

Auch die Positronik hatten den Betrieb eingestellt.

Sie mussten gehen.

»Der Moby weiß nicht, was er will«, bemerkte Pehdry-Klakolai. »Mal dreht er uns die Energie ab, mal lässt er sie unbehelligt.«

»Ich denke, der Moby *weiß* noch gar nichts, weil sein Instinktgehirn noch nicht in Betrieb ist. Zumindest ist es noch nicht voll funktionstüchtig. Wahrscheinlich hat er noch Schwierigkeiten, eigene Energie und fremde Quellen auseinanderzuhalten.«

»Oclu-Gnas und ich würden formulieren: Er hat sich noch nicht selbst erkannt.«

Rhodan nickte Pron Dockt zu. »Die andromedanischen Mobys verfügten über autark operierende Einheiten, die wir als *Energiepolizisten* bezeichneten. Sie ermittelten und vernichteten Fremdkörper im Moby. Dazu waren sie durch ein einfaches kristallines Gehirn befähigt.«

»Ein Immunsystem«, erkannte Pron Dockt.

»Etwas in der Art. Allerdings waren die Mobys von Bioparasiten befallen. Gegen die wurden die autonomen Energiezellen aktiv.«

»Hier gibt es keine Bioparasiten, also werden keine Polizisten aktiv«, überlegte Pehdry-Klakolai.

Pron Dockt machte eine abwehrende Geste. »Falscher Schluss. Es gibt solche Bioparasiten wohl – uns nämlich. Aber der Moby ist noch nicht in der Lage, uns als Eindringlinge zu identifizieren.«

»Und die Energiepolizisten lagern irgendwo, bis der Moby sie ruft?«, fragte Pehdry-Klakolai.

Wieder verneinte Pron Dockt. »Rhodan sprach davon, dass die Polizisten einen kristallinen Bewusstseinskern besaßen, ein Gehirn. Ich sehe hier keine Strukturen, die – wie ein Knochenmark – solche Konstrukte erzeugen könnten. Meine Theorie: Die sogenannten Biopolizisten sind direkte Abkömmlinge des Instinktgehirns – Splitter. Solange das Instinkthirn nicht arbeitsfähig ist, kann es auch keine Polizeizellen abschnüren.«

Rhodan nickte. »Deswegen keine gezielte Attacken gegen uns. Und deswegen ein völlig unkalkulierbarer Umgang mit den Energien, die in unseren Geräten umlaufen.«

»Es wird sich ändern, wenn das Instinktgehirn anläuft«, prognostizierte Taotroc. »Wir haben nur eine Gnadenfrist.«

Ihren Berechnungen zufolge befanden sie sich höchstens 20 Kilometer vor der Hirnkaverne, als Rhodan die Hand hob und stoppte. Er bückte sich, hob etwas auf, hielt es sich vor die Augen und betrachtete es eingehend. »Was ist das?«, fragte er leise, richtete sich auf und zeigte das Fundstück den anderen.

Es ging von Hand zu Hand.

»Eine Skulptur«, befand Pehdry-Klakolai.

Die Figur, kaum größer als eine Handspanne, stellte unstrittig ein Tier dar. Rhodan setzte sie auf seine Handfläche. Sie stand aufrecht auf zwei Beinen, ihr Schwanz stützte es, sie hielt die Arme oder Vorderläufe von sich gestreckt.

Die Figur war erstaunlich fein und detailliert gearbeitet. Rhodan sah auf dem Schädeldach des Tiers ein winziges, drittes Auge, umgeben von buschigen Wimpern. Die Figur bestand aus demselben Material wie der Moby, einer schwarzen, kristallinen Substanz.

»Wer hat das gemacht?«, fragte Rhodan.

Die Aras sahen ihn ratlos an.

Er verstaute die Figur in einer Tasche seines Anzugs.

Sie gingen weiter.

Nach etwa zwei Kilometern mündete der Gang in eine Höhle. Sie richteten die Helmscheinwerfer nach oben, doch die Decke entzog sich ihren Blicken. Wenige Minuten später waren auch die Seitenwände kaum mehr auszumachen.

Rhodan suchte sie mit dem Scheinwerfer. Der Strahl ließ die Wände eher erahnen denn sehen und hob eine unglaubliche Szenerie aus der Dunkelheit. Im Licht schien es, als drückten sich säulenartige Wülste aus der Wand und strebten hundert, zweihundert Meter hoch Richtung Decke.

Schweigend folgten die Aras dem Scheinwerferlicht.

»Wie ein antiker Tempel«, flüsterte Rhodan. »Haben wir Kontakt zu Taxam und zur SPIVIM?«, fragte er ins Helmmikrofon.

»Taxam hier. Ich höre euch schlecht. Ich kann mit Stö Baudegg kommunizieren, aber nur akustisch. Was gibt es?«

»Ich weiß nicht. Nichts«, sagte Rhodan und ging weiter, schräg links in Richtung Wand. Er hoffte, dass sie, wenn man sie entlangging, zum gegenüberliegenden Ausgang führen würde, zur Fortsetzung des Ganges, durch den sie zur Hirnkaverne zu gelangen hofften.

Der Boden der Höhle senkte sich fast unmerklich ab. Hier und da schälte das Licht erratische Blöcke von Mobysubstanz aus der Finsternis, die dort lagen wie die Findlinge einer schwarzen Eiszeit.

Die Aras folgten Rhodan eng hintereinander.

Taotroc entdeckte die nächste Statue. Sie lag auf dem Boden und stellte ein Tier dar, von dem Rhodan nicht hätte sagen können, ob es schwamm oder flog. Es ähnelte einem irdischen Rochen, wies aber in den Einzelheiten große Unterschiede auf.

Taotroc hob die Statue auf und drehte und wendete sic in den Händen. Sie maß fast drei Meter Spannweite – der Flossen oder der Flügel.

Je näher sie der Wand kamen, desto mehr Monolithe fanden sie, und immer wieder neue Skulpturen. Die Tiere, die sie darstellten, kamen Rhodan teilweise bekannt von, teilweise waren sie völlig fremdartig. Bei einigen Figuren war nicht zu sagen, ob sie Tiere oder Pflanzen darstellten.

Einmal türmte sich eine Statue vor ihnen auf, die eine Art bemoosten Fleischklumpen mit Dutzenden von muskulösen Fangarmen zeigte.

Dann entdeckte Rhodan ein Telefon.

Seine araische Begleitung konnte die Skulptur nicht deuten. »Was ist das?«, fragte Pehdry-Klakolai.

»Es ist eine Telefonsäule. Solche Geräte hat man von Jahrtausenden auf der Erde verwendet, um über große Entfernungen miteinander zu sprechen. Das hier ist die Hörmuschel, das ist eine Wählscheibe.« Rhodan versuchte, den Hörer von der Gabel zu nehmen, aber die Säule war offenbar aus einem Stück gefertigt.

Hinter dem nächsten Monolithen stand ein Chevrolet Bel Air aus schwarzem Moby-Kristall, komplett mit den charakteristischen Heckflossen. Er hatte selbst als junger Mann, mit 20 oder 21 Jahren, so ein Auto gefahren – gefahren, aber nicht besessen. Jonathan, kurzfristig sein Zimmernachbar auf der Kadettenschule der U.S. Air Force, hatte ihn zwei- oder dreimal den Wagen lenken lassen, den er von seinem Vater zum 21. Geburtstag geschenkt bekommen hatte. Ein Traum von einem Automobil mit der Klimaanlage, der Servolenkung und dem Automatikgetriebe. Viel zu teuer für die Rhodans.

»Ein früher irdischer Gleiter?«, fragte Pron Dockt.

Rhodan antwortete nicht. *Dinge. Tiere. Welche Dinge, welche Tiere? Ein Muster,* dachte er, *es muss ein Muster dahinter stecken.*

Sie kamen an einen Haufen Menschen. Die Statuen lagen aufeinandergeworfen kreuz und quer. Arme und Beine wiesen wie Stacheln aus dem Konvolut fort. Unwillkürlich berührte Rhodan die schwarze, kristalline Haut mit den Sensorflächen seiner Handschuhe.

Kalt, dachte er und las die Temperatur vom Armband ab: *Minus drei Grad Celsius. Die Körpertemperatur eines Mobys.*

Die Wand wölbte sich einwärts zu einer Nische. Rhodan leuchtete sie aus. Es war ein Ensemble, das an einem Tisch saß. Eine Frau links, das steinerne Haar in toten Locken, ein Mann rechts; zwischen sich zwei Kinder, ein Junge, ein Mädchen.

Das Mädchen hatte ihren Arm ausgestreckt, hielt etwas zwischen ihren Fingern einem Tier hin, das auf zwei Beinen, abgestützt vom Schwanz, auf dem Tisch stand. Rhodan bemerkte das dritte Auge auf dem Schädeldach des Tieres.

»Haben wir Kontakt nach draußen?«

»Ich kann dich gut verstehen, und momentan funktioniert auch die Verbindung zur SPIVIM. Was kann ich tut?«

»Frag bitte nach, ob die Positronik eines der Quarantäneschiffe über die Fauna von Remion Daten findet«, bat Rhodan. Dann schilderte er das Tier, das auf dem Tisch stand, den Rochen, der vielleicht ein Flugtier war, und den bemoosten Tentakelträger.

Wenige Minuten später hörte er Taxams Stimme, diesmal wieder unter Knistern und Rauschen: »Positiv. Du hast Tiere beschrieben, die auf Remion *Cyclones* genannt wurden, gesellige Steppentiere. Das andere könnte der Spezies der *Mantas* entstammen, das dritte rechnet die Positronik zu den *Matóns*.«

Rhodan bedankte sich.

»Und?«, fragte Pehdry-Klakolai. »Siehst du nun klarer? Was hat es deiner Meinung nach mit diesem Zoo auf sich, diesem Skulpturenpark?«

»Ich bin noch nicht sicher. Meine Vermutung ist absurd …«

»Das ist alles absurd!«, schrie es mit einem Mal aus Pron Dockt heraus. »Dieses ganze Planetentransformat ist absurd, eine ungeheuere Absurdität, die den Verstand beleidigt! Moby! Was soll das sein? Was soll das hier?« Er machte mit beiden Armen eine rudernde, alles umfassende Bewegung. »Was sind das für Gänge und Schächte? Wozu braucht der Moby die? Fließt Wasser dadurch? Blut? Energie? Und dann deine Energiepolizei, die Parasiten – das sieht alles wie eine Karikatur eines biologischen Organismus aus! Aber das hier ist kein biologischer Organismus! Das hier ist ein Haufen toter Schlacke! Warum benimmt er sich dann nicht so? Warum findet sich hier dieses absurde Museum?«

Rhodan nahm den Ausbruch ruhig hin. »Du hast recht, Pron. Mit allem, was du sagst. Es ist eine ungeheuere Absurdität. Wir dürfen sie aber nicht ausblenden. Vielleicht ist sie keine Randerscheinung, sondern führt uns zum Kern der Dinge. Wir müssen es ins Kalkül ziehen.«

»Ebenfalls absurd. Noch absurder. Absurdistisch«, ereiferte sich der Ara. »Wo ist er denn, der Kern der Dinge?«

Rhodan machte eine vage, nach vorn weisende Handbewegung. »Wir sind auf dem Weg dahin.«

»Du bist blass«, erkannte Taotroc. »Geht es dir nicht gut?«

»Es geht mir nicht gut«, gab Rhodan zu. »Aber ich will nichts daran ändern.«

Sie fanden den Eingang zum Tunnel, der in Richtung Hirnkaverne führen musste. Der Boden war überhäuft mit Skulpturen.

Die Wände waren in ständiger, langsamer Bewegung. Wellen krochen darüber hin. »Stopp«, kommandierte Rhodan und leuchtete ein Segment der Wand aus. Es sah aus, als wäre es ein Stück schwarzer Leinwand, in das sich von hinten ein Gesicht, ein Körper drückte. Allmählich trat der Kopf, dann der Leib mehr und mehr in den Vordergrund und löste sich endlich wie ein riesiger Tropfen aus einer zähen Masse.

Es war ein Mann. Zeitlupenhaft hob er den Arm und streckte ihn aus, und aus dem Handrücken wuchs ein großer schwarzer Schmetterling mit vier Flügeln – vielleicht auch eine Libelle.

Rhodan schloss die Augen, wandte sich ab und ging weiter.

»Was ist das?«, schrie Pron Dockt.

»Das sind die Gärten der Erinnerung«, sagte Rhodan müde. Er merkte, wie sich ihm die Nackenhaare sträubten. »Angelegt und bestellt von den toten Gärtnern.«

»Ich verstehe das nicht! Absurd!«, rief Dockt. »Versteht ihr das?«, richtete er sich an die beiden anderen Aras.

»Ich bin mir nicht sicher«, sagte Taotroc. »Resident? Es sind die Remiona, nicht wahr?«

»Ja. Es sind die toten Remiona«, sagte Rhodan. »Ich denke, es verhält sich so: Das Ara-Toxin – der planetarmodifizierende Wirkstoff – arbeitet tief greifender, als wir es uns bislang vorgestellt haben. Es ist nicht nur auf der physischen und biochemischen Ebene aktiv, sondern auch auf der der ÜBSEF-Konstante. So, wie es die materiellen Substanzen *aufkocht*, wie es sie entstrukturiert und anschließend restrukturiert, verfährt es auch mit den metamateriellen Systemen. Es zerstört sie, nimmt ihnen alle Gestalt, vermengt sie und gibt ihnen dann eine neue Form.«

»Die Form eines Moby-Instinktbewusstseins«, ergänzte Taotroc.

Rhodan nickte leicht. »Diese Umwandlung scheint die komplexeste zu sein. Und bis sie abgeschlossen ist, kommt es zu ...« Er wies mit der Hand auf die eben aus der Wand getropfte Skulptur. »Ich habe keine Ahnung, welche Prozesse hier wirklich ablaufen, aber ... die Restbewusstseine oder ihre Splitter träumen, und sie geben ihren Träumen Gestalt. Sie träumen von sich, von ihren Familien, von den Tieren und Pflanzen ihres Planeten. Von Dingen und Gegenständen, die sie liebten: Von Antiquitäten, Oldtimern, von ... ja, von all dem.«

Sie schwiegen.

»Aber bald ...« soufflierte Taotroc leise, und Rhodan fuhr fort: »Aber bald wird sich das Semibewusstsein des Mobys installieren. Und die einzelnen Bewusstseinsfragmente werden endgültig untergehen. Nur ihre primitivsten Funktionen werden erhalten bleiben: Selbsterhaltungstrieb, Hunger, Richtbewegungen zu den möglichen Nahrungsquellen.«

»Wenn du recht hast«, sagte Pron Dockt, »braucht der Moby, wenn er *lebensfähig* sein soll, diese Zufuhr an metamaterieller Substanz. An ÜBSEF-Konstanten?«

»Ja«, sagte Rhodan. »Womit die alte Frage beantwortet wäre, ob Mobys wirklich leben. Sie tun es.«

»Interessant«, sagte Pron Dockt. »Ist dir klar, was das bedeutet?«

»Du meinst: Was es über das hinaus bedeutet, was wir jetzt eben gedacht haben?«

»Oh ja. Deine Hypothese klingt plausibel. Aber die Konsequenz ist interessant.«

»Welche Konsequenz denn noch?«

Pron Dockt grinste an ihm und den anderen beiden Aras vorbei. »Du hast von den andromedanischen Mobys erzählt. Auch sie hatten ein Instinktgehirn mit einem Instinktbewusstsein. Dürfen wir nicht davon ausgehen, dass auch diese Bewusstseine das Produkt eines Transformationsprozesses waren? Dass für jedes von ihnen eine planetare Bevölkerung verbraucht worden ist?«

Rhodan antwortete nicht.

»Dürfen wir nicht davon ausgehen, dass der Grundstoff für jeden Moby ein bewohnter ... ein von Intelligenzwesen bevölkerter Planet war?«

Noch immer schwieg Rhodan.

»Wie viele Mobys hat es in Andro-Beta gegeben?«, fragte Pron Dockt.

»Millionen«, sagte Rhodan.

Im 25. Jahrhundert hatten die Meister der Insel die Mobys als *Wächter* in Andro-Beta patrouillieren lassen – wieder ein Euphemismus: *als ultimative Abschreckungswaffe* würde den Fakt treffender beschreiben.

Per Hyperenergiereizung hatten die MdI diese Waffe aktiviert und gesteuert, und sie hatten mit ihr unzählige Planeten zerstört.

Nun war deutlich, dass schon die Produktion der Waffe unvorstellbare Mengen Leben gekostet haben musste.

Und jetzt entstanden die Mobys hier, in der heimatlichen Milchstraße, eingeschleppt wie eine tödliche Seuche, diese uralte Waffe der Meister, deren Herrschaft doch seit Jahrtausenden vergangen sein sollte.

Reichte ihr Schatten wirklich so weit?

Sie gingen weiter.

Wir gehen immer weiter, dachte Rhodan bitter. *Aber die Meister halten Schritt, so tot sie auch sind.*

Trantipon taucht unter

Trantipon stand am Ufer des Schachtmeeres und lauschte dem Ruf.

Er war leise und eindringlich zugleich, süß und bitter, und er erreichte Trantipon in Gestalt unzähliger, kleiner Stimmen. Sie drangen in ihn durch alle Poren, rieselten und rannen, fanden und verbanden sich zu Rinnsalen, zu Flüssen und Strömen von Information, fluteten sein Denken, lockten und befahlen ihm.

Dabei blieb Trantipon unschlüssig, ob der Ruf eigentlich ihm galt, dem Ich, das in diesem Leib hauste wie ein Fremder. Manchmal schien ihm, als würden diese unzähligen Stimmen einer Schar von Dingen gelten, einem Volk von Artefakten, die ihn besiedelt hatten, und es war, als belausche er die Unterhaltungen einer ganzen Zivilisation.

Trantipon ging ins Wasser.

Er watete. Das Ufer war für wenige Schritte seicht, dann senkte sich der Boden steil ab. Das Wasser reichte ihm bis zur Brust, zum Kinn. Trantipon tauchte unter und sank.

Er sank schnell, spürte, dass seine Füße schwer und gefühllos wurden. Die Nano-Legionen schöpften Stoffe aus dem umgebenden Wasser, verwandelten seine Füße und Beine in metallische Gewichte.

Trotzdem dauerte seine Niederfahrt viele Stunden.

Wieder sorgte die Nano-Industrie für ihn, strukturierte seinen Leib um. Sie panzerte ihn und rekonstruierte aus den Relikten von Beugefalten im Halsbereich Kiemen.

Der ständige Umbau seiner Physis verwirrte ihn. Seine Psyche, mühselig rekonstruiert und voller Brüche und Verschrobenheiten, löste sich von den so lange gebrauchten Sinnen. Doch die neuen, die ihm tief im Schachtmeer zuwuchsen, verschafften ihm keine Orientierung. Alles war fremd, im selben Moment zu klein und zu groß, wie eine metallische Münze, die er kaum zwischen den Fingerkuppen fassen konnte, während sie zugleich auf ihm lastete wie eine mondgroße Scheibe aus Messing.

Sein Geist nomadisierte durch die wüsten Hallen der Erinnerung. Er entdeckte alte Bekannte, die zu Statuen erstarrt waren, zu Idolen, die starr ins Nichts blickten:

Seine Pseudoschwester Pautipoi, in deren gläsernem Leib ein großes Feuer loderte, ohne sie zu verzehren; die Hure Anini Stauwach, aus deren Schoß sich eine Flut von Sternen ergoss; Kiom Supantes Leiche, über die sich Schopsna beugte, trunken vor Gelächter; Ostiam Meharro, Elkoi Ferada und Staynnoo, alle drei verschlungen in einer einzigen, obszönen Umarmung, zu der sie eine ganze Herde winziger Aras anfeuerte, die immerzu schrie: *MO! MO! MO!*

Alles bedrängte ihn, die Visionen widerten ihn an, sie waren unrein, entstellten die Erinnerung. Damit er das alles nicht mehr hören, nicht mehr sehen, nicht mehr denken musste, krümmte er sich zusammen zu einer Kugel. Er fand in seiner Mitte den Dolonen. Der Dolone sah ihn aus seinen schwarzen Augen an, voller Mitleid, und konnte sprechen. Er sagte immerzu: *Armer Trantipon!*

So sank er zum Grund des Meeres. Seine schweren, metallischen Beine drangen bis zu den Knien in den Tiefseestaub ein. Etwas öffnete seine Augen, seine Sinne, und er sah.

Von der Grube ging eine Art Licht aus, ein undefinierbares und in sich verkehrtes Licht. Es schien Trantipon, als könne er Schatten sehen, viel dunkler als die umgebende Dunkelheit.

Die Grube war tief, 300 oder 400 Meter, quadratisch, eine Kantenlänge von vielleicht 50 Metern. Aus ihren Wänden wuchsen Stiele oder Spangen, in denen tonnenförmige Gebilde hingen, von denen Trantipon wusste, dass es Särge waren. An manchen Stellen lagen die Sargtonnen dicht an dicht wie Ähren, anderswo hing eine Tonne allein.

Die Leichen in den Sargtonnen waren nicht heil. Nicht, weil aasfressende Organismen sich den Weg durch die Wände der Tonnen gebahnt hätten: Die Tonnen hielten dicht und hüteten ihren Inhalt wie aus Eifersucht.

Die Leichen waren schon vor ihrem Begräbnis zerstört worden, zerschmettert und zerstoßen, ihre Trümmer in einen lebensfeindlichen Sirup eingelegt.

Warum konnte er das Unsichtbare sehen?

Warum konnte er das Tote spüren?

Trantipon fühlte sich mit den Fremden in den Sargtonnen verbunden. Es war, als bestünde ein Geheimabkommen zwischen ihnen, ein Einverständnis tief unterhalb der Ebene des Bewusstseins. Eine Urverwandtschaft.

Er überlegte, und endlich erkannte das, was noch der geniale Wissenschaftler in ihm war, die Ursache für diese Deckungsgleichheit des völlig Ungleichen: Er – diese *trantiponeske Reflektion* – war kein lebendiger Geist mehr, doch zwischen ihm und dem unumkehrbaren Tod war eine unendlich dünne Membran gespannt, in dem die Fragmente des toten Trantipon gefangen und zusammengehalten wurden wie in einem Netz.

Er erkannte, dass diese Membran ein Artefakt war, künstlich erzeugt, wahrscheinlich von Plob Arnoyn. Er befragte die Nanolegion und recherchierte.

Plötzlich brach die Fülle der Erkenntnis über ihn herein. Ja, Arnoyn hatte Mittel und Wege gefunden, die ÜBSEF-Konstante zu regenerieren. Und: Nein, seine Mittel waren unzulänglich gewesen.

Sein Ansatz war klug gewählt, allerdings nicht zu Ende gedacht. Dieser jämmerliche Dilettant hatte wesentliche Parameter außer Acht gelassen.

Dass sein Versuch bei ihm, Trantipon, geglückt war, verdankte er einer Komponente, die rein zufällig mit ins Spiel gekommen war. Einem feinen, paramentalen Hintergrundsgespinst.

Niemals hätte Plob Arnoyns Reproduktionsmaschine ihren Zweck erfüllt, wäre nicht zur selben Zeit am selben Ort, im System der Sonne Salida, eine unsagbar tief greifendere Metamorphose abgelaufen: die Mentalmodulation des Planetentransformats. Die davon bewirkten psychogenen Wellenfronten hatten sich mit den Impulsen der Arnoynschen Maschinerie gekreuzt. Erst gemeinsam hatten sie diese singuläre Wirkung entfaltet.

Trantipon erkannte die bittere Ironie: So, wie das Planetentransformat sein Produkt war, war er das Produkt des Planetentransformats.

Und es hatte einen weiteren Korrespondenten gegeben, einen Zufallsgast im großen Spiel: den Planeten Oyloz mit dem absonderlichen Träumer und, in der Tiefe der Planetenkruste, dieser Totenburg.

In der etwas *war*. Sein Bewusstsein schwang mit im Rhythmus des Fremden, das auf unerhörte Weise vibrierte: ihn rief, nach ihm verlangte, nach ihm gierte, als sei er der Erlöser von allem.

Trantipon galt alles gleich. Er hatte keinen Geschmack mehr für die Zukunft, fühlte weder Hoffnung noch Sorge. Er streckte die Arme über den Grubenrand aus und spreizte alle Finger. Die Fingerkuppen öffneten sich mehrfach, hundertfach. Wie Sprünge, die durch Glas gingen, zogen unendlich dünne Nanostränge durch das Wasser und bahnten sich ihren Weg zu den Sargtonnen. Trantipon spürte, dass er selbst als Vorreiter auf den Strängen saß, auf jedem Strang ein Partikel seiner mentalen Substanz.

Sie fädelten sich in die hyperdimensionalen Siegel der Sarkophage ein und erbrachen sie. Er wurde zum Schlüssel für die vielen Schlösser. Die Tonnen öffneten sich, barsten. Myriaden winziger, kaum sichtbarer Teilchen strömten zusammen, umwirbelten sich, ein schwarzes Gewölk. Die Partikelströmung erzeugte ein Echo in Trantipons Bewusstsein. Düstere Leuchterscheinungen glommen.

Hier und da blitzte die Kontur eines größeren Segments auf, gelblich, hornig und gekrümmt wie ein alter Zehennagel.

Das fahle Gewitter nahm an Heftigkeit zu. Irgendetwas projizierte ein Fluidum von Licht. Langsam wurden in der Mitte der Wolke umfangreichere Strukturen erkennbar, zunächst schemenhaft, wie zur Probe, doch allmählich verfestigten sie sich.

Das Erste, was Trantipon erkannte, als er in den Wirbel der Elemente schaute, war ein sternförmiger Mund, ein nie gesehenes Maul mit fünf fest aufeinandergepressten Kiefern.

Langsam wuchs um den Mund herum eine leibliche Basis, verlängerte sich nach hinten, wand und krümmte sich wie ein Horn. Rings um ihn bildeten sich kurze, schaufelförmige Organe aus. Als würde ein unsichtbarer Baumeister in rasender Geschwindigkeit Molekül auf Molekül setzen, entstanden jetzt fünf Arme, die rasch länger und kräftiger wurden.

Während sie wuchsen, bildeten sich auf ihren Rücken Dornen und Stachel aus. Jeder Arm musste zwei oder drei Meter lang sein, als er sich in drei Zweige gabelte. Die Greiflappen bewegten sich in alle Richtungen, reckten sich.

Jetzt war der biologische Staub fast aufgebraucht. An der Basis der fünf gewaltigen, geschmeidigen Arme, dort, wo sie in den zentralen Rumpf einmündeten, bildeten sich Spalten aus und öffneten sich langsam. Einen Moment lang dachte Trantipon, die Innenseiten dieser Taschen wären mit einem Pelz besetzt, so viele flimmernde Härchen wurden sichtbar.

Dann wölbten sich die Wände vor, zogen sich wieder zusammen, vor und zurück in einem trägen, mächtigen Rhythmus. Es waren offenkundig Bursen, die zu atmen begannen.

Die Enden der dreigeteilten Arme härteten aus, verhornten, formten Widerhaken und Spitzen. Als wäre er eingeweiht in diesen Leib, wusste Trantipon, dass diese Klauen arkonitharte Werkzeuge waren.

Der Organsack hatte sich mit einer Glasur überzogen, mit einer dunkelblauen, wie Porzellan schimmernden Haut. Plötzlich leuchtete in der Glasur ein handtellergroßer Fleck auf, strahlte in allen denkbaren Farben wie eine Schale voller Edelsteine.

Langsam ruderten die fünf Arme, schlängelten sich, suchten.

Einer dieser Arme fuhr auf ihn zu, die drei bewehrten Lappen scherten auseinander. Zwischen den Lappen leuchtete ein Auge von einem überirdisch reinen Blau.

Es betrachtete Trantipon.

Dann öffneten sich die Kiefer mit einem schrillen, alle Wassermassen durchdringenden Schreien.

Oder Jauchzen.

Nur am Rande nahm Trantipon wahr, dass auch der Rekreationsprozess der anderen Gewebewolken abgeschlossen war. Es mussten Dutzende dieser riesenhaften, herrlich-monströsen Wesen sein, wenn nicht Hunderte.

Der fünfarmige Gigant vor ihm schrie noch immer.

Plötzlich hörte Trantipon die Stimme seiner Positronik. »Ich bin der Eigentümer von allem, erstatte, was meines ist, zurück mit Buße.«

Trantipon brauchte einen Moment, bis er begriff, dass es nicht die Positronik war, die ihm etwas sagen wollte, sondern dass es der Denkmaschine gelungen war, das Gekreisch der Kreatur zu übersetzen.

Der eine Arm, dessen Auge ihn beobachtete, zog sich zurück, hielt an und fügte die Hornlappen zu einer Speerspitze zusammen. Mühelos pflügte er durch das drückende Wasser, drang ein in Trantipons Brust, spreizte sich dort auf.

»Ich bin der Eigentümer von allem«, hörte Trantipon.

Dann, wie auf eine geheime Verabredung hin, begann die Schar der Riesen zu steigen.

Aufwärts wie im Rausch. Die Kreaturen rissen ihn mit sich. Sie passierten die Zone der ewigen Kälte, in der das Wasser, das auf dem Wasser lag, unvorstellbar lastete, mehr als zweitausend Bar hydrostatischer Druck.

Trantipon spürte mit einem ihm bislang unbekannten Sinn den dünnen Regen des Detritus, der unaufhörlich in die Tiefe sank, organische Schwebstoffe, Relikte abgestorbener Organismen.

Zum ersten Mal seit seiner Wiedererweckung vernahm er in sich etwas wie eine Emotion, eine leise Wehmut, dass man ihn um die Auflösung betrogen hatte, wie sie diesen Leichen zuteil geworden war. Er wäre sich so gern losgeworden. Er wäre gern Totenregen im Totenregen gewesen.

Sie gerieten in Schichten voll falscher Dämmerung, in der riesenhafte, schwach bläuliche Ballen trieben, Kadaver hünenhafter Tiere, die von ganzen Kolonien von Würmern, Krebsen und Bakterien bevölkert wurden. Einige dieser Arten mussten dieses Licht in der Finsternis erzeugen, vielleicht, um so ihre Artgenossen anzuziehen, zu signalisieren: Hier ist Nahrung, hier sind Zeugungspartner, hier ist eine Insel im Nichts, die als Brutstätte taugt.

Er sah einen Ring, viele Meter im Durchmesser, den er einen Moment lang für ein einzelnes Tier hielt, bis er erkannte, dass sich etliche schlangenförmige Individuen ineinander verbissen hatten, eines tief in den After des anderen gekrochen war.

Trantipon beobachtete. Er sah dem Leben im Schachtmeer zu wie in einem Labor, sah es größer und vielfältiger werden und zahlreicher. Er trieb durch ein Feld kopfgroßer, kalkiger Eier, die alle miteinander mal um eine Handbreit stiegen, mal sanken. Keinerlei Sinnesorgane waren zu sehen, keine Münder, keine Ohren. Wie verständigten sie sich?

Mehr und mehr Licht fiel ein. Es ergoss sich von Riffen, die aussahen wie glühendes Eisen, weiß und rot, und Hitze verströmten. Salida kam als großer, verwaschener Fleck Helligkeit in Sicht; die Sonne musste über dem Schachtmeer im Zenit stehen.

Er sah den glitzernden Film der Wasseroberfläche und durchstieß ihn.

Oder war er vielmehr hindurch gestoßen worden von dem Arm, der ihm in die Brust gefahren war?

»Warum gerade dich?«

Die Karawane Ghaivecc stoppte, weil die Borloomer, die in den Fesselluftballonen Ausschau hielten, einen Artgenossen am Rad des Schienenstranges entdeckt hatten, verletzt und völlig erschöpft. Er war, wie er dem Karawanenführer schilderte – und wie Ekkut Champam es später Tifflor erzählte –, aus seiner Karawane geworfen worden, die unterwegs nach Poi war.

Der Schienenstrang war zu diesem Zeitpunkt noch beträchtlich weiter westlich verlaufen und hatte sich mittlerweile vor dem Feuer nach Osten verlagert; das Feuer selbst musste sich in dem ausgedehnten Teermoor festgefressen haben, das es in den letzten Stunden durchquert hatte.

»Geschieht es oft, dass Borloomer über Bord geworfen werden?«, fragte Tifflor.

»Selten«, sagte Champam. »Nie.«

»Und warum haben die Borloomer dieser Karawane ... wie hieß sie gleich ...?«

»Syolocc.«

»Warum haben diese Borloomer einem von ihnen das angetan?«

»Haben sie nicht. Es war kein Borloomer, sondern ein Remiones. Einer wie du.«

»Sind viele *wie ich* auf Oyloz unterwegs?«

»Wenige. Keine.«

Doch, einer, dachte Tifflor. *Denn wenn ich in den Augen des Borloomers wie ein Remiones aussehe, tut Trantipon es auch.* »Wäre es möglich, mit diesem Borloomer zu sprechen, den ihr gerettet habt?«, fragte er den Karawanenführer.

Der Borloomer nannte sich Orontiu Pleca. Tifflor hatte erwartet, einen lädierten Leib zu sehen, einen zerkratzten, zerschundenen Panzer. Aber der perlmuttfarbene Stoff wirkte rein und heil.

Dafür, dass der Borloomer kürzlich von einem Humanoiden aus dem Waggon geworfen und fast getötet worden war, schaute er Tifflor und die Detekteinheit, die sich der Terraner von ihrem neuen Besitzer ausgeliehen hatte, überraschend gelassen an.

Tifflor stellte sich vor und sagte: »Ich bin auf der Suche nach einem Mann, der viele Remiona ermordet hat. Ich habe von deinem Unglück gehört. Ich möchte wissen, ob es sich um ein und denselben Täter handelt.«

»Klären wir es.«

Tifflor nickte dem Roboter zu, der ein dreidimensionales Abbild Trantipons projizierte. »Ist er das?«

»Ich kann ihn nur halb sehen«, sagte der Borloomer mit einem milden Erstaunen. »Seine Aura ist abgeschält.«

Tifflor überlegte, was der Borloomer meinen könnte. »Die Aura?«

Der Borloomer lächelte, merkwürdig menschlich. »Ihr Remiona habt nur Augen für das Licht. Solche haben wir auch.« Er zeigte auf das äußere Augenpaar mit der blassblauen Iris. »Wir Borloomer können aber auch den Lebensausdruck sehen, die Aura.« Er schloss die blauen Augen und öffnete das innere Augenpaar, das aussah wie zwei schwarze Mandeln.

»Du kannst auch meine Aura sehen?«

»Natürlich.«

»Auch die Aura meines Begleiters?« Tifflor wies auf die Detekteinheit.

»Du glaubst, das Ding hätte eine Aura?«, fragte der Borloomer amüsiert.

»Also nicht?«

»Wie denn? Es lebt doch nicht!«

»Ich habe die Organstruktur des inneren Augenpaares gescannt«, mischte sich die Detekteinheit ein. »Spuren von Khalumvatt in einem organischen Gewebe, dessen Nervenfaserbündel unmittelbar in ÜBSEF-relevante Hirnregionen münden.«

Das Aurensehen der Borloomer war also weder Scherz noch Aberglaube. Die Welt war voller Wunder.

»Kannst du dich an sein Gesicht erinnern?«, fragte er.

Pleca fuhr den Hals aus und streckte den Kopf ins Hologramm, nahm wieder Abstand, betrachtete die Trantipon-Darstellung im Profil. »Ja«, sagte er dann. »Dieser.«

»Dieser hat dich aus dem Waggon geworfen? Warum gerade dich?«

»Weil ich träume«, sagte der Borloomer.

Aha, dachte Tifflor. *Ich träume auch.* »Was genau ist geschehen?«

Orontiu Pleca erzählte, wie er die Ereignisse wahrgenommen hatte: Trantipon hatte die Karawane Syolocc angehalten und eine Passage gekauft, und zwar nach Pycchur. Warum? Orontiu Pleca vermutete, dass Lautrec Divyrrt, sein Karawanenführer, den Fremden mit dem Versprechen dorthin gelockt hatte, man könne in Pycchur eine neue, sehr viel schnellere Lok erwerben, mit deren Hilfe die Karawane rascher an das eigentliche Ziel des Fremden gelangen würde: das Schachtmeer Ylucc oder die dortige Karawanserei Poi.

Der Karawanenführer hatte die neue Lok erworben; unmittelbar darauf war die Karawane in Richtung Poi gestartet.

Was auch immer der Fremde dort wollte: Dank der schnellen, neuen Lok hatte er nun einen ziemlichen Vorsprung.

Tifflor nickte. *Kein Problem. Mit dem Gravopak des Anzugs würde er diesen Vorsprung rasch aufgeholt haben. Allerdings würde seine Annäherung Trantipon möglicherweise nicht verborgen bleiben. Welche Vorkehrungen würde der Mantarheiler treffen?*

»Sei nicht deprimiert«, holte ihn der Borloomer aus seinen Gedanken, die er zu lesen schien. »Ich weiß eine Möglichkeit, wie wir in Weltrekordzeit nach Poi kommen.«

»Eine Möglichkeit, von der dein Karawanenführer dem Fremden nichts gesagt hat?«

»Warum hätte er das tun sollen? Lautrec Divyrrt ging es nur um die neue Lok. Es gibt einen anderen, noch schnelleren Weg. Aber du wirst für die Passage zahlen müssen. Wer fährt schon freiwillig nach Poi?«

Sie hielten in der Kleinkarawanserei Badrolc. Tifflor betrachtete das Gerät, während Orontio Pleca und der andere Borloomer miteinander den Preis verhandelten, redeten, tuschelten und schrieen.

Er kannte derartige Maschinen aus dem Museum für Technikgeschichte in Terrania. An etlichen Details wurde deutlich, dass dies hier kein von Menschen gebauter Apparat war, aber er war seinen terranischen Gegenstücken von der Idee her und in der Bauweise erstaunlich ähnlich.

Am Bug der Rumpfgondel saß ein Motor für den hölzernen Propeller; das Strebe- und Verspannungssystem war unverkleidet, ein Gitterschwanz. Die Flügel erreichten nur eine geringe Spannweite von 15 oder 16 Metern, aber da die Tragflächen dreifach vorhanden waren, ergab sich insgesamt eine üppige Fläche.

Tifflor sagte sich, dass die Maschine dadurch sehr schnell an Höhe gewinnen und in der Luft außerordentlich wendig sein musste.

Die übereinanderstehenden Flügel waren über Pylonen miteinander verbunden, um ein Flattern zu verhindern. Auf der obersten Tragfläche saßen nicht weniger als acht weitere Motoren.

Das Getöse der Verhandlung war verklungen; Orontio Pleca und der andere Borloomer waren sich, wie es schien, handelseinig geworden. Sie kamen auf Tifflor zu.

Orontio Pleca stellte ihm den anderen vor als Klatco Intapv, Fahrzeugpionierin. Ein weibliches Exemplar also.

Ungeduldig stampfte die Borloomerin mit allen vier Füßen. Endlich unterbrach sie Plecas Ausführungen und sprach Tifflor direkt an: »Sicher bist du begierig darauf zu erfahren, was das für ein Ding ist, mit dem ich dich fahren soll?«

»Sehr«, sagte Tifflor.

Dass er selbst kein Borloomer war, schien die Pilotin nicht zu registrieren, oder sie überspielte es mit grandioser Nonchalance.

Sie zählte allerlei technische Daten auf.

Tifflor hörte nur halb hin. Sein Translator musste, was die Kraftentfaltung des Motors anging, passen, aber die Geschwindigkeit war immerhin bemerkenswert: 360 Werst – das entsprach über 400 Stundenkilometern.

»Sicher ist dir aufgefallen, dass die Zapfen der Räder eher flach sind. Damit, glaubst du, ist keine sichere Haftung in den Schienen möglich. Oder, oder?«

Tifflor fragte mit zitternder Stimme: »So schnell, mit 360 Werst über die Schienen? Ist das nicht gefährlich?«

»Gefährlich? Es *wäre* gefährlich, wenn wir mit der Spitzengeschwindigkeit fahren würden. Aber wir *fahren* ja gar nicht!«, rief die Borloomerin aus, legte eine kunstvolle Pause ein, um die Spannung zu erhöhen, und setzte ein geradezu goldenes Lächeln auf. »Die Wahrheit ist: Es braucht die Schienen überhaupt nicht. Wir könnten sogar vom Wasser aus starten. Aber ich habe die Schwimmer abmontiert und die Räder aufgesetzt. Ob du es glaubst oder nicht, es rollt nicht einen Werst, und dann hebt es sich in die Luft. Nicht nur für einen Sprung über ein Hindernis, sondern überhaupt. Es ist ein Flugzeug. Es ist zwar keine Rakete, aber es kann fliegen!«

»Du flunkerst!«, hauchte Tifflor.

»Du wirst es erleben, wenn du dich traust!«

»Du kannst wirklich uns beide mitnehmen, Orontio Pleca und mich?«

»Wird schon gehen«, sagte Klatco Intapv.

»Wann können wir los?«

»Sofort!«

Die Maschine stieg rasch auf. Tifflors Messgeräten im Armband zufolge kletterte sie in viereinhalb Minuten auf knapp 1500 Meter Höhe. Immerzu verdrehte Klatco Intapv den Hals, um Tifflor und Orontiu Pleca technische Daten zuzuschreien. Ihre Stimme dröhnte vor Begeisterung. Ihren Erläuterungen zufolge betrug die Gipfelhöhe des Dreifachdeckers etwa 2000 Meter.

Tifflor spürte den Anstieg mit dem ganzen Leib; als die Maschine eine steile Rechtskurve flog, bemerkte er, wie die Partien seines Gesichtes förmlich verrutschten.

Er erkannte, dass die Borloomerin ihr Flugzeug leidenschaftlich liebte.

Sie flogen über die grauen Ebenen von Oyloz, auf denen hier und da einsam eine Karawane dahinzog. Sie sahen Flächen, gemasert von Lava. Sie sahen Wälder, die in Flammen standen, und ein Wind kam und wirbelte einen Funkenteppich auf, der sich unter ihnen ausbreitete wie ein brennendes Firmament. Sie durchflogen eine Wolke, in der es sirenengleich flüsterte, und erkannten, das die Wolke ein Lebewesen aus durchlässiger Haut, Gas und flüchtigen Kristallen war. Sie überquerten das große Konchols-Gebirge, den breiten Schattenstreifen von Dyrydon und die Große Mulde der Geysire.

Dann kam das Schachtmeer Ylucc in Sicht, und sie landeten.

»Ich danke dir sehr«, rief Tifflor gegen das Rattern des Motors an, »du hast uns gut geflogen in deinem wunderbaren Gerät. Du bist eine große Borloomerin!«

Die Pilotin starrte ihn an und begann zu lachen. »Eigentlich nennt sich mein Volk nicht Borloomer«, schrillte Orontiu Pleca ihm zu, als sie aus dem Flugzeug gestiegen waren und der Pilotin, die gleich wieder starten wollte, nachgewunken hatten.

»Sondern?«, fragte Tifflor.

»Nur, wenn es dich interessiert ...« Pleca zögerte.

»Es interessiert mich sehr.«

»Du wirst es nicht publizieren?«

Tifflor verstand. Pleca wollte ihm etwas anvertrauen, und das war als ein Freundschaftsbeweis gedacht.

»Es wäre mir eine Ehre, euren wirklichen Namen zu erfahren, und ich werde ihn nicht publizieren.«

»Wir nennen uns Siccyi. Das ist ein Wort aus einer sehr alten Sprache. Es bedeutet: die Entkommenden.«

Tifflor nickte. Er musste nicht nachfragen, wem die Entkommenden entkamen: dem ewigen Feuer, das sie vor sich hertrieb seit Anbeginn.

»Auch solltest du nicht veröffentlichen, was Borloom bedeutet. Es ist ein recht eitler Name, und ich bin mir nicht sicher, warum unsere Altvorderen sich den Astronauten aus dem All so vorgestellt haben. Vielleicht fanden sie es erheiternd, als Borloomer angesprochen zu werden.« Er machte eine Pause.

Tifflor wusste, dass er jetzt wieder sein Interesse bekunden musste. »Also?«

»Nun, mit *Borloom* bezeichnen wir eine bestimmte Kopulationstechnik, bei der man besonders eifrig ... ach, du kannst es gar nicht genau begreifen, da dir die dazu notwendigen Reproduktionsorgane fehlen.«

Tifflor lachte. »Lass gut sein, Pleca. Ich denke, ich habe verstanden.« Er grinste, als er sich vorstellte, welchen Spaß es den Siccyi bereiten musste, von irgendwelchen dahergeflogenen Raumfahrern als *Borloomer* angesprochen zu werden.

In Poi am Ufer des Schachtmeeres Ylucc arbeiteten vier Werften. Eine davon fertigte Raketenkomponenten für die Sternenkarawanserei Typellci, fast 3000 Werst von Poi entfernt. Typellci war das Tor zu den Sternen, das Tor zur Zukunft.

Die Schlote der Eisenöfen verdunkelten den Himmel von Poi, es roch nach Rost und Schwefel. Auf großen Halden lag das Erzgestein, das von den Karawanen herbeigeschafft wurde, den ganzen langen Weg vom Konchols-Gebirge her; daneben Dünen von Feldspat und Kalkstein. Wenn das Erz verhüttet und mit Kohlenstoff versetzt zu Stahl geworden war und die ring- oder tonnenförmige Gestalt von Raketenstufen angenommen hatte, holten Karawanen, deren Leit- und Wohnwaggons mit Chrom verspiegelt waren, die edlen Teile zurück an den Fuß des Gebirges, nach Typellci.

Schon aus der Luft hatte Orontiu Pleca die Karawane Syolocc entdeckt, die in Poi eingelaufen war. Der Borloomer sorgte sich offenbar, deutete auf Tifflors Nachfrage aber nur an, dass sein Kummer eine sehr private Ursache habe.

Tifflor wollte ihn nicht bedrängen.

Poi quoll förmlich über von Borloomern. Es verblüffte Tifflor, wie wenig Notiz hier von ihm genommen wurde, der für oylozsche Verhältnisse doch eine exotische Gestalt sein musste. Vielleicht gebot es die borloomsche Mentalität, Neugier nicht offen zu zeigen, wenigstens nicht im Umfeld einer Karawanserei.

Es drängte Orontiu Pleca, zu seiner Karawane zurückzukehren. Tifflor begleitete ihn. Nicht einmal eine Stunde nach ihrer Landung in Poi hatte er dank Pleca in Erfahrung gebracht, dass Trantipon die Karawane verlassen hatte und in Richtung Schachtmeer gegangen war.

Tifflor marschierte los, und Pleca begleitete ihn.

Sie erreichten das Ufer. Tifflor schaute suchend. Ein Schienenstrang lief bis zum Ufer und darüber hinaus, hob vom Boden ab, vollführte einen hohen Bogen durch die Luft und tauchte etwa einen halben Kilometer vom Land entfernt ins Wasser ab.

Tauchte sehr tief, wie Pleca ihm berichtete. Die U-Boote der Karawanserei Poi hätten die Bruchstelle des Gleises zwei Kilometer tief unter der Oberfläche geortet. Wobei *Bruchstelle* anscheinend das falsche Wort war: Das Rotgold des Gleises war mit einem unvorstellbar sauberen Schnitt durchtrennt worden.

Am Ufer des Schachtmeeres waren Buden und Metalliglus aufgebaut. Borloomer hausten in ausrangierten Waggons. Pleca fragte herum und fand die Stelle, in der Trantipon vor vielen Stunden ins Wasser gegangen war.

»Ins Wasser gegangen?«, fragte Tifflor nach. »Und dann? Ist er wieder aufgetaucht?«

»Nein«, sagte Orontiu Pleca. »Das ist er nicht.«

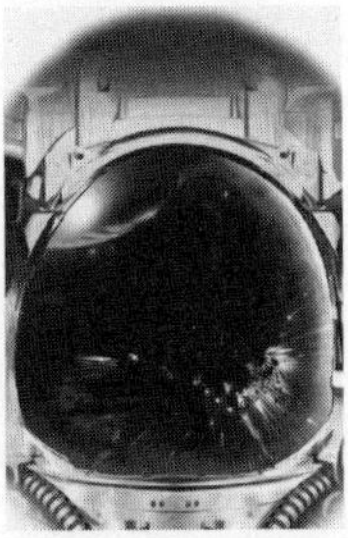

Die neun Träume des Orontiu Pleca

Traum Nr. 7: Kleine Lüge

»Da bist du ja wieder, Orontiu Pleca!«

»Da bin ich wieder. Du wolltest mir eine Geschichte erzählen, erinnerst du dich?«

»Ach ja, die Geschichte. Sie ist ein kleines Geheimnis, weißt du, und ich weiß nicht, ob ich sie dir so ohne Weiteres erzählen darf!«

»Du hast es versprochen!«, rufe ich.

»Na gut«, sagt sie, »na gut, na gut.«

Sie beginnt: »Denk dir ein Volk, das von Stern zu Stern reist, von Sterneninsel zu Sterneninsel, von Sterneninselmeer zu Sterneninselmeer. Sie sind nicht viele, aber sie sind mächtig. Sie sind alt, doch das wollen sie nicht wahrhaben. Sie wollen spielen, verstehst du?«

»Ja«, sage ich.

»Was ich bezweifele«, kichert sie, so jungmädchenhaft, dass es mich erregt. »Sie nehmen Partei; sie werden Partei. Sie lassen sich ein in andere Völker, andere Zivilisationen, werden ihr Teil. Wenn sie Teil geworden sind, beginnen sie ihr Großes Spiel. Sie entzweien ihre Wirtsvölker, benachbarte Kulturen. Sie entwerfen neue Lebewesen und hetzen sie auf friedliche Staaten.«

Ich frage sie: »Wie kann man Leben und Lebewesen entwerfen?«

Sie lächelt. »Glaub mir, es gibt Mittel und Wege. Dieses Volk entwirft und entwickelt Leben, Waffen, Kulturen. Aber nicht, um das Weltall zu bereichern, sondern als gewaltige, wunderbare Figuren für ihr Großes Spiel. Sie führen die Parteien in den Krieg. Sie lassen verwüstete Länder zurück, zerstörte Planeten, verheerte Sterneninseln.«

Ich frage: »Warum tun sie das? Wissen sie nicht, was gut ist und böse?«

Sie sagt: »Wer weiß denn, was gut ist und böse? Du vielleicht? In der Tat wissen sie es übrigens nicht. Aber das ist nicht die Ursache ihrer Gier nach dem Großen Spiel: Sie wissen nicht, was der Tod ist. Sie haben ihn verlernt. Infolgedessen wissen sie auch nicht mehr, was das Leben ist. Für sie ist alles nur noch Spielzeug im Großen Spiel.«

»Oh«, sage ich.

»Denk dir ein Volk, das diesem Volk gleich ist, aber älter, noch viel älter. Sie sind in gewissem Sinne die Vorfahren des verspielten Volks. Wir wollen dieses uralte Volk die Sharifen nennen.«

»Weil sie so heißen?«

»Weil weil. Die Sharifen haben, wie viele andere Völker auch, beizeiten Mittel und Wege gefunden, sich von allem Stofflichen zu lösen und auf Reisen zu gehen, auf Reisen, von denen du und ich uns keine Vorstellungen machen können. Leider waren nicht alle ... nennen wir es: zum Aufbruch bereit. Und die, die zurückblieben ...«

»... begannen das Große Spiel«, errate ich. »Aber was habe ich mit diesem Großen Spiel zu tun? Oder wir Siccyi? Oder Oyloz?«

»Das weiß ich nicht«, gesteht sie ein. »Vielleicht war Oyloz einst ihr Spielfeld, ein winziges Segment des Spielfeldes. Vielleicht haben die Sharifen aber auch Oyloz als etwas anderes ausersehen.«

»Als was?«

»Als Tresor. Als Kerker für etwas, das nie mehr ins Leben zurückkehren darf. Für eine der Figuren, wie sie ihre Nachfahren erzeugt haben. Oder für ein ganzes Set dieser Figuren. Für etwas, das im Schachtmeer begraben liegen sollte.«

Ich spüre, wie mich Entsetzen packt, kalt und schier. Ich rufe: »Und begraben *liegt* für alle Zeit; sage das so: *Und begraben liegt für alle Zeit!*«

Sie lächelt dünn. »Und begraben liegt für alle Zeit. Auch wenn ich fürchte, dass dieser letzte Satz meiner Geschichte ein klein wenig gelogen ist.«

»Warum?«

»Weil sie, wie ich fürchte, wieder aufsteigen werden aus ihrer Gruft, Orontiu Pleca. Weil sie sich, um die Wahrheit zu sagen, bereits regen.«

»Das ist nicht gut.«

»Gut ist das nicht.«

»Kann ich es verhindern? Kann ich verhindern, dass das Ungute über die Welt kommt?«

Sie lächelt traurig. »Ich fürchte, das kannst du nicht. Du bist schon Teil des Spiels.«

»Dann ist alles verloren«, erkenne ich plötzlich.

»Du brauchst einen Bürgen. Ja, ein Bürge wäre gut. Ein Bürge, der nicht Teil des Spiels ist.«

»Wo soll ich einen solchen Bürgen finden?«

»Du wirst ihn erkennen.«

»In einem Traum?«

Sie lacht leise. »Glaubst du wirklich, du träumst in deinen Träumen, Orontio Pleca?«

Der unaufhaltsame Aufstieg der Midyacco

Das Schachtmeer brodelte und schäumte auf. Tifflor sah Orontio Pleca an, aber dessen Gesicht spiegelte völlige Ratlosigkeit wider. Das Meer warf einen Flitter aus, ganze Schauer von silbrig glitzerndem Konfetti. Es bildete Wirbel, stob auf, verteilte sich. Tifflor erkannte, dass es ein ganzer Schwarm winziger fliegender Fische war. Der Schwarm orientierte sich und zog dann pfeilschnell über die Wasseroberfläche ab.

Tifflor spürte, dass die anderen Siccyi, die sich am Ufer aufhielten, unruhig wurden: die Fischer, die Forscher, die Touristen. Auch aus der kleinen Gemeinde, die in dem Konglomerat aus Zelten, Baldachinen, zweckentfremdeten Kesseln und ausgemusterten Waggons wohnte, strömten Neugierige ans Ufer, um das Naturschauspiel zu betrachten.

Von dem Tifflor nicht glaubte, dass es ein natürliches Phänomen war.

Eher aus den Augenwinkeln nahm er wahr, dass der Schienenstrang, der weit zu seiner Linken wie eine Parabel vom Boden abhob und kurz über der Wasseroberfläche unvermittelt abbrach, seine Farbe zu einem intensiveren Rot wechselte, als glühe er. Die Aufmerksamkeit des Terraners gehörte dem, was in diesem Moment aus dem Wasser stieg.

Die Geschöpfe waren riesenhaft, peitschten das Wasser mit ihren Extremitäten, wälzten sich oder staksten an

Land. Sie erschienen ihm uralt, gleichzeitig aber wie neugeboren, Wesen, die sehr lange im eisernen Panzer der Zeit gesteckt hatten und ihre vielen Glieder nun zum ersten Mal wieder in die Gegenwart reckten. Sie barsten förmlich vor Kraft, vor Gewalt.

Ihre Leiber waren gewaltig, selbst in dem Moment schon, als sie an Land krochen.

Auf den ersten Blick erinnerten ihn die Wesen an ins Gigantische vergrößerte Seesterne. Aber das war nur eine grobe Annäherung, der Versuch seines menschlichen Gehirns, in dem Monströsen etwas Vertrautes zu entdecken, ein ordnendes Element, einen Anhaltspunkt.

Diese vage Ähnlichkeit währte nur so lange, bis sich die ersten der Kreaturen auf ihren Extremitäten aufrichteten und dabei ungeheure Muskelringe und -stränge zeigten. Ja, genau das war es: eine Präsentation schierer körperlicher Macht und Überlegenheit.

Jeder ihrer fünf Arme maß drei oder vier Meter; der Zentralkörper vielleicht noch einmal einen Meter. Sie hielten alle fünf Extremitäten ausgestreckt, standen auf zweien, balancierten auf einem oder pendelten auf dreien zu den Seiten.

Sie verharrten.

Tifflor konnte keinen Überblick gewinnen; immer noch strömten neue Kreaturen aus dem Schachtmeer hinzu. 30, 100, 200 – es war nicht zu sagen. Die Wesen nahmen Aufstellung, bildeten Formationen hintereinander, umschlangen einander zu anwachsenden Knäueln, zu Reigen, die um ein gemeinsames Zentrum rotierten. Alles erweckte den Eindruck, als träfen sie Vorbereitungen. Aber worauf?

Orontio Pleca drängte sich an Tifflor. Der Perlmuttpanzer war angenehm glatt, fast so warm wie seine Haut. Er flüsterte: »Midyacco.«

Hießen diese Wesen so?

Dann übersetzte der Translator: »Das Verderben.«

Tifflor bemerkte, dass er instinktiv den Strahler gezogen und entsichert hatte. Hatte die Erfahrung ihn nicht gelehrt, fremde Wesen nicht nach ihrem Äußeren einzuschätzen, nicht nach dem ersten Eindruck zu werten?

Die Erfahrung hatte ihn so einiges gelehrt. Etwa, auch auf winzigste Veränderungen zu reagieren, und so war ihm der leichte Lichtwechsel auf der Haut der Fremden nicht entgangen, die kaum sichtbare Nuancierung in der Schwärze ihrer Haut. Er hatte Ähnliches gesehen, wenn Icho Tolot und andere Haluter das Gewebe strukturverhärtet und ihren Leib in Kampfmaschinen verwandelt hatten.

Diese Geschöpfe waren nicht einfach aus dem Meer aufgetaucht wie fantastisches Strandgut. Sie waren gekommen, um in den Krieg zu ziehen.

Tifflor stellte den Strahler auf Impulsfeuer ein, höchste Intensität.

In diesem Moment begann das Gekreisch. Es gellte in den Ohren, dröhnte im Schädel, stieß wie eine akustische Faust in den Bauch. Tifflor stöhnte gequält auf. Endlich interpretierte die Positronik das infernalische Geheul als einen Angriff, aktivierte den Schutzschirm und modulierte ihn so, dass er einen großen Teil des Lärms dämpfte.

Tifflor sichtete das Heer der Fremden. An einer der Kreaturen fiel ihm eine Irregularität auf. Die optische Funktion des Helmvisiers zoomte einen Laufarm heran.

Er erkannte Trantipon, der auf den Arm aufgespießt steckte wie ein wahnsinniger Wimpel. Der Arm hatte ihn zwischen Brust und Bauchraum durchbohrt, und der Ara hätte längst tot sein müssen. Aber seine Lippen bewegten sich, als hielte er Zwiesprache mit seinem Träger.

Irgendetwas hielt ihn am Leben – *seine nano-medizinischen Implantate,* dachte Tifflor, *wenn nicht sogar die Midyacco-Kreatur. Aus welchem Grund, mit welchen Mitteln auch immer.*

Tifflor bemühte sich, neutral zu denken, seine Vorbehalte gegen den Ara abzuschütteln. Konnte er diesmal, jetzt und hier, nicht Opfer sein? Aber das Gefühl blieb, als wären diese beiden, Trantipon und der Fremde, Trantipon und die Horde aus dem Schachtmeer, *Verbündete.*

Endlich hatte der Translator Zugang zu dem wogenden Gekreisch gefunden und übersetzte es: »Gerechtsam ist, wer das ihm Gebührende tut.«

War mit ihnen zu reden? »Übersetze ihnen das!«, beauftragte er der Positronik. »Was gebührt uns?«, fragte er in sein Multifunktionsarmband. Es übertrug die Worte in die Sprache der Fremden, projizierte ein akustisches Feld und erhöhte die Lautstärke, sodass seine Stimme über die ganze Ebene hallte. Sie klang nicht mehr menschlich, ein schrilles Kreischen, ein ins Maßlose gesteigertes Zinngeschrei.

»Was euch gebührt: zu sterben von unserer – folgender Begriff ist nicht wörtlich zu verstehen: – Hand. Rühmt euch« – der Translator zögerte einen Moment – »dieses Todes, nicht profan niederfahren zu müssen in den Schlund.«

Die Frequenz des Gekreisches änderte sich. Die Armee der Fremden setzte sich in Bewegung. Wie überdimensionale Räder, die auf den Speichen liefen, rollten sie in Richtung der Waggonsiedlung.

Sie rasten an Tifflor vorbei.

Tifflor hatte den Antigrav eingeschaltet und die Strecke im Flug überbrückt. Trotzdem fand er, als er zwei oder drei Minuten später am Ort des Geschehens eintraf, nur noch Trümmer vor.

Unterschiedslos hatten die Fremden alles zerfetzt, entzweigeschlagen oder zerrissen – Lebewesen wie Material.

Es war nicht das Bild der absoluten Zerstörung, das Tifflors schaudern ließ. Es war das Arrangement. Trümmer und Leichenteile lagen nicht chaotisch verteilt wie auf einem Schlachtfeld, sondern waren zu Mustern ausgebreitet, drapiert, angeordnet wie die Zeichen und Buchstaben eines bestialischen Alphabets.

Die Fremden hatten die Siccyi noch im Tod degradiert, zu Trägern einer Botschaft verdinglicht. Doch wenn es eine Botschaft war – was hatte sie zu bedeuten, wem galt sie?

Tifflor schüttelte den Kopf. Versuchte er bloß, Sinn in einen völlig sinnlosen Akt der Gewalt zu zwingen, weil er es anders nicht ertrug? Weil er wollte, dass die Fremden das, was sie taten, als Intelligenzwesen getan hatten, absichtsvoll und geplant, dass sie nicht chaotisch und absurd waren wie ein Naturereignis?

Er beschleunigte, überholte sie und setzte sich vor die Fremden. »Ich möchte mit euch verhandeln!«

Es hielt die rollende Armee der Fremden nicht auf, aber von irgendwo aus der vorbeirasenden Masse gab jemand Antwort: »Büßt! Büßt!«

»Ich bin neu auf dieser Welt«, diktierte Tifflor dem Translator. Er glich seine Fluggeschwindigkeit dem Vormarsch der Fremden an. »Ich trage keine Schuld an dem, was euch hier angetan wurde. Ich bin durch meinen sozialen Rang ermächtigt, euch Unterstützung zuzusagen. Lasst uns miteinander verhandeln. Ich bin Julian Tifflor, Mitglied der Regierung der Liga Freier Terraner. Wie kann ich euch anreden?«

»Wir tragen keine Namen. Namen sind für Dinge.«

Einer der Fremden *rollte* gezielt auf ihn zu. Ein Oben und Unten schien dieser Körperbau nicht zu kennen. Einer der beiden nun seitlich liegenden Extremitäten bog sich ihm entgegen, und aus der Mitte der kelchförmigen Hand oder Klaue starrte eine Art Auge.

»Bist du ein Fährmann?«, hörte Tifflor den Mund fragen.

Er überlegte. *Nur das Gespräch nicht abreißen lassen.* »Fährmann wohin?«

»Sternenpassage. Fort von hier.«

Langsam ergab sich für Tifflor ein Modell, in das etliche der Puzzleteile passten: Die Kreaturen stammten nicht von Oyloz, sondern waren hierhin verbracht worden, ins Exil geschickt, deponiert, inhaftiert. Nun suchten sie nach einer Möglichkeit, den Planeten wieder zu verlassen, zu fliehen und womöglich heimzukehren.

»Vielleicht könnte ich euch tatsächlich helfen und als eine Art Fährmann unterstützen. Meine Zivilisation verfügt über Raumschiffe mit einer beachtlichen Reichweite. Habt ihr Koordinaten, wohin der Transport ausgeführt werden müsste? Wo ist eure Heimat?«

»Unsere Heimat? Unsere Heimat?«

Das Geschrei schwoll an, ins Unerträgliche. Tifflor drückte die Hände auf die Ohren; beinahe verrutschte die Atemmaske. Der Helm entfaltete sich und schob die Hände behutsam zur Seite. Endlich wurde es still.

Der Translator übersetzte, was er dem Gebrüll entnahm: »Gerecht ist, wer schweigt von undenkbaren Dingen.«

Er sah, wie die Fremden auf die Karawane Syolocc zurasten und sie durchbrachen wie eine Papiergirlande.

Tifflor ließ die Midyacco ziehen und landete.

Die Fremden rasten mittlerweile außer Sicht. Die Telemetrie des Multifunktionsarmbandes sammelte noch Daten und bildete die Meute ab. Tifflor sah sie im Holo des Armbands über die Ebene rollen und las die eingeblendete Geschwindigkeit: Der Schwarm hatte 167 Stundenkilometer erreicht und hielt das Tempo. Für Lebewesen beispiellos schnell – sie kamen Halutern gleich und übertrafen sie.

»Wo wollen sie hin?«, überlegte Tifflor laut.

»Sie bewegen sich nordöstlich«, sagte die Positronik. »Sie wollen zur Sternenkarawanserei nach Typellci und dann fliehen.«

Typellci – das war der borloomsche Name für den Raumhafen, auf dem einige der araischen Quarantäneschiffe und die Begleitschiffe der CONNOYT gelandet waren und auf dem seit Urzeiten noch einige alte, wahrscheinlich wracke Raumschiffe lagen.

»Sie wollen ein Raumschiff kapern«, gab Tifflor der Maschine recht. Sollten die Midyacco ihr Tempo beibehalten, könnten sie den Hafen in 14 bis 15 Stunden erreicht haben. Gesetzt, das jetzige Tempo war tatsächlich bereits ihre Höchstgeschwindigkeit. Er mochte sich nicht vorstellen, welche Verwüstungen sie in ihrem kalten Übermut unterwegs anrichten würden, in ihrem Triumph, ins

Leben zurückgefunden zu haben. In ihrem Zorn über die lange Niederlage im Schachtmeer.

»Was wissen wir über die Raumschiffe auf dem Hafen von Typellci?«, fragte er die Positronik.

»Dort stehen von unserer Flotte abgesehen nur zwei Schiffe: ein etwa siebentausend Jahre altes arkonidisches Schiff, die DRANKZAL XIII, und ein Blues-Schiff, über das mir keine Information vorliegt als diese: Beide sind lange verlassen und aufgegeben, möglicherweise Wracks.«

Tifflor konnte nicht ausschließen, dass die technologischen Kenntnisse der Midyacco ausreichten, um die Schiffe wieder raumflugtauglich zu machen.

»Außerdem«, fuhr die Positronik fort, »befinden sich dort, wie gesagt, die übrigen Quarantäneraumer, die du aber starten lassen könntest. Soll ich dir eine Verbindung zu den Kommandanten schalten?«

Tifflor bat darum, die Besatzungen zu alarmieren und vorsorglich das Hochfahren der Schutzschirme zu veranlassen. Er konnte sich nicht vorstellen, dass die Midyacco solche Energiebarrieren durchdringen könnten. Schließlich waren sie ohne Kampfausrüstung, nackt wie neugeborene Geschöpfe, aus dem Schachtmeer gestiegen.

Aber man konnte nie wissen. Sobald ihre Armee in Sicht rollte, sollten die Kommandanten die Schiffe in einige Dutzend Kilometer Höhe heben; den Orbit würden sie nicht aufsuchen müssen.

»Falls die Midyacco den Raumhafen überrennen und die alten Schiffe entern, sollen sie unter Beschuss genommen und zerstört werden. Richte das aus«, bat er die Positronik.

»Die Midyacco oder die alten Schiffe?«

»Beides«, sagte Tifflor. Aber er hatte Zweifel, dass die Midyacco ähnlich leicht zu bewältigen waren wie die Wracks.

Wie würden die Midyacco auf solche Maßnahmen reagieren? Was würden sie tun, wenn ihnen der Fluchtweg abgeschnitten wurde?

Sie würden sich kaum zu einem Gesprächskreis zusammensetzen und ihr Leid beklagen. Vielleicht würden sie emotional reagieren, ihren Hass ausleben, die Borloomer abschlachten. Die Eingeborenen von Oyloz waren dieser Schar gegenüber wehrlos.

Vielleicht würden sie aber auch die Borloomer, die in der Sternenkarawanserei lebten, als Geiseln nehmen und die Herausgabe von raumflugtauglichen Schiffen fordern.

Tifflor konnte versuchen, arkonidische oder Streitkräfte der Liga zu Hilfe zu rufen. Aber würde Bostich ein zweites Mal helfen, diesmal das Leben seiner Raumsoldaten für eine ihm ebenso unbekannte wie unbedeutende Spezies aufs Spiel setzen?

Würde das Parlament Truppen der Liga mit größerer Begeisterung in den Krieg schicken?

Sind wir die Hüter des Universums?

Zählt das Leben eines – wie nanntest du sie? – eines Borloomers mehr als das Leben eines Terraners, Minister?

Tifflor flog zurück Richtung Schachtmeer und blickte wenig später dem Borloomer Orontiu Pleca in das fremdartig-vertraute Gesicht. Pleca rannte zu seiner zerstörten Karawane. Vielleicht täuschte diese Mimik und drückte ganz andere Empfindungen aus, als er darin zu lesen meinte.

Etwas anderes als dieses hilflose Leid.

»Wir werden sie stoppen«, versprach er Orontiu Pleca. »Jetzt und hier.«

Der Borloomer lächelte. »Daran habe ich keinen Zweifel, Julian Tifflor.«

»Aber wie?«

Orontiu Pleca musterte ihn, offenbar mit allen vier Augen. »Ich frage mich, ob du ein guter Träumer bist«, überlegte er laut.

Im ersten Moment musste Tifflor lächeln, aber dann dachte er: *Ich habe gehört, was er gesagt hat; aber ich weiß nicht, was er damit sagen wollte. Abwarten!*

»Das fragst du dich also. Und was antwortest du dir?«

»Dass wir es ausprobieren müssen. Ich bin«, erklärte er, und es klang ein wenig verschämt, »ein besonderer Träumer. Es gibt nicht viele wie mich, zurzeit bin ich vielleicht der einzige meiner Art. Mein Volk nennt mich einen Wahrträumer. In einigen meiner Träume habe ich Zugang.« Er ließ offen, wozu.

»Zugang zu einer Sphäre, in der Lösungen für das Midyacco-Problem parat liegen?«

»Ob sie parat liegen, weiß ich nicht. Aber ich glaube, wir könnten uns Zugang verschaffen zu jemandem, der uns Auskunft geben kann über die Midyacco. Und vielleicht könntest du dort für mich bürgen.«

Orontiu Pleca sah auf die Ruine der Karawane, die wie eine geschundene Schlange dalag. Einige Waggons waren im Ganzen entgleist, mal auf diese, mal auf jene Seite der Schienen geworfen, die meisten aber von den Midyacco in Fetzen gerissen und zertrümmert. Die ungeheuere Lokomotive lag umgekippt, Rauch stieg aus den schrägen Schloten. Ihre Zahnräder drehten sich im Leeren.

Die Räder kreischten hin und wieder leise, wie eine eiserne Tür, die fern von allem in den Angeln quietschte. Ansonsten war es still, selbst der Wind hatte sich gelegt. Ein wolkenloser Himmel in schwefligen Farben hing über der Szene, die Tifflor wie in eine andere Wirklichkeit versetzt schien, eine Dimension, in der Leben kein Begriff war.

Er wollte etwas sagen, etwas fragen, aber Orontiu Pleca bedeutete ihm mit einer der vorderen Extremität zu warten.

Der Borloomer studierte die Waggons, suchte etwas. Endlich drehte er den langen Teleskophals und sah Tifflor an.

Wahrscheinlich hatte er eine Antwort gefunden, wie auch immer seine Frage gelautet hatte. Er sagte: »Wenn wir die Midyacco aufhalten wollen, müssen wir gemeinsam träumen. Du und ich. Für mich allein wäre der Traum zu groß.«

Einen Moment lang spürte Tifflor etwas wie einen Lachreiz, ausgelöst von der Vorstellung, diese Horde von Leibern, die Armee der Midyacco, die ebenso zerstörerisch wirkte wie unzerstörbar, ließe sich mit einem Traum aufhalten.

Aber dann fasste er Vertrauen in den Borloomer, dessen Welt er nicht kannte, weder deren äußeren noch deren inneren Teil. Wenn der Borloomer ihn um Hilfe bat, würde er wissen, was er tat.

»Lass uns träumen«, willigte er ein. »Was muss ich tun?«

Noch nie hatte ihn jemand zu einem gemeinsamen Traum eingeladen.

»Schlaf ein«, sagte der Borloomer.

Tifflor schaute sich um. Hier war nichts, was er mit Schlaf in Verbindung bringen könnte, kein Hort, kein Schutz.

Der Borloomer hatte seine vier Beine eingeknickt und sich so auf den Boden geduckt. Er wand den Kopf nun mit einer langsamen, schraubenartigen Bewegung ein, sagte noch einmal »Schlaf ein!«, dann versank sein Kopf im Panzer, und das Schädeldach schloss fast fugenlos ab.

Natürlich: Kein Traum ohne Schlaf. Also musste er einschlafen. Was im Rahmen des Chaos, das die Midyacco über die Borloomer gebracht hatten, keine einfache Übung war.

Er hockte sich auf den Boden, dann streckte er sich aus und schloss die Augen.

Er war weder müde noch erschöpft. Er spürte die Impulse des Zellaktivatorchips und nahm sie als hinderlich wahr. Er würde sich in den Schlaf meditieren müssen. Der Ewige Krieger, der gegen seine Wachheit ankämpfte. Seine schlanke Mätresse hätte ihren Spaß.

Also dann. Char'imchar. Tifflor separierte sich von seiner biologischen Basis, suchte im Hirn nach Einsatzmöglichkeiten. Er brachte Heerscharen von hemmenden Interneuronen in Betrieb, dämmte den Thalamus, ließ die Aufmerksamkeit verblassen. Auf sein Geheiß stellte der Hypothalamus die Produktion von Histamin und Orexin ein. Er wurde schläfrig.

Über den Hirnstamm stellte er die Nervenzellengruppen im Rückenmark ab; die Muskulatur erschlaffte.

Zhana. Ihr Lachen, ihre Zähne ihre Bissigkeit ... Was ist der Schlaf? Was ist der Traum?, dachte er. Waren im archaischen China nicht Verbrecher zum Tode durch Schlafentzug verurteilt worden? Grausame Rache der Wachen gegen diejenigen, die ihre Albträume wahr gemacht hatten.

Borloomerschlaf und Menschenschlaf. Was versprach sich Pleca vom Traum? Oh ja, auch Menschen hatten schon ihre Probleme im Traum gelöst. Hatte nicht ein deutscher Chemiker die Strukturformel für Benzol erträumt? Und Elias Howe das Prinzip der Nähmaschine? Die Howesche Nähmaschinenfabrik in seiner, Tifflors Heimatstadt, New York, die Konkurrenzmaschine von Singer, die unter seinen Liebkosungen singende Ara-Frau Zhana und ihre Hüfte, voller duftender Schweißperlen ...

So fiel er in Schlaf.

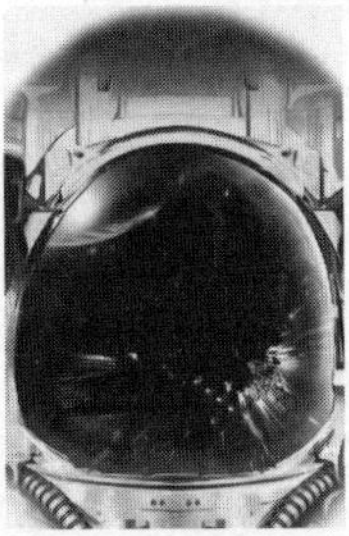

Die neun Träume des Orontiu Pleca

Traum Nr. 8: Tifflor auf der Brücke

So oft habe ich geträumt, aber noch nie mit einem anderen gemeinsam. Ich habe einen Gast. Mein Gast und ich wandern durch die Landschaften meines Traums. Wir durchstreifen die seltsamen Gestade erloschener Meere, seltsame Welten voller Städte, die hoch und herrlich sind und in denen noch niemand war, die am Rand der Wirklichkeit wachsen wie automatische Kristalle.

Dann sind wir in einem Raum, der kein Raum ist. In einem Unraum ohne jede Dimension. Ein Raum aus Stimmen.

Da bist du also. Hauchen sie. Also hat es begonnen. Sagen sie. Wo?

Oyloz. Sage ich, aber mit einer maßlosen Ungeduld stülpen sie meinen Geist um und finden einen anderen Namen für meine Welt, eine Reihenfolge von Zahlen und Zeiten. Da also. Sagen sie. Sie also. Die Midyacco.

Die Midyacco. Sage ich. Ja, die Midyacco. Sie zerstören unsere Welt.

Die Stimmen wispern. Eure Welt? Ist es eure Welt mehr, als es die Welt der Midyacco ist? Sind sie weniger im Recht als ihr ... Siccyi?

Ich weiß es nicht. Sage ich und verzweifele. Wer hält den Maßstab für Recht?

Immer entlegener klingen die Stimmen: Ja, wer? Du hast jemanden mitgebracht. Ist er der Bürge?

Ja. Sagt Tifflor, mein Traumgast. Ich bürge für ihn. Für die Siccyi.

Dann komm! Fern, so fern klingen die Stimmen, und Tifflor, der ihnen lauscht, entfernt sich mit ihnen; ich verliere ihn aus den Augen.

Das ist Julian Tifflor. Er geht über die Brücke. Zu seiner Linken sieht er die Kathedrale des Überflusses an Allem sich emporschwingen, zu seiner Rechten die siebengeschossige Pagode, in der das Bordell der Weisheit Hof hält.

Das weiß Julian Tifflor alles noch nicht. Er spaziert, reichlich verwirrt, über die Brücke, weicht den Glaszapfen aus, hört deren Passagiere zetern und fluchen und johlen, legt den Kopf in den Nacken und schaut die Aufbauten an, die sich an beiden Seiten der Brücke in den Himmel erheben.

Da bleibt sein Blick am Himmel hängen: schwarz und voller Sterne, das ist okay. Nicht okay ist, dass sich dieser ganze Sternensalat immerzu von hüben nach drüben bewegt, als steckte die Brücke in einem gigantischen Fass, einer rollenden Tonne, deren Innenwand aus Himmel gemacht ist.

Viel Verkehr.

Tifflor weicht wieder einem Glaszapfen aus, einem übervollen. Die Passanten hängen in Trauben an den Eingängen, krakeelen, kneifen und puffen einander.

Autsch. He. Oh, là, là. Oho.

In der linken Zeile tut sich eine Baulücke auf. Tifflor macht sich auf den Weg dorthin, der Weg, das ist kein Pappenstiel. Die Brücke macht mächtig was her, auch in der Breite.

Dort, wo die Brücke endet, erhebt sich eine gläserne Mauer, mächtig hoch. Tifflor stemmt die Arme in die Seiten und schaut. Er sieht den Himmel, der sich gewissermaßen von oben herabdreht und sinkt und irgendwo unter der Brücke verschwindet. *Wahrscheinlich,* denkt Tifflor, *geht er auf der anderen Seite wieder auf, schwarz und bestirnt, erreicht den Zenit, sinkt wieder herab.*

Der rotierende Himmel.

Etwas tippt auf seine Schulter. Tifflor guckt sich um. Hinter ihm steht auf klapperdürren Beinen ein ... nun ja, eine Art in die Länge gezogener Papagei, dessen grünblaues Gefieder muffig riecht. Ein Papagei mit klapperdürren Raucherbeinen. Er hat die Arme auf das Metallgespinst einer Gehhilfe gestützt. Er trägt eine blaugoldene Fantasieuniform mit Epauletten, Orden und Bandspange und einem leeren Portepee. Er reicht Tifflor bis zur Brust.

Der Papagei kräht und krächzt etwas. Tifflor hebt hilflos die Arme, lächelt. »Ich spreche die hiesige Sprache nicht, Kamerad.«

»Tunnel im Tunnel«, hört er die Kreatur jetzt, es klingt wie eine Verwünschung. »Vergesslich werde ich staubige Mumie. So und zack, an ist der Lingulator! Kommst du öfter hierher?«

»Eher selten«, gibt Tifflor zurück. »Im Vertrauen: Ich weiß nicht einmal, wo ich überhaupt bin!« Er macht eine alles umfassende Geste.

»Wie kann man das nicht wissen?«, wundert sich der gestreckte Papagei. »Das ist die Brücke!«

»Aha«, sagt Julian Tifflor. »Eine Brücke. Was überbrückt sie denn?«

»Sie umbrückt die Zone«, antwortet der Papagei. »Was sonst?« Er hantiert mit seinen kleinen, schwarzen Händen an der Gehhilfe. Sie schwingt herum und schwebt langsam los. Tifflor sieht, dass der Papagei mit metallischen Bändern in dem Gehhilfengespinst befestigt hängt. Sicherheitsgurte? Fesseln?

»Wer bist du?«, ruft Tifflor ihm nach.

»Wutoun. Der einzig wahre. Wer sonst?« Der Papagei betrachtet Tifflor mit seinen ovalen, seegrünen Augen. »Was stehst du hier rum? Hier gibt es nichts zu sehen!«

»Das würde ich nicht sagen.« Tifflor weist mit dem Daumen nach hinten, auf den rotierenden Himmel. »Oder ist das nichts?«

»Oh, das«, sagt Wutoun. »Dieses Zeug. Da kommen wir nicht dran. Es ist abseits, sogar abseits der Zone.«

Sie treten aus der Baulücke hervor, ins Gewimmel auf der Brücke.

»Und stopp!«, kommandiert der Papagei. Er streckt einen seiner dürren Flügel aus und bedeutete Tifflor damit, anzuhalten.

Eine Art Prozession bewegt sich quer über die Brücke. Die Passanten weichen ihr aus: Etliche zwei, vielleicht zweieinhalb Meter hohe, schwarze Kegel, die auf einem Luftpolster schweben, tragen Lampions an langen Ruten vor sich her, in denen es leise wie von elektrischen Entladungen knistert.

»Das sind die Robotgespenster von Lup mit ihrem Gedächtnisofen. Man stört sie besser nicht. Sonst ...«

»Ah«, sagt Tifflor verständnislos.

Als die Prozession vorübergeglitten ist, meint Tifflor: »Du kennst dich gut aus hier, was?«

»Wo?«

»Auf der Brücke.«

»Soll das ein Witz sein? Ich bin ein Shamu. Niemand kennt sich besser aus auf der Brücke als wir. Wir Shamu waren eine der Ersten hier, weißt du. Auch wenn die Ghsa behaupten, sie wären die Primären. Schleimhirne, die mit dem Darmausgang denken! Du glaubst ihnen gefälligst kein Wort.«

»Nicht eines«, verspricht Tifflor. »Wohin führt die Brücke übrigens?«

»Nun, wohin sollte sie deiner Meinung nach führen?«

»Ich habe keine Ahnung. Irgendwohin. Wo endet sie auf der einen Seite, wo auf der anderen?«

»Deine Fragen künden von einiger Unkenntnis, mein Guter. Die Brücke endet weder auf der einen Seite noch auf der anderen. Sonst wäre sie doch nicht *die Brücke*!«

»Interessante Theorie«, sagt Tifflor.

»Nun ja. Mäßig.«

»Und wer hat sie gebaut?«

»Hör sich den einer an!«, kräht Wutoun. »Gebaut! Wer sie gebaut hat, will er wissen? Ist denn die Brücke ein Gebäude? Natürlich hat niemand sie niemals gebaut. Sie ist die primäre Autogenesis. Das weiß doch jeder. Sogar die Ghsa.«

»Die mit dem Darmausgang denken«, erinnert sich Tifflor. »Gibt es hier etwas wie eine Regierung oder ein Bürgerberatungsbüro?«

Wutoun glotzt ihn verständnislos an. »Ich fürchte, mein Lingulator eiert«, sagt er und klopft mit seiner kleinen Faust auf eine Stelle im Gestänge der Gehhilfe.

»Ich erinnere mich, dass ich einen Termin habe«, sagt der Tifflor.

»Bei wem?«

»Wird dir nichts sagen. Bei den Sharifen. Oder kennst du sie?«

»Potztausend, die Sharifen! Wer kennt sie nicht? Die guten alten Sharifen. Sie hocken beieinander im Asyl, stinken und blubbern und schwärmen von vergangenen Zeiten.«

»Kannst du mich zu ihnen bringen?«, bittet der Tifflor den Shamu.

»Du hast nicht zufällig ein Dragee, um mir den Weg *innerlich* zu verkürzen?«, murmelt der gestreckte Papagei und hält verschwörerisch nach links und rechts Ausschau.

»Was für ein Dragee?«

»Nun, ein Dragee, das ... ach, vergiss es. Also los, es ist ein Stück hin.«

Sie gehen los. Hin und wieder zischen übervolle Glaszapfen vorbei, kreischen, wenn sie in die Kurve gehen, um einander auszuweichen. Wutoun gibt den Fremdenführer. Er zeigt Tifflor die berüchtigte Tränke der Kannibalen, das Café der abwesenden Gäste, die Hochschule für Wundmale und Traumata, die Eiskesselfabrik, die Große Aussichtsplattform ins Blendwerk der Dinge, das Parasexuelle Fronttheater und den Schindluderpalast. Und er erzählt ihm von den Dingen, die man nicht sieht: von der Katastrophe auf dem fernen Pier 117 – oder ob es doch Sabotage gewesen ist? –, dem Pier 117, der weiter als alle anderen Piers hinausgetrieben worden ist in die Zone; vom Geometrischen Krieg im Sektor Ym, vom Aufstand der Futurologen, und dass das meiste von dem, was er referierte, pures Gerücht sei und Geschwätz, unüberprüfbar, weil die Mafia der Publizisten ihr Info-Monopol in diesem Sektor verteidigt: eisern und blutig.

Tifflor schaut sich um, schaut den brodelnden, farbenprächtigen Betrieb auf der Brücke, die Bauwerke, die aussehen, als gelten ab einer gewissen Höhe die Gesetze der Schwerkraft nicht mehr: Bauten, die sich, je höher sie ragen, umso weiter in den Raum verzweigen, mit Auslegern, auf denen Kioske thronen, ganze Paläste, mit angeklebten Nebengebäuden und luftigen, ornamentalen Balkonen, die weit ins Leere reichen, ohne dass eine Säule oder etwas Vergleichbares sie stützt.

Alles von einer schieren Fremdartigkeit, von großer, aber für seinen Verstand unbegreiflicher Funktionalität.

»Und zack ... die Asyl-Scheuer. Hier wohnen die Sharifen!«, verkündet Wutoun.

Sie stehen vor einem zeltförmigen Gebilde, dessen Wände sich wie von einem Wind bewegt heben, senken und blähen. Gemacht nicht aus Leinwand, sondern einer silbrig schimmernden Metallfolie.

»Dann geh ich mal rein«, sagt Tifflor.

»Geh mal rein«, sagt Wutoun. »Sie sollen recht fidel sein, jedenfalls, wenn man ihren ontologischen Zustand bedenkt.«

Es ist angenehm kühl im Zelt, nicht hell, nicht dunkel. In der Mitte des Zelts gischt ein Wasserfall, der aus dem Nichts kommt, in ein Bassin. Tifflor sieht sich um; das Zelt scheint leer.

»Du bist der Prüfling«, hört er ein Murmeln aus dem Wasserfall. Er tritt näher heran; im Wasser zeichnen sich Gestalten ab, drei, vielleicht vier ungenaue humanoide Umrisse, die sich aneinanderdrängen. Vage weiße Gesichter mit weißen Augen, Münder, die sich öffnen und schließen und nass sind, vom Speichel, vom Wasser.

»Ihr seid wirkliche Sharifen?«, fragt Tifflor. »Oder nur ihre Auren?«

»*Wirklichkeit* ist in diesem Sektor der Brücke ein ungebräuchlicher Begriff«, hört er das Gemurmel. »Wir sind eine Funktion der Sharifen, eingerichtet als letzte Instanz.«

»Was ist das für eine Brücke, auf der ihr lebt?« Er spürt die Belustigung, die die Sharifen ergriffen hat – oder ihre *Funktionen*, was immer das heißen soll.

»Die Brücke bietet uns Asyl. Sie ist gastfrei.«

»Sie hat kein Ende, wie man mir sagte.«

»Ein Ende hat sie natürlich nicht. Sie braucht keins. Schließlich ist sie ein hypergeometrischer Ort.«

»Ein hypergeometrischer Ort?«

»Geometrie sagt dir etwas? Zwischen jeden geometrischen Punkt passen wie viele Punkte?«

»Da geometrische Punkte keine Ausdehnung haben: unendlich viele.«

»Das hier: selbe Sache, nur eben hyper«, hört er die Sharifen.

»Eine Analogie«, rät Tifflor.

»Hier ist alles eine Analogie. Auch wir. Ein Programm, das versucht, sich entsprechend den mentalen Prozessen der Sharifen zu verhalten.«

»Ich bin auch eine Analogie?«, wundert sich Tifflor. Er empfindet sich als durchaus anwesend.

»Du hattest einen Toröffner.«

»Einen Toröffner? Ihr meint Orontiu Pleca, den Träumer?«

»Oh, was der tut, ist mehr als nur träumen!«

»Warum ist er nicht hier?«

»Weil du geprüft wirst, und nicht er.«

»Ach ja, die Prüfung. Das ist euer Metier, korrekt?«

»Unser Metier? Oh, unser Metier ist recht vielfältig. Wir sind eine Art Back-up, falls etwas schiefläuft, zum Beispiel in einem der Depots.«

»Ihr habt von Oyloz gehört und den Midyacco, die dort Amok laufen?«

»So würden wir es zwar nicht formulieren, aber wir haben davon gehört, ja. Mit solchen Sachen geben wir uns eigentlich nicht mehr ab. Der Midyacco-Vorfall ist nur ein lineares Problem. Im Sonnensystem des Midyacco-Depots hat es allerdings ein zweites lineares Problem gegeben, das leider mit dem des Depots interferiert. Und schließlich sehen wir sogar ein drittes, lineares, aber gleich vektoriertes Problem, und wir sehen die höherdimensionale Verflechtung der drei Linearitäten. Eine derartige Komplexverflechtung war nicht prognostizierbar.«

Tifflor denkt nach. *Drei lineare, aber gleich vektorierte Probleme.*

Nummer eins: die Midyacco. Wer oder was hatte dieses Problem berührt?

Einfache Lösung: Das einzige systemumspannende, hyperdimensional streuende Phänomen der jüngsten Zeit war die Transformation Remions in den Schlackehaufen. Seine – wenn Perry recht hatte – Verwandlung in ein monströses Lebewesen.

Zweites Phänomen.

Und das dritte, gleichgerichtete Phänomen?

Trantipon, oder das, was seine Reanimation durch Plob Arnoyn aus ihm gemacht hatte.

»Genau«, hört er die Sharifen murmeln.

»Aber das ist doch nichts als ein Zufall!«, protestiert er. »Dinge ohne Zusammenhang!«

Die Sharifen amüsieren sich spürbar. »Du bist von biologischer Gestalt, womöglich gezeugt?«

Tifflor bejahte.

»Haben dich deine Eltern so programmiert, oder bist du *zufällig*, wie du bist?«

»Fruchtlose Diskussion«, gibt er zu.

»Derlei Dinge gehen uns lange schon nichts mehr an. Wir leben nicht, wir denken nicht.«

»Was tut ihr dann? Und, was mich besonders interessiert: Welche Rolle spiele ich dabei?«

»Der Träumer ist involviert und nimmt Partei. Du bist die Neutralität. Nur der Neutrale kann bürgen. Wir haben zu prüfen, ob du als Bürge taugst.«

»Dann prüft doch«, verlangt Tifflor. »Die Zeit wird knapp.«

»Zeit? Die Brücke steht zu anderen Territorien des Multiversums nur in einem latenten Temporalkontakt. Wir prüfen.«

Tifflor fühlt sich berührt, gezogen, verzerrt, geküsst. Er hört ein Wispern und Tuscheln in seinem Geist. Es ist, als übernähmen ferne Kräfte das Kommando über seine Organe.

Er besinnt sich auf die mentalen Fähigkeiten, die ihm als Ewigem Krieger zur Verfügung stehen.

Er meditiert Char'imchar, windet den Fremden die Kontrolle über seine inneren Organe, über seine vegetativen Funktionen aus der Hand.

Er meditiert Charlashad, versetzt sich über sein Selbst, steht über seiner Existenz wie auf einem Feldherrnhügel, zieht Gräben aus Gleichmut, baut Bastionen aus Selbstgenügsamkeit, macht sich unangreifbar.

Er meditiert Char'gonchar, hält seinen Geist in einer imaginären Hand, presst und verhärtet ihn, bis er kristallin ist, durchsichtig und rein.

Er neigt sich zu den Sharifen, durchdringt deren Regenvorhang, sieht sie: hochkomplexe Programme, uralt und abgründig, mit einem ganz dünnen Film Bewusstsein auf ihrer Oberfläche.

Und er lässt seine Reinheit strahlen auf diesen Film, der sich fast wehrlos seiner Reinheit ergibt.

Denn wer oder was kann dieser Schönheit widerstehen?

Langsam und behutsam lässt Julian Tifflor seine Meditationen verwehen.

»Nun?«, fragt Tifflor.

»Wir haben dich geprüft, Julian Tifflor, dich und dein Mehr«, murmeln die Sharifen. »Wir nehmen deine Bürgschaft an.«

Wir nehmen deine Bürgschaft an. Höre ich die Stimmen flüstern. Wenn ich sie recht verstehe. Sie sind so schwer zu verstehen.

Sie sind so leise, so nichtig, so fern von allem wie ein Wind, der sich gelegt hat.

Wir wachen auf.

»Julian Tifflor?«, hörte er die Stimme des Borloomers. »Ist dir ein Leid geschehen?«

»Nein. Ich bin nur ein bisschen ...«

»Müde vielleicht?« Der Borloomer lächelte sein erstaunlich menschliches Lächeln. »Dabei hast du doch geschlafen, für unseren gemeinsamen Traum.«

»Es ist ein anstrengender Traum gewesen«, bekannte Tifflor. »Ich werde lange wach bleiben müssen, um mich von diesem Schlaf zu erholen.«

Julian Tifflor las die Zeit ab. Seit seinem Einstieg in Orontiu Plecas Wahrtraum waren viereinhalb Stunden vergangen.

Sie trennten sich. Der Borloomer wollte zu den Wracks der Karawane. Tifflor aktivierte den Gravopak des Schutzanzugs und startete. In steilem Bogen flog er auf, mit Höchstgeschwindigkeit in Richtung Sternenkarawanserei Typellci.

Er hätte nicht zu sagen gewusst, wie er sich eine Intervention der Sharifen vorgestellt hatte. Sicher würden sie aus ihrem Refugium keine Raumflotte mit einem Landetrupp schicken, um die Midyacco zu bekämpfen.

Vielleicht könnte eine Art biologisches Notprogramm in den Leibern der Midyacco gestartet werden, vielleicht auch eine Intervention des Pseudo Mondes aus dem Orbit von Oyloz erfolgen.

Doch es kam anders.

Als sich Tifflor der rollenden Horde näherte, bemerkte er aus den Augenwinkeln eine Veränderung in der Landschaft. Er brauchte einen Moment, um zu erkennen, dass es der Schienenstrang war, der plötzlich plastischer erschien.

Tifflor bremste leicht und ließ sich tiefer sinken.

Der Strang wirkte plastischer, weil er sich aus der Ebene erhoben hatte, der ganze Strang, so weit Tifflor schauen konnte. 30, 40, 50 Meter hoch stand er über dem Land, vibrierte leicht wie eine Saite und verformte sich. Die Vertiefungen, in denen sonst die Radzähne liefen, ebneten sich ein. Das Rotgold glühte auf.

Von Westen und Osten näherten sich weitere Schienenstränge, deren Enden frei durch die Luft fuhren wie Tausendkilometerpeitschen. Dumpfes Grollen, als die Peitschenspitzen Tifflor überholten und die Schallmauer durchbrachen.

Die glühenden Stränge spleißten sich auf, vervielfachten ihre Enden. Hoch in den Himmel erhoben, fuhren sie dann auf die Midyacco nieder. Die Stränge fassten zu, ringelten sich um die Laufarme und Zentralkörper der Midyacco.

Tifflor hielt an und schwebte, vom Schlachtfeld etwas über drei Kilometer entfernt, wenige Hundert Meter über dem Boden. Das Helmvisier zoomte das Geschehen heran, und die Telemetrie des Anzugs ergänzte die optischen Darstellungen mit ihrem Datenmaterial.

Wenn Tifflor die Informationen richtig deutete, ging es dort unten nicht um irgendeine Form der Gefangennahme. Die Schienenstränge hatten sich nicht in Fesseln verwandelt, sondern in Waffen. Sie glühten von innen heraus und entfalteten eine Hitze, die Erz und Stahl hätte schmelzen lassen. Ihre Seiten waren, wie Julian ablesen konnte, scharfgeschliffen wie Skalpelle; sie vibrierten in einem mit den Augen nicht nachvollziehbaren schnellen Takt. Jedes andere Material hätten sie schneiden können wie mürbes Fleisch, die Biostruktur der Midyacco hingegen widerstand.

Wenn auch nicht lange.

Laufarme wurden vom Rumpf getrennt, hoch in die Luft geschleudert, und noch während sie wirbelten und sich drehten, schlugen die Stränge wieder zu, holten sie ein, spießten sie auf, sprengten sie von innen, jagten den Fragmenten hinterher, holten sie ein, umfassten und zerrissen sie, suchten und fanden die Fetzen von Fleisch, holten sie ein, zerrieben und zerquetschten sie und ließen auch dann noch nicht ab, als ihre Beute mit dem bloßen Auge schon nicht mehr sichtbar war, drangen vor in die mikroskopisch kleine Dimension und setzten das Gemetzel auf dieser Ebene fort.

Tifflor sah ein Gemenge, Leiber, ineinander verschlungen oder zu Fragmenten zersprengt, einen Torso mit einem letzten aufgestützten Arm, eine geborstene Hüfte, den blutverschorften Brocken eines Leibes, eine Gestalt andeutend, immer noch in den Gebärden des Kampfes, ausweichend, zurückschnellend, angreifend, sich deckend, hochgestreckt oder gekrümmt, die Kontur eines Laufarmes eingespannt in die gemeinsame Bewegung mit dem Feind und vom Feind nicht mehr unterscheidbar.

Dann war alles vorbei. Ein Leiberschaum, ausgeblutet und weiß; die Ebene lag wie unter Schnee.

Sein Visier zeigte, dass die Stränge, von denen es mittlerweile Milliarden gab, unendlich fein und dünn, die Relikte der Midyacco einsammelten, vom Boden auflasen, immer noch die Luft sondierten, um nicht ein einziges winziges Teilchen zu versäumen.

Einen Moment lang hatte er die besondere Schönheit dieser Kreaturen gesehen, ihren Mut ohne Maß, ihre Kraft, die ins Leere lief, das schöne Ballett ihres vergeblichen Widerstands.

Nun war es vorbei. Er sah zu, wie sich das Gespinst aus unzähligen Fäden entwirrte, sortierte und über die Ebene zurückzog, Richtung Ylocc, wo sie, wie Tifflor vermutete, die Überreste der Midyacco erneut deponieren würden.

Aber wäre das nicht doch eine Art von Gnade, von völlig unmenschlicher Gnade allerdings, die Fetzen der Leichen einzukerkern und für die Ewigkeit zu konservieren, anstatt sie auszulöschen ohne Spur?

Oder würde unter der stummen Regentschaft des Schienennetzes ein anderes Verfahren in Gang gesetzt, um den Rest der Welt vor ihnen in Schutz zu nehmen?

Denn es schien ihm plausibel, dass die Midyacco versucht hatten, die Sternenkarawanserei des beiliegenden Raumhafens wegen zu erreichen. Sie hatten eines der Schiffe kapern und von Oyloz fliehen wollen, ihrem Kerkerplaneten.

Und danach?

Hätte sie die schiere Lust an der Zerstörung getrieben, oder hätten sie einen Ort gesucht, an dem sie unauffindbar gewesen wären für die Sharifen? Hatten sie hochfliegende Pläne? Oh, gewiss hatten sie hochfliegende Pläne. Aber nun war alles vorbei. Alle Sehnsucht unerfüllt. Aller Zorn ungestillt. Alles ausgelöscht.

Tifflor schüttelte die Gedanken ab. Irgendwann würde sich vielleicht ein kleiner, staatlicher Explorer-Verband oder das Schiff eines privaten Forschungskonzerns aufmachen, bemannt mit hochrangigen Wissenschaftlern, mit Exobiologen, Archäologen und Technorekonstrukteuren. Sie würden Oyloz mit dem Ziel anfliegen, das Rätsel der Midyacco zu lösen. Irgendwann, wenn man die Ara-Toxin-Krise bewältigt hatte, wenn man mit den Folgen der erhöhten Hyperimpedanz fertig geworden war, irgendwann, wenn nichts Drängenderes auf der Tagesordnung stand.

Irgendwann. Nie.

Tifflor seufzte.

Er entdeckte Trantipon eher zufällig, den leblosen Körper irgendwo im Geröll. Die Stränge hatten ihn, den Fremdkörper, nicht attackiert, aber, wie es schien, auch nicht außer Acht gelassen.

Tifflor flog hin und landete.

Um den Leib des Aras webten unzählige, haarfeine, kaum sichtbare Fäden aus Rotgold, fuhren ihm durch alle Poren seiner Haut und bargen daraus – ja, was? Rückstände der Midyacco, Spuren einer Kontamination?

Tifflor wagte es nicht, in das spinnwebige Gewirr einzugreifen. Plötzlich beschleunigte sich der Wirbel der Fäden, spönn Trantipon förmlich in einen Kokon und riss ihn vom Boden und hoch in die Luft.

Tifflor startete sofort. Vor ihm und viele Hundert Meter hoch in der Luft flog der Leib Trantipons, raste durch grüngraues Staubgewölk, blitzte dann und wann in der Sonne auf, verschwand ihm aus den Augen.

Aber die Ortung des Anzugs behielt ihn auf dem Schirm. So flogen sie dahin: wie ein Köder, den der Angler aus dem Wasser gerissen hatte, und der Fisch, der ihm folgte.

Dilemma

Sporadisch funktionierte der Antigravantrieb, mal bei Rhodan, mal bei einem der Aras.

Meist gingen sie zu Fuß.

Schließlich erreichten sie die Kaverne des Instinktgehirns.

»Wir sind da«, sagte Rhodan, als er die riesigen Kristallblöcke sah, die, ungleich groß, aber meist von annähernd rechteckiger Grundform, wie aus dem Boden der Kaverne gewachsen da standen.

Er erinnerte sich vage an die Beschreibung des Instinktgehirns, die vor langer Zeit die Woolver-Zwillinge geliefert hatten, nachdem sie von ihrer Expedition in die Hirnkaverne eines Mobys zurückgekehrt waren: haushohe Blöcke, die eine kalte Helligkeit ausstrahlten, intervallartige Wechsel zwischen Hell und Dunkel.

Er hatte sich dieses aktive Gehirn damals wie eine gespenstische Stadt vorgestellt, menschenleer und leblos, aber glühend vor Aktivität.

Diese Stadt schlief. Noch war keiner der hiesigen Kristallblöcke in Betrieb, noch stand die Gehirnstadt schwarz wie ein leeres Denkmal. Zu ihrem Glück, denn der Aufenthalt in einem erwachten Sternenwanderer wäre ungleich gefährlicher gewesen.

»Das ist es?«, fragte Pron Dockt.

Rhodan nickte.

»Wie verhindern wir, dass es anspringt?«

»Mit unserer neuen Einsicht in die Herkunft des Instinktbewusstseins ist die Antwort nicht unbedingt leichter geworden«, wich Rhodan aus. »Ich überlege eine Lösung, die keine restlose Vernichtung bedeutet.«

Pron Dockt tauchte Block um Block ins Licht seines Helmscheinwerfers. »Ich verstehe nicht«, gab er zu.

»Wenn unser Modell stimmt, töten wir endgültig Millionen von Bewusstseinen. Darf ich das nicht problematisch finden?«

»Wir töten *endgültig* Millionen Restbewusstseine, die im Moment ... was sind? *Vorläufig* tot? Dann erwecke sie doch zum Leben und repariere ihren Planeten! Dann mach alles wieder gut!«

Sie leben ja, wollte Rhodan einwenden. *Wenn auch ein schemenhaftes Leben, eins, das sie nicht gewollt haben. Ein Leben, zu dem sie getötet worden sind.*

Welches Lebensrecht haben Kinder, die bei einer Vergewaltigung gezeugt worden sind? Ein minderes?

Wäre das eine Analogie? Was helfen Analogien?

Pehdry-Klakolai räusperte sich. »Pron Dockt hat recht, Resident. In dieser Situation über ethische Probleme zu diskutieren, ist schierer Luxus. Das ist kein medophilosophisches Seminar! Wir müssen handeln!«

»Mir scheint, dass ihr bei eurer ersten Begegnung mit den Mobys entscheidungsfreudiger gewesen seid«, sagte Taotroc.

Und weh mir, wenn ich aus dieser »Entscheidungsfreude« etwas gelernt habe, dachte Rhodan. »Die Freude, mit der man entscheidet, macht die Entscheidung nicht richtiger.«

»Resident?«, hörte er Gfender Taxams Stimme im Helmlautsprecher. »Stö teilt uns mit, dass das Planetentransformat aktiver wird. In einigen Arealen wird bereits stete Hyperenergie angemessen. An den Längsseiten zeichnet sich die Ausgliederung schlauchförmiger Organellen ab. Wir müssen raus.«

»Wie ist die Verbindung zu Stö?«, fragte Rhodan.

»Stö hier. Ich höre dich gut.«

»Kann ich mit den Schiffsingenieuren sprechen?«, fragte Rhodan.

»Ich habe einige Sonden im Adernsystem des Mobys. Sie vernetzen sich gerade.«

Endlich gelang es, über diese Relaisstation eine Verbindung zu den Ingenieuren der CONNOYT aufzubauen.

»Wir sind vor Ort, in der Hirnkaverne«, meldete sich Rhodan. »Wie weit ist die Säureproduktion?«

»Chefingenieur Ban Wic hier. Negativ. Wir kommen nicht gut voran; ich habe die weitere Produktion an die Sektionen der Quarantäneschiffe delegiert. Aber wir haben vielleicht eine andere Lösung.«

»Welche?«

»Wie groß sind die Blöcke, die wir zerstören wollen?«

Rhodan spürte die Blicke der drei Aras. *Die wir zerstören wollen.* Er las die Daten aus dem Armband ab: »Würfel und Quader von dreißig bis sechzig Metern Kantenlänge.«

»Minimal siebenundzwanzigtausend, maximal zweihundertsechzehntausend Kubikmeter. Das ist viel.«

»Die Lösung?«

»Druckluft- und hydraulische Hämmer scheiden unserer Meinung nach aus. Luft könnten wir zur Not bereitstellen, aber wir müssten zunächst die Vorschlagenergie erzeugen. Selbst, wenn wir auf Verbrennungs- oder Dampfenergie zurückgreifen, es wäre Energie, und die würde uns, wenn ich die Situation recht verstehe, abgezogen.«

»Ja, möglich«, gab Rhodan zu. »Also?«

»Wir schneiden die Blöcke, zerlegen sie und transportieren sie ab.«

Gute Idee, dachte Rhodan ironisch, *aber womit? Mit nicht funktionierenden Desintegratoren?*

»Und zwar mit Wasser«, hörte er Ban Wic. »Die Maschinen befinden sich bereits in der Fertigung. Der Schaum auch.«

»Welcher Schaum?«

»Wir müssen die Hirnkapsel abdichten, um eine Atmosphäre aufzubauen. Zum Abdichten nehmen wir einen Schaum, möglichst einen leitenden, der dem Energiefluss keinen Widerstand setzt. Damit der Moby nichts merkt! Sobald die Kaverne luftdicht verschlossen ist, fluten wir sie mit Gas. Wir legen eine Wasserleitung – die Flexorohre sind schon in Produktion! – und pumpen das Wasser mit mehreren Tausend Bar Überdruck hindurch; das Wasser vermischen wir mit erodierenden Substanzen, mit Diamantsplittern, Moissanit, Korund und Terkonitspänen. Im Vakuum würde es natürlich verdampfen, aber wir ...«

»... haben ja Luft in der Kapsel!«, verstand Rhodan.

»Und dieser Wasserstrahl schneidet durch die Hirnblöcke wie ein Laserskalpell durch organisches Fleisch!«

»Wie lange braucht ihr?«

»Vier, fünf Stunden. Wir tun unser Bestes, Resident. Aber ich habe nur die Labore und Werkhallen von Quarantäneschiffen, keine Fabrik, die ...«

»Ban Wic?«, unterbrach Rhodan. »Ihr macht das fantastisch. Ich habe keinen Zweifel an euch. Wir warten.«

Was Ban Wic vorschlug, konnte mehr bedeuten als eine Lösung, vielleicht war es die Erlösung von seinem moralischen Dilemma: Wenn die Kristallblöcke die mentalen Fragmente der toten Remiona horteten, könnte man sie aus dem Moby bergen, und vielleicht ...

Zu viele Vielleichts in dieser Rechnung.

Wieder blieb ihnen nur das Warten. Die Aras beobachteten den Terraner, der sich auf dem Boden ausgestreckt hatte und schlief. Ihre eigene Unruhe wuchs, auch ihre Angst. Pron Dockt bot den beiden anderen eine leichte, stimmungsaufhellende Droge an. Pehdry-Klakolai nahm an, Taotroc teilte mit, dass er sich längst aus einem körpereigenen Depot mit einer ähnlichen Substanz versorgt hatte. Zu dritt erlebten sie einen kleinen Rausch, hörten Stimmen, sahen Gesichter, amüsierten sich.

Einige Stunden später schoben sich vier metallisch glänzende Schläuche in die Kaverne. An den ersten 20 oder 30 Metern waren Pakete oder Tornister an der Außenhaut befestigt.

»Jemand da?«, fragte die Stimme Gfender Taxams in den Helmlautsprechern.

»Ich sehe die Schläuche«, bestätigte Rhodan.

Die Anzüge der Aras injizierten Substanzen, um die Reste der Drogen zu deaktivieren.

»Sie werden von einem Spezialaggregat vorgeschoben, das zwischen den Finnen einer Space-Tube der CONNOYT hängt«, informierte der Pilot. »Die Ingenieure haben darauf verzichtet, Roboter als Schlepper einzusetzen oder die Schläuche mit einer autonomen Bewegungseinheit zu versehen. Die Steuerung geschieht über mechanische und hydraulische Systeme. Ihre Außenfolien sind keramisch hitzeversiegelt. Liegen die Schaumtornister an? Es müssten 120 sein.«

»Ja«, bestätigte Rhodan. »Ich sehe Tornister an den Schläuchen.«

»Versucht, so viele Zugänge zur Kaverne wie möglich damit zu verschließen. Die Tornister sind leicht zu bedienen und sehr ergiebig. LowTech vom Feinsten, Resident!«

»Wunderbar«, lobte Rhodan.

»Stö hier. Ich will euch nicht drängen, aber die hyperenergetischen Aktivitäten nehmen außerhalb der kalkulierten Parameter zu. Ganze Regionen des Planetentransformats sind unpassierbar. Die Positroniken können für die Richtigkeit ihrer Prognosen nicht mehr garantieren. Sie sagen, sie kennen nur den einen Moby, und den nur bis zu seiner derzeitigen Evolutionsstufe. Eine Fallmenge eins sei keine gute Grundlage für statistisch fundierte Prognosen. Resident, es ist Zeit. Ihr solltet zurückkehren.«

»Können wir die Wasserschneider von außerhalb des Mobys steuern?«

»Das wissen wir nicht. Es war schwierig genug, den Transportverlauf so zu regeln, dass der Wasserdruck nicht durch interne Widerstände nachlässt. Es ist eine extrem lange Strecke. So ein Gerät dürfte es in der ganzen Galaxis noch nicht gegeben haben.«

»Ich bleibe gern«, sagte Taotroc.

Rhodan schüttelte unwillig den Kopf. »Lasst uns keine Helden kreieren. Wir ...«

»Ich meine es ernst.«

»Deine Chance, diesen Einsatz zu überleben, sind gleich null. Für diese Prognose brauchen wir keine Positronik.«

Der Ara klappte den Helm zurück und stand lächelnd im Vakuum. »Ich habe nichts gegen das Sterben«, hörte Rhodan ihn in seinem Helmlautsprecher mit seiner inneren Stimme sprechen. »Ich habe lange genug gelebt.«

Rhodan sah Pehdry-Klakolai fragend an. »Du bist sein Eigentümer. Hast du ihm das eingeredet?«

»Ich bin sein Besitzer, aber ich habe ihn nicht produziert«, stellte Pehdry-Klakolai klar. »Ich habe ihn rechtmäßig erworben. Wenn auch nicht auf Aralon, er hatte schon etliche Vorbesitzer.«

»Dann sag ihm als sein derzeitiger Dienstherr gefälligst, er soll mitkommen. Wir ziehen uns zurück.«

Pehdry-Klakolai seufzte vernehmlich. »Ich fürchte, das kann ich nicht. Der Übereignungsvertrag hat diverse Klauseln ...«

»Du musst dich nicht opfern«, wandte sich Rhodan wieder direkt an Taotroc. »Wir werden einen anderen Weg finden.«

»Wozu?«, hörte er Taotrocs Stimme. »Ich bin längst auf dem richtigen unterwegs.«

Rhodan sah Pehdry-Klakolai hinter dem Visier lächeln. Er sah Taotroc, der ohne jeden Gesichtsschutz im Vakuum des Mobys stand; er hörte Pron Dockt etwas murmeln, von sich und Oclu-Gnas. Noch nie waren ihm die Aras so fremdartig vorgekommen wie in diesem Moment.

So stand er da, inmitten der drei schmalen, hochaufragenden Gestalten, und dachte: *Was für ein merkwürdiges Sternenvolk!*

Sie hatten noch zugesehen, wie sich einige der Pakete geöffnet hatten und der Schaum in rasender Schnelle die Öffnung rund um den Schlauch verschloss. Dann begann der Albtraum des Rückwegs. Gänge, unpassierbar der Energien wegen, die sich darin entluden, einem tief gestaffelten Spinnwebenwald aus Blitzen gleich. Stumme, lautlose Welt, Lichter und Leuchterscheinungen, Vibrationen unter den Füßen, wenn man schritt. Flugphasen in Traubenformation: sie drei aneinandergeklammert. Fiel der eine Antigrav aus, trug der andere.

Umwege, Irrwege.

Rühr die Wände nicht an, das ist der Tod. Gänge, Energiekanäle, die sich auftaten, schlossen sich wie Münder, wie die Lippen einer Frau. Rot aufglühende Wände. Weiße Energieströme. Obszöne Bilder zogen ihm durch den Sinn.

Die Gärten der Erinnerung: flache, öde Ebenen. Alle Figuren geschmolzen. Alle Träume dahin.

Sie bewegten sich am Leitfaden Gfender Taxams.

Sie erreichten den Schacht, die pendelnden Haken, klinkten sich ein, wurden hinaufgerissen, stumme, lautlose Welt.

Sie erreichten die Mini-Jet. Die Maschinen versagten. Ausstieg, Aufstieg per Traktorstrahl, den Stö Baudegg von der SPIVIM aus projizierte. Die lautlose Explosion der Mini-Jet tief unter ihnen.

Weltraum.

Erster Blick auf den Maschinenpark, den die araischen Ingenieure aufgebaut hatten: Space-Tube an Space-Tube, sieben oder acht Stück. Riesige Tanks voller Wasserstoff und Sauerstoff. Der Kessel, in dem die Gase zu Wasser wurden. Die Speicher für die synthetischen Diamantsplitter, Korund, zerfetztes Terkonit.

Die Pumpmaschinen; die Schläuche, die daran hingen und abwärts in den Moby sanken. Eine Space-Tube als Steuerzentrale. Alles zusammengehalten von Stahlklammern und -seilen, eine improvisierte Raumstation

Der Moby, knapp unter ihnen, sein schwarzer Leib jedoch kaum noch vom schwarzen Hintergrund des leeren Raums zu unterscheiden. Nur, dass er sternenlos war. Ein steinerner Schatten im All.

Der Verbund der Schläuche, die in den Sternenwanderer führten, als hinge ein maßloser Leichnam an einer lächerlich kleinen Infusion.

»Taotroc ist also zurückgeblieben«, stellte Baudegg fest.

»Ja«, sagte Rhodan.

Alarm in der SPIVIM. Alarm in allen Ara-Schiffen im Salida-System.

Da Moby schüttelte sich, regte sich, entfaltete das Gespinst seiner Energiefäden. Notstarts, um Abstand zu nehmen. Sicherheitsdistanzen.

Flammen, Protuberanzen, Feuerspiralen.

»Die Schläuche der Wasserschneider reißen!«

»Nachrangiges Problem. Lasst sie reißen.«

Alles umsonst!

»Moby nimmt Fahrt auf!«

»Abstand vergrößern! Abstand!«

Unbekümmert um die Raumfahrzeuge in seinem Orbit, in seiner Nähe, strebte der Moby der Sonne Salida zu, um ein erstes Mal zu fressen und dem Hunger, seinem Tyrannen, willig zu sein.

Denn der Moby sah: Der brennende Stern war üppig, unerschöpflich, ein einziger Überfluss.

Wer den Dolonen hütet

Fast behutsam hatte der Faden aus Rotgold Trantipon am Ufer Yluccs deponiert, sich vom Leib gelöst und war wieder mit dem Strang verschmolzen, der sich, soweit Tifflor sehen konnte, zur Schiene refiguriert hatte.

Trantipon lag starr, die Arme nach oben gestreckt, die Hände zu Krallen verkrampft.

Die Brustverletzung war furchtbar, kraterförmig und tief. Aber die Wundwände machten einen glatten, glasierten Eindruck. Vielleicht eine eigenartige Kauterisierung durch die Nanotechniten, die Plob Arnoyn ihm eingepflanzt hatte.

Es war durchaus unklar, wie Trantipon diese Verletzung überhaupt hatte überleben können. Möglich, dass der Midyacco ihn in Zusammenarbeit mit den Nanomaschinen am Leben erhalten hatte.

Irgendeine Korrespondenz zwischen Trantipon und den Midyacco muss es gegeben haben, dachte Tifflor. Schwer vorstellbar, welche Gespräche dort auf der Ebene der Nanomaschinen und der Textur des Midyacco-Gewebes stattgefunden hatten. Bio-maschinelle Verhandlungen, nicht gedacht für Menschenohren und Menschenhirne.

Was an Haut sichtbar war, schien verletzt, doch die Art der Verletzung war nicht deutlich zu erkennen. Schlierig-durchsichtige Filme bedeckten die Haut, bewegten und kräuselten sich wie ein mikroskopisch kleines Meer. Das mussten die medotechnischen Nanoschleier sein, die Plob Arnoyn installiert hatte. Sie machten sich an die Reparatur – ein humanoides Wesen als Bio-Baustelle.

Trantipons offene Augen blickten ins Nirgendwo.

Wieder mal tot?, dachte Tifflor müde und führte mit dem Multifunktionsarmband einen Scan durch. Es gab schwache Bioresonanzen. Der Mantarheiler hatte überlebt – was immer das für einen *Grenzwertig Reanimierten* hieß.

»Kannst du etwas für ihn tun?«, fragte Tifflor das Armband.

»Nein. Überschreitet meine Möglichkeiten bei Weitem. Ich habe eben Kontakt mit dem Notfallnecessaire aufgenommen, das der Klient bei sich trägt. Die Positronik drüben möchte mit mir zusammenarbeiten; wir werden sehen, was sich machen lässt. Ich habe mir erlaubt, die APPEN zu informieren. Sie wird eine Space-Tube mit einer größeren medotechnischen Kapazität herunterschicken. Sie wird eben startklar gemacht und kann in siebzehn Minuten hier sein.«

Tifflor nickte. 17 Minuten also. »Warum so lange?«

»Plob Arnoyn hat Anweisung gegeben, auf das Stichwort Trantipon hin unterrichtet zu werden. Die Tube musste auf ihn warten. Er ist soeben an Bord gegangen.«

Plob Arnoyn. Er kam sein Eigentum holen.

Tifflor bewegte sich einige Schritte fort von Trantipon. Sollte Arnoyn ihn haben. Für einen Moment wollte er einfach nur allein dasitzen. Die Pause sollte nicht lange dauern; es gab so viel Unaufschiebbares zu tun.

Er setzte sich und schob es auf. Er legte die Arme über die hochgestellten Knie, kreuzte sie und legte die Stirn auf die Arme; er atmete, der Anzug führte ihm eine höhere Sauerstoffkonzentration zu als die üblichen 21 Prozent.

»Ich weiß nicht, ob es dich interessiert«, meldete sich das Armband. »Aber eben teilt mir das Notfallnecessaire mit, dass der Mantarheiler Trantipon ihm einige private Informationen aus seinem Leben anvertraut hat.«

Tifflor horchte auf. »Etwas zum Stichwort Ara-Toxin?«

»Positiv.«

Einige Sekunden lang dachte Tifflor darüber nach, warum der Ara das getan haben könnte, verlor aber bald die Lust an diesen Überlegungen. »Bitte das Necessaire darum, dir die Daten zu überspielen, und sende eine Kopie an meine Kabine. Kodiere die Sendung und sperre sie, Zugriffsbefugnis liegt allein bei mir.«

»Erledigt.«

Er raffte sich auf, kniete sich neben Trantipon, nahm ihm das Notfallnecessaire ab und verstaute es in den Taschen seines Anzugs.

»Ich weiß nicht, ob ich je Gelegenheit haben werde, dich das zu fragen«, hörte er die hohe Stimme des Borloomers und sah über die Schulter.

»Orontiu Pleca«, sagte er, »schön, dich zu sehen. Du darfst mich fragen, was und wann immer du willst.«

Der Siccyi schloss die äußeren Augen und öffnete das knapp über der Nasenwurzel befindliche Paar. Die beiden ovalen Aurenaugen standen so eng beieinander, dass sie wie eine liegende Acht aussahen. Sie schimmerten, als wären sie schwarz lackiert.

Tifflor fühlte, dass sie ihn studierten. »Deine Aura hat ein Muster, wie ich es noch nie gesehen habe.«

»So? Ich kann meine Aura nicht sehen. Wie sieht sie aus?«

»Im Kern sieht sie blau aus, tiefblau. Aber da ist ein Muster, das sie durchwirkt, eine goldene Marmorierung. Ich kann nicht klar erkennen, wie das Blau und das goldene Muster zusammenhängen. Ja, ich kann nicht einmal erkennen, ob das Muster wirklich lebendig ist. Einerseits wirkt es ... künstlich, andererseits lebendig. Mehr als das sogar.«

»So sieht es aus?«, fragte Tifflor. »Ja, das könnte sein.«

»Was?«

»Ich trage ein Gerät in mir« – er tippte sich an die linke Schulter –, »das man Zellaktivator nennt. Seine genaue Funktionsweise ist mir nicht bekannt. Es ist eine Leihgabe. Es stammt aus einer Technologie, die unserer eigenen sehr weit voraus ist. Solange ich es trage, altere ich körperlich nicht. Es spendet mir Leben.«

»Verstehe«, sagte der Siccyi. »Das erklärt es.«

Tatsächlich?, dachte Tifflor.

Orontiu Pleca fuhr den Teleskophals weiter aus und verdrehte ihn nach hinten. Er blickte den Leib Trantipons an und sagte:

»*Aus unserm Rücken nähert sich*
Der Schienenstrang, der uns nach hinten führt,
dorthin, wo der Waggon des Todes steht,
die Räder abgewetzt, die Fenster offen.

Das ist ein altes Gebet«, erklärte er Tifflor.

»Du bist ein gläubiges Wesen?«

»Ich? Nein. Ich glaube weder an Khautric & Keuf noch an die Dämonen der beiden Lebensenden. Aber das heißt ja nicht, dass meine Gebete wirkungslos sind. Oder denkst du, dass man Götter, wenn es sie denn gibt, mit seinem Glauben füttern muss?«

Tifflor stand auf. »Da wir von heiligen Dingen sprechen: Ich muss kurz Baba Rhodo opfern«, entschuldigte er sich.

»Baba Rhodo?«

»Eine alte, remionische Gottheit«, erläuterte Tifflor. »Soweit ich mich im Pantheon der Remiona auskenne: zuständig für Toilettenanlagen, im Nebenbehuf Gott der Missgunst und des Neids.«

Seit einigen Minuten, nachdem die Anspannung des Kampfes sich gelöst hatte, verspürte er einen wachsenden Druck auf die Blase.

»Du planst einen religiösen Akt?«, frage Pleca nach.

Tifflor lachte ihn an, und das immer wieder erstaunlich menschenähnliche Gesicht des Siccyi lachte mit.

»Nein.« Tifflor schlug sein Wasser ab und setzte sich wieder. Noch etwa zehn Minuten bis zum Eintreffen der Space-Tube. Es begann zu regnen. Dicke, ölig schimmernde Tropfen. Tifflor schaute dem Regen zu. Etwas daran irritierte ihn. Er lächelte überrascht, als er erkannte, was ihm da aufgefallen war. *So alt. So viele Millionen Lichtjahre gereist. Und immer noch geeicht auf das Maß der Erde:* Der Regen fiel langsam. Eine Spur langsamer jedenfalls als auf Terra. Oyloz besaß eine nur um 15 Prozent geringere Anziehungskraft als Terra, aber die Differenz machte doch einen Effekt.

»Lass uns zu Trantipon gehen«, meldete sich die Positronik in Tifflors Multifunktionsarmband. »Es tut sich etwas.«

Sie gingen zu dem Ara hinüber. Trantipon hielt die Arme noch immer ausgestreckt und die Hände wie Vogelklauen, aber seine Lippen bewegten sich. Ein plötzlicher Sonnenstrahl brach durch die Wolken und fiel genau auf die Stelle, auf der der Ara lag.

»Es ist so dunkel«, sagte Trantipon sehr leise und starrte mit offenen Augen in die Sonne. »Es ist so viel Dunkelheit im Licht.«

»Er verbrennt«, mahnte Orontiu Pleca und schirmte die Augen des Aras mit einer Hand ab. Behutsam schloss er Trantipons Lider.

»Es weiß nicht, was ist und was nicht«, flüsterte der Ara.

»Sag ruhig *ich*«, forderte ihn Tifflor auf und soufflierte: *»Ich weiß nicht …«*

»Es erinnert sich nicht an sich«, sagte der Ara.

»Du bist Trantipon«, erklärte Tifflor ihm. »Ein Mörder.«

»Oh ja.«

»Du hast ein global wirksames Gift eingesetzt. Ara-Toxin. Sag mir alles, was du über Ara-Toxin weißt.«

»Oh ja.«

Mit einem leichten Rauschen landete die Space-Tube. Tifflor sah sich kurz um. Die Landeschleuse öffnete sich. Eine Antigravtrage glitt heraus, gefolgt vom Konsortiumsleiter Plob Arnoyn.

Tifflor kniete neben Trantipon, griff seine Hände und senkte die hochgereckten Arme wie Hebel.

Der Ara drückte seine Hände und ließ sie nicht mehr los.

»Was weißt du über Ara-Toxin?«, fragte Tifflor wieder.

»Oh ja.«

»Beende das Verhör!« Plob Arnoyn war eingetroffen. Aus dem kastenförmigen, technischen Unterbau der Antigravliege fuhren dünne Tentakel und senkten sich auf Trantipon. Zwei bildeten ultrafeine, haardünne Fortsätze aus und drangen damit in Trantipons Nasenlöcher ein; zwei weitere glitten unter seine Lider und durch die Pupillen.

Ein leichtes Zittern ging durch die Hände des Aras, dann lockerte sich sein Griff. Tifflor zog seine Hände zurück.

Trantipon flüsterte: »*Ich* will ein guter Freund sein meinen Schmerzen. Ich will den Dolonen hüten.«

»Was meint er?«, fragte Pleca.

»Er redet irre«, sagte Tifflor. »Wenn ich nur wüsste, ob er sein Irresein spielt oder ...«

Er sah fragend zu Plob Arnoyn auf, der angestrengt in einen Monitor an der Unterseite der Trage schaute.

»Er ist beschädigt«, erklärte der Konsortiumsleiter schließlich. »Irreparabel. In seinem Hirn haben sich zahllose Mikroexplosionen und Fissuren ereignet. Er degeneriert rapide. Du kannst ihn haben. Er ist wertlos für mich.«

Tifflor beobachtete, wie Orontiu Pleca den Konsortiumsleiter mit den Aurenaugen begutachtete. Arnoyn klackte ein paarmal mit den Zähnen; die Tentakel zogen sich aus dem Leib des ehemaligen Mantarheilers zurück. »Kommst du mit, Minister?«, fragte Arnoyn Tifflor, der immer noch neben Trantipon kniete.

Tifflor überlegte. »Gib mir ein paar Minuten.« Die Antigravliege und der Konsortiumsleiter machten sich auf den Rückweg zur Space-Tube.

Trantipon hatte die Lider wieder geöffnet. Die Regentropfen fielen ihm auf die Augäpfel. Offenbar funktionierten selbst elementarste Reflexe nicht mehr.

Die Haut an den Händen und im Gesicht dagegen sah abgeheilt aus. Die Nanoschleier hatten sich in die tieferen Schichten zurückgezogen. Ob sie versuchen würden, das Gehirn zu rekonstruieren? Den Geist des Mantarheilers?

Nach Plob Arnoyns entschiedener Reaktion konnte Tifflor das nicht glauben.

»Es hat niemand Verwendung für ihn, nicht wahr?«, fragte der Siccyi.

Erneut stiegen in Tifflor Visionen vom sterbenden Planeten Remion auf; er verglich das maßlose Leid der Vielen mit dem Leid der Kreatur, die neben ihm auf dem Boden lag.

Er ergriff Trantipons Hand. Der Ara drückte wieder zu und flüsterte: »*Ich* will ein guter Freund sein meinen Schmerzen. Ich will den Dolonen hüten.«

»Was ist ein Dolone?«, fragte der Siccyi.

»Ich weiß es nicht«, antwortete Tifflor. Dann entzog er dem Ara die Hand und stand auf. »Nein. Ich habe auch keine Verwendung für ihn.« Er sah zur Space-Tube. »Ich muss aufbrechen, Orontiu Pleca.«

»Wir lassen ihn hier so liegen?«

Ein Mensch hätte vielleicht formuliert: Wir lassen ihn hier so liegen, dachte Tifflor, *und überlassen ihn seinem Schicksal. Aber Trantipon hat kein Schicksal mehr.*

»Ja«, antwortete er.

Der Siccyi schloss die Lichtaugen und betrachtete den Leib Trantipons mit den Aurenaugen. »Ich sehe kein zusammenhängendes Leben mehr in ihm. Nur Schotter. Wenige kleine Inseln aus Licht in einem Meer von düsterem Schotter. Aber es ist etwas in ihm, das träumt. Deshalb kann man ihn nicht liegen lassen. Wenn du erlaubst, nehme ich ihn in unsere Karawane auf.«

»Du meinst ... wir dürfen ihn wegen seiner Träume nicht liegen lassen?«

Orontiu Pleca öffnete die Lichtaugen wieder. »Und sei es auch nur wegen dieses Dolonen, den er in seinem Traum hüten muss. Denn der trägt keine Schuld.«

Tifflor lachte ungläubig. »Aber dieser Dolone existiert gar nicht. Er ist nur geträumt, Pleca!«

»Das weißt du, und das weiß ich. Aber weiß das auch der Dolone?«

Er stand bereits in der Luftschleuse der Space-Tube, als der Siccyi ihn noch einmal rief: »Julian Tifflor!«

Er drehte sich um.

»Noch nie habe ich jemanden von außen um Hilfe gebeten. Aber wir haben vertraut miteinander gesprochen, du hast mir von deinen Göttern erzählt.«

Aus der Space-Tube murrte Plob Arnoyn, dringende Geschäfte riefen ihn zurück an Bord des Quarantäneraumers.

Tifflor bot ihm unwirsch an loszufliegen.

Der Ara nahm das Angebot an, schloss die Tube und startete den Antigrav. Tifflor trat zurück. Wie ein Aufzug stieg das Kleinraumschiff in die Höhe, stellte sich, fast schon außer Sicht, senkrecht und zündete das Impulstriebwerk.

Tifflor fühlte Erleichterung und wandte sich wieder Pleca zu. »Du darfst mich um jede Hilfe bitten.«

Der Siccyi strich Trantipon kurz über das Haar. »Ich bitte nicht für mich«, sagte er, »sondern für Glötco Hölunda. Meine Weiblichkeit. Und für den Keim unserer beider, den sie in sich trug, denn der ist durch den Überfall auf meine Karawane … aber das ist eine lange Geschichte, Julian Tifflor. Wir brauchen medizinische Hilfe.«

»Jetzt sofort?«

»In den nächsten Stunden.«

Tifflor sah den Siccyi an. »Wir nehmen die Space-Tube«, entschied er. »Wir laden deine Frau ein. Wir fliegen zur Sternenkarawanserei und bringen sie an Bord eines der Ara-Schiffe. Dort wird sie geheilt.«

Orontiu Pleca sah den Terraner an.

Tifflor las Zweifel aus seinem Gesicht. »Die Aras sind nicht von unserer Art«, sagte Pleca. »Glaubst du, sie vermögen uns zu helfen?«

»Sie sind die Galaktischen Mediziner«, erklärte Tifflor. »Wer soll helfen können, wenn nicht sie?«

Kurz darauf landeten Pivco Cil und Sanada-Varing mit ihrer Space-Tube. Tifflor und Pleca dirigierten eine Antigravtrage mit Trantipon an Bord, stiegen ein und flogen zur Karawane, um den Ara abzusetzen und Plecas Frau und die Gebäramme aufzunehmen und zur APPEN zu transportieren.

Die Operation

Tifflor hätte in Glötco Hölunda nicht unbedingt ein weibliches Wesen erkannt. Ihre Gesichtszüge waren eckig, hier und da mit einer Art Borke oder Bart bedeckt. Die Lichtaugen waren von einem fahlen, durchscheinenden Blau, die Aurenaugen wirkten grau.

Im ersten Moment, als Orontiu Pleca ihn und den Ara zu sich gewinkt und auf Glötco Hölunda gewiesen hatte, dachte Tifflor, das verhutzelte, schartige Wesen, das Hölunda an ihren Panzer presste, müsste ihr Baby sein. Der streichholzdürre Hals rutschte hin und her, das nicht einmal faustgroße Köpfchen klopfte in einem entnervenden Takt auf den dünnen Panzer, das Gesicht leuchtete weiß wie eine japanische Maske.

Aber wie er den aufgeregten Erläuterungen Plecas entnahm, war dieser Gnom, den Pleca »die Gebäramme« nannte, so etwas wie das dritte borloomsche Geschlecht.

Sanada-Varing manipulierte die Antigravtrage so, dass sie Hölunda sicheren Halt bot und das unterarmgroße Wesen in einer Art geheiztem Tragekorb verstaute.

»Sie braucht Wärme«, hauchte ihm Hölunda zu.

Hunderte von Borloomern wirkten um die Karawane. Improvisierte Kräne wuchteten die Waggons zurück in den Schienenstrang. In Lazarettbuden wurden die Verletzten versorgt; ein Heißluftballon schwebte an einem Tau über der Szene, zwei oder drei Borloomer saßen darin und hielten mit Fernrohren Ausschau nach dem Feuer und den Wegen, die es einschlug.

Der Flug zur APPEN, die 600 Kilometer hoch über der Planetenoberfläche in einen Orbit geschwenkt war, verlief ereignislos. Orontiu Pleca und Glötco Hölunda benahmen sich, als würden sie jeden Tag den Planeten verlassen. Nur die Gebäramme ächzte und jammerte leise vor sich hin.

Nach und nach war Tifflor ins Bewusstsein gedrungen, welches Elend der Untergang Remions, wenn auch mittelbar, über Oyloz gebracht hatte. Er bat Pivco sicherzustellen, dass nur exzellente Mediziner die Untersuchung und, wenn nötig, den Eingriff an der Borloomerin vornahmen.

Noch bevor sie in die APPEN einschwebten, meldete sich Plob Arnoyn und bat um ein kurzes Gespräch mit Tifflor. Sie trafen sich im Operationssaal, während die Aras den Metabolismus der Borloomerin scannten und ein Modell für den Eingriff und die Therapie entwarfen. Arnoyn ignorierte Pleca und trat auf Tifflor zu.

»Ich habe Trantipons sterbliche Überreste auf Oyloz zurück gelassen«, sagte Tifflor, bevor Arnoyn eine Frage stellen konnte.

Dass diese *Überreste* zwar sterblich waren, aber noch lebten, verriet er ihm nicht.

»Hat Trantipon noch Informationen über das Ara-Toxin geben können?«, fragte der Konsortiumsleiter.

Tifflor lag eine scharfe Bemerkung auf der Zunge, dass Arnoyn den Mantarheiler mit dem zerstörten Geist doch gesehen habe, und ob er glaube, dass ihm, Tifflor, in Arnoyns Abwesenheit eine magische Heilung gelungen sei. Aber er sagte nur: »Nein.«

»Enthielt die Nachricht, die du von Oyloz aus für dich selbst übermittelt hast, nennenswertes Material darüber?«

Tifflor lächelte schief. »Diskutieren wir das später aus«, bat er. »Ich möchte unsere Freunde zu der Behandlungssektion begleiten.«

Als Glötco Hölunda und die Gebäramme etwa eine Stunde später unter den Bioscanfeldprojektoren lagen und einige Aras zusammen mit einer Medotronik die Diagnose erstellten, betrat Plob Arboyn den Raum und näherte sich Tifflor, der zusammen mit Pleca hinter einem Schleierschirm wartete.

»Du wolltest mir Auskunft geben über deine Nachricht an dich selbst«, begann Arnoyn ohne jede Grußformel.

»Das wollte ich keineswegs«, versetzte Tifflor und überlegte, ob er seiner Wut freie Bahn lassen oder sie heruntermeditieren sollte.

Er entschied sich für die konziliante Lösung, blieb höflich in der Form, verweigerte sich aber in der Sache.

Arnoyn murmelte etwas vor sich hin und verließ die Sektion.

Der Eingriff dauerte nicht einmal eine halbe Stunde. Die Gebäramme hatte sich als ein sieches, dysfunktionales Geschöpf erwiesen. Die Aras, die den Eingriff vorgenommen hatten, empfahlen, es einzuschläfern, was Orontiu Pleca und Glötco Hölunda völlig verständnislos zurückwiesen.

Für Glötco Hölunda war ein künstliches, aber biomorphes Gebärorgan designt und in aller Eile gezüchtet worden, das den replantierten Keimling bereits aufund angenommen hatte. Der Pharmakogenerator entwarf und generierte noch einige Medikamente, die den Reifeprozess des Embryos unterstützen und später zu einer komplikationslosen Geburt führen sollten.

Orontiu Pleca bedankte sich fassungslos. Einer der Aras fragte Tifflor, wessen Konto er mit dem fälligen Honorar belasten dürfte. Hoch ausfallen würde es nicht, nicht für eine Lappalie wie diese, aber es ginge ja auch um das Prinzip.

Tifflor übernahm die Rechnung.

Zu Hölundas eigenem grenzenlosem Erstaunen war sie voll bewegungsfähig und frei von Beschwerden. Sie zog die Gebäramme in einem Wägelchen hinter sich her, plauderte und knuffte Pleca immer wieder auf den Panzer. Pleca hüpfte förmlich vor Begeisterung; die Amme summte eine schwermütige Melodie.

Tifflor begleitete die Familie zum Hangar, wo eine Space-Tube mit Autopilot sie zurück zur Karawane bringen sollte.

In der Schleuse des Kleinraumschiffes drehte sich Orontiu Pleca noch einmal um: »Obwohl du ein Gesicht hast, das dem unseren ähnelt, weiß ich doch nicht, ob du siehst, was ich sehe.«

Tifflor schmunzelte. Hielt der Borloomer ihn für defekt? »Wir haben nur zwei Augen, Orontiu Pleca. Aber wir sehen recht gut mit ihnen.«

»Du hast im Operationssaal den Ara gesehen, der auf Oyloz war, um mit dir über Trantipon zu sprechen?«

»Ja. Ich habe ihn gesehen. Er heißt Plob Arnoyn.«

»Ist dir aufgefallen, dass der Plob Arnoyn im Operationssaal nicht der Plob Arnoyn ist, der auf Oyloz war?«

»Bitte?«, fragte Tifflor.

»Mit diesen Augen betrachtet« – Pleca wies auf die äußeren Lichtaugen – »sah er ihm gleich. Aber mit diesen« – er wies auf die Aurenaugen – »habe ich gesehen, dass er ein anderer ist. Seine Aura ist falsch. Ich war mir nicht sicher, ob du sein Anderssein bemerkt hast. Ob es dich interessiert. Und wenn es indiskret war, dich darauf hinzuweisen ...«

Tifflor drehte sich um, rief »Alarm für die APPEN!« in sein Multifunktionsarmband und stürmte aus dem Hangar. Er lief Richtung Zentrale. »Plob Arnoyn aufhalten oder ausfindig machen und verhaften!«, befahl er über sein Armband-Kom.

Wenn Orontiu Pleca die Aura des Konsortiumleiters als Fälschung erkannte, war dieser Plob Arnoyn eine Fälschung.

Eine Fälschung allerdings in perfekter Maske, wenn nicht einmal die engsten Vertrauten des Aras, nicht einmal die Schiffspositronik und ihre Filialen den Betrug erkannt hatten.

Eine Hightechmaske? Ein Klon?

Es gab noch eine Möglichkeit, eine sehr exotische allerdings: *ein Gestaltwandler!*

Ein Gestaltwandler konnte eine singuläre Erscheinung in seinem biologisch-kulturellen Kontext sein. Ab und an war Tifflor aber auch Vertretern von Völkern begegnet, die in ihrer Gesamtheit diese Fähigkeit besaßen: die Cynos. Die Pai'uhn K'asaltic aus dem Sternenschwarm, die mit ihrem Heimatplaneten den Zug verlassen und in die Milchstraße eingewandert waren. Die Molekülverformer. Alte, bittere Geschichten. Und erst kürzlich, vor einem Vierteljahrhundert, die Atto, die Psychokopisten aus Andromeda.

Kein Mangel an Möglichkeiten also. Aber die Motive? Wer sollte den Konsortiumsleiter ersetzen, und warum? Oder war es eine bloße Finte Arnoyns?

Die schiffsweite Fahndung nach dem Konsortiumsleiter hatte unmittelbar nach dem Alarm begonnen. Tifflor informierte Perry Rhodan.

Rhodan betrachtete das Ergreifen des Aras als minderes Problem.

Eine ganze Armada kleiner und größerer Raumsonden hielt sich im Umfeld des Mobys auf; auch einige robotergesteuerte Space-Tubes operierten in der Nähe Salidas, verschafften sich und übertrugen Daten, hielten die Positronik der CONNOYT auf dem Laufenden.

Rhodan ließ den Moby nicht aus den Augen, der im Panorama-Holo schwebte, scheinbar zum Greifen nah.

Als könnte er ihn auf diese Weise bannen, als könnte er die steinerne Schale des Gebildes durchschauen und Einblick nehmen in sein Innerstes.

Er stemmte sich aus dem Kontursessel des Kommandanten hoch und näherte sich dem Bild. Es schwebte in Augenhöhe, ein Objekt, dessen Enden Rhodan mit den Fingerspitzen seiner ausgebreiteten Hände hätte umfassen können.

Die Positronik bildete Salida mit stark gedimmter Leuchtkraft ab; der Moby war so tief in die Sonnenatmosphäre getaucht, dass er in diesem Glanz für ein unbewehrtes Auge nicht sichtbar war. Er schwamm geradezu in der Sonnenglut. Die unzähligen Energiearme hingen herab und bewegten sich träge wie Algen unter Wasser.

Nein, anders: saugend. Lüstern.

Rhodan überlegte, was der Sternenwanderer empfinden würde, sein aus so vielen zerstörten Bewusstseinen verschmolzenes Mentalsubstrat.

Sättigung? Zufriedenheit? Genuss?

Sinnlose Vermenschlichung, schalt sich Rhodan und erschrak zugleich über dieses Urteil: Was war falsch daran, über Menschen, und sei es auch nur über deren Relikte, menschlich zu denken?

Der Moby tankte noch immer Energie. Die Mengen, die im Infotext des Hologramms verzeichnet wurden, waren ungeheuerlich.

»Außenminister?«, meldete sich die Positronik der APPEN. »Wir haben Plob Arnoyns Leiche gefunden.«

Tifflor nickte.

Arnoyn war tot, und sie würden seinen Mörder nicht finden. Denn er würde das Gesicht des Konsortiumleiters längst abgelegt, dessen Gestalt gegen eine andere eingetauscht haben.

»Schadensmeldung«, fuhr die Positronik fort. »Ich wollte einen unautorisierten Start unterbinden, doch der Pilot hat sich meinem Zugriff mit Waffengewalt entzogen. Er fliegt mit einem schweren Atmosphäre-Gleiter.«

»Hast du versucht, ihn abzuschießen?«

»Nein. Der Gleiter hat keine Gefahr dargestellt; er griff die APPEN nicht an, sondern vergrößerte den Abstand zu uns rapide.«

»Das nennt man *fliehen*«, spottete Tifflor.

»Der Terminus ist mir bekannt«, kam die Replik. »Aber ich bin kein Kriegsschiff.«

»Der Pilot ist mit großer Wahrscheinlichkeit ein Mörder.«

»Das ist mir klar. Aber ich bin auch kein Polizeischiff und habe keinerlei juristische Befugnisse«, sagte die Positronik. »Außerdem hast du mich nicht angewiesen, den Flüchtling zu stoppen, mit welchen Mitteln auch immer.«

»Schick ihm eine Sonder hinterher!«

»Alle meine Sonden befindet sich in oder bei Salida«, sagte die Positronik. »Ich erforsche auf das Geheiß des Residenten das Planetentransformat.«

»Gut so. Weitermachen!« *Sind unsere Denkmaschinen auch so närrisch,* fragte sich Tifflor, *oder ist dieses Gerät eine typisch araische Fehlkonstruktion?*

»Kein Grund, mich zu verhöhnen«, wies ihn die Positronik zurecht. »Ich konnte dem Gleiter telemetrisch folgen. Er ist zum Konchols-Gebirge geflogen.«

»Auch gelandet?«

»Das entzieht sich leider meiner Kenntnis, weil die Reichweite meiner Telemetrie begrenzt ist.«

Tifflor nickte ergeben. Er würde – mit Perry oder allein – ein Beiboot nehmen und die Spur selbst verfolgen müssen.

In diesem Moment betrat Zhana die Zentrale. Sie stellte sich neben ihn, Hüfte an Hüfte.

Er rief Perry auf der CONNOYT.

Rhodan sah die beiden an und lächelte. *Als würden sie über die Rubin-Promenade von Ice City auf Ganymed flanieren, weltvergessen, unter dem aufgehenden Jupiter. Ein romantisches Paar.*

»Wenn du willst, hole ich den Flüchtling zurück«, bot Tifflor an. »Andererseits hat er sich jetzt selbst festgesetzt. Der Gleiter, den er fliegt, ist nicht raumtauglich.«

Bevor Rhodan darauf antworten konnte, schrie ein Ara auf, der die Ortungsgeräte bediente.

»Heftiger Hyperausbruch ... nein, Hyperimpuls! Starker, gegliederter Hyperimpuls ausgesendet. Eine Signalfolge!«

»Dekodierung?«

»Nicht möglich«, erklärte die Positronik. »Keine Referenz-Muster. Kein semantischer Kontext erstellbar.«

»Schiffstart aus der Nähe der Impulsgabe«, meldete der Ara. »Projizieren?«

Sie sahen ein kleines Kugelraumschiff mit Beschleunigungswerten, die es an die Grenze der Selbstzerstörung bringen mussten.

»Feuer!«, befahlen Rhodan und Tifflor gleichzeitig.

Fahles Glimmern mischte sich in die Holografie. Die Positroniken der APPEN und der CONNOYT hatten Desintegratorgeschütze ausgelöst, die aber in der Atmosphäre von Oyloz weitgehend wirkungslos blieben. Auch im freien Raum kassierte der aktivierte Schutzschirm des Kugelraumschiffs die Energie problemlos. Das Schiff beschleunigte weiter und strebte senkrecht zur Ekliptik aus dem System.

»Verfolgen wir ihn nicht?«, fragte Tifflor.

Rhodan schüttelte den Kopf.

»Das Schiff ist außerhalb der Reichweite unserer Waffensysteme. Es hat in wenigen Minuten die Übertrittgeschwindigkeit in den Linerarraum erreicht. Da halten weder die vergleichsweise schnelle CONNOYT noch gar die APPEN mit.«

»Schade«, sagte Zhana.

Tifflor kehrte mit der Ara-Frau zurück ins Quartier. Sie kleideten sich wortlos aus und paarten sich, Julian mit einer neu erwachten Gier nach Nähe und weiblichen Aromen, Filgris andächtig, sehr langsam, mit der Eleganz einer Tänzerin. Danach lagen sie nebeneinander.

»Du bist kein braves Mädchen«, sagte Tifflor. Er dachte an das, was sie ihm aus ihrem Leben erzählt hatte. Zhanauta Filgris, die Mörderin. Ob sie etwas bereute? Er sah sie an. Nein. Sie bereute nichts. Änderte das etwas an seinen Gefühlen? Nein. Es änderte nichts. Eine kalte, fast hochmütige Liebe zu ihr hatte ihn erfasst. Eines Tages würde sie abklingen. Dann war es an der Zeit, sie vor Gericht zu stellen.

»Ich bin kein braves Mädchen«, gab sie ihm recht. »Ich bin eine Frau mit Vergangenheit.«

»Sagt die Frau mit Vergangenheit, die bei dem Mann mit Vergangenheit liegt. Ob die beiden eine Zukunft haben, fragen sich die Zuschauer.«

»Eine Zukunft?« Zhana bewegte sich schläfrig. »Die Zukunft ist so ein weites Land. Öde, ungeschaffen, menschenleer.«

»Menschenleer? Wir könnten ja gemeinsam einen Menschen machen und beginnen, die Zukunft zu besiedeln.«

»Du sollst mir keine Anträge machen. Du sollst dich nicht binden. Denn eines Tages wirst du überlegen, ob du mich nicht doch vor Gericht stellen sollst.«

»Ja«, sagte er. »Und dann?«

Zhana stützte ihre Wange in die Hand und schaute ihn an. Einen Moment lang überzog ein Glanz wie aus weiter Ferne ihr Gesicht und ließ es fremd erscheinen. Eine Antwort gab sie ihm nicht.

Ein Äquivalent von Schmerzen

Kurz darauf hatte die Positronik der CONNOYT immerhin den Empfänger des hypernergetischen Richtstrahls ermittelt: Es war der Moby.

»Planetentransformat löst sich von der Sonne«, meldete einer der Aras an der Ortung.

»Ziel?«, fragte Rhodan.

Salida erschien im Panoramaschirm. Der Moby wurde als winziger Punkt durch eine schwarze Kontur sichtbar gemacht. Dreidimensionale Raumgitter legten sich über das Bild, Vektoren verlängerten jede Richtungsänderung des Sternenwanderers.

»Er bleibt innerhalb der Ekliptik der Planeten«, kommentierte der Orter.

Als wolle er heimkehren, dachte Rhodan, *als erinnere er sich daran, dass er einmal der dritte von zwölf Plane-*

ten des Systems gewesen ist. Wunschdenken!, schalt er sich dann.

Längst zeichnete sich in den Hochrechnungen ab, wohin der Moby sich auf den Weg gemacht hatte. »Wie lange wird er brauchen, bis er Oyloz erreicht?«, fragte Rhodan.

»Wenn er weiterhin so beschleunigt und ich eine geeignete Zeit für den Bremsvorgang berechne: sieben Stunden elf Minuten«, antwortete die Positronik.

»Starten und gehen wir auf Abfangkurs?«, fragte Noshal, der Kapitän der CONNOYT.

»Danke für das Angebot«, sagte Rhodan. »Aber genauso gut könnten wir versuchen, einen Planeten abzufangen. Außerdem verfügt der Moby nach der Speisung über Energiereserven, die er als Waffen von einem Kaliber einsetzen kann, denen weder die CONNOYT, die APPEN noch die anderen Quarantäneschiffe etwas entgegenzusetzen haben.«

»Wir könnten es dennoch versuchen.«

Rhodan überhörte den Kapitän demonstrativ. »Ich möchte Ban Wic sprechen«, richtete er sich an die Positronik.

Das Maschinenhirn spürte den Bordingenieur der CONNOYT ohne merklichen Zeitverlust auf und schaltete ihn zu.

Rhodan sah den Ara, der im Hologramm erschien, zum ersten Mal. Bislang hatten sie sich nur akustisch verständigt. Ban Wic war klein, gedrungen und hatte einen dünnen, roten Kinnbart zum Zopf gebunden. Immer wieder tupfte er sich mit einem weißen Tuch Schweiß von der Stirn.

»Wie lange brauchst du, um das Wasserschneidesystem in Betrieb zu nehmen?«, fragte Rhodan ihn.

Der Ingenieur sah ins Leere. »Abgesehen von der reinen Flugzeit zum Planetentransformat und unter Einsatz aller Montageroboter rechne ich mit zwei bis drei Stunden.«

»Triff bitte alle Vorbereitungen«, sagte Rhodan, und in Richtung des Kapitäns: »Starte!«

Die CONNOYT beschleunigte mit Höchstwerten. Rhodan wog das Risiko ab, mit dieser Energieentfaltung den Moby auf das Schiff aufmerksam zu machen, und befand es gering. Wenn der Hyperimpuls stark genug war, den Moby von seiner Nahrungsquelle abzuziehen und in Richtung Oyloz zu beordern, würde der Moby nicht eigenmächtig Umwege in Kauf nehmen, um sich eines vergleichsweise winzigen Objektes zu erwehren, das alles Mögliche, aber keine Gefahr für ihn darstellte. Außerdem glaubte Rhodan nicht, dass dem Moby komplexere Befehle mit abgestuften Zielvorgaben, vor- und nachrangigen Aufgaben verständlich wären.

Nein, solange die CONNOYT sich nicht durch den Einsatz energetischer Waffensysteme bemerkbar machte, auf die der Moby instinktiv reagieren könnte, würde er dem Kommando folgen und sich auf Oyloz konzentrieren.

Keine halbe Stunde später hatte sich die CONNOYT dem Moby bis auf 20.000 Kilometer angenähert. Ein ganzer Schwarm Space-Tubes wurde ausgeschleust; sie unterstanden Ban Wic.

Nach und nach und in stundenlanger Arbeit wurden die abgerissenen Rohre eingefangen und neu mit dem improvisierten Pumpwerk verbunden.

»Wir wissen nicht, ob Taotroc noch lebt«, sagte der Kapitän.

»Ich gehe nicht davon aus«, erwiderte Rhodan. »Ban Wic, wie viel Bar tolerieren die Flexorohre?«

»Neunzehn- bis zwanzigtausend Bar.«

Rhodan versuchte, sich diesen Druck vorzustellen. Ein Bar entsprach ungefähr dem Wert, um den sich der hydrostatische Druck pro zehn Meter Wassertiefe erhöhte. Zwanzigtausend Bar würden demnach auf den Grund eines Ozeans lasten, der 2000 Kilometer tief war.

»Wir müssen damit rechnen, dass sich der Druck vor Ort um bis zu zehn Prozent vermindert«, räumte Ban Wic ein.

»Gebt für vier oder fünf Sekunden Druck auf die Leitungen, zweieinhalbtausend Bar.«

»Mehr nicht?«

»Nein. Seid ihr so weit? Jetzt!«

Nach der Einleitung wartete Rhodan die Analyse der gemessenen Daten durch die Positronik ab.

»Leichte Vibrationen spürbar. Ich kann nicht mit letzter Sicherheit sagen, ob diese Erschütterungen nur durch den Wasserbeschuss ausgelöst worden sind.«

»Wie schnell fliegt der Moby jetzt?«

»0,022 Prozent Licht. 6595,42 Kilometer pro Sekunde.«

»Bis hierhin? Nach Oyloz?«

»Zweiunddreißig Millionen Kilometer. Bei gleich bleibender Geschwindigkeit eine Stunde zwanzig Minuten.«

»Die APPEN und die Quarantäneschiffe, die auf Oyloz liegen, sollen sich startbereit machen. Start ohne weiteren Befehl in dreißig Minuten«, gab Rhodan vor. »Wassereinleitung mit 5000 Bar für zehn Sekunden ...«

»Bereit!«

»Jetzt.«

Einleitung. Pause. Auswertung.

»Die Vibrationen werden stärker. Sie sind mit dieser Amplitude nicht allein auf den Wasserbeschuss zurückführbar. Darüber hinaus minimale Kursabweichungen, möglicherweise im Zufallsbereich.«

»Wir erhöhen auf siebeneinhalb Tausend Bar, fünfzehn Sekunden. Kopplung mit der Schiffspositronik. Sobald sich auch nur die geringste Kursabweichung ergibt, Druck vermindern. Druckverminderung an Maß der Kursabweichung koppeln. Positronik erstellt bitte eine funktionale Zuordnung der Größen. Jetzt!«

Neuneinhalb Sekunden nach Beschussbeginn änderte der Moby seinen Kurs deutlich. Der Wasserdruck wurde abgesenkt.

»Falls der Moby seinen Kurs korrigiert, Wasserdruck auf zehntausend Bar. Aufrechterhalten ohne Zeitlimit, bis der Moby deutlich, ich betone, *deutlich* vom Kurs abweicht!«

»Du dressierst ihn. Du dressierst den Moby!«, erkannte der Kapitän. »Der Wasserdruck auf sein Pseudogehirn fügt ihm ein Äquivalent von Schmerzen zu.«

»Moby schwenkt auf Ausgangskurs ein«, teilte die Positronik mit.

»Wasser drückt«, gab Ban Wic an.

»Moby weicht ab.«

»Druck senken.«

Der Moby wurde langsamer, beschleunigte dann, wurde wieder langsamer, beschleunigte.

»0,0235 Licht ... 0,024 Licht ... 0,029 Licht ...«

»Ban Wic? Bereite einen Druck von fünfzehntausend Bar vor. Sobald der Moby eine Kurskorrektur in Richtung Oyloz vornimmt: Einleitung!«

Zwei Minuten später unternahm der Moby diesen Versuch einer Kurskorrektur. Wasserstrahlen mit 15.000 Bar jagten auf die Hirnblöcke, in die Hirnblöcke, wohin auch immer in der Hirnkaverne.

Der Moby beschleunigte abrupt auf 0,04 Licht, 0,08 Licht. Er wurde immer schneller und schoss mit grell aufleuchtenden Energiefäden aus der Ekliptik in Richtung Leerraum.

»Er flieht«, rief Ban Wic. »Wir haben ihn vertrieben!«

Rhodan schüttelte langsam den Kopf. »Wir haben ihn nur davon abgehalten, Oyloz anzugreifen. Vertrieben haben wir ihn nicht. Ist dir nicht aufgefallen, dass er eine ähnliche Richtung genommen hat wie der Kugelraumer? Er hat sich auf den Weg gemacht, seinem Herrn und Meister zu folgen.«

Kurz darauf später verschwand der Moby aus der Ortung. »Das Planetentransformat ist in einen Überlichtmodus gewechselt«, verkündete die Positronik.

Das Manöver war gelungen, Oyloz gerettet.

Der Gegner entkommen.

Es wurde still in der Zentrale der CONNOYT.

Tifflor wechselte zusammen mit Zhana von der APPEN hinüber. In der Zentrale löste sich Tifflor von ihrer Seite und stellt sich neben Rhodan. So standen sie da: Schulter an Schulter. Sie sahen einander nicht an. Rhodan glaubte zu wissen, was Tifflor dachte. Tifflor glaubte zu wissen, was Rhodan dachte.

Sie schauten so lange schon in die gleiche Richtung.

»Erinnerst du dich eigentlich noch an Gleam? An Power Center?«, fragte Rhodan unvermittelt. Er sah Tifflor nicht an. Es war nicht nötig; er wusste auch so, dass

Tifflor grinste. Und er wusste, was Julian gleich sagen würde.

Und Julian Tifflor sagte: »Ja, Sir. Ich erinnere mich. Als wäre es gestern gewesen.«

Abschiede, wenn auch vielleicht nicht für immer

Ein Geschöpf, von dem ich meinte, dass es künstlich sein müsste, ein Wesen aus Metall und Plastik ohne Kopf und Beine, das auf einem summenden Luftpolster balancierte, hatte mich in meinem Waggon gefunden und mir eine Nachricht übermittelt: Julian Tifflor und ein anderer Remiones namens Perry Rhodan wünschten, sich bei mir zu bedanken.

Wofür auch immer.

Ich wartete. Glötco Hölunda und die Gebäramme schliefen, summten im Schlaf. Ich hatte mir ein mechanisches Pfeifchen gegönnt. Das Kalccit entfaltete langsam sein warmes, würziges Aroma.

Ein leises Flugzeug landete neben der eisernen Karawane, die von Reparaturgerüsten förmlich eingesponnen war wie in einen Kokon. Sie stiegen aus, betraten den Waggon und nahmen mir gegenüber auf dem Boden Platz. Die beiden trugen schmale, transparente Atemmasken. Ihre stabförmigen, merkwürdig ausbalancierten Körper sahen einander zum Verwechseln ähnlich; ihre Gesichter konnte ich dagegen gut unterscheiden.

Es war, als hätte jemand einen Siccyi-Kopf vom Hals gepflückt und diesen Alien-Leibern aufgepfropft.

In dem einen erkannte ich Julian Tifflor. Also musste der andere Perry Rhodan sein.

Ich schloss für einige Momente die Lichtaugen und vertiefte mich in ihre Auren.

Im tiefen Blau zogen goldene Schienen ihre Bahnen, bildeten Weichen, fuhren wieder zusammen, strahlten hierhin und dorthin aus, vernetzten sich, zogen sich in die Tiefe der Aura zurück, tauchten wieder an die Oberfläche. Das Schienennetz wirkte zugleich lebendig und artefakt, wie ein organisches, sich immer wieder neu erfindendes Bauwerk.

Es war ein erstaunliches, wunderbares Schauspiel. Ich musste mich förmlich zwingen, die Lider über die Aurenaugen zu senken und nur mit den Lichtaugen zu sehen.

»Ich möchte mich bei dir für den Hinweis auf die gefälschte Aura bedanken. Ohne dich würde vielleicht ein gefährliches Wesen unter uns sein, dessen Pläne uns großen Schaden hätten zufügen können.«

»Größer als der Schaden, den Syolocc erlitten hat?«, fragte ich. Es sollte nicht ironisch klingen; ich war nur neugierig.

»Wir werden euch beim Wiederaufbau helfen, wenn ihr erlaubt«, bot der Helläugige an.

Das war nicht, was ich mit meiner Bemerkung bezweckt hatte. »Möglich, dass es in den nächsten Monaten sogar ein Konzil der Karawanenführer gibt«, sagte ich ausweichend. »Sie werden den Preis diskutieren.«

Rhodan lächelte – wieder so siccyisch, dass ich staunte. »Wir wollen euch unsere Hilfe nicht verkaufen. Es ist keine Hilfe aus Eigennutz.«

Ich lachte. »Uneigennützige Hilfe? Was soll das sein, Perry Rhodan? Was wäre sie wert?«

Die beiden Remiona sahen einander an. Die mechanische Pfeife trillerte leise, ich öffnete die Klappe der Brennkammer, bog den Holm, setzte das Mundstück an den Gaumen und sog daran. Das Kalccit knisterte leise, winzige Funken stoben auf. Es roch sauer und würzig.

»Außerdem habe ich nicht an einen materiellen Preis gedacht. An Rebulen, oder an Khalumvatt. Die Frage, die im Konzil besprochen würde, wäre eher: Was würden wir gewinnen, was verlieren, indem wir die Restauration nicht aus eigener Kraft schafften?«

Die beiden schwiegen. Ich paffte vor mich hin, nahm die Spitze aus dem Mund und bot sie Perry Rhodan und Julian Tifflor an. Rhodan lehnte ab; Tifflor schob die Maske zur Seite, nahm einen Zug. Seine Gesichtshaut spielte ins Schneeige, seine Aura vibrierte ein wenig. »Starker Tobak«, lobte er.

Ich nickte geschmeichelt.

Perry Rhodan hob beide Arme und ließ sie auf die Schenkel fallen, dass es klatschte. »Ich verstehe«, sagte er und stand auf.

Ich fuhr den Hals ein wenig aus, damit wir auf gleicher Augenhöhe blieben. »Nichts für ungut«, sagte ich, »manche Geschenke muss man einfach zu teuer bezahlen.«

Rhodan lachte. Auch Tifflor erhob sich. »Wir brechen auf«, verkündete er. »Aber vielleicht kommen wir zurück. Schließlich sind noch einige Fragen offen.«

»Oh ja«, bestätigte ich und zählte einige auf: »Wer waren die Sharifen? Wenn ihnen die Midyacco noch im Tod so gefährlich schienen: Warum haben sie die Überreste nicht völlig vernichtet, zum Beispiel in die Sonne geworfen? Gibt es auch in den anderen beiden Schachtmeeren Midyacco-Grüfte? Oder auf anderen Planeten? Und, die Eltern aller Fragen: Warum begegnen einige Träumer in ihrem Traum der Wirklichkeit und andere nicht?«

»Ja«, murmelte Perry Rhodan, »das ist in der Tat die Eltern aller Fragen.« Er seufzte. »Aber die werden wir heute nicht mehr beantworten. Manchmal denke ich: Wenn das Universum überhaupt eine Struktur hat, ist es die eines Rätsels.«

»Und was meinst du: Wird es uns gelingen, allen Rätseln auf den Grund zu gehen?«

»Sollte es uns gelingen? Vielleicht ist die Welt ja grundlos.« Er lächelte amüsiert, ein sehr altes Lächeln, weich und glatt abgeschliffen wie Felsen, die sich dem Wind der Zeit gebeugt haben und ihrem Regen.

»Du bist ein sehr nachdenkliches Geschöpf«, sagte ich. »Stimmt es, dass du beinahe ebenso alt bist wie Julian Tifflor?«

»Älter«, sagte er und grinste jungenhaft. »Ich habe mich nur besser gehalten.«

»Und du bist wie er ein Cyborg?«

Er sah Tifflor fragend an. Der sagte: »Das erkläre ich dir später. Die richtige Antwort lautet übrigens: Ja.«

»Aha«, machte Rhodan und räusperte sich.

Ich spürte, dass die beiden aufbrechen wollten. Sie waren auf dem Weg, eines der Rätsel zu lösen, und Oyloz war für sie nur eine winzige Karawanserei am Wegrand. Aber ich fühlte mich beschwingt von ihrer Gegenwart, von ihrer golddurchwirkten, *rätselhaften* Aura. »Du hast mich neugierig gemacht, Perry Rhodan. Was ist deine Idee, die Rätsel betreffend?«

Er lächelte, dieses fast siccyische, dennoch fremdartige Lächeln. »Meine Idee? Meine Idee ist, dass wir eines Tages, wenn wir den Grund des Ganzen entdecken, gleichzeitig erkennen, dass der Grund uns nichts bedeutet und die Rätsel alles waren.«

Ich habe mir diesen Satz ins Gedächtnis geprägt. Ich habe ihn täglich gedacht, auch an dem Tag, als die Karawane endlich wieder Fahrt aufnahm, ins ferne Parvacc.

Hin und wieder denke ich ihn heute noch.

5. Juli 1340, Abend:

Zwei müde Männer, ein Lied

Die Erschöpfung, wenn alles getan ist, was möglich war. Die Müdigkeit, die aus dem Innersten aufsteigt, bis sie über die Ränder quillt, auch wenn der Zellaktivator Leben ohne Unterlass pumpt. Mürrisch werden, reizbar und ungerecht.

In der Kabine befanden sich zwei Männer, zwei Stühle, ein Tisch.

An der Wand, die der Tür gegenüberlag, erhob sich eine Medienkonsole, ein elegantes, bumerangförmiges Metallplastteil mit etlichen versenkten Projektoren und Schaltflächen, das auf zwei dünnen Füßen stand.

Sie hatten einander Bericht erstattet. Nun saßen sie und schwiegen. Die APPEN, die CONNOYT und die anderen Schiffe ihrer kleinen Flotte lagen auf dem Raumhafen Typellci.

Rhodan dachte an das Ara-Toxin, an den Moby und Trantipon. Aber er fragte: »Wie geht es Zhana?«

»Sie hat sich um mich gekümmert«, sagte Tifflor.

»Gut. Trantipon ist tot, wenn ich recht verstanden habe?«

»Sein Geist war nach den Ereignissen beim Schachtmeer restlos zerstört.«

Rhodan sah Tifflor einen Moment lang nachdenklich an, bemerkte an der ausweichenden Formulierung, dass er ihm etwas verschwieg, bemerkte auch, dass Tifflor seine Aufmerksamkeit für die Formulierung bemerkte. Sie lasen einander das Wissen von den Gesichtern ab.

Manchmal waren sie sich sehr ähnlich, und manchmal waren sie dieser Ähnlichkeit müde.

»Gut«, sagte Rhodan. »Lassen wir es dabei bewenden.«

Tifflor nickte.

Über der Medienkonsole baute sich ein Hologramm auf. Pron Dockt trug sein gegenstandloses, wildes Lächeln zur Schau. Er sah an den beiden Terranern vorbei. »Resident? Tifflor? Seid ihr im Raum?«

»Bild freischalten«, sagte Rhodan.

Dockt erblickte sie in diesem Moment. Er nahm flüchtig Augenkontakt mit ihnen auf und ließ den Blick dann wieder an ihnen vorbeistreifen. »Wenn ihr meint, ihr müsstet etwas besprechen, das Oclu-Gnas und mich einschließt, kommt eingeladen in mein Quartier.«

Rhodan nickte schwer. »Wir kommen. Es gibt noch einiges zu besprechen.«

»Ich bringe Zhana mit, wenn du nichts dagegen hast«, sagte Tifflor.

»Zhanauta Filgris.« Dockt nickte und trennte den Kontakt.

»War das jetzt ein Ja oder ein Nein?«, fragte Tifflor.

»Vielleicht meint er: Wer mit Zhana kommt, kommt mit Waffen.«

»Zhana ist nicht mein Schild. Ich bin in den letzten Tagen auch ohne sie ausgekommen, und ich habe ein paar wirklich eigenartige Dinge erlebt.«

»Beneidenswert«, sagte Rhodan, betrachtete ihn und rieb sich mit Daumen und Zeigefinger die Nasenwurzel. »Bei mir war es das tägliche Einerlei: Ausflüge in einen Moby, wie damals in Andro-Beta. Wenn man alt wird, beginnen die Dinge einander zu ähneln. Etwas wirklich Neues zu erleben wird das Privileg der Jugend.« Er grinste Tifflor boshaft an.

»Komm schon, alter Mann,« drängte Tifflor leise.

Rhodan stand auf. Schweigend gingen sie nebeneinander zur Tür. Sie glitt vor ihnen zur Seite, beide traten hindurch und auf den Gang.

»Der Ara sieht sich Streichquintette von Schubert an«, warnte Rhodan.

»Tatsächlich? Schubert, das ist doch der Mann mit der Winterreise, oder? Fremd bin ich eingezogen, fremd zieh ich wieder aus.«

»Angeber«, machte Rhodan. »Diese ersten Zeilen kennt doch jeder.«

Tifflor holte Luft und sang auf Deutsch:

»Fremd bin ich eingezogen,
fremd zieh ich wieder aus.
Der Mai war mir gewogen
mit manchem Blumenstrauß.
Das Madchen sprach von Liebe,
Die Mutter gar von Eh'…«

»Es heißt *Mädchen*, nicht *Madchen*«, korrigierte Rhodan.

»Ich werde daran denken, sollten wir es Pron Dockt vorsingen müssen.«

»Dockt mag keine Musik.«

»Hast du nicht gerade gesagt, er hört sich Streichquintette an?«

»Hören tut er sie nicht. Er lässt die Hologramme mit abgeschaltetem Tonfeld laufen.«

»Eigentlich klar«, sagte Tifflor.

Schweigend ertappten sie sich kurz darauf, wie sie im Gleichschritt gingen.

Das war ihnen nicht immer angenehm; aber es war, wie es war.

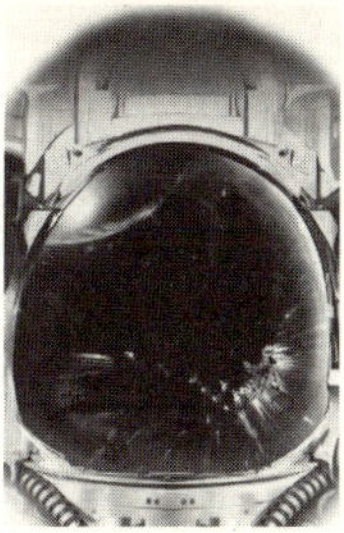

Die neun Träume des Orontiu Pleca

Traum Nr. 9: Epilog

Dieses ist mein letzter Traum. Ich träume ihn in nicht allzu ferner Zukunft. Wir sind auf dem Rückweg von der Sternenkarawanserei. Pintecc Kowotschy, uralt, schwer krank, voller Prothesen, hat es sich nicht nehmen lassen, uns am Tag nach dem Start zum Depart-Gleis zu begleiten.

Wir sind unter dem Publikum gewesen, als seine Rakete von der Startrampe abhob. Maßlos in ihrer Lärmentwicklung schoss die LAUTREC DIVYRRT in den Himmel. Der grelle Glutstrom ihrer Großbrennkammern konnte vom Abgasschacht nicht mehr aufgenommen werden. Mit enormer Wucht peitschten die Partikel auf das Material des Starttisches nieder, hieben auf den Betonbelag des Platzes, von dem sie schauerartig abgelenkt und erneut zum Himmel emporgeschleudert wurden.

»Warum hast du das Raumschiff ausgerechnet so genannt?«, rief ich in das Getöse.

»Weil man einen Scheißbürstenkopf wie ihn braucht, um das All rein zu fegen, Söhnchen!«, kam es von Pintecc Kowotschy zurück.

Kleiner und kleiner war die LAUTREC DIVYRRT geworden, leiser, unwirklicher. Der ferne Donner verklang.

»Sie ist gestartet. Sie ist auf dem Weg. Und das alles«, sagte der greise Ingenieur, »ohne einen Hauch Alien-Technik.« Sein Gesicht glühte vor Triumph, und voller Freude trommelte er sich auf den Schädelpanzer, bis seine medizinische Begleitung – ein malerisch schönes, junges Mädchen – ihn um Mäßigung bat.

»Na gut, Gebieterin«, lenkte Kowotschy ein, grinste seine Begleitung obszön an und fuhr fort: »Schließlich will ich meine Kräfte schonen für die Dehn- und Streckübungen heute Nacht.«

Auch die neue Legierung der Karawane, ihrer Lok und aller ihrer Waggons ist eine Erfindung von Kowotschy.

Ohne einen Hauch von Alien-Technik.

Wirklich? Ich weiß es nicht. Vielleicht wäre es mir sogar gleichgültig. Wenn einer der vielen Wege, die unsere Nation geht, wirklich hinauf ins Sternenmeer führt, wird es sich nicht vermeiden lassen, dass wir irgendwann in eine Handelsbeziehung mit den anderen Sternenvölkern treten. Güter austauschen, Wissen, Ideen.

Modelle der Welt, wie sie ist, und Modelle einer Welt, wie sie sein sollte.

Was wäre schlecht daran?

Die ersten Schritte dahin aber machen wir, bitteschön, aus eigener Kraft!

Ich schaue auf Glötco Tymky und Orontiu Jaccup, unsere Kinder. Ja, zwei Kinder, denn in diesem Traum, der die Wirklichkeit ist, haben wir zwei Kinder. Vielleicht wird eins dieser beiden unter den ersten sein, die solche Schritte machen: Hinauf zum Debblaccia, dem fünften – nein, jetzt ja dem vierten Planeten.

Ich aber werde einen anderen Weg gehen.

Trantipon, der Hüter des Dolonen, ist lange tot. Eines Tages lag er erloschen auf seinem Bett. Wir haben ihn in unserem Letzten Wagen begraben, dem Waggon der Offenen Tür. Wie alle anderen verstorbenen Karawanenangehörigen auch. Ob er Frieden gefunden hat? Die Gesichter der Fremden sind den unseren verblüffend ähnlich, aber was, wenn die Ähnlichkeit täuscht? Ihren Ausdruck mit letzter Sicherheit deuten kann ich nicht.

Ja, vielleicht hat er Frieden gefunden.

Jedenfalls ist mir nach seinem Tod manchmal ein Tier im Traum erschienen, wie ich es auf Oyloz noch nie gesehen habe. Es hat ein Gefieder aus blauen, weichen Federn und Augen wie schwarzes Spiegelglas.

Ich stelle ihm in meinem Traum eine Schale mit Wasser hin, und es kommt und trinkt mit dem Rüssel.

»Orontiu Pleca! Träumst du?«, höre ich Glötco Hölunda fragen.

Ich lache. »Ja. Ich bin hellwach.«

Ich schaue hinaus. Ich meine die ungeheuere Hitze zu spüren, die von der Feuerwand ausgeht, auf die wir zufahren und die längst den ganzen Horizont füllt. Aber die Schnauze der Lok, diese Kuppel aus transparentem Aluminium, überzogen mit einer Spezialschicht aus den Kowotschy-Laboratorien, bleibt kühl.

»Schienenstrang teilt sich dreifach«, meldet Wemdelec Toupac; »süd- wie nordwärts fort vom Feuer; Mittelstang hält die Richtung geradeaus. Weichen gesichtet in drei Minuten von jetzt.«

Allmählich wird es still in der Kanzel der Lokomotive. Es ist ein Moment voller Andacht. Möglich, dass in einigen Waggons jetzt die Gebetpuppen aufgezogen werden;

möglich, dass einige ihre Puppen beiseitestellen und selbst beten.

So vieles ist möglich geworden seit dem Tag, als wir anhielten für Trantipon, den Mann ohne Panzer.

Die beiden Lokführer haben die Hand auf den Schieberegler in ihrer Mitte gelegt. Zurückziehen heißt bremsen, vorwärtsdrücken Volldampf auf die Turbinen.

Wir passieren die Weichen. »Strang erzeugt Notweiche dreißig Sekunden von jetzt«, meldet Wemdelec.

»Langsam weiter beschleunigen«, befehle ich. Als würde der gerade abgezweigte Strang begreifen, was wir planen, verschmilzt er wieder mit dem Mutterstrang. Nun erscheint keine Weiche mehr.

»Noch können wir bremsen. Wir können halten und zurückfahren«, flüstert Glötco Hölunda mir zu. Ich sehe sie mit allen vier Augen an. Sie ist nicht mehr sehr jung, aber ihre Schönheit erschreckt mich immer noch.

»Die Versiegelung wird halten«, flüstere ich.

»Karawanenführer?«, fragt einer der Lokführer.

»Volldampf«, befehle ich. Die Schieberegler werden nach vorn gedrückt bis zum Anschlag.

Ich spüre den Schub, ich höre die Turbinen heulen, und unsere Karawane schießt förmlich voran, in die eine Richtung, in die noch keine Eiserne Karawane zuvor gefahren ist.

Mitten hinein ins Feuer!

ZWEITTOD

von Andreas Eschbach

Die Aras gehören seit den ersten Jahren zum Kernbestand der Völker im PERRY-RHODAN-Kosmos. Aras – das ist heute fast gleichbedeutend mit dem Ausdruck »Galaktische Mediziner«. In der Medizin haben die Aras wahrhaftig Spitzenleistungen gezeigt – im Guten wie im Bösen. Aber heißt das, wir müssten in jedem Ara tatsächlich einen »Mediziner« sehen? Im Anschluss an jeden Roman des ARA-TOXIN-Zyklus wollen wir deshalb eine etwas andere Facette dieses Volkes zeigen.

Nach den Altmeistern Hans Kneifel und Ernst Vlcek sowie dem Wissenschaftsjournalisten Rüdiger Vaas dürfen wir diesmal Andreas Eschbach mit einer Story begrüßen

Eschbach zählt mit Romanen wie »Die Haarteppichknüpfer«, »Quest«, »Das Jesus Video«, »Eine Billion Dollar« oder zuletzt dem Bestseller »Ausgebrannt« längst zu den ganz großen und auch international anerkannten deutschen Science Fiction-Autoren. Mit seinen Gastromanen »Der Gesang der Stille« (Heft 1935) und »Die Rückkehr« (Heft 2295) hat er wunderbare Werke zum PERRY RHODAN-Kosmos beigesteuert. Deswegen freuen wir uns besonders, dass er mit seiner Geschichte »Zweittod« einen neuen Mosaikstein zum Perryversum liefert.

Auch in dieser Geschichte spielt ein Ara eine Rolle, ein Juwelier, der, das wollen wir nicht verschweigen, unter den Terranern durchaus zu leiden hat – mindestens aber unter einem Terraner ...

»Fellmer Lloyd«, sagte er zu sich selbst, »was wirst du heute Abend anziehen?«

Das wollte gut überlegt sein. Die Verleihung des Waringer-Preises war einer der wichtigsten Termine im gesellschaftlichen Kalender nicht nur der Stadt, sondern des gesamten Solsystems. Bei dem Fest in der Stadthalle von Terrania würden die Spitzen von Regierung und Gesellschaft anwesend sein. Rhodan würde da sein. Der Erste Terraner würde da sein. Das Mutantenkorps war eingeladen – der Gleiter, der ihn abholen würde, musste in Kürze eintreffen.

Er ging seinen Kleiderschrank durch. Der war gut sortiert, trotzdem fiel ihm die Wahl schwer. Gesellschaftsfähig musste es sein, andererseits durfte er nicht zu elegant daherkommen. Mit allzu modischem Outfit fiel man neben Rhodan unangenehm auf, der zweifellos auch heute Abend irgendetwas bestürzend Schlichtes tragen würde. In Kleidungsfragen hatte der Mann keinerlei Geschmack.

Auf jeden Fall der neue Gürtel. Silberglänzend war der, breit, fast zwei Meter lang – ein ungewöhnliches Kleidungsstück, ja, aber er fühlte sich ausnehmend wohl damit ... Er berührte das Material des Gürtels, den er seit Tagen trug, mehrfach um die Hüfte geschlungen. Ein wunderbares Stück. Er streichelte es. Eine Rarität. Bestimmt würde er damit Aufsehen erregen.

Ah, genau: Die schwarze, einteilige Kombination mit dem Silberschimmer. Die passte gut dazu. Darüber noch die Jacke aus Harbukkel-Leder … Er betrachtete sich im Spiegel. Sehr gut. Elegant und doch zurückhaltend. So würde er gehen.

Er sah auf die Uhr. Na, das wurde aber allmählich knapp. Wo blieb denn der Gleiter?

Er trat ans Fenster. Der für diese Tageszeit übliche dichte Verkehr: Auf allen Höhenlevels Gleiter dicht an dicht, in alle Himmelsrichtungen fließende Ströme metallischer Leiber, die die Lichter der riesigen Stadt spiegelten. Aber nirgendwo ein Gleiter, der mit Höchstgeschwindigkeit auf diese Wohnanlage hier zuhielt, mit Vorrangsignal womöglich.

War irgendetwas passiert? Er befahl der Trivid-Wand, sich einzuschalten. Die Übertragung der Feierlichkeiten lief schon. Da, gerade betrat Rhodan die Loge, Gucky neben ihm …

Da war ja wohl was gründlich schiefgegangen. Er spürte, wie Ärger in ihm aufwallte. Er ging zum Interkom und schaltete eine Verbindung zur Festorganisation.

»Fellmer Lloyd hier«, sagte er. *Höflich bleiben!,* ermahnte er sich dabei. »Ich fürchte, da ist jetzt ein kleiner Fehler passiert. Man hat offenbar übersehen, mich rechtzeitig abzuholen.«

»Tut mir leid«, antwortete die Frau am anderen Ende mit gleichmütigem Lächeln. »Es liegt keine entsprechende Anweisung vor.«

Er lachte humorlos. »Na, genau das wird der Fehler sein. Ich bin Mitglied des Mutantenkorps – was ich dir sicher nicht sagen muss – und stehe immer noch fein angezogen zu Hause, während in der Stadthalle schon die Musik spielt. Also – wie lösen wir dieses Problem?«

Seine Gesprächspartnerin schüttelte bedauernd den Kopf. »Es tut mir wirklich leid, aber die Gästeliste ist vollständig.«

Er sah sie sprachlos an, begriff. Ein Robotsekretär! Die wurden auch immer besser. Ohne ein weiteres Wort schaltete er ab, ging zurück, zog die Jacke aus und schleuderte sie wütend von sich. Dem Servo, der daraufhin emsig über den Fußboden angesummt kam, um sie aufzuräumen, gab er einen Tritt.

Am nächsten Morgen, beim Frühstück auf dem Balkon, grübelte er immer noch darüber nach, was das zu bedeuten hatte. Die aktuellen Nachrichten in der kleinen Holoprojektion über dem Tisch verfolgte er nur mit halbem Auge, bis ihn eine Meldung aufhorchen ließ: Mehrere Raumschiffe eines Sondereinsatzkommandos waren in aller Frühe vom Crest Spaceport gestartet, und Zeugen wollten gesehen haben, dass »mehrere hochrangige Mitglieder des Mutantenkorps«, wie es der Sprecher ausdrückte, an Bord des Führungsschiffes gegangen seien. Man munkelte von einer geheimen Mission, die offenbar wichtig war, aber Genaueres war nicht bekannt.

Er hatte buchstäblich vergessen zu kauen. Jetzt holte er es hastig nach, rief dann: »Trivid halt. Letzte Meldung wiederholen.«

Wieso wusste er davon nichts? Er sprang auf, checkte seinen Interkom, sah den Nachrichtenspeicher durch – nichts! Man hatte es nicht einmal für nötig befunden, ihn zu informieren, geschweige denn, ihn zu fragen! Aus den *Nachrichten* musste er es erfahren!

Also, so ging das ja nicht. Er ließ sich mit der Solaren Residenz verbinden. »Hier spricht Fellmer Lloyd«, erklärte er, als das Gesicht eines Sekretärs auf dem Schirm auftauchte, das zu picklig war, als dass es ein künstlich generierter Gesprächspartner sein konnte. »Und ich wünsche Perry Rhodan zu sprechen.«

»Oh ...«, machte der junge Mann. Endlich mal jemand, der angemessen beeindruckt war. »Tut mir leid«, sagte er nach Durchsicht seiner Daten, »aber Rhodan ist im Augenblick in einer Besprechung und unabkömmlich.«

Er atmete tief durch. Nein, er würde jetzt nicht von seinen Sonderbefugnissen Gebrauch machen und erklären, es handle sich um einen Notfall. Klar, daraufhin würde der Sekretär ihn durchstellen, aber es *war* ja kein Notfall. »Wann«, fragte er also mit aller Ruhe, die er aufzubringen vermochte, »wird er wieder zu sprechen sein?«

Ein Zögern. Ein winziges Zögern, aber es entging ihm nicht. »Kann ich im Moment nicht sagen«, erklärte der Sekretär.

Der Jüngling log. Man musste kein Telepath sein, um das zu merken.

Schon klar. Er bedankte sich, schaltete ab. Rhodan *wollte* nicht mit ihm sprechen. Auch gut. Gut, es zu wissen.

Er atmete durch, tief, mehrmals. Zupfte sein Hemd zurecht, zog den neuen Gürtel gerade. Na gut, sagte er sich. Wenn man höheren Orts glaubte, auf ihn und seine Fähigkeiten verzichten zu können, dann war das zwar bitter, aber ... Ha! Er lachte mühsam. Er würde doch nicht darum *betteln*, sein Leben für Terra riskieren zu dürfen!

Mit dem gemessenen Schritt eines Mannes, der Zeit hatte, kehrte er an seinen Frühstückstisch zurück. Prächtig, das Licht der Sonne um diese Stunde. Und der Ausblick, Terrania im Sommer – wunderbar. Warum hatte er den ganzen Stress überhaupt so lange mitgemacht? Jahrhundertelang, das musste man sich mal überlegen! Immer im Einsatz, immer unterwegs, immer seine Knochen hingehalten, seine geistige Gesundheit aufs Spiel gesetzt, nie an sich selbst gedacht ... Das würde jetzt aufhören. Ganz einfach. Gut, er war unsterblich, aber trotzdem hatte er es mehr als verdient, mal auszuspannen und die angenehmen Seiten des Lebens zu genießen.

In den folgenden Tagen kam er zu dem Schluss, dass es durchaus was hatte, geruhsam in den Cafés von Atlan Village oder entlang der Thora Road zu sitzen und den hübschen Studentinnen der Universität Terrania nachzuschauen. Das Wetter war großartig, für die nächsten acht Wochen hatte die Wetterkontrolle makellosen Sonnenschein geplant: Entsprechend gefällig war der Anblick, der sich dem Auge bot.

Es hatte auch durchaus was, durch die luxuriösen Einkaufspassagen zu bummeln, sich mit der neuesten Mode von Hunderten von Welten zu verlustieren, Delikatessen zu probieren, von denen er trotz seines langen und bewegten Lebens noch nie gehört hatte, sich einfach mittreiben zu lassen in dem bunten Strom von Wesen aus allen Ecken der Milchstraße, und schließlich in aller Seelenruhe das eine oder andere zu kaufen. Doch, daran konnte man sich gewöhnen. Und es gab noch so viel zu entdecken in dieser Stadt – die zahllosen Kunstgalerien zum Beispiel, oder die vielen Museen ...

Die böse Überraschung kam eine gute Woche später: Eine Warnmitteilung der Bank, sein Konto nähere sich dem Nullpunkt.

Überzeugt, dass das nur ein Irrtum sein konnte, kontrollierte er die Buchungen und stellte zu seiner Bestürzung fest, dass man ihm kein Gehalt mehr überwies! Und zwar schon seit geraumer Zeit; ja, auf den aktuell einsehbaren Listen tauchte überhaupt kein Gehalt mehr auf, nur Abbuchungen, Kosten, Ausgaben ... Seine Einkaufstouren hatten große Löcher ins Budget gerissen, natürlich, aber alles was recht war, so ging das ja nicht. Jetzt hatte irgendjemand den Bogen überspannt, und zwar weit.

Diesmal versuchte er, Rhodan direkt zu erreichen, auf dessen persönlichem Interkom.

»Die Verbindung mit diesem Anschluss«, belehrte ihn eine Syntronstimme, »erfordert die Authentizierung durch eine Stimmanalyse. Bitte nenne deinen Namen.«

»Fellmer Lloyd«, sagte er.

»Bitte wiederholen«, forderte ihn die Maschine auf.

»Fellmer Lloyd, Mitglied des Mutantenkorps«, bellte er.

»Identifizierung fehlgeschlagen. Du stehst nicht auf der Liste der zugelassenen Anrufer für diesen Anschluss. Eine Verbindung kann nicht hergestellt werden.« Ohne weiteren Kommentar wurde der Schirm dunkel.

Jetzt ... jetzt war er wirklich perplex. Alles hatte er Rhodan zugetraut, aber dass der ihn einfach so ... *fallen* ließ, das war nicht zu fassen. Was um alles in der Welt hatte er denn getan, um eine so schäbige Behandlung zu verdienen?

Eine Weile ging er rastlos auf und ab, die Hände damit beschäftigt, an seinem Gürtel zu nesteln, der Kopf damit, zu grübeln, ohne dass ihm etwas einfiel. Dann kam ihm zu Bewusstsein, was er da eigentlich tat. Hatte er das nötig? Wie eine Memme zu schlottern vor Schiss, der große Rhodan könnte böse auf ihn sein?

Ha! Wer war denn überhaupt dieser Perry Rhodan? Höchste Zeit, dass das mal einer fragte. Seit Jahrhunderten hieß es immer nur Rhodan, Rhodan, Rhodan. Immer und überall war Rhodan der Erste, Größte, Wichtigste; der Großadministrator, der Ritter der Tiefe, der Resident ... Und dabei verstand dieser Mann es stets, sich nicht nur in den Vordergrund zu spielen, sondern es sogar noch so aussehen zu lassen, als folge er dabei nur gnädig und aufopferungsvoll einem allgemeinen Wunsch.

Dabei – was hatte Rhodan denn vorzuweisen? Nichts! Keine einzige Mutantenfähigkeit. Dass er trotzdem anfangs eine Zeit lang offizielles Mitglied des Mutantenkorps gewesen ist, als angeblicher »Sofortumschalter« und, ach ja, »schwacher Telepath«, war nur wieder typisch für den Kult, der seit Jahrtausenden um ihn veranstaltet wurde, ein Kult, der sich inzwischen längst verselbstständigt hatte ...

Gut. Es musste wohl so gewesen sein, dass er irgendwann irgendwas gesagt, gemacht, nicht gesagt oder unterlassen hatte, was dem großen Rhodan nicht gefallen hatte, und daraufhin hatte der große Rhodan ihm seine Gunst entzogen. Drauf geschissen. Und erst recht darauf, dass Rhodan es so hintenrum machte, so ruchlos, so niederträchtig. Ohne klare Ansage, ohne Erklärung, ohne Aussprache: Das war infam, aber wenn Rhodan Angst vor Konflikten hatte, war das sein Problem.

Bloß das mit dem Geld, das ging zu weit. Darauf hatte er Anspruch. Jedes Schulkind lernte, dass Fellmer Lloyd Mitglied des Mutantenkorps war, und zwar eines seiner Gründungsmitglieder, von allem Anfang an dabei – zum Teufel, was das Dienstalter anbelangte, übertraf er selbst *Gucky*! Und dieses Dienstverhältnis beinhaltete eine ganze

Menge verwaltungstechnischen Kleinkram, unter anderem eine regelmäßige monatliche Zuwendung, berechnet nach irgendeiner behördlichen Tabelle oder Formel oder was auch immer die Parlamentsausschüsse jeweils ausheckten. Sein Dienstverhältnis hatte mehrere Imperien überlebt und war älter als diese Stadt hier, da hatte sich so oft so viel geändert, dass man unmöglich die Übersicht behalten konnte. Zumal es ihn auch nie sonderlich interessiert hatte; schließlich hatte es immer gereicht, gut sogar, und er war ja ohne Familie und oft jahrelang nicht zu Hause gewesen, sondern irgendwo in den Tiefen des Alls unterwegs – da brauchte man nicht viel.

Der springende Punkt war, dass ihm dieses Geld zustand, verflucht noch mal. Ihn so klammheimlich von der Lohnliste zu nehmen, das war der berühmte Tropfen, der das Fass zum Überlaufen brachte. Er würde sich nicht mit denen streiten, oh nein. Er, Fellmer Lloyd, würde sich das ihm zustehende Geld *beschaffen*, zur Not auf ... *anderen Wegen*!

Die nächsten Tage verbrachte er wieder in der Stadt, aber es war kein lässiges Flanieren mehr, kein behagliches *dolce vita*, sondern ein wütendes, düsteres Vorwärtsstürmen durch überfüllte, laute Straßen. Irgendwie verstand er auf einmal Leute, die gegen das Gesetz verstießen, Leute, die regelrechte Verbrechen begingen. Er verstand, warum es dieses Phänomen immer noch gab, nach Jahrhunderten allgemeinen Wohlstands, in einer Zeit, in der niemand mehr Not leiden musste, in der Grundnahrungsmittel in ausreichender Menge frei erhältlich waren und in der niemand ohne ein Dach über dem Kopf leben musste. Diese Gesellschaft war reich und produktiv genug, um es mühelos zu verkraften, dass viele Leute keiner bezahlten Tätigkeit nachgingen, sondern sich stattdessen den Künsten widmeten oder freiwilligem sozialem Engagement. In dieser Gesellschaft musste einer überhaupt nichts tun, wenn er nicht wollte, und trotzdem niemals Not leiden.

Und trotzdem ... trotzdem gab es immer noch Menschen oder andere Bürger, die Gewaltverbrechen begingen. Nicht aus Not, wie er jetzt begriff, sondern aus schierer Wut. Sie taten es, weil sie ihren Aggressionen Ausdruck verleihen mussten, einen unübersehbaren, aufrüttelnden Ausdruck.

Und genau so würde er es auch machen.

Er würde, beschloss er, einen Raubüberfall begehen. Einen ordinären, banalen, fantasielosen Raubüberfall auf ... genau, auf diesen Juwelier dort drüben. Eines der größten und angesehensten Geschäfte auf dem Canopus Boulevard. Er würde es überfallen, mit Krach und Getöse, auch mit Schießerei, wenn es sein musste. Ha, würde das ein Skandal werden! Darauf musste Rhodan reagieren! Ein Mitglied seines Mutantenkorps als gemeiner Räuber, das konnte er nicht ignorieren.

Er betrachtete das Geschäftslokal, die Daumen in seinen Gürtel gehängt, den er mittlerweile über der Brust gekreuzt trug, weil es so bequemer war. Edel. Gold und Glas und venusischer Marmor, und von allem nicht zu wenig. Ohne Zweifel waren auch die Sicherheitsanlagen erste Wahl. Sie würden ihn mit Sicherheit identifizieren, womöglich sogar ausschalten. Er war Orter und Telepath – beides keine Fähigkeiten, die viel nützten für einen Angriff.

Dennoch – er hatte ein gutes Gefühl bei der Sache. Auf eine seltsame Weise fühlte er sich ihr gewachsen.

So betrat er am nächsten Vormittag das Juweliergeschäft, angespannt, bis in die Haarspitzen voller Adrenalin, seine Parakräfte voll aufgespannt. Er zog die Waffe, sowie die Tür sich hinter ihm geschlossen hatte, und rief: »Niemand rührt sich! Dies ist ein Überfall!«

Blitzartig las er die Gedanken aller im Laden Anwesenden. Da war eine ältere Terranerin, eigens angereist aus Neu-Namibia, um ihre Sammlung original ekhonidischer Schmuckimplantate zu erweitern, obwohl sie wusste, dass das wieder Streit mit ihrem Ehemann geben würde, der in ihren Augen ein Geizhals war. Beraten wurde sie von einer jungen, schmalhüftigen Ferronin, einer Sicha, die auf der Erde geboren war, in der ferronischen Kolonie an der südchinesischen Küste. Sie schämte sich ihres Vaters, dem es genügte, dort einfach nur Schlammbüffel zu züchten. Der zweite Kunde war ein Springer in edlem Tuch, ein Patriarch, der sich auf den Handel zwischen der LFT und der Eastside spezialisiert hatte und gerade an der Haupttheke sinnlos teure Armband-Vielzweckgeräte studierte, beraten vom Inhaber des Ladens, einem betagten Ara mit terranischer Staatsangehörigkeit.

»Auf den Boden legen! Mit dem Gesicht nach unten! Los, los! Und die Arme ausstrecken! Wenn keiner Dummheiten macht, geschieht niemandem etwas.«

Er sah nur fassungslose Blicke. Die Schrecksekunde. Keiner der Anwesenden, das konnte er in ihren Gedanken lesen, hat je im Traum daran gedacht, dass etwas wie das hier passieren könnte.

»Los!«, schrie er wieder und wünschte sich, er hätte einen Warnschuss abgeben können. Er hatte seine Dienstwaffe nicht mehr an dem Platz vorgefunden, an dem sie hätte sein müssen: Vermutlich hatte sie einer der anderen Mutanten in Rhodans Auftrag geholt, als er nicht zu Hause gewesen war. Deswegen hatte er sich heute früh in einem Laden für Sammler eine Replik besorgt, funktionslos, aber echt genug aussehend, um einem Gegenüber Angst einzujagen.

Sie starrten ihn immer noch entgeistert an. Die Blicke des alten Ara zuckten unruhig umher, die seiner jungen Angestellten hielten unverhohlen Ausschau nach den robotischen Sicherheitsanlagen, die jetzt eingreifen mussten ...

Er folgte ihrem Blick. Ja, nun sah er es auch. Felder, die sich aufbauten. Der Wachsyntron hatte verstanden, was vor sich ging. Das, was da herumruckte und sich auf ihn einstellte, war eine mit einer Lähmeinrichtung kombinierte Kamera.

Doch ein geistiger Impuls von ihm genügte, das Ding in seine Einzelteile zerplatzen zu lassen. Eine beeindruckende Explosion, die das kostbar ausgestattete Innere des Geschäfts mit winzigen Metallsplittern übersäte.

Jetzt reagierten die Leute. Streckten die Arme aus, sanken auf die Knie, legten sich hin.

»Du nicht!«, herrschte er den Inhaber an.

Dessen von schütterem Haar umflorter Schädel glänzte feucht, und seine spinnendürren Finger bebten. Er dachte unentwegt an das Kostbarste, was sich gerade in seinem Besitz befand und von dem er hoffte, dass der Räuber, der ihm ungeheure Angst einjagte, nichts ahnte: Eine Bestellung hochreiner, geschliffener Howalgonium-Kristalle für einen arkonidischen Adligen, von dem er vermutete, dass er in dunkle Geschäfte verwickelt war und diesen Kauf deswegen über *Larsaf-III* abwickelte.

»Das Howalgonium«, herrschte er ihn an. »Aber schnell!«

Der Ara hatte, aller Angst zum Trotz, den Nerv, den Ahnungslosen zu spielen. »Howalgonium?«, stieß er hervor in einem Ton, der einen Nichttelepathen zu der Überzeugung gebracht hätte, der Juwelier habe dieses Wort gerade zum ersten Mal in seinem Leben gehört. »Ich habe kein …«

»Du hast hinten in deinem Safe Schmuckhowalgonium für vierzig Millionen Galax. Her damit!«

Die albinoroten Augen des Mannes schienen ihre Farbe zu verlieren. *»Großer Mo!«,* ächzte er. Er gab auf. »Ja. Hinten, in meinem Büro.«

»Na also. Ich komme mit.« Ein geistiger Impuls, und alle anderen sanken in Bewusstlosigkeit. Wie er das machte? Er wusste es selbst nicht, so wenig, wie er wusste, auf welche Weise er vorhin die Sicherheitsanlage ausgeschaltet hatte. Aber jetzt war nicht die Zeit darüber nachzudenken.

Der Rest war leicht. Der Ara war gebrochen; öffnete widerstandslos seinen Tresor. Natürlich war dessen Kombination in seinem Geist deutlich lesbar, aber wozu sich Arbeit machen? Gleich darauf hielt er eine längliche Schatulle mit acht gleißend geschliffenen Steinen in Händen: Howalgonium, das zu Edlerem bestimmt war als dazu, in Hyperenergieanlagen verheizt zu werden, und das entsprechend um ein Vieltausendfaches teurer war. Im Geist des Ara hätte er eine komplette Enzyklopädie des Howalgoniums und seiner zahlreichen Unterarten, Erscheinungsformen, Eigenschaften und Verwendungsmöglichkeiten nachlesen können, aber dazu hatte er nicht die Geduld. Er schickte ihn mit einem suggestiven Impuls schlafen, spazierte aus dem Laden und verschwand einfach in der Menge – seelenruhig nach außen, innerlich aber bebend vor Hochgefühl.

Er konnte nicht schlafen in dieser Nacht. Jede Zelle seines Körpers schien zu vibrieren, von ungeheurer Energie erfüllt. Rastlos durchstreifte er die Räume der Wohnung, in der er Zuflucht gesucht hatte. Wieder und wieder betrachtete er die erbeuteten Howalgoniumkristalle, fasziniert von ihrem Feuer. Er war überzeugt, Fieber zu haben, doch die Medoeinheit im Badezimmer beharrte darauf, seine Werte seien normal. Er suchte Abkühlung auf dem Balkon, das war noch das Beste: An der Brüstung zu stehen, das Gesicht in die kühle Nachtluft zu halten, die in dieser Höhe wehte, und sich im Anblick des endlosen, geheimnisvoll glimmenden Häusermeers von Terrania City zu verlieren.

War das *gut* gewesen! Zum Süchtigwerden, eine derartige Macht auszuüben, über Materie, über Lebewesen ... Eine unglaubliche Erfahrung.

Bloß – wie hatte er das eigentlich gemacht?

Wieder und wieder lief alles vor seinem inneren Auge ab. Die Zerstörung der Paralyseeinheit: Das konnte nur Telekinese bewirkt haben. Die Anwesenden bewusstlos werden zu lassen: Eine rohe Form der Hypnosuggestion. Wie war das möglich? Das waren nicht die Fähigkeiten, die man unter dem Namen Fellmer Lloyd in den Personalakten des Mutantenkorps fand.

Irgendetwas geschah mit ihm. Er beugte sich keuchend vornüber unter der Last dieser Erkenntnis. Oder war es der Gürtel, der an ihm zog? Nein, Unsinn. Seine Kräfte veränderten sich, das war es. Erweiterten sich. Er verstand nicht, wieso und warum – aber war das einst anders gewesen, in seinen so unausdenklich lange zurückliegenden Jugendtagen, als seine Mutantenkräfte erstmals erwacht waren?

In den frühen Morgenstunden, als über der Gobi schon ein erster zartrosa Schimmer aufzog, fand er schließlich doch noch etwas Schlaf. Er erwachte irgendwann, vollkommen erschöpft und mit trockenem Mund, und brauchte eine ganze Weile, um sich zu orientieren. Er hatte geträumt, durch dunkle Katakomben zu irren und Türen zu öffnen, erfüllt von fassungslosem Staunen, weil er nicht gewusst hatte, dass diese Türen überhaupt existierten. Unwillkürlich musste er lächeln, als er die Symbolik dieses Traums verstand.

Er duschte, dann schaltete er die Nachrichten ein, gespannt, was sich in der Zwischenzeit getan hatte. Ob man ihn erkannt hatte. Ohne Zweifel. Vor ihrer Zerstörung hatten die Kameras mehr als genug Zeit gehabt, ihn aufzunehmen und die Aufnahmen weiterzuleiten – ohne Frage hatte man ihn längst identifiziert.

Was hieß, dass Rhodan gar keine andere Wahl blieb, als sich zu melden. Und sei es nur, weil er um Schadenbegrenzung für sein geliebtes Mutantenkorps bemüht sein musste.

Der Raubüberfall beherrschte in der Tat die Lokalnachrichten. Der Juwelier wurde interviewt, der allerdings nur herumjammerte, wie seine Familie ihm immer in den Ohren gelegen habe, er solle Mediziner werden, und wie man sich auf Aralon jetzt den Mund zerreißen würde ... »Ich habe das so satt, dieses Klischee, dass alle Aras Ärzte sein müssen«, fauchte er die Reporterin an und fuchtelte mit seinen dürren Fingern vor ihrem Gesicht herum. »Die Feinmotorik, ja, ja, gut und schön.

Aber das befähigt genauso gut zum Goldschmied. Zum Uhrmacher. Oder zum Juwelier, in meinem Fall. Und außerdem …« Er brach ab.

»Außerdem?«, hakte die Reporterin nach.

»Außerdem kann ich kein Blut sehen«, knurrte der Mann, der für einen Ara seines Alters noch ungewöhnlich viel Haar auf dem Kopf trug.

Dann kam endlich ein Polizeibeamter zu Wort, der bestätigte: Ja, man habe den Täter anhand der Aufnahmen identifiziert, die die Sicherheitsanlagen geliefert hätten. Die Fahndung laufe schon auf Hochtouren.

Wie er es sich gedacht hatte. Deshalb war er lieber in eine fremde Wohnung gegangen, in eine, die leer stand, wie auf telepathischem Wege leicht herauszufinden gewesen war. Leicht würde er es Rhodan nicht machen. Sich von der Polizei abholen und zum Schweigen bringen lassen? Nein, so nicht. Rhodan würde sich über die Medien mit einem Appell an ihn wenden müssen – ach was, mit einer *Entschuldigung*!

Und so lange das nicht geschah, würde er weitermachen. Ganz einfach.

So verging ein Tag, und noch einer, aber kein Wort von Perry Rhodan.

Gut. Wenn Rhodan es auf die harte Tour haben wollte, die konnte er kriegen. Gerne. Sein nächster Überfall würde kühner sein.

Und diesmal war er sich sicher, dass er nichts zu befürchten hatte.

Sein nächstes Ziel war ein Waffenlager der Raumhafenpolizei, ein unscheinbarer Zweckbau am Südrand des Flottenraumhafens, in dem, wie sich leicht herausfinden ließ, auch schweres Gerät lagerte. Er beabsichtigte, zunächst einen Kombistrahler an sich zu bringen und dann zu sehen, was sich sonst noch so fand.

Diesmal kam er bei Nacht. Das Lager war natürlich durch einen Schutzschirm gesichert, trotzdem gelang es ihm, einzudringen. Er begriff selbst kaum, wie er das eigentlich machte; ihm war, als führe ihn eine höhere Macht, und irgendwie war alles ganz leicht, ganz einfach ...

Das Waffenlager lag in bläulichem Halbdunkel. Er ging die Regale ab, befingerte die Waffen in den Gestellen, hob Deckel von Kisten ab – weniger, weil er etwas Bestimmtes suchte, sondern weil ihn verschlossene Kisten schon immer neugierig gemacht hatten –, nahm Strahler in die Hand, studierte eingravierte Leistungswerte.

Ein kurzes Aufschimmern in einem der schmalen, vergitterten Fenster ließ ihn hochschauen. Er spähte hinaus. Ah, endlich tat sich etwas. Er sah dunkle Umrisse von Fahrzeugen, die langsam Position bezogen, Gleiter mit aktivierten Strahlerläufen, die in einiger Entfernung sicherten, Gestalten mit eckigen Umrissen. Sonderpolizeieinheiten, die planmäßig vorrückten. Das grünliche Aufleuchten von HÜ-Schirmfeldern: Mehr war er ihnen nicht wert?

Im nächsten Moment flammten Scheinwerfer auf, überall, leuchteten das Gelände lückenlos aus. Ein Lautsprecher dröhnte los, von wegen Polizei und Widerstand zwecklos.

Zeit, etwas Neues auszuprobieren. Er musste lachen, als er daran dachte, was für Gesichter sie machen würden. Dann hängte er sich einen schweren Kombistrahler am Gurt über die Schulter, steckte einen Karton mit Energiezellen ein, griff sich ein kleines Antigravgerät, drückte alles an sich …

… konzentrierte sich …

… und versank langsam im Boden. Die Füße zuerst, dann die Unterschenkel. Und immer tiefer. Er musste lauthals lachen. Es funktionierte! Er vermochte feste Materie zu durchdringen, als sei da nichts! Wer außer ihm konnte das?

Dann verschwand auch sein Kopf im Boden, und eine Weile sah er überhaupt nichts, spürte nur, dass er weiter sank. Und weiter. Und weiter. Ein wenig mulmig wurde ihm, ehrlich gesagt, schon; er musste an dunkle Keller und lichtlose Gänge denken, wie sie unter manchen der ganz alten Gebäude Terranias zu finden waren …

Dann landete er in einem Abwasserkanal. Eigentlich hätte es stockdunkel sein müssen, doch seine Umgebung war erfüllt von einem rosaroten Leuchten, von dem er nicht gleich begriff, dass es von ihm selbst ausging. Noch eine neue Fähigkeit; wahrscheinlich hatte er sie instinktiv eingesetzt.

Ein schlammverschmierter, algenbewachsener Roboter schwebte heran, ein vage eiförmiger Körper mit einem neugierig leuchtenden Auge, das ihn offenbar zu inspizieren gedachte. Mit einem kurzen telekinetischen Griff verhinderte er das, und noch während die Maschine mit ersterbendem Scheinwerfer in der trüben Brühe versank, schaltete er das Antigravmodul ein und machte, dass er weiterkam.

So begann sein neues, sein freies Leben. Er kehrte nicht in seine alte Wohnung zurück – einerseits, weil sie ihm dort auflauern würden, andererseits, um den Bruch mit seinem alten Leben zu demonstrieren.

Denn wozu brauchte er seine alte Wohnung noch? Er war reich, hatte das Howalgonium, das er zu Geld machen konnte, wenn er wollte. Dabei war der Witz, dass er überhaupt kein Geld mehr brauchte. Ihm standen alle Apartments Terranias zur Verfügung, deren Bewohner gerade verreist waren – was zu jedem beliebigen Zeitpunkt Hunderttausende sein mussten. Eine Kleinigkeit, das telepathisch abzuchecken. Um sicher zu sein, dass die Betreffenden nicht nur mal eben kurz weg waren, genügte es, sich rasch umzusehen, sobald er in die betreffende Wohnung teleportiert war ...

Ja, auch diese Fähigkeit stand ihm nun zur Verfügung. Seine Parakräfte wuchsen mit jedem Tag, der verging. Wahrscheinlich war er inzwischen der mächtigste Mutant aller Zeiten, noch vor Gucky, dem Mausbiber, oder Ribald Corello. Bald würden ihm überhaupt keine Grenzen mehr gesetzt sein.

Rhodan schwieg nach wie vor, aber wen interessierte noch Rhodan? Das war vorbei. Er, Fellmer Lloyd, würde von nun an tun, was er wollte.

Doch was wollte er eigentlich? Darüber galt es, gründlich nachzudenken.

Tatsächlich widmete er sich dieser Frage so intensiv, dass ihm eine Unachtsamkeit unterlief. Er hatte es sich in einem im 207. Stockwerk einer Wohnanlage im Bezirk Monggon gelegenen Apartment bequem gemacht, ausgiebig geduscht, seine Kleidung der Waschmaschine anvertraut und den Kühlschrank geplündert. So saß er im Bademantel auf dem Balkon, den Blick nachdenklich in die Ferne schweifend, einen Teller mit Käse, Trauben und Bejutfrüchten sowie ein Glas nicht wirklich guten zalitischen Weins neben sich, als eine Frau durch die

Glastür trat und fast zu Tode erschrak, als sie ihn entdeckte.

Er erschrak fast genauso stark – ein Telepath war es noch weniger als andere Leute gewöhnt, auf derartige Weise überrascht zu werden –, fasste sich aber sofort wieder und beruhigte sie mit einem hypnosuggestiven Impuls, ehe sie anfangen konnte zu schreien. Rasch ging er ihre Erinnerungen durch, aber nein, sie hatte ihn tatsächlich nicht bemerkt gehabt und demzufolge auch niemanden verständigt.

Nachdem er ihr geholfen hatte, zur Ruhe zu finden, konnte sie seine Anwesenheit viel besser genießen. Er schlug ihr vor, sich ebenfalls ein Glas zu holen, und schenkte ihr dann von dem Wein ein. Sie lächelte. Sie war jung, sah recht gut aus. Samtbraune Haut, schwarzes Haar, alle Kurven dort, wo sie hingehörten.

»Wieso trägst du denn zum Bademantel deinen *Gürtel?*«, wollte sie wissen.

Er sah ihr tief in die unergründlich dunklen Augen. »Das hätte deiner Waschmaschine nicht gefallen, wenn ich ihn mit zur Wäsche gegeben hätte.«

»Stimmt auch wieder.« Sie beugte sich vor. »So einen Gürtel habe ich noch nie gesehen. Was sind das für Kästchen? Und diese Muster, bedeuten die etwas?«

»Diese Erhebungen hier meinst du?« Er strich über die rechteckigen Ausbeulungen, von denen es sieben Stück gab, gleichmäßig über die gesamte Länge des Kleidungsstücks verteilt. »Ich schätze, das verdanken wir einfach künstlerischer Inspiration.«

Sie redete über seinen Gürtel, aber natürlich war es der Mann, der ihn trug, den sie anziehend fand. Man brauchte kein Telepath zu sein, um das zu erkennen.

Es war gemütlich hier draußen, aber es wurde allmählich kühl. Er gestattete sich, dem Unausweichlichen durch einen winzigen, einen wirklich *ganz, ganz winzigen* suggestiven Impuls nachzuhelfen ...

Oh ja. Meine Güte, wie lange war es her, dass er ... Sie bewegte sich im Bett nicht ganz so leidenschaftlich, wie er es erwartet hatte, wirkte in manchen Momenten fast widerstrebend ... Aber nur in manchen Momenten. Vielleicht täuschte er sich auch. Er genoss es jedenfalls.

Danach, wie sie da so lagen und den Schweiß von ihren Körpern verdunsten ließen, fragte sie ihn nach seinem Namen.

»Mein Name ist Lloyd«, sagte er. »Fellmer Lloyd.«

Er hatte eine Reaktion darauf erwartet, ein – vielleicht ehrfürchtiges, vielleicht ungläubiges – »Ach was?« oder »Nein, ehrlich jetzt« oder dergleichen. Aber sie sagte nur: »Ich heiße Ermia.«

Wie sich herausstellte, war sie gar keine Terranerin, sondern Tefroderin von der Eastside und erst seit ein paar Monaten auf Terra. Eine tragisch verlaufene Liebesgeschichte mit einem Raumfahrer der LFT-Handelsflotte, nun ja, wie solche Dinge eben manchmal liefen. Verständlich, dass ihr der Name Fellmer Lloyd nichts sagte. Obwohl, sie arbeitete für eine Stiftung, die sich um kulturellen Austausch zwischen den Völkern lemurischer Abstammung bemühte – aber bestimmt noch nicht lange, sonst hätte sie nicht so verwundert erzählt, wie sie bei den Arkoniden mit ihren Ideen auf Granit bissen.

»Du musst dich mehr mit terranischer Geschichte befassen«, riet er ihr. »Vor allem, wenn du mit dem Gedanken spielst hierzubleiben. Ich könnte dir da ein interessantes Museum empfehlen ...« Er hielt inne. Wie war noch mal der Name gewesen? Er lag ihm auf der Zunge.

Egal, dachte er, als Ermia sich im nächsten Moment an ihn drängte, ihn gierig küsste, ihn *wollte*. Wahrscheinlich, ging ihm noch durch den Kopf, ehe sie beide in den Schlaf sanken, fühlte sie sich instinktiv angezogen von der Stärke und Macht, die er verkörperte ...

Am nächsten Morgen, bei einem friedlichen gemeinsamen Frühstück, lief nebenher ein kleines Nachrichtenholo. War vermutlich eine Angewohnheit von ihr; viele Leute, die allein lebten, frühstückten mit den Nachrichtensendern. Gleichmütig kauend verfolgte er einen Ausschnitt aus einer Rede Perry Rhodans vor dem Parlament. Es wunderte ihn selbst, wie ruhig er blieb. Rhodan war bestimmt nicht so gelassen, wie er da am Rednerpult tat. Das schlechte Gewissen, seinen alten Weggefährten schnöde abgesägt zu haben, konnte ihm keine Ruhe lassen.

Aber zu spät. Er, Fellmer Lloyd, war auf die Gunst dieses Despoten nicht länger angewiesen. Wenn Rhodan, wenn die terranische Regierung von ihm und seinen Fähigkeiten nichts mehr wissen wollte: Nun denn! Es würde andere geben in der Galaxis, die ihn mit offenen Armen aufnahmen.

»Ich werde demnächst ins All aufbrechen«, erklärte er Ermia. »Quer durch die Milchstraße, vielleicht sogar noch weiter. Kann sein, dass ich nie wieder zurückkomme.« Er sah sie an. »Willst du mich begleiten?«

Ermia zögerte, doch dann willigte sie ein. Mit dem Instinkt einer Frau hatte sie erkannt, wie viel ihm das bedeutete.

»Wir werden mit einem Kreuzer fliegen«, sagte er. »Mit einem der modernsten Typen, die es gibt; einem Kreuzer der ODIN-Klasse. Keiner von den alten Kähnen, die längst ins Museum gehören ...« Er hielt inne. Was für ein Museum? Wieso dachte er immerfort an Museen?

Ermia machte große Augen. »Dir gehört ein *Kreuzer?*«

Er lächelte überlegen. »Demnächst.«

Mit seinen inzwischen ins Unermessliche gewachsenen Kräften war es eigentlich nur ein Spaziergang. In frisch gewaschener und gebügelter Kleidung, seinen Gürtel kreuzförmig über der Brust, den erbeuteten Kombistrahler umgehängt, gleichzeitig unsichtbar – so schritt er über das Landefeld auf den Kreuzer GUNGNIR-2 zu, der wie ein Gebirge aus Metall vor ihm aufragte, über einen halben Kilometer hoch. Das Schiff war leer, das hatte er geespert; aus den Datenbanken des Flottenraumhafens, die ihm auf eine Weise, die ihm noch nicht klar war, ebenfalls zugänglich waren, wusste er, dass das Schiff hier zur routinemäßigen Generalüberholung stand.

Ein Gedanke von ihm, und die untere Ladeluke begann, sich zu öffnen. Die Rampe fuhr langsam aus. Er würde sein künftiges Schiff standesgemäß betreten.

In der Basisschleuse angekommen, störte es ihn, dass alles leer war. Es wäre besser gewesen, die Leute hätten Spalier gestanden und Gelegenheit gehabt, ihm ihre Ergebenheit zu bezeugen.

Gut, daran ließ sich im Moment nichts ändern. Er würde sich in die Zentrale begeben, auf dem Sessel des Kommandanten Platz nehmen und warten. Die Besatzung würde zurückkehren, und der Moment, in dem sie das Schiff betrat und von seiner Anwesenheit erfuhr, würde der Moment sein, in dem er sie unter seine geistige Gewalt zwang.

Er trat in den Antigravschacht, doch was war das? Kein Feld?

Im nächsten Moment waren überall um ihn herum Roboter, winzige, wendige Maschinen, die ihn umschwirrten wie ein metallener Mückenschwarm und die – *auf ihn schossen*! Gleich die erste Salve riss ihm die Kombiwaffe aus der Hand, ehe er auch nur dazugekommen war, einen einzigen Schuss abzufeuern.

Eine Falle! Er schrie auf, spannte alle seine übermenschlichen Kräfte an, stieß die Roboter von sich, dass sie wie welkes Laub davonwirbelten, an Wänden, Kanten, Maschinen zerplatzten ... Doch einige der Schüsse hatten getroffen – allesamt seinen Gürtel! Ihm kamen fast die Tränen. Seinen schönen, schönen Gürtel, seinen ganzen Stolz, sein Wahrzeichen, sein ...

Schmerz durchflutete ihn. Wut. Schleier tanzten vor seinen Augen, nahmen ihm die Sicht. Einen Moment lang war ihm, als sei er nicht in einem Raumschiff, sondern in dunklen Katakombengängen ...

Da. Noch mehr Roboter. Diesmal die ganz großen Kaliber: TARAs! Blinzelnd sah er hoch, sah die klobigen Kegel näher kommen, sah ihre Schirmfelder, ihre irisierend leuchtenden Waffenarme. Spitzenprodukte terranischer Waffen- und Robottechnologie, das waren sie, ja, aber dennoch würden sie nichts ausrichten gegen ihn, Fellmer Lloyd, den mächtigsten Mutanten, den das Universum jemals gesehen hatte. Von kalter Wut erfüllt, warf er ihnen seine geistigen Kräfte entgegen, zerriss den ersten von ihnen, den zweiten ...

Ein jäher Schmerz trieb ihm die Tränen in die Augen. Ein Schuss, der ihn meuchlings getroffen hatte, nein, eben nicht ihn, sondern wieder den Gürtel! Bilder durchzuckten ihn, Erinnerungen? Visionen? Bilder, wie er über eine dunkle, modrige Kiste gebeugt stand, die jahrhundertelang unberührt im Depot verwahrt worden war, wie er den Deckel abnahm, wie er den Gürtel herausnahm … Seinen Lebensretter, wie es jetzt aussah!

Nichts hatten sie erreicht, als seinen Zorn und seine Macht nur noch weiter anzufachen. Nach allen Seiten brandeten nun seine Parakräfte, ungehemmt, gnadenlos. Waffenarme wurden abgerissen, zerplatzten, zerschmolzen zu bizarren stählernen Blumen. Wände und Decken ringsum gerieten in Bewegung, verformten sich, wurden gedehnt und zerbeult, bis das Metall kreischend riss. Die Roboter fingen an, ziellos umherzuirren und klagende Laute auszustoßen, als weinten sie … es wurde dunkel, und er war auf einmal in einem dunklen Gang, in den Katakomben eines Museums … ja, genau … ein Museum, jetzt erkannte er es, war sich ganz sicher: Es war ein Museum.

Etwas in seinem Gürtel detonierte mit einem hässlichen Geräusch, dann begann ihm das breite, elegante Gebilde vom Leib zu rutschen. Der Schmerz stellte sich mit seltsamer Verspätung ein. Er fasste hin, betrachtete seine Hand. Blut. Er blutete. Die Katakombengänge waren wieder verschwunden. Neue Roboter schwebten näher, unbeirrbar, und hinter ihnen Sicherheitsleute, bewaffnet, in schweren, dunkelgrauen Kampfanzügen, PSI-Netze auf dem Kopf.

In seinem Kopf erscholl eine Stimme, die fremd klang und vertraut zugleich: »Ich kann dich nicht mehr halten …!« Der Schmerz wurde übermächtig. Er sank in die Knie. Ihm war, als reiße ihm jemand das Hirn aus dem Schädel. Er fasste sich an die Brust, griff nach seinem Zellaktivator …

Doch da war kein Zellaktivator mehr. Wieso nicht? Da hätte doch … Ihm wurde dunkel vor Augen, so dunkel wie in den Katakomben eines Museums. »Wir sterben«, klagte die Stimme in seinem Kopf und verhallte.

So starb Fellmer Lloyd – nicht ohne sich zu wundern, wieso seine letzten Gedanken einem *Museum* galten …

Jak Tarhonner, Kommandant der 3. Einsatzgruppe Raumhafensicherheit, sah den Mann stürzen und hob das Handgelenk mit dem Armbandinterkom an seine Lippen. »Medorobot«, sagte er. »Schnell.«

Die weiß lackierte Maschine hatte nur auf seinen Befehl gewartet. Blitzartig schoss sie los, anderthalb Tonnen Terkonitstahl und doch imstande, eine Wimper aus dem Augenwinkel eines Menschen zu entfernen, ohne dass dieser die Berührung spürte. Sie brauchte nicht lange bei diesem Mann dort vorn.

»Lebensfunktionen erloschen«, erklärte sie. »Körperliche Schäden schwerwiegend. Der Exitus ist als final zu betrachten.«

»Tot, mit anderen Worten.« Die Frau vom TLD trat neben ihn. Sie hieß Mere Zaruk, eine grauhaarige Epsalerin, die unter ihresgleichen als bemerkenswert schlank galt, aber natürlich trotzdem ein Koloss von einer Frau war, so breit wie hoch. »Schade«, fuhr sie fort. »Ich hatte gehofft …«

»Dass er überlebt, wenn drei Dutzend Robotdrohnen auf ihn schießen?«, wunderte sich Jak.

»Ja«, sagte sie einfach.

Sie stiegen über die Deformationen und Risse im Boden hinweg, bis sie bei dem Mann angelangt waren. Im Tod sah sein Gesicht aus wie ein einziges Fragezeichen. Mere beugte sich hinab, schloss ihm die Augen. Medoroboter taten das nicht, wenn ein Mensch anwesend war, der es tun konnte.

»Das ist mit an Sicherheit grenzender Wahrscheinlichkeit der Mann, der vor einigen Wochen das Juweliergeschäft am Canopus Boulevard überfallen und Howalgonium im Wert von 40 Millionen erbeutet hat«, erklärte sie.

Jak glaubte, nicht recht zu hören. Er sah sich um. Trümmer zerstörter Roboter überall, ein restlos ruiniertes Schiffsdeck, und seine Leute warteten immer noch, die Strahler im Anschlag. »Soll das heißen, all der Aufwand … für einen *Dieb?*«

Sie hörte ihm gar nicht zu. Sie ging in die Hocke, studierte den seltsamen Gürtel, den der Mann getragen hatte.

»Er war es auch, der den Überfall auf das Waffenlager Süd verübt hat«, fügte sie hinzu.

»Oh«, machte Jak. Okay. Das war etwas anderes. Er gab den anderen einen Wink, die Waffen wieder zu sichern.

Mere Zaruk nahm ein Messgerät vom Gürtel und vertiefte sich in dessen Anzeigen. »Der entscheidende Hinweis kam von einer Frau drüben im Bezirk Monggon. Einer Tefroderin, die sich um eine permanente Aufenthaltsgenehmigung bemüht. Muss man ihr hoch anrechnen; solche Leute scheuen oft den Kontakt zu den Sicherheitskräften.« Sie tippte ein Ende des Gürtels an, sodass es auf die andere Seite fiel. »Sie hatte einen Mann kennengelernt, der unter seltsamen Umständen in ihrer Wohnung aufgetaucht ist und behauptete, er heiße Fellmer Lloyd.«

»Fellmer Lloyd?«, echote Jak. »Wie *der* Fellmer Lloyd?«

»Ja, wie der.«

Jak blinzelte. »Aber der ist doch schon seit … puh, ich weiß nicht, seit ein paar Jahrhunderten tot, oder?«

Mere Zaruk stand wieder auf, reckte sich, schob das Messgerät wieder ein. »So beschlagen war die Frau in terranischer Geschichte nicht. Aber sie hat sich später kundig gemacht und festgestellt, dass der Mann erstens kaum Ähnlichkeit mit Fellmer Lloyd hatte und eben, dass der Mutant dieses Namens schon vor langer Zeit gestorben war. Daraufhin hat sie die Behörden verständigt.« Sie legte die Hände wie schützend über ihre gewaltigen Brüste und fügte leise, wie im Selbstgespräch, hinzu: »Fühlte sich wohl … hmm, benutzt.«

Jak wusste nicht, was er sagen sollte. Himmel noch mal, was für eine merkwürdige Geschichte!

»Sein wirklicher Name war Mayatto Hasro«, fuhr sie fort. »Er war Exotechnologie-Analytiker am Museum für Technikgeschichte. Das ist dieser klobige Steinbau beim Gobi-Park; ich weiß nicht, ob du den kennst.«

Jak sah sich kopfschüttelnd um. »Aber … also, das waren doch vorhin PSI-Kräfte, oder? Telekinese, würde ich sagen. Wenn man uns damals an der Akademie keinen Blödsinn erzählt hat.«

Mere hatte aus den unergründlichen Tiefen ihrer Kombination Handschuhe hervorgeholt und übergestreift. Damit hob sie den langen, ehemals silberglänzenden Gürtel auf. »Das ist die Erklärung. Lernt man darüber heutzutage auch noch etwas an der Akademie?«

»Also, hör mal. So jung bin ich auch nicht mehr.«

»Das ist ein KARDEC-Schild«, sagte die TLD-Agentin und sah ihn abwartend an.

Dunkel stiegen Erinnerungen in Jak Tarhonner auf. »Ah, warte. Das ist irgend so ein Porleyter-Zeug, oder?«

»Gut. Genau.« Sie grinste unamüsiert. »Arbeitet im psionischen Spektrum. Macht seinen Träger zum Telekineten, Teleporter und Suggestor. Abgesehen davon, dass er ihn mit einem superstarken, variablen, rosa leuchtenden Schirm schützt, der bei Berührung desintegrieren kann, Strukturlücken selbst in Paratronschirme schafft und es ermöglicht, Materie einfach zu durchdringen. Und das ist nur das, was man weiß.«

»Aber diese KARDEC-Schilde, die gibt's doch nicht mehr, oder?« Die Daten, die ihm lange zurückliegende Hypnoschulungen ins Hirn gestopft hatten, bequemten sich allmählich, aus ihren Hirnzellen zu kommen, oder wo immer solche Informationen abgelegt wurden. »Die haben sich allesamt anno 426 selbst zerstört.«

»Offenbar nicht alle. Dieses Exemplar hier muss irgendwie erhalten geblieben sein.« Sie hob das zerschmolzene, verbrannte längliche Gebilde in ihrer Hand ein wenig an. »Der springende Punkt ist, dass ein KARDEC-Schild ein robotisches Pseudobewusstsein besitzt, das mental mit seinem Träger kommuniziert. Und es ist aggressiv, wenn der Träger nicht genug mentale Widerstandskraft besitzt – und praktisch kein normaler Mensch besitzt die –, beherrscht es ihn.«

Jak sah auf den Toten hinab. »Deswegen sollten wir auf den Gürtel schießen!«

»Ja. Wenn wir die Zeit gehabt hätten, hätte ich dir das vorher alles erklärt. Aber es musste schnell gehen. Wir sind den Spuren gefolgt, und so, wie es aussieht, muss dieser KARDEC-Schild die Jahrhunderte in den Kellerarchiven des Museums überdauert haben, in einer Art Koma wohl, falls man das bei einer Maschine sagen kann, und ziemlich sicher beschädigt. Hasro, der sich laut Aussage seiner Kollegen schon immer gern mit den Archivbeständen beschäftigt hat, muss den Schild gefunden haben und von ihm übernommen worden sein. Den Protokollen zufolge hat sich der KARDEC-Schild über die Schnittstelle des Museums ins *HistNet* eingeklinkt und dort das Bewusstseinsprofil eines Mutanten ausgespäht, dessen Fähigkeiten er nachahmen konnte, und das hat er Hasro dann suggestiv übergestülpt. Es sind auch ein paar seltsame Anrufe aufgezeichnet, die den Schluss erlauben, dass Hasro sich tatsächlich für Fellmer Lloyd hielt.«

Jak sah sich um. »Verstehe. Der KARDEC-Schild wollte mithilfe seines Trägers aus dem Solsystem fliehen. Und wohin?«

»Wer weiß.« Mere winkte einen Roboter herbei, der einen energetisch gesicherten Kasten trug, und rollte die Überreste des Schildes vorsichtig zusammen. »Ist vermutlich alles nur noch Schrott, aber die im Labor sollen es sich trotzdem mal anschauen.«

Jak schaute sich den Toten an. Er machte diesen Job hier nun schon seit 30 Jahren, und Schießereien kamen dabei seltener vor, als die meisten glaubten. So was wie heute hatte er jedenfalls noch nie erlebt.

»Und der echte Fellmer Lloyd?«, fragte er halblaut. »Wie ist der eigentlich gestorben?«

»Das weiß man nicht genau. Er und Ras Tschubai sind im Verlauf der Linguidenkrise ums Leben gekommen. Sie waren gerade im Einsatz, als ES die Zellaktivatoren zurückrief. Man hat ihre Leichen nie gefunden, nur ein Häufchen Asche, von dem man annimmt, dass das ihre Überreste waren.«

Ein Schauder überlief Jak Tarhonner. »Dann ist Fellmer Lloyd heute gewissermaßen zum zweiten Mal gestorben.«

»Gewissermaßen«, nickte Mere Zaruk. Sie öffnete den Verschluss des Kastens, stopfte hinein, was einmal ein KARDEC-Schild gewesen war, und schloss den Kasten wieder, mit einer wütenden Bewegung.

»Porleyter-Zeug«, zischte sie.